古國

大河역사소설 고국

古國

9권

三韓一統

金夷吾 지음

좋은땅

제9권 목차

1부

고구려, 隋唐을 깨다

1. 三國밀약

한반도 〈신라〉에서는 579년경 진지제眞智帝가 모후인 사도태후와 미실이 주도한 폐위 음모로 축출당한 뒤, 진흥제의 장손인 진평眞平대왕이 제위에 올랐다. 월담을 하다 개에게 물려 죽은 동륜태자의 아들로 백정白淨이라는 이름으로 불렸다. 어머니는 김씨 만호萬呼부인으로 진골정통인 지소후의 딸이자 진흥제의 이부제異父弟였으나, 겨우 13살의 어린 나이에 대왕의 자리에 오르다 보니 조모인 사도思道태후가 섭정을 했다. 진평대왕은 기이한 얼굴에 큰 체구를 가진 데다 뜻이 굳세고 지혜로웠다고 하는데, 왕후는 지소후의 외손녀인 김씨 마야摩耶부인이었다.

진평대왕이 즉위하자마자, 사도태후는 친정 오라버니인 노리부를 상대등으로 올려 국정을 총괄하게 했다. 이듬해인 580년에는 후직后稷을 병부령으로 삼아 병권을 맡게 했는데, 이후 해마다 꾸준하게 행정조직 개편에 나서게 되었다. 581년경, 관리들의 인사를 담당하는 위화부位和府 설치를 시작으로, 선박을 관리하는 선부船府, 조세 업무를 다루는 조부調府와 우마차를 관장하는 승부乘府, 나라의 교육과 외교를 담당하는 예부禮部를 순차적으로 두었고, 591년에는 외국 사신을 접대하는 영객부領客府를 두기도 했다.

각 府에는 장관 격인 부령府令을 두어 부를 관장하게 했다. 특히 진평대왕 즉위 6년 되던 584년에는 나라의 연호를 새롭게 〈건복建福〉이라 고쳤는데, 필시 이때부터 대왕이 사도태후의 그늘에서 벗어나 친정을 시작한 것으로 보였다. 진흥대왕 때의 신라가 외부 정복 활동에 바빴다면, 진평대왕 즉위 후 10년에 걸쳐 이루어진 중앙행정조직의 개편은, 중원에 널리 퍼진 유교식 관료제도를 받아들이려는 노력으로 보였다.

이와 함께 불교의 수용이 더욱 활발하게 진행되었는데, 특히 구법求法을 찾아 중국으로 유학을 떠난 승려들이, 수년 후 다시 신라로 귀국하는 일이 잦아지면서 명망 있는 고승들이 출현하기 시작했다. 600년에는 원광圓光법사 외에도 지명智明, 담육曇育 등이 제각각 〈진陳〉 또는 〈수隋〉에 유학을 위해 파견되었다가 사신을 따라 귀국하기도 했다. 특히 화랑도의 〈세속 5계〉를 정립했던 원광법사는 빼어난 문장 실력으로도 유명했다. 이들은 이렇게 나라의 주요 대사에 깊숙이 관여하면서 소위 '호국불교'라는 새로운 전통을 세워 나갔다.

한편, 진평대왕의 시대는 중원에 강력한 통일제국 隋가 등장한 시대였다. 대왕은 역대 어느 군주보다 활발하게 隋에 사신을 보내며 외교활동을 전개했다. 594년에는 문제로부터 〈상개부낙랑군공신라왕上開府樂浪郡公新羅王〉의 관작을 받아 냈다. 이처럼 진평제의 초기 10년은 주변국과의 전쟁 없이 착실하게 내치를 다지는 시기였다. 그러던 589년 7월이 되자 서쪽 낙동강 유역에 사상 유례가 없는 대홍수가 들이닥쳐, 무려 3만 호가 넘는 가옥이 물에 잠기거나 떠내려가고 2백여 명이 익사하는 사태가 벌어졌다. 대왕이 사람을 보내 백성들을 구휼하게 했는데, 희생자는 그보다 훨씬 큰 것으로 보였다.

이와 함께 592년경에는 경도에 둘레가 2,800여 보步가 넘는 남산성을 쌓았다. 이듬해에는 동쪽의 명활산성을 개축했는데 그 둘레 또한 3천 보였고, 서쪽의 서형西兄산성(선도仙桃산성)은 2천 보 수준이었다. 이들 3城이야말로 신라의 국도인 금성(경도)을 東西南 3방면에서 지켜 주던 중요한 군사시설이었는데, 당시 서쪽의 숙적 백제와 동남쪽으로 바다 건너 야마토의 침공에 대비하려는 것이었다.

그러던 602년경 경도의 신라 조정으로 다급한 속보가 날아들었다.

"아뢰오, 백제군이 느닷없이 서쪽의 아막성을 침공해 들어왔다고 합니다."

〈백제〉와의 싸움은 진평제가 즉위하기 직전이던 578년경 〈알야성 전투〉가 마지막이었으니, 무려 20여 년 만에 이루어진 백제의 공격에 진평제를 포함한 조정대신들 모두가 경악했다. 그런데 백제의 갑작스러운 침공은 나름 그럴만한 이유가 있었다.

그 무렵 위덕왕의 혼외 왕자 출신인 무왕이 600년경, 법왕을 제거하고 왕위에 올랐으나, 그는 정통왕자 신분도 아니었던 데다 자신의 출신 기반도 사비성(충남부여)이 아닌 그 남쪽 아래의 익산 일대였다. 원래 무왕이 왕위에 즉위하기 전, 그에게는 신라 진평제의 딸인 선화공주가 부인이었으나 먼저 세상을 떠나고 없었다. 이에 무왕은 사비성 최대 호족 가문이었던 사택씨와 손을 잡기 위해, 좌평인 사택적덕沙宅積德의 딸을 새로이 왕후로 맞이했다.

그러나 무왕의 출신성분과 함께 그가 당초 신라 대왕의 사위였다는 사실 등이 여전히 부담으로 작용한 것으로 보였다. 국면전환을 위해 고심하던 백제 무왕이 이틈을 이용해 신라에 대한 공세를 펼치기로 마음먹었다.

'진평대왕께는 미안한 일이지만, 지금 그런 옛정에 이끌릴 때가 아니다. 나를 삐딱하게 바라보는 군신들을 일거에 제압하려면, 당장 신라를 쳐서 빼앗긴 영토를 되찾아 군주로서의 능력을 입증해야 하고, 그래야 나에 대한 주변의 의구심을 일거에 불식시킬 수 있을 것이다……'

그리하여 백제의 무왕이 602년 8월경, 군사를 일으켜 신라 서변의 아막산성阿莫山城(전주)을 공격하게 했다. 당시 신라 조정은 무왕이 진평대왕의 사위였던 데다, 백제와 오래도록 전쟁이 없었던지라 무척 당황했고, 대왕 또한 크게 대노했다.

"부여장璋이 내 딸이 죽고 없다고 어찌 이럴 수가 있느냐? 절대 좌시할 수 없으니, 당장 병력을 출정시켜 성을 사수하고 한 뼘의 땅도 절대 내주지 말도록 하라!"

진평대왕이 수천의 정예기병을 출정시켜 백제군을 막아 내게 하니 양측에서 일전이 벌어졌고, 그 결과 원정을 나온 백제군이 패하여 퇴각했다. 그런데 성을 사수하는 데 성공한 〈신라〉 측에서 오히려 싸움을 그치려 들지 않았다. 신라에서 즉시 소타小陀, 외석畏石, 천산泉山, 옹잠甕岑의 4城을 쌓더니, 역으로 〈백제〉의 변경을 침공하기 시작했던 것이다. 백제의 무왕도 보고를 받고는 크게 격앙되어 신라에 대해 본격적으로 대대적인 공세를 펼치기로 작심했다.

"좌평 해수解讎는 보기병 4만 정병을 거느리고 출정해 신라가 쌓은 4성을 반드시 함락시키도록 하라!"

그렇게 양측의 전쟁이 크게 확대되기에 이르렀다. 신라 진평대왕도 장군 건품乾品과 무은武殷에게 대규모 병력을 내주고 출정케 하여, 곳곳에서 전투가 벌어지고 말았다. 한편 전쟁이 어느 정도 진행되고 보니, 백제군이 점점 불리해졌고, 그러자 해수가 병력 일부를 아막阿莫 아래 천산泉山 서쪽의 대택大澤에 잠복시킨 다음 신라군을 유인했다. 신라 무은이 승승장구하여 갑졸 1천여 명을 이끌고 대택으로 쫓아 들어오자, 해수가 명령을 내렸다.

"옳거니, 적들이 걸려들었다. 총공격하라. 전원 화살을 쏴라!"

갑작스러운 복병의 공격에 신라군이 놀라 우왕좌왕하는 가운데,

무은이 말에서 떨어지고 말았다. 이때 무은의 아들 귀산貴山이 곤경에 처한 아비를 보고는 벼락같은 고함을 지르며 말을 내달렸다.

"멈춰라, 이놈들! 내 일찍이 군사는 전쟁에서 물러서지 않는 법이라고 배웠다. 어찌 도망을 쳐 스승의 가르침을 저버리겠느냐?"

귀산이 자신이 타던 말을 아버지 무은에게 내주고는, 뒤따라온 소장 추항箒項과 더불어 용맹하게 창을 휘두르며 백제군의 복병들을 상대로 힘껏 싸웠다. 화랑도의 가르침인 임전무퇴臨戰無退의 정신이 실제 전장에서 발휘되는 순간이었다. 그러나 화랑 출신의 두 무장은 중과부적으로 이내 장렬하게 전사하고 말았고, 그러자 이를 보고 크게 자극을 받은 신라 병사들이 죽기를 각오하고 전투에 임했다.

"물러서지 말라, 귀산과 추항의 죽음을 헛되이 하지 말자!"

그때부터 사납게 대드는 신라군의 기세에 눌려 오히려 백제군이 대패했고, 해수를 포함한 일부만이 겨우 목숨을 구해 달아나기 바빴다. 그리하여 20여 년 만에 백제와 신라 사이에서 대규모로 벌어졌던 〈아막산전투〉가 신라의 승리로 끝나고 말았다. 놀랍게도 그 승리의 배경에는 진흥제 때부터 배출되기 시작한 화랑 출신 전사들의 고귀한 희생이 숨어 있었고, 이후로도 이들 화랑도의 눈부신 활약이 곳곳에서 이어지기 시작했다. 나라의 핵심 인재를 양성하는 일이 얼마나 중요한 일인지를 보여 주는 극명한 사례였다.

그러나 이듬해인 603년이 되자 이번에는 불현듯 고구려의 영양제가 장군 고승高勝을 보내 신라의 북한산성을 공격했다. 전년도에 백제와의 전쟁으로 부산했던 신라였기에, 이번에는 진평대왕이 직접 나서기로 했다. 대왕이 1만의 군사를 이끌고 친히 북으로 올라가 한강을 건넌 다음, 북한산성에 입성했는데, 병사들에게 城 곳곳에 대왕의 깃발을 꽂고 북을 치는 등 기세를 올리게 했다.

한편 성 밖에서 이런 모습을 목격한 고구려 장군 고승은 성 공략 여부를 놓고 크게 고심했다.

"신라왕이 이곳까지 직접 출정하다니, 예사롭지 않다. 게다가 저토록 요란법석을 떠는 걸 보니 왕이 대군을 이끌고 온 것이 틀림없다. 병력도 적은 데 섣불리 공격을 가했다간 군사들만 다치기 쉬우니 아쉽더라도 철군하는 것이 옳을 것이다……"

결국 성을 함락시키기 곤란하다고 예단한 고승이 퇴각 명령을 내렸고, 고구려군은 이내 물러나고 말았다. 비록 고구려군이 돌아가기는 했지만, 진흥대왕 때 한강 일대를 손에 넣다 보니, 신라는 이제 서쪽으로 백제는 물론, 북으로도 강성한 고구려를 상대해야 하는 이중고에 시달릴 수밖에 없었다. 2년에 걸쳐 연달아 백제와 고구려를 상대해야 했던 신라는 더욱 변경의 경계를 강화하고 국방에 힘을 쏟아야 했다.

이듬해 604년이 되자 진평대왕은 경기 이천 지역의 남천주南川州를 폐지하는 대신, 다시금 북한산州를 설치해 북쪽으로부터의 방어를 강화했다. 1년이 지나 605년에는 백제가 각산성角山城을 쌓아 신라를 도발했다. 그해 8월 진평대왕은 지체 없이 병력을 내보내 백제의 변경을 치게 했는데, 각산성을 친 것으로 보였다. 양측에서 이렇다 할 전과가 없었으나, 이후로도 신라는 백제와 고구려 양국과의 변경에서 일어나는 크고 작은 분쟁에 지속적으로 시달리게 되었다.

그 무렵 중원의 〈隋〉나라는 해마다 풍년으로 전국이 부유해지고, 창고마다 곡식이 넘쳐났다. 서쪽으로 〈토곡혼〉과 〈청해〉, 〈선선〉, 〈서돌궐〉, 신강 지역의 〈동돌궐〉과 북으로 바이칼호에 이르는 〈몽골〉 전

11

역의 수장들이 해마다 조공을 바쳐 오니, 隋양제는 이제 자신의 제국이 하늘 아래 가장 강력한 나라라고 믿고 싶었을 것이다. 오직 동북의 강호 〈고구려〉만이 자신에게 고분고분하지 않으니, 그것이 늘 마음에 걸렸다.

그러던 607년경, 수양제가 장성을 수리하던 현장을 시찰하기 위해 섬서 북쪽의 유림楡林에 이르렀다. 〈동돌궐〉의 계민가한이 이 소식을 듣고 수양제를 영접하고자 찾아 나섰다. 그때 隋양제가 친히 수백 기만을 거느린 채 계민이 머무는 아장牙帳(막사)을 먼저 방문했다. 당시 동돌궐은 隋에 칭신을 하면서도, 동시에 북방민족의 종주국인 고구려에도 자주 사신을 보내 속국을 자임하는 등 두 강대국에 머리를 숙이고 양면 외교를 펼치고 있었다. 하필이면 계민가한이 고구려 영양제가 보낸 답방 사신을 접견하고 있을 그 무렵에 양제가 들이닥쳤다는 보고가 들어왔다.

"무엇이라, 양광이 여기까지 왔다고? 허어, 이를 어쩐다……"

놀란 계민이 잠시 망설이다가, 허겁지겁 뛰어나가 우선 양제를 맞이했다. 양제가 가한의 극진한 영접을 받으며 그의 아장으로 들어와 가한에게 물었다.

"칸의 아장 밖에 구려의 깃발이 나부끼는 것을 본 듯한데, 어인 일이오?"

계민이 대수롭지 않다는 듯 고구려의 사신이 와 있음을 말하자, 양제를 수행해 온 황문시랑 배구裵矩가 재빨리 나서서 황제에게 아뢰었다.

"구려는 본래 기자의 소봉지小封地였고, 漢과 진晉의 군현이었습니다. 지금은 신속臣屬하지 않아 先帝께서 이를 치려 한 지 오래입니다. 양량楊諒이 불초해 출사出師의 공을 이루지 못했으나, 폐하의 시대에 어찌 그 땅을 취하지 않고 만맥蠻貊(오랑캐)의 땅으로 두시렵니까? 지금 그 사자는 계민칸이 폐하께 귀복하는 모습을 보고 두려워하고 있을 테니, 그를 시켜 구려왕을 입조케 하심이 옳을 것입니다."

"옳은 말이다……"

양제가 고개를 주억거리며 배구의 말에 동조했다. 순간 양제의 머릿속에 10년 전 있었던 1차 〈여수전쟁〉 때의 악몽이 떠올랐을 것이다. 그때 폭우와 역병에 시달린 전쟁도 전쟁이거니와 참패의 책임을 물어, 부친인 文帝가 동생인 양량은 물론, 자신에게까지도 함께 자결하라는 가혹한 명령을 내렸던 것이다. 양제가 즉시 우홍牛弘을 시켜 고구려 사자에게 황제의 명을 전하게 했다.

"짐은 계민이 성심껏 (隋)나라를 받들고 있어 친히 그 본거에 들른 것이다. 명년에는 탁군涿郡으로 가고자 하니, 그대는 환국해 국왕에게 두려워 말고 속히 내조하라 일러라. 그 예우는 계민과 같은 수준이 될 것이다. 만일 입조치 않는다면, 장차 계민을 거느리고 그곳으로 왕순토록 할 것이다."

고구려를 들르겠다(왕순往巡)며 점잖게 타이르는 듯했으나, 영양제가 속히 입조하지 않으면 그 즉시 고구려를 칠 것이라는 통첩에 다름 아니었다.

졸지에 황망하기 그지없는 일을 당한 고구려 사신이 서둘러 평양으로 돌아와 隋양제의 뜻을 전하니, 또다시 고구려 조정이 발칵 뒤집히고 말았다. 그런데 주목되는 것은 당시 배구의 발언 속에서 고구려 땅이 고대 〈주周〉의 작은 봉지였고, 〈漢〉, 〈晉〉과 같은 漢族 계통 나라의 땅이라는 억지 주장이 이때부터 역사기록에 등장하기 시작했다는 점이었다. 황문시랑黃門侍郞은 말 그대로 황제의 곁에서 시중을 들거나 명령과 문서 등을 전달하는 관직으로 오늘날의 비서관에 해당하는 직책이며 주로 환관이 맡는 경우가 많았다.

역사학자도 아닌 일개 환관의 입에서 이런 억지 주장이 스스럼없이 튀어나온 것은, 이것이 당시 隋나라가 고구려 원정의 명분으로 내세운 역사 왜곡의 증거이자 그 시발점으로 보인다는 점이었다. 그때까지만 해도 수많은 북방민족들이 번갈아 중원을 지배했고, 흉노와 모용선비조차 韓민족과 전쟁을 치를 때에도 〈부여〉나 〈고구려〉의 땅을 漢族의 땅이라 주장한 적이 없었다. 그러나 통일제국 隋가 등장한 이 시기부터 비로소 이런 터무니없는 역사 왜곡이 빈번해지기 시작했고, 이후로 이런 그릇된 인식이 일반화되는 경향을 보이기 시작했던 것이다.

당시 배구가 언급했던 기자箕子는 원래 동이족의 나라 〈상商〉왕조를 뒤집은 〈주周〉 무왕의 가혹한 처사를 피해 자신의 고향인 동쪽으로 이주했던 것이니, 고구려(고조선) 땅과는 전혀 무관했던 것이다. 다만, 후일 기자의 후예들이 고조선의 붕괴를 틈타, 〈번조선〉을 누르고 〈기씨조선〉의 주인이 된 것을 확대해석해서 이르는 말이었으니, 이는 명백한 역사 왜곡이었다.

그런데도 기자 사후 약 1,500년이 지난 이 시기부터 중원의 나라들이 고구려를 자기들의 땅이라는 억지 주장을 펴기 시작했고, 고구려 패망 이후로는 한술 더 떠 아예 중원의 속국이었다는 주장으로까지 확대시켰다. 이처럼 지독한 왜곡이 다시 1,400년간 이어지는 동안 역사를 들먹일 때마다 단골로 인용되는 상투어cliche로 자리 잡더니, 오늘날까지도 반복되고 있는 것이다.

중요한 것은 당시의 〈고구려〉는 북방민족을 대표하는 종주국으로서 7백 년이라는 당대 최고最古의 역사를 자랑하던 나라라는 점이었다. 그때까지 선비를 포함한 수많은 북방민족들이 고구려의 형제국이나 오른팔과 같은 사이였고, 그렇기에 〈북위〉나 〈북제〉와 같은 선비의 나라들은 한결같이 고구려 황실을 존숭해 왔던 것이다. 그런데 그들의 후예인 隋나라에 이르러 갑작스레 중원을 통일했다 해서, 동북의 고구려에 신속을 요구하면서 그 땅을 넘보기 시작했던 것이다.

이러한 隋의 억지 주장과 태도는 오히려 스스로의 얕은 역사인식을 드러내는 동시에, 조상들의 뿌리를 망각한 채 열등감으로 점철된 자신들의 역사를 뒤집으려는 부끄러운 짓에 다름 아니었다. 배구는 역사까지 들먹여 가며 양제의 비위를 맞추고 황제의 권력에 빌붙으려 했겠지만, 권력자를 둘러싼 소위 참모들의 이런 가벼운 행동들이야말로 망상에 빠진 권력자로 하여금 항상 전쟁을 일으키도록 부추기곤 했던 것이다.

다만, 상고시대 1인 치하의 절대군주 체제 아래서 쓰인 사서史書들은 군주가 요구하는 강압으로부터 자유로울 수 없었던 만큼, 이러한 류의 왜곡은 사실 부지기로 반복되던 일이었다. 애당초 이 사건조차도 사마천이 《사기》에서 '주무왕이 기자를 조선후로 봉했다'고 기록한 것이 발단이었던 것이다. 중국의 역대 사가들이 소위 〈춘추필법春秋筆法〉에 기초해 자국에 유리하게 사서를 써 왔다는 것도 모두가 아는 그대로였다. 그러므로 후대에 고대사를 해석함에 있어서는 유명 사서에 대한 무조건적인 맹신을 경계하고, 그 시대 상황에 맞는 여러 정황을 고려하는 외에 다양한 시각에서의 해석이 필요한 법이다.

하물며 중원에 거대통일제국이 탄생한 7세기는 분명 약육강식이라는 힘의 논리와 패권주의가 절정에 달한 시대였으니, 그 절대권력을 소유한 양제로서는 검은 야욕을 드러내는 데 거칠 것이 없었던 것이다. 영양대제를 포함한 고구려의 군신들은 조상들을 욕보이는 이 황

당한 주장에 또다시 이를 갈며 분기탱천했을 것이다. 더구나 영양제
는 10년 전에 이미 양제의 부친인 文帝와의 1차 〈여수전쟁〉에서 30만
隋나라 대군을 궤멸시키며 압승을 거둔 태왕이었다.

　고구려가 장수제 이래로 2백 년간 수대數代에 걸쳐 문약해지면서
강성한 기운을 잃고 말았으나, 다행히 이 무렵부터 전쟁도 불사하겠
다는 강인한 정신력을 지닌 영양대제와 맹장 강이식과 같은 영웅들
이 출현하면서 과거의 웅혼한 기상을 되찾기 시작했던 것이다. 특히
영양제는 1차 〈여수전쟁〉을 승리로 이끈 직후인 600년이 되자 태학太
學박사 이문진李文眞을 불러 중요한 명을 내렸다.

　"하늘과 조상님들이 도와준 덕에 용케 양견의 도발을 물리쳤다. 그
러나 중원은 여전히 우리보다 열 배의 인구를 가진 데다, 서쪽의 돌궐
과 반도의 나라들까지 그 도전이 만만치 않다. 이러한 때일수록 군신
들과 백성들을 하나로 묶어 주는 역사가 중요한데, 고대로부터 전해
온 유기는 그 내용이 방대하고 산만하다. 그대가 그간의 고사古史를 축
약해 백성들이 빠르고 쉽게 이해할 수 있도록 요약해 보라."

　태왕의 명을 받은 이문진이 이때 무려 100권에 이르던 고구려의 국
사책 《유기》의 내용을 정리해 5권으로 요약된 《신집新集》을 발간했으
니, 새롭게 편찬한 역사책이라는 의미였다. 대체로 역사책의 편찬은
부지런히 나라를 다스렸던 성군들의 시대에 주로 이루어졌던 만큼,
영양대제는 문무를 두루 갖춘 현군임이 틀림없었다. 그런 태왕이었으
니, 과대망상에 빠져 폭정을 일삼던 수양제의 겁박에 흔들릴 인물이
아니었던 것이다.

　영양제 18년 되던 그해 607년 5월, 태왕은 오히려 군대를 동쪽 한반
도로 출정시켜 〈백제〉의 송산성松山城을 치게 했다. 백제의 무왕이 좌
평 왕효린王孝鄰을 隋양제에게 보내 조공하고 고구려를 칠 것을 거듭

요청했기 때문이었다. 이때 양제가 무왕의 뜻을 수락하기로 했다는데, 그런 이유 때문인지 隋에서는 왕효린이 고구려의 동정을 살피고 귀국할 수 있도록 적극 협조해 주었다.

이 정보를 입수한 고구려 조정이 즉각 백제의 응징에 나섰던 것인데, 송산성의 수비가 견고해 함락되지는 않았다. 다급해진 고구려의 장수가 새로운 명령을 하달했다.

"에잇, 도저히 송산성을 깨뜨릴 수 없으니 방향을 바꿔야겠다. 인근에 석두성이 있으니, 그곳으로 속히 이동해 기습을 가해야 할 것이다. 전원 이동하라!"

그리하여 고구려군이 석두성石頭城을 공격했는데, 이때 성안에 머물던 남녀 3천여 명의 백제인 포로들을 생포해 끌고 올라갔다.

그런데 隋양제에게 고구려를 공격해 달라는 청을 넣은 것이 비단 백제뿐만은 아니었다. 그 무렵 고구려가 과거 진흥대왕에게 빼앗겼던 함경 일대의 땅을 되찾고자 자주 신라를 공격한 듯했고, 이에 대해 진평대왕이 크게 불편해하던 중이었다. 마침 隋양제가 장차 고구려를 정벌할 야욕으로 탁군涿郡까지 이르는 대운하 〈영제거永濟渠〉를 파는 등 전쟁 준비에 몰두하고 있다는 소식이 들려왔다. 진평대왕이 隋에서 유학을 하고 돌아온 원광법사를 불러 명을 내렸다.

"수 양광이 대운하를 파고 있다니 머잖아 구려를 칠 것이 분명하오. 이참에 우리도 隋와 함께 양면에서 구려를 공격할 절호의 기회요. 그리하려면 반드시 隋나라의 선제공격이 전제되어야 하니, 隋나라에 먼저 고구려를 쳐 달라는 청병請兵을 할 생각이오. 법사께선 隋에 정통하시고, 문장이 빼어나시니 수양제에게 보내는 걸사표를 하나 지어 주셨으면 하오."

이에 원광법사가 답했다.

"자신이 살고자 타인을 멸하는 것은 승려가 할 짓이 아니옵니다. 허나 빈도貧道가 대왕의 나라에서 대왕의 수초水草를 먹고 살면서 어찌 감히 명을 받들지 않을 수 있겠습니까……"

결국 진평대왕은 원광법사가 공들여 쓴 〈걸사표乞師表〉를 사신을 통해 隋양제에게 전달했다. 당시 신라와 백제는 서로 전쟁을 치르던 사이였음에도, 隋양제의 고구려 침공계획을 반기며 제각각 이를 종용하기 바빴던 것이다. 고구려의 영양제는 반도의 나라들마저 양제에게 전쟁을 부추기고 있다는 소식에 크게 분노했다. 영양대제는 607년에 백제를 응징한 데 이어, 이듬해인 608년 2월에는 신라에 대해서도 북경北京(강원원주)을 공격하게 했다.

이 공격으로 고구려군은 신라군 8천여 명을 사로잡아 올라갔다. 4월에도 연이어 우명산성牛鳴山城(강원춘천)을 쳐서 그 성을 빼앗았으니, 고구려는 반도의 나라들을 응징하기 바빴다. 이미 隋의 협박을 받아 침공이 기정사실화된 만큼, 미리 동쪽을 제압해 양면 협공이라는 최악의 국면을 피할 요량이었던 것이다. 이로 미루어 이 무렵에 신라는 진흥대왕 때 정복했던 함경 일대를 이미 상실한 것이 틀림없었다. 고구려의 침공으로 북쪽 영토를 잃고 불안해하던 진평대왕이었기에 강력한 隋와의 고구려 협공을 노릴 수밖에 없었던 것이다.

이처럼 서쪽의 〈隋〉는 물론, 동쪽 한반도의 나라들에 이르기까지 사방에서 〈고구려〉를 물어뜯으려 대드는 형국이 되자, 영양대제는 더더욱 긴장을 늦출 수 없었다. 그때 누군가가 태왕에게 간했다.

"바다 건너 남쪽에는 백제의 상국처럼 구는 왜국이 있습니다. 倭는 또 신라와 오래도록 적대관계에 있는 만큼, 왜왕을 움직일 수 있다면 장차 백제와 신라 모두를 묶어 둘 수 있는 묘책이 될 것입니다."

갑작스레 사면초가에 빠진 것이나 다름없던 고구려로서는 위기 상황을 타개하기 위해 무슨 대책이라도 강구해야 했기에, 영양대제도 〈야마토大倭〉와의 교류에 대해 커다란 관심을 갖기 시작했다. 그런데 고구려와 야마토의 교류는 30여 년 전인 평원제 때 은밀하게 시도된 적이 있었다. 신라의 진흥제가 한강 유역을 차지한 데 이어, 반도의 동북쪽으로 진출해 함경도까지 진출하게 되자 평원제가 신라를 견제할 방법을 찾고 있었던 것이다.

마침 신라의 가야 병합에 분노한 야마토가 임나 재건을 위해 신라와 충돌하던 때였기에, 평원제가 야마토를 움직여 신라의 북진을 저지하려 들었다. 이를 위해 비밀리에 야마토로 사신을 보내 서신을 전달했는데, 이것이 바로 까마귀 날개에 그 내용을 기록했던 〈비밀국서〉 사건이었던 것이다. 그러나 흠명천왕이 죽고 민달천왕으로 이어지는 왕위교체기라 평원제의 외교적 시도는 유야무야되고 말았다.

그런데 야마토와 고구려의 은밀한 교류는 그보다 백 년도 훨씬 이전인 465년경 신라의 금성에서 있었던 〈3國 협상〉에 그 기원을 두고 있었다. 장수왕의 남진으로 개로왕이 피살되면서 고구려의 풍옥태자와 백제의 곤지왕자가 종전을 위한 마무리 협상에 나섰던 것이다. 이때 곤지가 은밀하게 〈고구려-백제-야마토〉 간의 비밀동맹인 〈三國밀약〉을 제의해 신라를 고립시키려 했다. 이후 고구려가 자발적으로 漢城을 내주고 철군했으므로 백제가 상당한 외교적 성과를 거두었으나, 동성왕 代에 이르러 〈나제동맹〉이 더욱 굳건해지면서 빛이 바랬던 것이다.

어쨌든 이런 역사적 연원을 바탕으로 그사이 고구려의 기술자들과 승려들이 야마토로 들어가는 등 오래도록 양측의 왕래가 이루어졌다.

그런 시기에 야마토로 귀부한 고구려 승려 혜자 등의 행보가 결코 예사롭지 않은 것이었으니, 고구려로서는 야마토를 활용하고자 또다시 과거 시도했던 〈三國밀약〉의 카드를 꺼내 들었을 법했던 것이다.

그 무렵 야마토大倭는 592년경 스슌崇峻천왕이 재위 4년 만에 오오미大臣인 소가노우마코蘇我馬子에게 시해당하고, 비다쓰敏達천왕의 왕후였던 스이코推古천왕이 즉위해 있었다. 다만, 여왕을 대신해 그녀의 조카이자 요메이用明천왕의 차남으로 젊고 학문을 좋아했던 우마야토노토요토미廐戶豊聰耳황자가 섭정을 맡고 있었다.

그는 고구려에서 귀화해 온 승려 혜자慧慈에게 불법을 배웠고, 백제의 각가覺哿박사에게 유교경전을 배웠다. 비록 야마토가 백제에 대해 上國의 입장이었으나, 대륙 중원의 선진문물은 반도 三韓(고구려, 백제, 신라)의 나라들을 통해 유입될 수밖에 없었기에, 당시 야마토의 황족이나 귀족들은 삼한 출신의 여러 인물을 스승으로 두고 학문을 익혔던 것이다. 특히 우마야토황자는 비상한 머리에 학식이 뛰어나, 후일 야마토국에 선진 율령국가의 체계를 도입하고, 불교를 국교 수준으로 크게 일으키는 등 소위 고대일본의 〈아스카飛鳥 문화〉를 열게 한 장본인이었다. 후대에 그의 공적을 기려 사람들은 그를 쇼토쿠聖德태자라 불렀다.

그러던 600년경, 신라가 병합했던 대마의 임나가 약 40년 만에 신라 조정에 저항해 난을 일으켰다. 소식을 접한 야마토 조정에서는 급히 임나를 지원하기 위해 오오미大臣 사카이베境部를 大장군으로 삼아 1만여 명의 야마토 군병을 출정시켜 대마도로 향하게 했다. 야마토軍이 이때 대마 남부 해변의 5개 城에 대해 총공세를 펼쳤다는데, 일설에는 이때 진평대왕이 다다라多多羅, 남가라南加羅 등 모두 6개의 성을 야마토軍에 내주고 휴전을 제의했다고 한다. 이에 야마토 조정에서 조사관을 파견해 신라의 제의를 받아들이고 철군했는데, 신라가 이내 임나를 공격하는 바람에 모처럼 실행되었던 야마토의 〈임나 원정〉이 수포로 돌아가고 말았다.

결국 무력에 의한 원정 공격에 한계를 느낀 야마토 조정에서는 이 듬해인 601년이 되자, 방법을 바꿔 三韓의 나라들을 상대로 외교 공세를 펼치기로 했다. 이를 위해 신라와 경합을 벌이고 있던 〈고구려〉와 〈백제〉 두 나라에 사신을 파견해 〈신라〉에 대해 三國의 협공을 제의한 듯했다. 신라를 둘러싼 3국이 동시에 협공을 가한다면 신라가 굴복하지 않을 수 없을 거라는 계산이었으니, 야마토 조정 또한 과거 〈고구려-백제-야마토〉 간에 있었던 비밀동맹, 즉 〈三國밀약〉을 떠올린 것이 틀림없어 보였다.

야마토 조정은 이를 위해 무라지連 오토모大伴를 고구려 영양대제에게 보냈고, 오오미臣 사카모토坂本를 백제의 무왕에게 보내 협상을 시작했다. 이듬해인 602년 2월, 야마토 조정에서는 구메來目황자를 다시금 신라 원정의 장군으로 임명하고, 2만 5천에 이르는 대군을 그에게 내주었다. 이로 미루어 당시 야마토가 제안한 〈三國밀약〉이 재차 성립되어, 이후 신라 협공이라는 구체적 성과로 이어진 것이 틀림없었다. 그해 4월, 구메황자는 쓰쿠시(축자筑紫)를 경유해 시마노코리嶋郡로 들어가, 그곳에서 주둔하면서 선박을 모으고 군량을 운반했다.

2달 뒤에 고구려와 백제로 떠났던 야마토의 사신들이 차례로 귀국했는데, 이후로 양국에서 야마토로 파견한 승려들이 대거 들어오기 시작했다. 그중에는 후일 아예 야마토로 귀화하는 인물까지 있었다. 하필 그러한 때 좋지 않은 보고가 들어왔다.

"천왕폐하, 신라 원정을 지휘하던 구메황자께서 병에 걸려 더 이상 임무를 수행할 수 없게 되었다는 보고이옵니다."

이듬해인 603년 봄 구메황자가 결국 축자(북큐슈)에서 병사하자, 야마토에서는 원정 장군을 그의 형인 다기마當摩황자로 교체했다. 그러나 이번에도 석 달 후 그의 아내가 사망하는 바람에 다기마황자가 부인의 장례를 위해 돌아오면서, 신라 원정이 부득이 중단되고 말았다.

그러나 제아무리 황자라 해도, 원정군을 책임지는 대장군이 아내의 장례식 참석을 위해 홀로 귀경했다든지, 이후 원정을 중단했다는 것은 납득하기 어려운 일이었으므로 원정의 사실 여부를 의심받기에 충분했다. 따라서 그것이 애당초 변죽만 울리려 든 것이었는지 아니면 허위 역사기록인지는 알 수 없지만, 어쨌든 당시 야마토 정권이 〈임나의 난〉을 계기로 반도를 잇는 대마도(임나)에 부쩍 신경을 썼고, 그 결과 곳곳에서 군사행동이 가시화된 것은 틀림없어 보였다.

실제로 백제의 무왕은 그에 앞선 602년 8월경, 신라의 아막산성(모산성) 포위를 시작으로 제일 먼저 신라 공격을 개시했다. 이에 맞서 신라의 진흥대왕도 변방에 4개의 성을 쌓고 백제의 변경을 침투해 들어갔고, 다시 무왕이 해수解讎에게 4만의 보기병을 내주면서 마침내 〈천산泉山전투〉에서 양측의 총력전이 펼쳐졌었다. 그러나 신라 화랑 귀산貴山 부자의 희생적 투혼에 백제군이 크게 패했고, 이후로는 오히려 신라에 수세적인 입장에 처하게 되었던 것이다.

북쪽의 고구려 또한 약간의 시차는 있었으나 가만히 있질 않았다. 이듬해인 603년이 되자 영양대제가 장군 고승高勝을 보내 신라의 북한산성을 쳤던 것이다. 이번에는 진평대왕이 출정해 친히 방어에 나섰기에 고승이 철군을 결정했지만, 백제와 고구려의 신라에 대한

공세가 연달아 이루어진 것으로 미루어 야마토가 제안한 〈三國밀약〉
과 연관되었을 개연성은 충분했다.

게다가 당시 백제와 고구려 두 나라 또한 〈신라〉를 공략할 만한 정
치적 이유가 충분했다. 우선 백제의 무왕은 3년 전 쿠데타를 통해 법
왕을 제거하고 즉위했기에 정통성이 부족한 데다, 그동안 왕위계승에
적극 간여해 왔던 야마토와도 서먹한 관계에 있었다. 거기에 과거 진
평대왕의 사위였기에 주변의 의심스러운 시선을 해소할 필요가 있었
으므로, 야마토가 제안한 신라협공에 적극적일 수 있었다. 고구려 또
한 598년의 1차 〈여수전쟁〉에 크게 승리했지만, 隋의 보복 가능성이
농후했기에 한강 유역을 차지한 배후의 신라를 선제적으로 제압해 둘
필요가 있었던 것이다.

정확한 기록은 아니지만, 실제 고구려는 이 시기를 전후해 신라의
동북 함경도 방면에 공세를 펼쳐 진흥대왕에게 빼앗겼던 황초령, 마
운령 일대의 상당 부분을 수복한 것으로 보였다. 더구나 이 시기에 이
미 고구려와 야마토 간에 사신과 승려들이 오가는 등 양측의 교류가
활발해지기 시작한 것도 눈에 띄는 변화 중의 하나였던 것이다.

비록 〈三國밀약〉에 의한 신라 협공이 완벽하게 성사된 것은 아니
지만, 이후로도 반도와 야마토의 교류는 더욱 활발해졌다. 특히 고구
려와 백제는 605년 수양제의 등장 이후에도 〈三國밀약〉의 관계를 유
지했고, 이로써 〈신라〉의 고립이 점점 가시화되기 시작했다. 다만 3국
간의 비밀스러운 협약이었기에 실제로 〈三國밀약〉의 구체적 내용이
알려지지는 않았으나, 역사적 정황으로 보아 사실임이 틀림없었고 시
대적 상황에 따라 밀약을 주도한 세력도 그때마다 달랐던 것이다.

이런 배경 아래 야마토와 백제, 고구려 三國의 〈신라〉 협공이 마무

리되던 604년을 전후해, 야마토에서는 우마야토황자의 주도 아래 새로이 12등급의 관위冠位를 제정하고, 처음으로 17조條에 이르는 〈율령〉을 반포하는 등 고대국가로서의 체계를 갖추는 일에 주력했다. 이는 불교와 더불어 중원으로부터 한반도를 거쳐 야마토에 유교가 본격적으로 유입된 결과였다.

율령의 첫 번째는 화和를 중시하고 서로 다투지 말라는 것이었다. 둘째는 삼보三寶(불佛·법法·승僧)를 깊이 공경하라는 것이었고, 셋째는 천왕의 명을 반드시 따르라는 것이었다. 기타는 생활 속에서 지켜야 할 예의와 규범에 관한 것들이었다. 이로써 야마토大倭는 天王이 지배하는 나라이되, 불교를 국교 수준으로 숭상하는 나라임을 천명한 셈이었다.

그해 가을, 야마토 조정은 천왕의 권위를 더욱 드높이고자 궁궐을 드나드는 사람들에게 다음처럼 매우 엄격한 예법을 요구했다.

"무릇 궁문을 출입할 때는 두 손을 땅에 짚고 무릎을 꿇어 문지방을 넘은 다음 일어서서 걸어가라!"

이처럼 야마토가 중원과 三韓의 선진문물을 받아들이는 데 적극적인 모습을 보이자, 특히 고구려에서 이에 적극 호응하고 나섰다. 605년경에는 야마토의 스이코推古여왕이 거대한 장륙불상을 조성한다는 소식에 고구려 영양대제(대흥왕大興王)가 천왕에게 황금 3백 냥을 보내 주는 등 파격적인 예우를 해 왔다. 수양제의 등장에 오히려 고구려 측이 야마토와의 교류에 더욱 적극적인 입장으로 변하기 시작했던 것이다.

이런 상황에서 607년이 되자 야마토에서는 아예 〈수〉나라에 견수사遣隋使를 파견해 직접 교류에 나서기로 했다. 그 결과 과연 608년에는 隋양제가 이에 화답해 배세청裵世淸을 사신으로 삼아 야마토 천왕에게 보냈다. 이때 隋의 사신단이 백제의 남로를 경유했는데, 당시 천왕에게 보내는 서책을 백제가 탈취했다 해서 후일 문제가 되기도 했다.

야마토에서는 隋의 사신 일행을 위해 나니와難波의 〈고려관〉 근처에 새로운 관관館을 지어 투숙하게 하고, 오미伸 아베노토리阿倍鳥에게 이들의 안내를 전담하게 하는 등 각별하게 예우했다. 그러한 노력으로 그해 9월, 마침내 추고여왕이 8명의 사신을 隋나라로 보내 외교관계를 맺는 데 성공했다. 야마토로서는 이로써 본격적으로 대륙 중원의 무대에 등장하는 중요한 외교적 전기를 마련한 셈이었다.

이처럼 야마토가 바다 건너 중원의 隋와 직접 외교관계를 맺고 왕래를 시작하던 무렵인 610년경, 야마토 조정에 隋의 최대 적대국인 고구려로부터 영양대제가 보낸 2인의 승려가 도착했다는 보고가 들어왔다.

"아뢰오, 고구려 태왕이 보낸 담징曇徵과 법정法定 2인의 승려가 도착했다고 합니다."

담징은 서른 살의 젊은 승려로 오경五經에 통달했고, 특히 채색화 부문에서 최고의 실력을 자랑하던 화가이자 예술가였다. 그런 그가 영양대제의 특명을 받고, 머나먼 바닷길을 건너 야마토까지 들어온 것이었다. 야마토는 건국 초기부터 가장 지독한 반고구려 집단, 서부여 세력의 후예로 사실상 고구려의 적국이나 다름없었다. 물론 그 당시에는 이미 고구려와의 교류가 개시되면서 많은 이들이 야마토를 다녀가거나, 혹은 귀화했다. 그렇더라도 이역만리 타국인 야마토행은 여전히 목숨을 건 모험이나 다름없었을 것이다.

이후로 담징은 나라奈良 인근에 세운 이카루가데라(반구사)로 가서 머문 것으로 보였다. 이 절은 601년경 우마야토황자가 이카루가 땅에 궁을 짓고, 담징이 도착하기 직전인 607년경 세운 것으로 알려졌다. 원래는 황자의 부친 용명천왕의 병구원을 위해 사찰의 건립이 발원되었으나, 천왕 사후 추고여왕과 황자가 불상과 절을 완성한 것이었다. 이때 불국정토를 그리던 황자가 기왕이면 자신의 궁 인근에 가장 훌륭한 황실 사찰을 지어 세상의 본보기로 삼고자 한 듯했다.

따라서 영양제가 특별히 최고의 채색화가인 담징을 야마토로 파견한 목적은 처음부터 야마토에서 귀히 여기는 황실 사찰의 조성을 돕게 하려던 것이 틀림없었다. 일단 건축물인 가람이 완성되었다 하더라도, 불상이 안치된 내부의 벽면에 불국정토佛國淨土를 그림으로 채우는 일이 그만큼이나 중요한 일이었던 것이다. 야마토의 실권자인 황자가 고구려 출신 혜자慧慈의 제자임을 알고 있던 영양제는 황자가 의욕적으로 펼치려던 불사 조성을 적극 지원함으로써, 황자의 마음을 얻고 이로써 원하는 외교적 성과를 내려 했던 것이다.

담징의 금당벽화가 언제 완성되었는지는 알 수 없지만, 안타깝게도 당시 처음 지어 올렸던 사찰은 황자(쇼토쿠태자)가 죽은 다음, 정치적 격변 등으로 수차례 위험에 노출되었다가, 670년경 결국 완전히 소실되고 말았다. 그러나 이후 그 인근에 다시 재건된 사찰의 흔적을 통해 당초 조성했던 사찰의 규모나 형태, 금당벽화의 실재를 유추할 수 있었다. 우선 금당金堂의 안은 불상을 모신 중앙의 수미단須彌壇을 10개의 두리기둥이 둘러싼 내진內陣과 함께, 다시 그 내진의 바깥을 18개의 기둥이 있는 외진外陣으로 구성되었다.

다시 내진에 20개의 작은 벽면과 함께 외진에 12개의 벽면을 두고 있었는데, 내진의 벽면에는 신비로움으로 가득한 비천상飛天像이 그려져 있었다. 외진의 4벽에는 동쪽 벽에 석가정토釋迦淨土를 서벽에 아미

타阿彌陀정토, 북벽의 동서로 약사藥師정토와 미륵彌勒정토 등 〈사방四方정토도〉가 그려졌는데, 제각각 다른 화가들이 그린 듯했고, 기타 여러 보살도菩薩圖 등이 그려져 있었다. 이로 미루어 원래 처음 조성된 사찰의 규모와 금당의 모습 또한 이와 맞먹는 수준으로 조성되었을 가능성이 충분했다.

이토록 많은 벽면을 정교한 채색의 불화로 메우려면, 얼마나 많은 화가의 공력과 시간이 필요했을지는 상상조차 어려웠을 것이다. 담징은 오랜 시간 그곳에 머물며 오로지 그림 그리기에 전념해야만 했는데, 워낙 방대한 작업이라 다른 화가들을 비롯해 곁에서 그를 돕는 사람들도 많았을 것이다. 그러다 보니 새로이 고급물감을 만드는 기술이라든가 동시에 보다 질이 좋은 종이나 먹 등을 만드는 최신기술을 자연스레 주변인들에게 전파해 주었다. 물이 떨어지는 낙차를 이용해 곡식을 찧는 물레방아 기술도 담징이 전해 준 것이라고 했다.

당시는 동북방 고구려에 대한 隋양제의 대규모 침공이 확실시되던 때였다. 따라서 영양제는 특히 〈수〉와 〈야마토〉가 외교관계를 맺고 직접 소통하는 것에 대해 잔뜩 신경이 쓰였을 터였다. 무엇보다 야마토를 움직여 〈신라〉를 견제하려는 것이 가장 큰 급선무였으므로 영양제는 담징 등을 보내 관련 정보를 수집하고, 장차 야마토로 하여금 신라를 도발해 가능한 그 시선을 남쪽으로 붙잡아 두는 방법을 모색하려 했을 것이다.

담징으로서는 그런 어려운 임무를 수행하기 전에 야마토인들의 마음을 얻어야 했으므로, 여러 가지 선진문물을 전해 주고 반구사의 금당벽화를 조성하는 데 온 정성을 쏟아야 했을 것이다. 그러니 반구사의 벽화를 그릴 때 담징은 구국의 마음이 되어 붓질 하나하나에 정성을 다할 수밖에 없었을 것이다. 담징이 이때 실제로 어떤 그림을 그렸는지 자세히 알 수는 없지만, 워낙 정교한 채색 불화에 아름답고 세련된 균형미로 이름이 높았다고 했다.

다행히 불에 타지 않은 비천상을 포함해 그가 그린 〈삼존상三尊像〉의 일부가 기적처럼 오늘날까지 전해졌다. 이처럼 우마야토황자가 그리던 불국정토의 꿈은 물론, 고구려를 수호하려는 영양대제의 염원과 담징의 혼이 함께 어우러져 반구사(이카루가데라)라는 웅장한 사찰이 조성되었다. 후일 이 유서 깊은 사찰의 이름이 바뀌었으니, 오늘날 세계문화유산으로 지정된 나라奈良의 법륭사法隆寺(호류지)가 바로 반구사의 옛 이름이었던 것이다. 그렇게 반구사가 완성된 이후에도 황자를 포함한 야마토인들은 담징을 결코 놓아주려 하지 않았고, 결국 그는 631년 머나먼 이국 야마토 땅에서 숨을 거두었다.

모름지기 걸작이란, 평범한 일상 속에서는 쉽게 탄생하기가 쉽지 않은 법이다. 거대 위기에 처한 고국을 반드시 구해야 한다는 긴박감과 절실함이 없었다면, 담징의 그림은 평범한 불화로 남았을지도 모를 일이었다. 그러나 담징이 종교적, 예술적 영감을 바쳐 혼신을 다해 그린 그림이었기에, 호류지의 금당벽화는 시대를 초월한 걸작으로 평가되면서 오늘날 〈동양 3大 미술품〉의 하나로 손꼽히게 되었다.

담징이 야마토로 들어가고 나서 1년 뒤인 611년 4월경, 〈수〉 양제는 그간 호언한 대로 고구려를 공략하기 위해 무려 110만이 넘는 정병을 북경 아래 탁군에 집결시켰다. 그리고는 12로군路軍을 편성한 다음, 이듬해 612년 정초부터 일제히 고구려의 서쪽 변경 전역에 대해 대대적인 공세를 펼치기 시작했다. 놀랍게도 隋軍의 대공세가 펼쳐지기 직전인 611년 10월경, 〈백제〉의 무왕이 〈신라〉의 가잠성椵岑城(충북괴산)을 공격했는데, 백 일이 넘도록 성을 포위한 채로 있었다. 우연으로 치기에는 너무도 극적인 상황이었기에, 이는 필시 야마토가 백제를 움직여 신라를 치게 한 것이 틀림없어 보였다.

이때부터 신라는 백제와의 전쟁에 매달려 북쪽 고구려를 넘볼 생각조차 할 수 없었다. 이처럼 백제와 신라가 서로 전쟁을 치르느라 모두 반도에 묶이다 보니, 東西 및 위아래로 펼치고자 했던 隋와의 고구려 협공이 물 건너간 셈이 되었다. 이것이야말로 영양대제가 물밑에서 추진했던 숨은 전략 그대로였을 것이다. 이는 분명 야마토 조정을 움직이기 위해 우마야토에게 접근했던 승려 혜자와, 법륭사의 금당벽화를 완성하고자 혼신의 힘을 다했던 담징의 노력들이 어우러져 일궈낸 외교적 성과임이 틀림없었다.

이것은 당시 야마토의 성덕태자(우마야토)가 〈隋〉나라로부터 대규모 침공 위기에 처한 고구려를 구원하기로 결심했다는 의미였다. 돌이켜보면 당시 야마토 천왕가의 먼 조상들은 고구려와 같은 북부여의 후예들이었다. 갑작스러운 주몽의 출현을 반길 리 없던 부여의 토착세력 중에는 고구려가 건국될 때부터 정통성 시비를 내걸며 일관되게 저항한 이들이 있었는데, 이들이 바로 야마토의 조상인 〈서부여〉 (비리) 세력이었다. 이들은 가장 강력한 반고구려 세력이 되어 기회만 되면 고구려의 강역을 넘보았고, 漢族의 나라들과도 기꺼이 손을 잡곤 했다.

그러나 고구려에 지속적으로 밀려나면서 근거지와 나라 이름 등을 수시로 바꿔야 했고, 때로는 내부분열에 이어 한반도를 거쳐 倭 열도로의 이주마저 감수해야 했다. 그렇게 1세기경 대륙 요동의 〈서부여〉로 시작해, 〈대방〉과 반도의 〈부여백제〉를 거치고, 열도의 〈야마토大

倭國〉을 승계해 작금에 이르는 동안 무려 6백여 년의 오랜 세월이 흘렀던 것이다. 그토록 장구한 방랑과 이주의 역사diaspora를 거치면서도 야마토의 선조들은 고대 〈부여국〉의 후예라는 정체성을 결코 포기하지 않았다.

동시에 야마토의 천왕들은 자신들이 맡기고 온 반도의 백제에 대해, 上國의 입장에서 영향력을 행사하면서 2백여 년을 유지해 왔다. 그리고는 더욱 거대해진 야마토를 건설해 반도의 三韓은 물론, 중원의 통일제국 〈수〉와 직접 통교하는 수준에까지 이르렀던 것이다. 그런 시점에서 6백여 년 동안 적대시해 오던 고구려를 택하고, 중원을 재통일한 신흥제국 〈隋〉에 등을 돌린 것은 대단히 파격적인 정치적 결정이 아닐 수 없었다. 당시 〈야마토〉의 조정은 어떤 이유로 이런 결정을 내렸을까?

우선은 선비족의 나라에 대한 신뢰가 그다지 크지 않을 수 있었다. 3세기 초 후한의 멸망을 계기로 〈5호 16국〉에 이은 〈남북조〉 시대가 약 4백 년간 이어지면서 북방 유목민족이 크게 발흥했고, 그중 선비족의 중원진출이 가장 두드러졌다. 그러나 그 많은 나라들이 대부분 반세기 안팎의 단명으로 끝났고, 그저 탁발씨의 〈북위〉 정도만이 대략 120여 년을 지속했을 뿐이었다. 이에 반해 〈고구려〉는 무려 650여 년의 왕통을 이어 온 북방 기마민족의 종주국이자 〈고조선〉을 계승한 최고最古의 나라로, 사방으로부터 그 권위를 존숭받는 나라였다.

실제로도 그런 고구려에 도전해 위협이 되었던 나라는 모용선비의 나라인 〈전연〉과 〈후연〉 정도였고, 화북을 통일하다시피 했던 〈전진〉이나 〈북위〉, 〈북제〉, 〈북주〉 등의 나라들마저 혼인동맹 등을 통해 고구려와의 화친을 일관되게 유지했다. 비록 〈隋〉가 4백 년 만에 중원을 통일한 제국인 데다, 대략 고구려의 10배에 해당하는 인구와 강역을 지닌 당대 최강의 나라임이 틀림없었으나, 고구려를 제압하기는 결코 만만치 않은 일로 평가되었던 것이다.

실제로 양제의 부친 文帝가 30만의 대군을 동원하고도 1차 〈여수麗隋전쟁〉에서 참패당한 것이야말로, 이를 입증해 주는 사례이기도 했다. 게다가 隋양제는 패륜으로 황위를 차지한 데다 향락과 사치에 열중이었고, 상상조차 어려운 거대 운하 및 장성 축조 등 대역사로 민심을 잃고 있었다. 〈개황의 치〉를 이루어낼 정도로 현군이었던 文帝와 달리, 거침없는 광폭 행동을 보이는 양제에 대해 隋나라 안팎에서 모두들 불안한 눈으로 그를 바라보았을 것이다.

야마토 내부적으로도 숭불파와 배불파의 대립으로 先王이 피살된 지 얼마 되지 않은 데다, 여왕의 통치 아래에 있어 내부 결속이 중시되는 때였을 것이다. 따라서 관직과 율령을 새로 정해 선진화된 국가체계를 도입하고, 종교적으로도 불교의 도입에 열중하는 등 국론 통일을 위한 내치內治에 주력하던 때였다. 게다가 학문적 소양이 뛰어났던 성덕태자의 문인 기질도 한몫했을 법했다.

여기에 수양제의 침공을 앞두고 풍전등화의 위기 국면에 처한 영양대제의 적극적이고도 치밀한 외교활동이 야마토 군신들의 마음을 움직였을 가능성도 농후했다. 성덕태자의 불교 역사役事 소식을 접한 영양제는 그 즉시 야마토 왕실에 황금을 보내고, 반구사의 금당벽화를 그려 낼 고구려 최고의 화가 담징을 파견하는 등 진정성을 갖고 태자의 마음을 움직이고자 노력했던 것이다. 이는 흡사 오늘날 최첨단 우주항공이나 핵기술자를 이웃 나라에 지원해 주는 상황과 별반 다를 바 없는 일이었던 것이다.

이 밖에도 야마토 자체의 현란한 외교술도 빼놓을 수 없었다. 당시 반도의 백제와 신라 두 나라는 隋양제에게 제각각 사신을 보내, 고구려 침공을 부추기고 있었다. 이들 두 나라와 隋의 東西 협공이야말로 고구려로서는 최악의 상황이 될 수 있었기에, 영양제는 야마토로 하여금 어떻게든 이들 두 나라를 반도에 붙잡아 둘 수 있는 방안을 찾아 주기를 원했을 것이다. 야마토가 백제에 대해서는 上國으로서 〈여수 전쟁〉에 끼어들지 말 것을 요구하고, 신라에 대해서는 직접 침공을 가하든지 해서 신라를 붙잡아 둘 수도 있었기 때문이었다.

이에 대해 쇼토쿠태자는 야마토가 직접 나서지 않는 대신, 백제로 하여금 이미 적대관계로 돌아선 신라를 때리게 하는 방법을 선택했으니, 절묘한 신의 한 수가 아닐 수 없었다. 주목되는 것은 백제의 무왕이 신라의 가잠성을 선제공격한 것이 그해 611년 10월경이었고, 이후 100일이 넘도록 성을 포위하고 있었다는 점이었다. 반도로부터 고구려에 대한 선제공격을 기다리던 탁군의 隋軍은 그해가 다 지나갈 때까지 망설이다가 때를 놓쳐 버렸고, 결국 해가 바뀐 이듬해 정월이 되어서야 비로소 요수遼水(영정하)를 넘기 시작했던 것이다.

이처럼 隋軍의 고구려 침공 개시에 앞서 백제군이 느닷없이 가잠성을 공격한 것은 신라가 먼저 고구려를 공격할 기회를 차단함으로써, 隋의 고구려 침공마저 저지시키는 효과를 노린 것으로 보였다. 당시 탁군의 隋양제는 백제와 신라 두 나라와 통교하면서 고구려에 대한 양면 협공을 시도하되, 반도에서의 선제 타격을 요구했을 가능성이 충분했다. 그러나 반도의 두 나라가 자기들끼리의 전쟁에 돌입함으로써, 隋의 고구려 공격이 그해가 다 가도록 늦춰질 수밖에 없었던 것이다.

실제로 隋양제의 거가車駕가 탁군의 임삭궁臨朔宮에 도착한 것이 그해 611년 4월경이었다. 양제가 그에 앞서 조서로써 징집령을 내리고 전국의 군사들을 탁군(북경서남)에 모이게 했다. 병사들은 물론 전쟁에 쓸 병거(마차), 갑옷과 무기류, 식량과 같은 군수물자를 모으는 데 상당한 시일이 걸렸다 해도, 4월에 도착한 황제를 연말까지 기다리게 할 수는 없는 노릇이었으므로 탁군 집결은 여름이 가기 전에 완료되었을 것이다. 백제가 신라를 친 것이 10월이었음을 감안하면, 隋軍의 공격개시가 10월로 잡혀 있었을 가능성이 컸던 것이다.

당시 백제의 기습공격에도 백 일이 넘도록 가잠성을 지켜 냈던 신라군은 현령縣令 찬덕讚德이 전사함으로써 끝내 성을 백제군에 내주고 말았다. 이듬해 隋나라의 6軍이 일제히 요수遼水를 건넌 것을 확인한 백제 무왕이 그제야 명령을 내렸다.

"마침내 隋軍의 구려 공격이 개시되었다. 장차 우리도 수군에 호응해 구려를 치고 올라가야 하니, 북쪽 국경을 지키는 장수들은 더욱 엄히 군비를 살피도록 하라!"

이렇게 겉으로는 〈隋〉나라를 돕겠다고 선언했으나, 이는 어디까지나 말뿐이었다. 놀랍게도 이때 무왕은 고구려와도 은밀하게 군사정보를 공유하고 있었던 것이다. 그해 2월 무왕은 국지모國智牟를 隋양제에게 보내 조공하고, 고구려 공략 시기를 물었다. 이에 수양제가 크게 기뻐하면서 백제 사신단에게 후하게 상을 내리고, 상서기부랑 석률席律을 불러 명을 내렸다.

"백제 무왕이 자꾸만 같이 구려를 치자고 보채면서 구려 공략의 시기를 묻고 있다. 그러나 한편으로 무왕의 진심인지를 알 수 없으니, 그대가 이번에 백제로 가서 직접 무왕을 만나 그 속마음과 준비태세 등을 확인해 보거라. 실제로 진정성이 있다고 판단된다면, 그때 백제왕과 함께 공략 시기를 논의해도 좋을 것이다."

수양제야 이미 마음을 굳힌 상태였겠으나, 상대는 10여 년 전 〈여수전쟁〉을 통해 본인이 직접 그 막강한 전투력을 경험했던 고구려였던 만큼, 돌다리도 두들겨 보고 건넌다는 심정으로 신중을 기했던 것이다. 그러나 석률은 자신이 전쟁의 개시를 결정해야 하는 책무를 지게 되었으므로 무거운 마음으로 백제로 향하는 배에 올랐을 것이다. 그리하여 隋나라의 석률이 백제를 다녀가게 됐고, 무왕을 만나 함께 고구려에 대한 협공과 시기를 논의하고 돌아갔다.

그해 8월 무왕이 명을 내려 적암성赤喦城을 쌓게 했는데, 2달 뒤에 보니 북쪽으로 진격하는 것이 아니라, 느닷없이 동쪽의 신라 가잠을 공격하게 했다. 물론 백제 측에서는 후일 隋나라 측에 신라의 선제공격 때문이었다고 일관되게 주장하면서, 자신들의 책임을 은폐하려 했을 것이다. 한편 무왕은 신라와 전쟁을 펼치는 중에도 은밀하게 고구려에 사람을 보내, 隋軍의 공격개시일 등에 대한 구체적인 군사정보를 제공하면서 철저하게 이중외교를 펼친 것이 틀림없었다.

이처럼 당시 백제가 隋와의 군사동맹을 깨면서 오히려 고구려를 돕게 되기까지의 과정이 잘 알려지지는 않았으나, 그럴만한 결정적 이유가 있었을 것이다. 그 가운데 가장 유력한 사유가 바로 야마토 조정의 강력한 요청 때문이었을 가능성이 높았다. 무왕이 즉위하기 이전인 599년경 위덕왕이 죽자 그의 조카인 법왕이 위덕왕의 정실 왕자들을 물리치고 왕위를 차지했다. 이때부터 백제와 야마토 양국의 관계가 서먹해졌을 것이다. 그뿐이 아니었다. 다시 2년이 지나 600년이 되자 이번에는 위덕왕의 서자인 무왕이 법왕을 끌어내리고 왕위에 올랐으니, 야마토 조정에서는 더욱 난감했을 것이다.

그때까지도 야마토 조정에는 위덕왕에 이어 왕위에 올라야 했던 아좌태자가 597년 인질 겸 조공을 위해 파견된 이래로, 백제로 돌아가지 못하고 있었다. 당시 아좌태자가 그린 성덕태자의 초상이 오늘날까지 전해진 것으로 미루어, 인질의 처지에 있던 아좌태자를 성덕(쇼토쿠)태자가 보호하고 위로하면서 둘 사이의 관계는 매우 돈독했던 것이 틀림없었다. 그러니 무왕 초기 야마토에서 백제를 바라보는 시선은 더욱 냉랭했을 터였다.

이러한 상황에서, 그해 신라에서 〈임나의 난〉이 일어나면서, 상황이 급반전되었다. 어떻게든 임나를 부활시키려던 야마토가 스스로 백제와 고구려에 사자를 보내, 야마토와 더불어 3국이 신라를 고립시키고 함께 협공을 하자는 제안을 꺼내들었던 것이다. 다행히 야마토와의 관계 회복이 절실했던 백제와 고구려 양국 모두가 이에 적극 호응하면서, 실제로 이들이 신라에 공세를 펼치기 시작했다. 602년에 먼저 백제가 아막산성을 친 데 이어, 이듬해에는 고구려가 북한산성을 차례대로 공격했던 것이다.

이처럼 야마토가 주도했던 신라에 대한 〈三國밀약〉을 계기로 이들 세 나라의 관계가 급격하게 호전되기 시작했고, 서로의 이익을 주고받는 관계로까지 발전하게 된 것이 틀림없었다. 그 와중에 隋양제의 침공이 점점 가시화되면서 위기를 느낀 고구려 영양대제가 야마토의 성덕태자를 상대로 더욱 적극적인 설득과 외교활동을 전개한 결과, 성덕태자는 현실적인 이유로 고구려의 편을 들기로 했고, 백제에 그런 의사를 강력하게 전달한 것으로 보였다.

이처럼 근대 이전 세계 역사상 최대 규모의 전쟁인 2차 〈여수대전麗隋大戰〉을 목전에 두고, 신라를 제외한 야마토와 고구려, 백제 간에 활발한 외교전이 펼쳐졌고, 그 결과 모종의 밀약이 성사되었던 것이다. 이는 전쟁 이후에 나타난 이들 3국의 태도 변화를 통해서도 알 수 있었다. 우선 백제의 무왕은 수양제의 고구려 침공 이듬해에도 변함없이 隋나라에 사신과 조공을 보내 隋와의 동맹관계를 유지하려 했다.

가장 두드러진 변화는 이후로 백제와 신라가 철천지원수가 된 것처럼 서로를 물어뜯고, 한쪽이 망할 때까지 격렬하게 싸우게 되었다는 것이다. 반면 백제와 고구려의 관계는 상당히 양호한 관계로 발전해 나갔고, 나중에는 서로 협력하여 신라를 공격하는 수준으로까지 진전되었다. 결과적으로 〈신라〉만이 백제와 고구려는 물론, 야마토의 3국으로부터 외면당하면서 철저하게 고립되는 국면이 이미 이때부터 조성되기 시작했던 것이다. 이것이야말로 야마토가 〈三國밀약〉으로 신라에 대한 협공을 추진할 때부터 가졌던 의도였으니, 〈여수전쟁〉의 결과와 무관하게 야마토야말로 상당한 외교적 성과를 올린 셈이었다.

더욱 놀라운 것은 이 과정에서 650년이라는 오랜 세월 동안 서로를 피할 수 없는 숙명의 적으로 여겨 왔던 고구려와 옛 서부여 세력의 후예인 야마토가, 이 시점에서 현실적인 이유에서나마 비로소 손을 잡게 되었다는 점이었다. 사실 이 두 나라는 모두 古朝鮮의 후예이자 그를 계승했던 북부여의 후예들로 혈통적으로는 같은 민족이나 다름없었다. 초기에는 요동 일대의 강역 다툼으로 시작했던 것이 점차 사활을 건 전쟁으로 번졌고, 수백 년이라는 오랜 세월이 흐르는 동안 숙명적인 적대관계에서 벗어나지 못하면서 서부여 세력의 반복된 이주와 고난의 역사로 점철되었던 것이다.

그러나 공교롭게도 중원의 통일과 함께 강력한 隋나라가 등장하면서, 같은 부여에 뿌리를 둔 이들 두 세력이 마침내 힘을 합해 선비의

나라 隋에 맞서게 되었던 것이다. 이와 같은 민족감정의 변화는 서부
여 세력이 마침내 倭열도에 확고하게 뿌리를 내리면서, 양측이 더 이
상 강역을 두고 다툴 요인이 사라졌기 때문이었을 것이다. 오랜 세월
이 흐르는 동안 구원舊怨의 원인이 지정학적 변화로 자연스레 해소되
면서, 현실적 요인을 중시하게 된 것이었다.

그 와중에 마음의 문을 열고 새로운 협력의 장으로 양쪽 백성들을
인도한 주인공은, 바로 영양대제와 성덕태자처럼 부지런히 나라를
다스린 군주들이었고, 담징과 같은 천재적 예술가가 뒤에서 이들을
적극 도왔던 것이다. 법륭사 금당벽화 부처의 근엄한 표정과 두 손을
모아 기도하는 듯한 형상에는 인간의 해탈을 구하기보다는, 지상최대
의 전쟁을 앞두고 백척간두의 위기에 처한 고국의 안녕을 바라는 담
징의 간절한 염원이 담겨 있었던 것이다.

2. 지상 최대의 전쟁과 을지문덕

고구려는 장수대제 이후 서남쪽 중원의 나라들과는 가능한 화친
을 유지하려 했다. 그러나 유독 동쪽 반도의 신라와 백제에 대해서만
큼은 〈남진정책〉을 택해 기회만 되면 군사작전을 펼치는 등, 강경일
변도로 맞서 왔다. 그것은 요수 동쪽의 고구려가 대륙과 반도의 동서
양쪽 사이에 끼어 언제든지 양면협공 위험에 노출되어 있었기 때문이
었다. 어느새 반도의 백제와 신라 두 나라가 점점 더 만만치 않은 세

력으로 성장했기에, 아직은 상대적으로 약한 동쪽 반도의 나라들부터 선제적으로 눌러 놓아야 한다는 현실적 필요성이 대두되었던 것이다.

특히 영락제와 장수대제가 반도를 한 바퀴 휘저어 놓은 뒤로 신라는 북쪽 고구려에 기댔고, 백제는 같은 〈백가제해〉 세력인 야마토와 연합해 균형을 이루어 나갔다. 그러나 5세기를 전후해 대륙의 강성한 모용선비 일파가 신라로 스며들어 마립간시대를 열고 나서부터는, 반도의 두 나라가 굳건한 〈나제동맹〉을 결성해 대륙의 고구려에 백 년이 넘도록 맞서 왔다. 그러다가 6세기부터 요서백제군을 상실한 백제가 남선南先정책으로 돌아서면서, 신라 남부의 가야를 놓고 두 나라의 동맹에 균열이 가기 시작했다. 특히 백제가 사비성으로 천도하고 〈남부여〉로 국호를 바꾸면서부터는, 반도 전체가 격렬한 東西대결의 시대로 되돌아가고 말았다.

이와 함께 중원 또한 〈남북조시대〉의 종말과 함께 강력한 통일제국 〈隋〉가 등장하면서 상황이 급변하기 시작했고, 급기야 북방의 패권을 놓고 〈여수전쟁〉이 터지면서 과거의 정책은 더 이상의 실효성을 잃게 되었다. 한반도의 두 나라가 저마다 隋에 사신을 보내 고구려를 협공하자며 전쟁을 부추기기 일쑤다 보니, 한순간에 고구려가 사면초가에 빠지는 위기상황에 내몰렸던 것이다.

그 와중에 隋양제의 침공 위협에도 불구하고 고구려 영양대제는 장안에 입조하라는 양제의 요구를 철저하게 무시했다. 겉으로는 그렇게 강인한 모습으로 일관하는 듯했지만, 조정 내부에서는 또다시 다가올 전화를 걱정하는 목소리도 비등했고 전쟁 준비로 어수선했다. 수양제의 침공이야 불가피하다지만, 동쪽 반도의 나라들이 隋에 호응해 양면 협공을 가해 오는 것이야말로 최악의 상황이었기에, 영양제는 반드시 이를 막아 낼 방안을 찾아야만 했다.

마침 먼 바다의 야마토와 교류를 튼 데다 수년 전 야마토가 내세웠던 〈三國밀약〉 안에서 실마리를 찾을 가능성이 있다고 보고, 영양제가 부쩍 이 문제에 골몰했다. 우선 반도 서쪽의 백제가 야마토와는 오랜 동맹의 관계라, 야마토를 움직일 경우 백제의 북진을 제지할 가능성도 없지 않았다. 더구나 야마토가 제안한 〈삼국밀약〉 즉 고구려와 백제, 야마토 3국이 협력해 신라를 고립시킬 수 있다면, 나머지 신라의 북진마저 저지할 수 있는 해법을 찾을 수도 있었던 것이다.

결국은 이 모든 문제를 해결할 열쇠를 〈야마토〉가 쥐고 있는 셈이라, 영양제는 특히 야마토의 실권자인 우마야토황자(성덕태자)의 마음을 얻고자 심혈을 기울였다. 다행히 구려승 혜자가 황자의 스승이 된 데다, 황자가 힘만을 앞세우는 무도한 성격이 아니라 학문을 좋아하고 불교를 내세워 내치를 다지려 한다는 말에 큰 기대를 갖게 되었다. 그러던 605년경, 야마토 조정에서 장육불상을 조성하고 있다는 소식이 들려오자 영양제가 과감한 명을 내렸다.

"반도의 일은 모두 왜국의 우마야토황자에게 달려 있으니, 진실로 그의 마음을 얻는 일이 중요하다. 즉시 황금 3백 냥을 황자에게 보내 그가 불사를 조성하는 일을 적극 돕도록 하라."

수백 년 동안이나 원수처럼 지내 오던 고구려 태왕이 귀한 황금을 공물로 보내오는 등 파격적인 예우를 해 오자, 야마토 조정에서도 스이코推古여왕을 비롯한 군신들이 크게 놀랐다. 이 사건으로 황자의 권위 또한 한껏 오르게 되었고, 황자는 영양제의 속 깊은 배려와 정성을 흐뭇하게 여겼을 것이다. 그러던 중 607년이 되자 야마토가 수양제에게 견수사遣隋使를 직접 파견했고, 이에 대한 답방으로 수양제가 이듬해 배세청裵世淸을 야마토로 보내면서 양측이 직접 통교를 시작했다. 아마도 이 무렵에는 선박 제조 및 항해술이 발달하면서 연안 항해 수준을 벗어나, 황해바다 한가운데를 경유하는 직항로를 이용하는 것이 일상이 된 듯했다. 소식을 들은 영양대제가 측근들을 모아 놓고 이 상황에 대해 논의했다.

"倭가 隋와 직접 통교를 시작했다니 우마야토황자의 속내가 무엇인지 알 수 없다. 자칫하면 우리 쪽의 정보가 倭를 통해 隋로 들어갈 수도 있으니, 특히 보안에 유의해야 할 것이다. 아무래도 결정적으로 황자의 마음을 사로잡을 수 있는 특출한 인물이 필요하다. 그러려면 학식이 두루 뛰어나고 불법에 정통해 황자를 움직일 수 있는 인재가 필요하니, 서둘러 마땅한 자를 물색해 보라."

그렇게 천거되어 올라온 인물이 오경五經에 두루 정통하다는 담징과 법정 두 승려였고, 이들이 마침내 610년 3월경 야마토로 들어가 우마야토황자와 마주하게 되었던 것이다.

그 무렵 수양제는 장강 아래 항주에서 시작해 낙양 인근을 거쳐 탁군에 이르기까지, 장강과 회수, 황하의 물길을 연결해 3천 리에 달하는 거대운하를 건설하고 요수를 건널 채비를 마친 상태였다. 즉위 이래 7년 동안을 착실히 준비해 온 셈이었으니, 〈대업大業〉이라는 연호가 지닌 의미도 처음부터 고구려 정복을 목표로 한 것임이 틀림없었다. 611년 2월경, 마침내 수양제가 〈고구려 원정〉을 결행하기로 마음을 굳히고, 전국에 징집령을 내렸다.

이어 전군全軍으로 하여금 요수(영정하) 바로 남쪽의 탁군으로 집결케 했으니, 북경의 서남쪽 아래였다. 일찍이 秦王 정政을 척살하고자 형가가 들고 갔던 지도의 땅, 독항이 바로 이곳이었다. 황제 자신

도 거가에 올라 출발하니 4월이 되어서야 탁군의 임삭궁臨朔宮에 도착
했다. 일설에는 수양제가 이때 대운하인 영제거를 이용해 용주를 타
고 탁군까지 이르렀다고도 했다.

이때를 전후해 양제가 유주총관 원홍사元弘嗣에게 칙서로 명을 내
렸다.

"총관은 서둘러 동래의 바다 입구로 가서 배 3백 척을 건조하라!"

원홍사가 관리들을 보내 선박 건조하는 작업을 감독하게 했는데,
일꾼들이 밤낮으로 쉬지 않고 일하도록 재촉하는 바람에, 반쯤 물에
잠긴 채 작업하던 많은 인부들이 희생되기도 했다.

이어서 산동에 조서를 보내 관부官府를 설치하게 한 다음, 군마를
길러 공급하게 했다. 강남과 회남에서 노 젓는 노꾼 1만 명과 쇠뇌를
쏘는 노수弩手 3만 명에 창병槍兵 3만을 모아 水軍을 보강하게 했다. 5
월에는 하남 등지에서 마차 5만 승을 만들어 갑옷과 무기, 막사 등을
실은 다음, 백성들을 징발해 군수물자를 나르게 했다. 7월경에는 여양
黎陽과 낙구洛口의 여러 창고에 비축해 둔 쌀을 탁군으로 운송하게 했
는데, 운하를 가득 메운 곡물 수송선이 1천여 리나 이어졌다고 한다.

각종 무기와 대형 공성 무기 등을 싣고 오가는 사람들로 항상 수십
만의 사람들이 길을 가득 메웠고, 그 와중에 죽어 나가는 자도 부지기
라 온 천하가 떠들썩했다. 그렇게 운송된 미곡은 북경 위아래로 회원
懷遠과 노하瀘河 두 진鎭에 쌓아 두게 했다. 노하는 북경 아래를 흐르는
요수의 일부 구간인 노구하盧溝河로, 회원은 조하潮河의 서쪽 黃山 인근
으로 보였는데, 조하와 노구하가 북경 동쪽의 三河에서 만나 조선하
(조백하)를 이루면서 남쪽 발해로 흘러 들어갔다.

그렇게 전군의 집결이 완료되니, 무려 113만에 이르는 정병이 모여

들었다. 여기에 군량과 무기 등을 운송하는 지원병이 2백만에 달했다니, 그야말로 그때까지 동서양의 역사에서 처음 있는 일이었다. 그만큼 양제 또한 이번 2차 〈여수전쟁〉에 모든 것을 건 셈이었는데, 대략 〈수〉나라 인구의 1/10에 해당하는 병력을 이 전쟁에 동원한 것이었다. 워낙 많은 대군이라 양제는 이때 모든 군대를 재편성해 좌우 12군씩 총 24軍으로 나누고, 군마다 대장大將과 아장亞將 1명에 기병과 보병을 배치했다.

기병은 1백 명 단위의 40대隊를 구성하고, 10대를 1단團으로 한 4단을 구성하니 총 16만 명 수준이었다. 보병은 80대의 병력을 20개 단위로 모아 1단으로 하고 총 4단을 구성했으니 대략 64만 명이었다. 여기에 후방의 운송병과 군데군데 보병들 사이에 보충 병력인 산병散兵 4단을 각각 배치했다. 그러니 투구와 갑옷이 번쩍이고, 부대를 구분하기 위한 형형색색의 각종 깃발들이 하늘을 뒤덮을 듯 펄럭이며 끝없는 행렬이 이어졌다.

흥미로운 점은 이때 수양제의 백만 대군이 집결했다는 북경 아래의 탁군은 임유관에서 서북쪽으로 대략 2, 3백 리나 멀리 떨어진 곳이었다. 1차 〈임유관전투〉에서 해상전투는 물론 여러 강줄기와 습지 등에 갇혀 혼이 났던 만큼, 발해만에서 멀찌감치 떨어진 내륙을 집결 장소로 택한 것이 틀림없었던 것이다.

그렇게 모든 출정 준비를 마치고서도, 수양제는 반도의 〈백제〉 무왕과 은밀히 연락해 함께 東西에서 양면 공격을 펼치기로 하고 출격 일정을 잡았는데, 그것이 바로 10월경으로 보였다. 그런데 기일을 넘겨서도 도통 백제군이 북진을 개시했다는 소식이 들어오지 않더니, 백제로부터 한심한 소식이 날아들었다.

"아뢰오, 지금 백제가 신라와 가잠성을 놓고 한창 전쟁 중이라 합니다."

"무엇이라? 그렇다면 동쪽 백제 쪽에서의 선공이 물거품이 되었단 말이 아니더냐? 에잇, 참······."

백제와의 고구려 협공이 어그러진 데 대해 수양제가 크게 낙담했으나, 어쩔 수 없는 상황이었다. 그럼에도 수양제가 단독으로 선뜻 공격에 나서지 못하고 차일피일 미루고 있었는데, 1차 〈여수전쟁〉에서 참패한 악몽 때문이었을 것이다. 그사이 계절이 이미 추운 한겨울로 접어드는 바람에 전쟁을 개시하기도 어려운 지경에 처하고 말았으니, 처음부터 10월을 택한 것도 의문투성이였다. 어쨌든 隋양제의 백만 대군은 별수 없이 탁군의 너른 들판에서 사나운 북방의 추위와 싸우며 봄이 오길 기다리는 수밖에 없었던 것이다.

그렇게 별 소득 없이 그해를 보낸 수양제는 이듬해 612년 정월 봄이 되자마자, 인근의 합수合水 현령縣令 유질庾質을 불러 고구려를 꺾을 승산이 있는지를 물어보았다. 그러자 유질이 뜻밖의 대답을 했다.

"물론 황상께서 이길 것입니다. 그러나 신臣은 황상께서 친히 나가서 싸우시지 않기를 바랍니다."

양제가 낯빛이 바뀌더니, 군사를 모두 모아 놓았는데 어찌 적을 보기도 전에 물러설 수 있겠느냐고 되물었다. 그러자 유질이 답했다.

"행여 싸워서 이기지 못하면 황상의 위엄이 손상될까 걱정입니다······"

그러면서 유질은 반드시 용맹한 장수를 선발해 그에게 전쟁을 일임하되, 속히 고구려를 치게 할 것을 간했다. 그러나 그가 황제의 능력을 의심하는 듯한 발언을 에둘러 한 것 같아서 양제가 기뻐하지 않았다. 그리고는 얼마 후 황제 자신이 직접 대군을 이끌고 출정에 나섰는데, 이때 공표한 조문詔文이 제법 장엄하고 비장했다.

"······(중략)······. 작고 추한 구려의 무리가 어리석고 겸손하지 못해 발해, 갈석 사이에 사람을 모으고 요동예맥의 땅을 잠식하니, 비록 한위漢魏 시절에 정벌해 그 소굴을 잠시 뒤집어 놓았으나, 백성들이 여기저기 흩어져 있는 데다 그 거리가 멀다 보니, 또다시 모여들어 前代의 부락을 회복하고 인구를 늘리면서 오늘에 이르렀다. 지금 화양華壤(화북 땅)을 돌아보니 모두가 이류吏類(동이족)의 땅으로 역사가 오래되어 쌓인 악이 가득하다. ……(중략)……. 거란의 무리를 아울러 연안을 지키던 해수海戍(隋장수)를 죽이고 말갈의 부류와 친하여 요서를 침범했다. ……(중략)……. 이제 마땅히 규율에 따라 부대를 나누고 행로에 올라 우레가 진동하듯 발해를 덮고, 번개로 쓸어버리듯 부여를 지날 것이다. 방패와 갑옷을 챙기고 경계하면서 행군하라. 전투가 끝난 후에는 반드시 승리하게 될 것이니라!"

그리고는 左 12軍은 누방, 장잠, 명해, 개마, 건안, 남소, 요동, 현토, 부여, 조선, 옥저, 낙랑으로 향하고, 右 12軍은 점선, 함자, 혼미, 임둔, 후성, 제해, 답돈, 숙신, 갈석, 동이, 대방, 양평으로 나가게 했다. 이 명칭은 하나같이 古요수(영정하)와 난하(압록) 사이에 산재해 있던, 말 그대로 요동예맥遼東濊貊의 땅들이었다. 이어 장차 부대마다 점령해야 할 고구려의 주요 郡들을 각 부대의 별칭으로 삼게 했으니, 업무분장과 함께 목표 의식을 분명하게 하려는 속셈이었다.

대략 좌군이 북경 위쪽을 돌아 동쪽으로 조하를 건넌 다음 강을 따라 남쪽으로 훑고 내려오고, 우군은 북경 일대의 요수를 건너 거의 수평으로 동진하되, 좌우 2군이 요동성(계주) 일원에서 모여 난하로 진격하는 것을 1차 목표로 삼은 듯했다. 전군全軍을 이렇게 좌우군으로 나누고, 다시 촘촘하게 관할 지역을 정해 준 것은 병력에서 열세에 있는 고구려군을 분산시켜 수비를 어렵게 만들려는 계산으로 보였다.

양제가 공격 개시에 앞서 제장들에게 엄하게 명을 내렸다.

"전군의 이동 상황은 주문대보奏聞待報하고, 전단專壇치 말라!"

즉, 일체의 병력 이동상황을 부대별로 수시로 보고하고 명령에 따라 움직이되, 부대장이 함부로 독단적으로 행동하지 말라는 것이었다. 얼핏 이는 백만 대군을 통솔함에 있어 일사분란하게 지휘하는 효과가 있었을지라도, 진격의 속도를 늦추고 현장에서 신속하게 대응할 수 있는 기능을 빼앗는 부작용이 있었다. 〈新〉나라 말기인 AD 23년경, 왕읍의 40만 대군이 〈곤양대첩〉에서 참패했던 상황이 이와 비슷했을 것이다. 어쨌든 이들 좌우 24軍은 개별 출발하되 낙역인도絡驛引途, 즉 서로 연락하면서 연속적으로 진군하고, 동쪽으로 난하(압록)를 넘어 최종적으로는 고구려의 도성인 (창려)평양으로 집결하는 것을 목표로 했다.

이와는 별도로 황제의 친위부대인 어영군에는 황제를 호위하고 보좌하는 12위衛, 3대臺, 5성省, 9시寺를 두고, 내외, 전후좌우의 6軍으로 이루어진 별동대를 두었다. 어영군은 양제가 친히 이끌고 요수를 건너 요동의 각 성들을 치기로 했고, 이와 달리 별군別軍은 우익위대장군 우문술宇文述이 총사령을, 좌익위대장군 우중문于仲文이 참모가 되어 요수를 건너기로 했다. 대체로 우문술이 위쪽의 부여도道를, 우중문이 아래쪽 낙랑도道를 맡고, 기타 여러 장수들이 제각각 맡은 길로 출발했는데, 그 길이만 80리에 뻗쳤다.

또 육군과는 별도로 해상에서도 10만 명에 달하는 水軍을 수군총관 우익위대장군 내호아來護兒와 부총관 주법상周法尙이 이끌고, 발해를 거쳐 조선하 하구로 진입해 내륙으로 올라온 다음, 우문술의 별군과 조우해 평양으로 진격하기로 했다.

전반적으로는 수륙 양면 공격을 펼치되, 먼저 육군을 크게 좌우 2부대로 나누었다. 먼저 양제의 친위대인 어영군과 기타 10여 軍을 합쳐 황제가 직접 지휘하되, 요수를 건너 요동의 여러 성을 치기로 했다. 나머지는 우宇문술과 우于중문이 이끄는 9軍을 별동대로 삼고, 요수를 넘어 고구려의 수도 평양으로 진격하되 이때 내호아의 水軍이 별동대에 합류키로 했다. 이것이 수양제가 백만 대군을 동원해 전개하려 했던 지상 최대전쟁을 위한 작전의 개요였다.

출정에 앞서 수양제는 요수의 상류인 상건수桑乾水(상간하) 위에 단壇을 만들고 토지신께 승리를 기원하는 제를 올렸다. 이어 임삭궁 남쪽에서는 上帝께 제사하고, 다시 계성薊城(요동성)의 북쪽에서 말신馬神께 제를 올렸다. 〈고구려〉가 있는 동쪽을 제외하고는 요동성을 둘러싼 3방향에서 모두 제를 올린 셈이니, 요동성이야말로 이 전쟁의 승패를 좌우할 핵심 전략요충지였고, 평양성에 앞서 함락시켜야 할 1차 목표였음을 알 수 있었다.

이렇게 요란하게 백만 대군이 일제히 출격했으나, 육군의 경우 하루에 1軍씩 출발해 40리里 간격으로 병영을 설치키로 하니, 전군이 출발을 완료하는 데만 40일이 넘게 걸렸다. 앞뒤로 진격을 알리는 고각과 북소리가 울려 대니 천지가 진동할 지경이었고, 투구와 갑옷이 번쩍였다. 수많은 부대마다 저만의 무늬와 색깔을 한 각종 깃발들이 펄럭이며 하늘을 뒤덮은 채 끝없는 행렬이 이어졌는데, 무려 960리 길에 뻗쳐 있었다니 믿기 어려운 진풍경이었을 것이다.

이에 맞서 〈고구려〉에서도 치밀한 전략을 짜서 대응했는데, 영양대제가 수륙군을 총괄하는 大원수가 되고, 아우인 왕자 고건무高建武

가 水軍의 원수를, 맹장 을지문덕乙支文德이 육군의 원수를 맡아 양군을 지휘하기로 했다. 당시 고구려의 병력으로는 육군 30만에 수만 명에 이르는 水軍을 보유했던 것으로 보이는데, 이 또한 전 인구의 1/10 수준에 달하는 규모였다. 그나마 육군은 동쪽으로 배후의 한반도 국경을 지키기 위해 5~10만 명 정도를 분산 배치했을 테니, 隋軍을 상대해야 할 서쪽 전선에는 대략 20만의 육군이 동원된 셈이었다.

고구려 또한 기본적으로 隋의 백만대군에 맞서 수륙 양면으로 방어에 임하되, 우선 수비에 치중하는 '선수후전先守後戰'의 전략을 택했다. 이에 따라 내륙의 백성들로부터 모든 곡식을 거두어 성안으로 들어가 살게 하면서 장차 장기 농성전에 대비케 했고, 해상의 水軍 또한 일단은 연안의 안전한 항구를 요새로 삼아 물러나 상황을 예의주시하다가, 적의 水軍이 식량이 떨어지기를 기다려 공격하기로 했다.

그해 3월경, 수양제가 이끄는 어영부대가 탁군을 출발한 지 얼마 되지 않아 요수의 서변에 차례대로 당도하니 과연 그 위용이 어마어마했다. 이때 고구려의 을지문덕 장군은 일찌감치 요수 서북변의 군사를 거두어, 고구려의 1차 방어선인 요수의 동쪽 기슭에 배치시킨 채 적의 동정을 예의주시하고 있었다.

그런데 요수는 수심이 깊고 강폭이 넓어 결코 쉽게 건널 수 있는 강이 아니었다. 어영군을 이끄는 수양제가 마침내 도하를 시도하라는 명령을 내렸다.

"공부상서 우문개宇文愷는 들어라. 지금 즉시 요수 서안에서 부교浮橋 3도道를 만들어 병사들이 강을 넘도록 하라!"

우문개는 바로 이동식 궁전인 관풍행전과 육합성을 만든 건축의 달인이었다. 우문개의 지휘 아래 隋의 공병들이 달려들어 배들을 서로 이어 붙여 부교를 만든 다음 강물에 띄웠다. 그런데 그 끝이 1장丈 정도 짧아서 강 너머 동쪽 기슭에 완전하게 미치지 못했다. 병사들이 우르르 물로 뛰어들어 어떻게든 부교를 강기슭에 붙들어 매고자 애를 썼지만, 쉽지 않아 애를 먹었다. 멀리서 이를 지켜보던 을지문덕이 웃으면서 주위에 명을 내렸다.

"허허허, 부교가 짧아서 도하를 못하고 쩔쩔매는구나. 즉시 나가 활을 쏘고 적들의 도하를 막도록 하라. 출격하라!"

이에 고구려 병사들이 강둑으로 몰려 나가 부교 위의 隋軍들에게 일제히 활을 쏘아 대자, 병사들이 고꾸라지거나 앞다투어 물로 뛰어들었고, 일부는 물 밖을 나와 달려드니 일순간 강둑 언저리에서 작은 접전이 벌어졌다. 그러나 고구려 병사들이 강둑의 높은 곳에서 공격하니, 隋軍들이 끝내 강둑을 오르지 못해 희생되는 자가 부지기수였다.

그때 마침내 隋軍 중에 가장 용맹하다고 알려진 선봉장 맥철장麥鐵杖이 달려와 부교를 기슭에 매도록 독려하는 한편, 언덕으로 뛰어올라 한동안 전투를 이끌었다. 그러자 강둑을 지키던 고구려군도 우르르 달려들어 강기슭에서 일대 혈전이 벌어졌고, 결국은 미처 강둑에 연결되지 못한 부교마저 부숴 버리고 말았다. 부서진 부교를 받치던 조각배들과 일부 병사들이 강물에 둥둥 떠내려가는 모습을 보자 동쪽 고구려 진영에서 환호성이 터져 나왔다.

"와아, 부교가 부서졌다! 와아, 와아!"

그 참에 강둑으로 올라와 전투를 벌이던 隋軍의 선봉대 1만여 명이 고립되었고, 고구려군의 집중 공격에 차례대로 희생되고 말았다. 선봉장인 맥철장을 비롯해 호분랑장 전사웅錢士雄 등 그의 수하에 있던 사관士官 수십여 명도 이때 부하들과 함께 전사했다.

1차 도하에 실패한 양제가 소부감少府監 하주何稠에게 다시금 엄명을 내리니, 그가 이틀 만에 충분히 길게 연장된 3도道의 부교를 완성해 냈다. 마침내 부교가 다시 띄워지고 수군隋軍들이 대거 도하를 시도한 끝에 비로소 강 건너 동쪽 기슭에서 대규모 전투가 벌어졌다. 그러나 워낙 많은 병사들이 끝도 없이 강을 건너오는지라, 지친 고구려군들이 밀리기 시작했고, 이렇게 시작된 첫 전투에서 고구려군 또한 1만여 명의 사상자를 내고 말았다. 을지문덕 장군이 이때서야 비로소 후퇴명령을 내렸다.

　"자, 그만하면 됐으니 이쯤 해서 물러나야겠다. 전군은 싸움을 그치고 속히 후퇴하라!"

　"뿌웅, 뿌우웅! 퇴각하라!"

　고구려군이 후퇴를 알리는 고둥과 북소리에 서둘러 뒤로 물러나니, 수군 진영에서 거대한 함성이 터져 나왔다.

　"와아, 적이 후퇴한다! 이겼다!"

　그렇게 요수를 건너는 데 성공한 수隋의 어영군은 승기를 타고 그 길로 곧장 동진해 멀지 않은 요동성(하북계주)으로 향했고, 순식간에 성을 에워쌌다. 동쪽의 조하潮河와 서쪽의 백하白河가 서로 만나는 삼하三河 동쪽 인근의 요동성은, 요동의 중심지로 고구려 서변의 정치, 군사, 행정의 중심지이자 천혜의 요새로 이름 높은 곳이었다. 〈전국시대〉연왕 희喜가 진왕 정政(시황)을 피해 이곳으로 들어와 요동왕을 자처하며 웅거했던 곳이고, 공손씨 〈연燕〉의 도성 양평성襄平城이 있던 곳으로 사마의를 비롯해 수많은 영웅들이 거쳐 갔던 유서 깊은 고성이었던 것이다.

　이윽고 수양제의 거가가 요동에 도착하자 황제가 이곳의 백성들을 위한 조서를 내렸다.

"천하의 죄수들을 대사면하고 요동의 백성들을 위로해 10년 동안 부역을 면제케 할 것이니, 별도의 군현을 설치해 다스리도록 하라."

나름 요동의 고구려 백성들을 위로해 민심을 다독이고, 당장 이곳을 隋의 강역으로 삼아 통치를 시작함으로써 상대의 사기를 꺾으려는 의도였다.

당초 隋軍이 동진할 때 수양제는 장수들에게 명을 내리길, 각 부대마다 동정을 보고하고 답을 기다려 움직이되, 함부로 독단적으로 움직이지 말 것을 강조했다. 그 무렵 요동성을 지키던 고구려군은 자주 성을 나와 수군과 접전을 펼쳤으나, 중과부적으로 이로울 게 없었으므로 나중에는 성을 굳게 지키는 데 주력하고 있었다. 隋軍 또한 수시로 총공세를 펼쳤으나, 성의 수비가 워낙 견고하다 보니 6월이 다 되도록 성을 넘지 못했고, 장수들이 이에 전전긍긍했다. 그때 기어코 수양제가 요동성 남쪽 인근까지 다가와 성의 형세를 둘러보고는, 장수들을 불러 크게 꾸짖고 다그쳤다.

"너희들은 높은 관작을 누리면서도 구가세족舊家世族임을 믿고 지금 나를 유약한 군주로 대하려 드는 것이냐? 너희들이 죽음이 두려워 전력을 다하지 않는 듯한데 내가 그런 너희들을 능히 죽이지 못할 듯싶더냐?"

황제로부터 매섭게 질타를 당한 장수들이 두려움에 벌벌 떨며 낯빛을 잃을 정도였다. 양제는 이후 요동성 서쪽으로 몇 리가 떨어진 곳에 육합성을 펼치고 머물면서 다시금 명을 내렸다. 어영군을 이끄는 좌익위대장군 등에게는 요동성 포위 공격을 전담하게 하고, 동시에 좌둔위대장군 토우서吐禹緖를 비롯한 10여 軍의 장군들에게는 인근에 포진해 있던 여러 성들을 공격하게 했다. 또 별군의 우문술 등에게도 을지문덕을 추격해 곧장 평양성을 칠 것을 요구했다.

그 무렵 水軍총관 내호아來護兒는 강회江淮(장강, 회수)에서 동원한 10여만 명의 수병을 선박에 가득 싣고 산동의 수군기지로 유명한 동래항東萊港(연태)을 출발해 발해로 들어섰다. 이때 발해만의 서북 연안을 따라 수많은 병선이 꼬리에 꼬리를 물고 뒤따르니, 백여 리 바닷길에 걸쳐 隋나라 병선이 끝도 없이 펼쳐지는 보기 드문 장관이 연출됐다.

6월이 되자 내호아가 이끄는 수병을 가득 실은 隋나라의 누선들이 발해만의 천진 연안을 경유해 마침내 조선하(潮白河)의 하구로 들어섰다. 이들 수많은 누선들이 곧바로 조선하의 동쪽지류인 패수浿水로 접어든 다음, 인근의 동쪽 기슭에 정박해 수병들을 내려놓기 시작하니, 東西로 길게 진영을 쌓고 벌떼처럼 우글거렸다. 한낮에 보니 패수를 따라 각 군단의 군장軍裝과 부대를 나타내는 수많은 군기가 햇빛 아래 오색으로 번쩍이고 있었다.

당시 (창려)평양성 서쪽을 흘러내리는 압록수(난하) 하구에는 태제太弟 고건무가 지휘하는 강력한 고구려 水군이 수도 방어를 위해 연안 일대를 장악하고 있었다. 내호아의 水군이 패하로 들어온 것은 고구려의 주력 水군을 피하기 위한 전략으로 보였다. 조선하 하구 바로 위 오른쪽으로는 동쪽 지류인 패수의 하류 구간인 계운하가 유유히 흘러내리고 있었다. 이 일대는 강줄기가 마치 양의 내장처럼 굽이굽이 휘어 돌아가기를 수없이 반복하는 곳으로, 양장하라는 별칭이 있을 정도였다.

계운하가 시작되는 곳부터는 다시금 험준한 산세가 이어지고 물살이 험해지는데, 패수의 첫 동쪽 지류인 대수帶水(경수涇水)가 흘러내린다. 바로 이 대수의 중류 아래로 古조선의 수도인 아사달이자, 기씨조선과 위씨조선, 대륙 中마한의 옛 도성인 험독이요, 장수대제의 평양이었던 유서 깊은 한성韓城(당산)이 있었다. 7백여 년 전 漢무제가 위씨조선의 우거왕을 치라고 보냈던 누선장군 양복 또한, 험독으로 가기 위해 漢나라 누선을 이끌고 바로 이 조선하 동쪽의 패수로 들어섰던 것이다.

패수를 따라 북쪽 상류로 거슬러 올라가면 대수 북쪽으로 대수와 나란히 동에서 서로 흘러내리는 패수의 상류인 이하梨河가 나타나는데, 이하가 남으로 꺾이는 지역에 요동성(계주)이 있었다. 그러나 물길이 험해 강을 거슬러 올라가는 것에 별 효과가 없었다. 따라서 내호아의 수군은 일단 계운하로 접어들어 잠시 강을 거슬러 올라간 다음, 강의 굽이가 심해 병선을 숨기기 쉬운 곳에서 일제히 배에서 내렸을 것이다.

그래도 이들을 태우고 온 隋나라 병선이 워낙 많아, 수병水兵들은 이곳 강기슭에서 패수 하구까지 배를 숨기고 정박시키기 바빴을 것이다. 그때 고구려의 장수(미상)가 멀리서 이런 움직임을 모두 내려다보고 있었는데, 그는 미리 수하부대의 병사들을 계곡 여기저기 적당한 곳에 숨겨 두고 있었다.

내호아는 계운하에서 일제히 하선한 병력들을 점검하기가 무섭게 곧장 동쪽으로 향했는데, 당산唐山을 거쳐 계속 동진해 압록수(난하)를 건너면 곧바로 고구려의 도성인 창려평양이었다. 그렇게 내호아가 이끄는 水군이 동진하던 중에, 한성평양(험독)에서 서쪽으로 60리쯤 떨어진 곳에서 고구려의 수비군을 만나 일대 접전이 벌어졌다. 이전투에서 수적으로 열세에 있던 고구려군이 패하여 퇴각하니, 내호아가 승세를 타고 이내 (한성)평양으로 추격하려 들었다.

그러자 부총관 주법상이 내호아를 말리며, 당초 작전대로 우문술이 이끄는 요동의 별동대가 오기를 기다려 함께 진격해야 한다고 주장했다. 그러나 이미 공명심에 사로잡힌 내호아는 정예병 4만여 명을 추려 낸 다음, 곧장 동쪽 (창려)평양성을 향해 진격해 나갔다. 그런데 그때 다시금 고구려군이 나타나 내호아의 수병水兵들을 공격했다 달아나길 반복하면서, 바로 당산 북쪽의 (한성)평양으로 유인하기 시작했다.

　사실 그때 예의 고구려 장수는 (한성)평양 외성의 빈 절 등에 잔뜩 복병을 숨겨 둔 채, 수병隋兵들이 성안으로 들어오기를 기다리고 있었다. 또 성안의 민가 여기저기에 미리 귀한 물건들을 자연스레 늘어놓았다. 성 밖에서는 고구려군들이 내호아의 병사들을 치고 거짓 패한 척 물러나면서 부지런히 隋軍을 성안으로 끌어들였다. 이윽고 내호아의 병사들이 외성 안으로 들어왔는데, 길가에 널려 있는 값비싼 물건들을 보고는 눈이 뒤집히고 말았다.

　"어라, 땅바닥 여기저기에 저게 뭐냐?"

　병사들이 싸움은 뒷전인 채로 서로 먼저 물건을 차지하려고 다투는 사이에 순식간에 대오가 무너지고 말았다. 뿐만 아니라 이내 제멋대로 사방으로 흩어져 저마다 민가를 약탈하느라 혈안이 되었다. 그사이 곳곳에 매복해 있던 고구려 군사들이 몰려 나와 화살을 날리고 공격을 개시하니, 내호아의 병사들이 사방에서 속수무책으로 죽어 나갔다. 당황한 내호아가 소릴 질러 후퇴를 명했다.

　"아뿔싸, 복병이다, 복병! 싸우지 말고 후퇴하라! 전원 속히 후퇴하라!"

　그러나 겁에 질린 병사들이 저만 살겠다고 이리저리 날뛰다 보니, 전혀 수습할 길이 없었고, 내호아 자신도 겨우 몸만 빠져나와 달아나기 바빴다. 이제는 고구려군이 성을 나와 隋군의 뒤를 맹렬히 추격하면서 공격하니, 수많은 병졸이 도망 중에 희생되었다.

이윽고 고구려군이 隋나라 병선들이 정박되어 있던 계운하 하구까지 추격했는데, 막상 그곳에 도착해 보니 주법상이 陣陣을 정돈한 채 엄정하게 대기하고 있었다. 고구려군이 그 군세에 놀라 일단 추격을 멈추고 물러났다. 그렇다고 고구려軍의 공세가 여기서 멈춘 것은 아니었다. 당초 隋軍들이 이때 평양성으로 진격하기 위해 뭍에 내리면서, 수많은 병선을 해안과 강가에 숨긴 채 길게 정박시켜 놓았었다.

원수 고건무는 이들 병선을 지키는 군사들이 얼마 되지 않는다는 연락을 받고, 그사이에 동쪽으로 압록수 연안을 지키던 고구려 병선들로 하여금 서쪽 해안을 타고 패수 하구로 이동케 했다. 그리고는 마침내 해안가에 잔뜩 정박해 있던 隋의 누선들을 향해 일제히 화공을 펼치게 했다.

"불화살을 쏴라! 적선을 한 척도 남기지 말고 공격하라!"

병선을 지키던 수병들이 이리저리 불을 끄느라 바삐 뛰어다녔으나, 수없이 날아드는 불화살 세례를 막기에는 역부족이었다. 순식간에 패수 하구의 입구는 물론, 계운하의 하류까지 정박해 두었던 隋나라 병선들이 일제히 불이 붙어 타오르고, 바닷물이나 강물로 침몰하기 시작했다.

그 무렵 계운하 쪽에서는 고구려의 추격군을 뿌리친 내호아의 수군들이 병선에 올라 서둘러 패수 하구로 내려오고 있었는데, 너른 공해인 발해로 나가기 위해서였다. 그러나 패수 하류선 이미 병선들이 불타오르고 있고 해상전투가 시작된 터라 내호아가 크게 놀라고 말았다.

"허어, 이 일을 어찌하느냐? 적의 속임수에 제대로 걸려들고 말았구나······"

내호아가 병선들을 지휘해 발해로 빠져나가려 했으나, 강 하구 전체가 이미 전쟁터가 되어 제대로 명령이 전달되지 못했고, 그렇게 우왕좌왕하는 사이에 피해가 계속 이어졌다.

그 와중에도 화공을 피해 용케 바닷가로 빠져나온 병선들이 상당 수 있었으나, 곧바로 이어진 고구려 水군의 해상공격에 그 역시 커다란 타격을 입기는 매한가지였다. 내호아의 水군이 평양성에 대한 1차 공격에서 고구려군의 매복에 휘말려 대패하면서 이미 수많은 병사가 희생되었는데, 남은 절반의 군사들 또한 2차로 가해진 고구려 水군의 화공에 자신들이 탄 병선과 함께 수없이 바닷속에 수장된 채 궤멸되고 말았다. 겨우 목숨을 건진 내호아는 살아남은 병선들을 이끌고 서둘러 멀리 공해상으로 달아났는데, 더는 뭍으로 다가올 생각도 못하고 마냥 그곳에서 머물러야만 했다. 침몰된 병선 중에는 군량선도 있었기에, 육상의 隋군을 위한 식량 조달에도 차질을 빚게 되었다.

그 무렵 황제가 이끄는 어영군과는 별개로, 우문술과 우중문이 이끄는 隋의 또 다른 별동대 9軍도 요수의 북쪽 상류를 건넜다. 이들 또한 고구려 서북방의 부여도道와 낙랑도 등을 거쳐 동남쪽 아래의 (창려)평양을 향해 진군을 지속했다. 별군이라지만 그 병력이 30만 명이 넘는 大軍이었고, 대체로 북쪽 위에서 남쪽 아래로 훑고 내려오는 모양새였다. 그 와중에 요동성에 발목을 잡혀 잔뜩 화가 난 황제로부터 새로운 명령이 전해졌다.

"별군의 진격을 서두르고, 가능하다면 먼저 평양성을 공격하라."

우문술은 자신의 별동대가 독자적으로 먼저 평양을 함락시켜도 좋다는 황제의 재촉에 바짝 긴장했고, 그렇다면 가능한 빠른 시일 내에 평양을 무너뜨려야겠다고 다짐했다. 당초 우문술은 좌우 별동대가 각각 노하와 회원 두 진鎭을 출발할 때, 인마人馬당 1백 일의 양식을 미리 나누어 주게 했다. 식량을 나르는 우마차로는 요동의 험한 산하를 빠르게 통과하기가 어려울 것으로 판단하고, 개인별로 자신이 먹을 것을 스스로 짊어지게 했던 것이다. 그러니 이제 병사들마다 할당된 식량이 떨어지기 전에 평양성을 차지하려면 진격을 더욱 서둘러야 했다.

문제는 출발부터 병사마다 식량 외에 갑옷과 창 등의 무기류, 의류와 막사까지 모두 3석石의 무게나 되는 짐을 감당해야 했다는 점이었다. 병사들이 무거운 짐에 쩔쩔매는 것을 알면서도 총사령인 우문술이 전군全軍에 엄하게 명을 내렸다.

"미속米粟을 버리고 가는 자는 엄히 다스려 목을 벨 것이다!"

그러자 무거운 짐에 고통받던 병졸들이 밤마다 막사 아래로 구덩이를 파고, 할당된 미곡을 몰래 파묻어 버리는 일이 비일비재했다. 다행히 우문술의 별군은 남진 중에 이렇다 할 저항에 부딪히지는 않은 듯해서 9軍 모두가 무난히 압록수(난하) 서쪽에 도착할 수 있었다. 그렇게 예정을 앞질러 집결지인 압록강변에 진영을 꾸리긴 했지만, 무거운 짐을 지고 강행군을 한 탓에 병사들이 지친 데다 미속을 내버리고 와 진작부터 굶주리는 병사들이 속출하기 시작했다.

그럴 즈음 고구려의 영양대제는 30만이 넘는 隋의 별동대가 압록강에 당도했다는 소식에, 장수들과 대응책을 논의했는데 이때 원수 을지문덕이 대담하기 그지없는 안을 내놓았다.

"적의 별동대가 압록까지 오는 동안 지친 데다 식량이 떨어져 벌써 굶주림에 시달리고 있다는 정보입니다. 소장이 그들의 진영으로 직접 들어가 허와 실을 파악하고자 하는데, 그러려면 거짓 항복 조서가 필요합니다. 소장이 폐하의 사자로 꾸며 조서를 전달하면서 적장을 한 번 만나고 올 작정이니 이를 허락해 주소서."

태왕은 육군의 총원수가 단신으로 범굴이나 다름없는 적의 한복판으로 뛰어들어 정탐을 하고 돌아오겠다는 말에 크게 놀라 이를 말리려 들었다.

"아니 될 말이오. 이 전쟁을 총괄해야 할 원수가 무엇 하러 그리 위험한 일에 생사를 건단 말이오?"

그러나 을지문덕은 30만 대군을 이끄는 적의 총사령이 항복하러 온 일개 사자를 죽일 일은 절대 없을 것이라며 태왕을 안심시킨 끝에, 겨우 허락을 받아 낼 수 있었다.

얼마 후 과연 압록수 서변에 고구려 태왕의 항복문서를 가져왔다는 사자 일행이 백기를 들고 모습을 나타냈다. 드넓은 강변은 끝없이 펼쳐진 수군의 막사로 온통 뒤덮여 있었고, 펄럭이는 각종 깃발과 휘장에 창과 槍戈가 햇빛에 번쩍이면서 살풍경한 기운으로 가득했다. 별동대의 소장들이 이들을 맞이하러 나왔다가 무장도 하지 않은 대여섯 명뿐이라는 사실에 크게 놀랐다. 소식을 들은 우문술은 너무도 흥분한 나머지 장군 막사를 박차고 밖으로 뛰어나오기까지 했다. 이에 앞서서 우문술과 우중문 두 사람은 황제로부터 고구려왕이나 을지문덕을 만나게 되면 절대 놓치지 말고 반드시 사로잡으라는 밀명을 받아 둔 상태였다.

마침내 을지문덕을 마주하게 된 우문술은 사자의 체격이 우람하고 어기찬 모습이라 속으로 다소 놀랐다. 30만 대군이 우글대는 적진 한복판에서도 전혀 기죽지 않은 모습으로 차분하게 자신을 대하니, 순간 우문술은 사자가 혹시라도 고구려 태왕이나 혹은 대대로가 아닐까

하는 의심까지 했다. 그런 와중에 우중문 등이 씩씩거리며 다짜고짜로 사자 일행을 체포하려 들었다. 위기의 순간에 위무사慰撫使로 와 있던 상서우승右丞 유사룡劉士龍이 나서서 이들을 말렸다.

"잠깐만! 고구려 태왕의 항복을 알리러 온 사자요. 무장도 없이 고작 몇 명만이 온 것을 두고 이들을 핍박했다가는, 후일 황제의 위신을 상하게 했다 하여 문책을 당할지도 모를 일이오. 이미 항복문서를 접수했으니 그냥 이대로 돌려보내는 것이 맞을 것이오."

"흐음……"

과연 일리 있는 말이라 우문술이 고개를 주억거리며 동의했고, 이에 을지문덕은 용케 사지를 빠져나올 수 있었다. 을지문덕은 내호아의 水軍이 서쪽 패강에서 크게 당한 일을 우문술이 아직 모르고 있다는 사실과 함께, 별동대의 隋軍들이 크게 굶주리고 있다는 기색을 파악하고는 귀환을 서둘렀다.

그렇게 사자 일행이 떠나고 나자, 우문술의 막사 안에서는 뒤늦게 갑론을박이 벌어졌다. 사자라는 이의 풍모와 그의 당당한 태도가 결코 예사롭지 않더라는 것이었다. 결국 우중문 등이 사자를 그냥 보낸 것을 크게 후회하며, 즉시 사람을 보내 시급히 확인할 일이 있으니 다시 돌아와 달라고 했다. 그러나 을지문덕은 이미 원하는 정보를 파악한 뒤였으므로, 두 번 다시 범굴로 들어갈 하등의 이유가 없었다.

"하앗, 핫!"

그는 뒤도 돌아보지 않은 채 말을 달려 번개처럼 隋軍의 진영을 벗어났고, 이들을 데리러 온 수군들은 망연자실해서 멀리서 일어나는 먼지구름만 마냥 바라볼 뿐이었다.

우문술과 우중문은 고구려 사자를 놓친 것에 대해 불안한 마음을 떨치지 못했다. 가뜩이나 진중의 식량이 떨어져 추가 진격을 망설이고 있던 총사령 우문술은 왠지 적들의 꿍꿍이라도 있는 듯해서 더욱 찜찜해졌다. 승리를 확신할 수 없다고 판단한 우문술은 내심으로는 항복 조서가 거짓인지를 의심하면서도, 어쨌든 고구려 태왕이 항복의 의사를 조서로써 알려 왔고 마침 식량이 떨어졌다는 이유를 들어 철군을 하려 들었다.

그러자 우익을 맡은 우중문은 턱도 없는 얘기라며, 그보다는 당장 서둘러 정예부대를 조직해 사자를 추격하는 일이 급하다고 주장했다. 우문술이 더 이상 의미 없는 일이라며 추격을 말리려 들자, 마침내 중문이 노해 버럭 소리를 지르며 총사령을 다그쳤다.

"장군이 십만의 병력을 거느리면서도 능히 고구려 소적小賊을 무찌르지 못했다면, 후일 무슨 낯으로 황제를 대할 수 있겠소이까?"

"……."

이 말에 아무런 대답을 할 수 없었던 우문술이 중문의 말에 따르기로 하고 마지못해 압록수(난하)를 건너기로 했다.

고구려 진영에서는 隋나라 별동대가 압록수를 건너오기 시작하자, 수시로 隋軍에 달려들어 공격을 가했는데, 요새가 나올 때마다 빠르게 쳤다가 이내 싸움에 밀리는 척 물러나기를 수차례 반복했다. 막상 전투가 개시되고 하루 동안에 일곱 번을 싸워 모두 승리하니, 우문술이 오히려 크게 고무되어 병사들을 독려했다.

"보아라, 고구려군은 보잘것없는 약골들이다. 더욱 진격을 서둘러서 평양성으로 들어가자. 일단 성안에 발을 들여놓는다면 당장 먹을 것은 물론 값진 물건에 여자들까지 실컷 차지할 수 있을 것이다. 모두들 조금만 더 힘을 내자. 진격을 서둘러라!"

그렇게 한걸음에 내달려 우문술의 별동대가 마침내 (창려)평양성에서 30리쯤 떨어진 산에 의지해 군영을 꾸리기 시작했다. 이를 본 을지문덕이 난데없이 시詩 한 수를 지어 점잖게 우중문에게 보냈다.

그대의 신묘한 전략은 하늘의 이치에 닿았고   神策究天文
기묘한 계책은 땅의 이치에 닿았도다.   妙算窮地理
싸움에 이겨 이미 공이 드높으니   戰勝功旣高
만족할 줄 알고 그만둠이 어떠리.   知足願云止

수십만 병사들의 생사가 걸린 전쟁이 한창 진행되는 와중에 적장으로부터 자신의 지휘 능력을 칭찬하는 듯도 비꼬는 듯도 한 아리송한 시詩를 받게 된다면 대체 어떤 기분이 들었을까? 상대가 연전연패를 당하는 아수라판에서도 차분하게 詩를 지을 만큼 냉정함을 지녔다는 뜻이므로 모골이 송연했을 것이다. 을지문덕은 그 와중에도 적장을 상대로 고도의 심리전을 펼치면서 도발하고 있었던 것이다. 그러나 그 방식마저 품격이 넘치는 詩를 주고받는 것이었으니, 그의 얼음처럼 차가운 이성과 웅혼한 기상은 가히 상상조차 할 수 없는 수준이었던 것이다.

물론, 우중문도 가만히 있지 않고 흉내를 내듯 답장을 보내왔다고 하는데 그 내용은 전해지질 않았다. 어쨌든 우중문이 자신을 조롱하는 듯한 을지문덕의 詩 한 수에 군대를 물릴 리가 없었다. 오히려 잔뜩 약이 올라 자신의 우익군에 선뜻 진격 명령을 내리고 평양성을 향해 먼저 전진해 나가니, 우문술의 좌익군도 서둘러 그 뒤를 따라야 했다. 문덕이 의심과 조심성이 많은 우문술宇文述 대신 용맹하지만 성격이 급한 우중문于仲文에게 詩를 보낸 이유가 바로 여기에 있었던 것이다.

문덕이 항복 조서를 들고 막사를 들렀을 때, 막무가내로 자신을 체포하려 덤비던 중문의 모습에서 그의 불같은 성격을 알아본 것이었다.

창려의 평양성은 양원대제 때부터 개축공사에 들어가 586년경 평원대제가 이도移都할 때까지, 무려 30년이 넘는 오랜 공사를 거쳐 완성한 것으로 외성과 내성의 이중구조를 갖추고 있었다. 일찍이 고국원제 시절 모용황의 공격에 환도성이 속수무책으로 함락되는 치욕을 경험했던 만큼, 선황들이 城의 구조를 근본적으로 보완하고 수비를 크게 강화해 요새처럼 견고하게 만들었던 것이다.

그런데 평양성 인근에 다 가도록 성 밖은 물론 성안까지 너무나 조용해, 민가에는 사람의 그림자 하나 보이질 않았고, 개 짖는 소리나 닭 우는 소리조차 들리지 않을 정도였다. 우문술의 지휘부조차 부적 의심이 들어 곧장 진격하지 못하고, 병사들을 보내 성문을 두드려 보게 했다. 그러자 성안에서 답을 보내왔다.

"우리가 지금 항복을 위해 토지와 인구 등에 관한 문서들을 작성하고 있는 중이니, 大軍은 성 밖에서 닷새만 기다려 주시오."

이때 별동대 사령부는 내호아의 水軍이 한성평양의 1차 공격에 대패해 물러났다는 사실을 여전히 모르는 눈치였다. 필시 패전에 대한 책망을 두려워한 내호아가 구태여 연락을 취하지 않은 것이 틀림없었다. 적의 숨겨진 계략이 있을지도 모른다고 의심한 우문술은 이참에 내호아가 오기를 기다리기로 했다. 며칠 시간을 갖고 상황을 지켜본 다음, 직접 공격이든 혹은 당초 계획된 대로의 수륙군 연합공격이든 택일하기로 했던 것이다.

우문술은 즉시 고구려 진영에 며칠 정도 기다려 줄 수 있겠노라는 답을 보낸 후, 성 인근에 진지를 구축하고 상황을 예의주시했다. 그러나 5일이 지나고 다시 열흘이 지나도록 성안에서는 도통 아무런 움직임도 보이질 않았다. 그사이 상당수의 병사가 굶주리고 있었는데, 민가에서 식량을 구하려 해도 집집마다 텅 비어 있어 먹을 것이라곤 아무것도 찾을 수 없었다. 그렇다고 내호아의 水軍도 도통 보이질 않으니, 초조해진 우문술이 마침내 성을 공격하라는 명령을 내렸다.

"도저히 안 되겠다. 구려가 우릴 기만한 것이 틀림없으니, 전군全軍에 일제히 성을 공격하라 일러라!"

"뿌우웅, 뿌웅!"

곧바로 공격 개시를 알리는 고둥 소리가 울리자, 수병隋兵들이 진군의 북을 치고 함성을 지르며, 성벽을 향해 달려들었다. 그때 성 위에서 갑자기 고구려 부대의 깃발이 수없이 올라오며 성벽을 빙 둘러 꽂히기 시작하더니, 사방에서 활과 돌멩이가 비 오듯 쏟아졌다.

그렇게 양측에서 전투가 맹렬하게 이어지는 가운데, 을지문덕이 통역관을 불러 큰 소리로 성벽 아래를 향해 외치게 했다.

"隋군은 잘 들어라! 너희들 병선은 이미 모두 바닷속에 처박힌 지 오래다. 그러니 이제 먹을 것도 다 떨어지고 지원군도 오지 않을 것이다. 평양성은 높고 튼튼해서 넘을 수가 없을 테니 앞으로 어쩔 작정이냐?"

동시에 지난번 水軍과의 1차 전투에서 노획한 隋나라 장수들의 도장圖章과 신표信標, 부대 깃발 등을 일제히 城 아래로 내던졌다. 이를 확인한 우문술 등은 그제야 내호아의 水軍이 앞서서 대패했다는 사실을 간파하게 되었다. 병사들 또한 이내 이 사실을 알게 되어 크게 실망한 데다, 삽시간에 소문이 퍼져 나가니 가뜩이나 지치고 굶주린 탓에 더 이상의 전의를 상실하고 말았다. 그렇게 隋군 진영이 우왕좌왕하는 사이에, 을지문덕이 총사령인 우문술에게 또다시 항복의 뜻을 알려 오면서 새로운 조건을 제시했다.

"만일 그대가 군사를 물리겠다면, 내가 태왕을 모시고 그대의 황제가 머무는 행재소로 가서 조견하겠다."

우문술은 병사들이 극도로 굶주린 데다, 평양성이 험고해 하루 이틀 공격으로 무너뜨릴 수 있는 城이 아니라는 판단에, 기만술인 줄 알면서도 고구려의 항복 의사를 핑계로 일단 군대를 물리기로 했다.

"구려왕이 우리가 물러나면 항복하겠노라는 의사를 전해 왔으니, 일단 병력을 철수하기로 한다. 대신 방진方陣을 이루고 엄중하게 경계하면서 질서 있게 물러나도록 하라!"

우문술의 별동대가 조심스레 철군하는 모습을 바라보던 을지문덕이 빙그레 미소를 보이더니, 이내 전군에 추격 명령을 내렸다. 이에 갑자기 육중한 평양 성문이 열리더니, 성 밖으로 고구려의 날랜 기병들이 표범처럼 달려 나갔다. 고구려 대군이 느닷없이 추격해 오면서 우문술 별동대의 후미에 타격을 가하자, 隋軍들이 당황하여 진영이 무너지고 우왕좌왕하기 시작했다. 그뿐이 아니었다. 여기저기 사방에서 고구려군이 나타나 수시로 공격을 가해 오니, 隋兵들은 공포에 질려 반격할 생각도 못하고 서로를 밟고 달아나기 바빴다.

그 무렵, 을지문덕은 또 다른 준비를 완료해 놓고 있었다. 을지문덕은 패수浿水 상류의 동쪽 지류인 살수薩水에 일단의 병사들을 미리 보낸 다음, 모래주머니를 쌓아 높은 둑을 만들고 강물을 가두어 두게 했다. 이곳은 산세가 험한 데다 위아래 표고차가 심해 물살이 빠르고, 곳곳에 바위산이 물길을 가로막아 강물이 좌우로 굽이치기를 반복하는 곳이었다. 이때 을지문덕은 수만의 정예군을 동원해 정신없이 달아나기 바쁜 隋軍을 이리저리 소 떼 몰 듯 추격하면서, 바로 이 살수

아래로 서서히 유도해 가고 있었다.

그 시간 우문술의 별동대는 수시로 뒤돌아서서 고구려의 추격군에 맞서 싸우기를 반복하면서 순식간에 압록수(난하)를 건넜고, 계속해서 황제가 있는 서쪽의 요동성을 향해 달아나는 모습이었다. 그렇게 서쪽으로 바쁘게 후퇴하다 보니 이윽고 우문술의 隋軍들이 살수의 강변에 닿게 되었다. 그러나 아무리 좌우를 찾아봐도 강을 건너게 해 줄 배 한 척도 보이질 않았다. 우문술 등이 강물이 깊은지를 몰라 머뭇거리는 사이 병사들이 속속 강변 가득 도착했다.

그때 먼발치서 예닐곱 명의 고구려 승려들이 나타나 바지를 걷고 물로 들어가는 모습이 보였다. 隋兵들이 달려가 강물의 깊이를 물어보니 대수롭지 않다는 듯 답했다.

"걱정 마쇼. 오금에도 미치지 못하는 물이라오."

隋병들이 반색을 하며 돌아와 우문술에게 보고를 마치자마자 누구랄 것도 없이 첨벙첨벙 앞을 다투어 물속으로 들어갔고, 순식간에 강물 전체가 도강하는 병사들로 가득 찼다. 멀리서 이 모습을 지켜보던 을지문덕이 이윽고 곁에 있던 장수들과 눈짓을 교환하자 깃발을 흔드는 수신호가 이어졌고, 마지막으로 상류의 모래주머니 둑을 책임지던 장수에게까지 전달되었다. 이윽고 그가 소리치며 명령을 내렸다.

"지금이닷! 둑을 일제히 허물어라. 즉시 둑을 허물어라!"

그리고는 깃발을 좌우로 흔들어 대니 병사들이 우르르 달려들어 임시 둑 한쪽 어귀에 여기저기 연결해 놓았던 밧줄들을 힘차게 잡아당겼다. 그러자 둑 맨 위의 모래주머니들 일부가 쓰러지며 물속으로 사라졌고, 기다렸다는 듯이 강물이 그쪽으로 몰려 회오리치면서 둑 전체가 순식간에 무너지고 말았다. 동시에 시커먼 강물이 물보라를 이루며 토사와 함께 급류가 되어 하류로 맹렬히 쏟아져 내려가니, 아래쪽에서 보면 마치 높은 둑이 한꺼번에 밀려 내려오는 모양새였다.

하류에서 한참 도강을 하던 수군들의 눈에 이 모습이 들어오기까지는 오랜 시간이 걸리지 않았다. 제일 먼저 이를 발견한 병사가 놀라서 소릴 질렀다.

"앗, 토사다! 동쪽을 봐라! 급류가 몰려온다!"

그러자 순식간에 비명과 함께 첨벙대는 소리가 뒤섞이며, 강을 건너던 수병들이 물속에서 급히 뛰기 시작했다. 이제 막 강물로 들어온 후미 쪽에서는 뒤돌아가려는 병사들과 물속으로 들어오는 병사들이 한 데 뒤엉켜 아수라장이 되었다.

바로 그때 을지문덕이 다시 한 번 수신호를 하자, 고구려군이 일제히 함성을 지르며 강변을 향해 돌진했고, 도강을 기다리던 후미의 隋軍을 향해 총공세를 퍼부었다. 隋병들도 뒤돌아서서 죽기 살기로 저항하니 너른 강변 하늘에 비처럼 화살이 날아다니고, 창칼 부딪는 소리에 말과 사람들이 내는 비명 소리로 가득했다. 그 와중에 隋軍 측에서는 우둔위장군 신세웅辛世雄을 비롯해, 수많은 병사가 죽어 나갔다.

그러나 그것은 시작에 불과했다. 동시에 맹렬히 흘러내리던 토사물이 한꺼번에 들이닥쳐 도강하던 강물 속의 수군을 후려치니, 마치 폭포가 쏟아지거나 거대한 해일이 해안을 강타하는 모습과 다를 바 없었다.

"촤아, 철썩! 으악!"

급류에 휩쓸린 수병들이 비명과 함께 강물 위로 튀어 오르고, 걷잡을 수 없이 하류로 떠내려갔다. 순식간에 강물 가득 익사한 수많은 隋군의 시체들이 급류에 휘말린 채 둥둥 떠내려가기 바빴고, 강변 뭍에서는 앞뒤로 오도 가도 못한 채 필사적으로 저항하던 병사들이 창칼과 화살에 맞아 죽어 나가기 바빴다. 한낮인데도 넘실대는 강물 위로 살풍경한 기운이 온 천지를 뒤덮고 있었다.

그렇게 거대한 홍수가 태풍이 몰아치듯 한바탕 지나가고 난 다음 얼마 지나지 않아 강물의 수위가 빠르게 내려가더니, 거짓말처럼 언제 그랬냐는 듯 정상 속도를 되찾았다. 살수의 동쪽 강변에서는 도강에 실패한 隋兵들과 고구려군 사이에 여전히 치열한 전투가 이어지고 있었으나, 강 하류로는 수많은 시체가 끝없이 떠내려가거나, 강변에 떠밀려 쌓이기 시작했다. 이윽고 살아남은 隋軍들이 한층 수위가 낮아진 강물로 다시 뛰어들기 시작했지만, 강물 한가운데는 여전히 물살이 빠르고 사람 키를 덮고 남을 만큼의 깊이가 있어 개중에는 익사하는 자들도 속출했다.

가까스로 강을 넘고 살아남는 데 성공한 隋병들은 온 힘을 다해 서쪽의 요동성을 향해 달아나기 바빴고, 동쪽 기슭에서 고립된 자들은 죽을힘을 다해 밤새도록 반대편 압록강(난하)으로 달아났다. 살수에서 압록까지는 450리나 되는 거리로 하루 낮과 밤을 꼬박 달려야 했겠지만, 고구려의 한복판으로 뛰어든 셈이니 그들의 생사는 알 길이 없었다. 그사이 날이 저물어 사방이 캄캄해졌으나, 밤새 횃불을 들고 추격해 오는 고구려군에 隋병들의 희생자가 속출했다.

그 와중에도 용케 살아남아 결국 요동성까지 도착한 隋병들은 극소수에 불과했다. 우문술의 별동대가 처음 요수를 건널 때만 해도 9軍에 무려 30만 명이 넘는 大軍이었으나, (창려)평양성까지 다녀온 후로는 고작 3천 명도 남아 있지 않았다고 한다. 그렇다면 100명에 겨우 한 명만 살아남은 꼴이었으니, 별동대 전군이 거의 몰살을 당한 것이나 다름없는 미증유의 대참패였다. 원수 을지문덕이 이끄는 고구려군은 신출귀몰한 전략으로 30만 隋군의 별동대에 완벽한 대승을 거두었으니, 韓민족 역사상 가장 위대한 승리였다. 사람들이 이 역사적인 전투를 기려 〈살수대첩薩水大捷〉이라 불렀다.

한편 양제가 이끄는 수십만 명의 어영군 및 기타 10여 軍은 여전히 요동성과 그 인근의 성들을 공격했음에도, 단 한 개의 성도 함락시키지 못했다. 3월경 성을 포위한 이래로 7월까지 4, 5개월 동안 지루한 공성전이 지속되었으니, 성벽 아래쪽에는 그사이 고구려군의 화살과 돌 등에 맞아 죽은 시체들이 즐비한 채 산처럼 쌓여 있었다. 때마침 식량도 바닥이 나서 어영군조차도 굶주리기 시작했는데, 필시 고구려 군들이 외곽의 병참부대를 집중 공격해 식량 보급로를 끊어 버렸기 때문이었을 것이다.

그런 상황에서 우문술의 별동군 생존자들이 참패 끝에 극소수만 살아 돌아온 것을 보고는, 황제 이하 모든 장졸들이 더욱 전의를 잃고 말았다. 자존심이 극도로 상한 수양제가 길길이 뛰며 장수들에게 독전을 강요했으나, 별반 나아질 것이 없었다. 양제가 마지막으로 군사들을 요동성 아래로 집결시키고 최후의 일전을 벌이려고 했으나, 때마침 을지문덕의 정예부대가 들이닥쳐 隋군들을 크게 물리쳤다. 마침내 더는 버티기 어렵다고 판단한 수양제가 침울한 표정이 되어 수하 장수들에게 퇴각 명령을 내렸다.

"아니 되겠다. 퇴각 명령을 서둘러라⋯⋯"

"뿌우웅, 뿌웅! 퇴각이다! 전군은 퇴각하라!"

이로써 수양제가 24軍에 총 110만 명이 넘는 대군을 동원해 야심차게 시작했던 2차 〈여수전쟁〉 역시 또다시 隋의 대참패로 끝나게 되었다. 그러나 사상 최대의 이 전쟁이 그것으로 끝날 일이 아니었다. 요수의 서남쪽 아래로는 유서 깊은 모용씨 〈전연前燕〉의 도성이었던 유성柳城(하북대성大城)이 있었다. 요동성에서 쫓겨나 서쪽으로 요수를 되돌아 건너온 양제의 어영군이 이때 고구려군의 추격을 따돌리고자 급히 유성으로 향한 듯했다.

그러나 요수를 지나 유성까지 내려가는 길에는 광활한 진흙 늪으로 악명 높은 〈요택遼澤〉(하북문안文安)이 있었다. 요수 하류의 물길이 발해의 조수에 밀리면서 무려 2백 리 길에 걸쳐 형성된 거대한 늪지대였다. 요동성에서 살아남은 隋나라 어영군 중의 상당수가 이때 고구려군의 추격에 이곳 요택으로 뛰어든 모양이었다. 사람 키를 넘는 갈대밭이 끝없이 펼쳐져 일단 숨기는 좋았겠으나, 이곳은 한번 들어가면 살아나오지 못할 정도로 광활한 지역이라 불행히도 수많은 隋군들이 여기서 희생되고 말았다.

후일 唐태종 이세민이 '요택에 널린 뼈를 거두어 묻어 주라!'고 조서를 내릴 정도였다니, 당시 얼마나 많은 隋병들이 이곳에서 죽었는지 짐작할 수 있었던 것이다. 이처럼 隋군들의 대참사가 거듭되다 보니, 그 많던 병사들 대다수가 거의 궤멸되다시피 했고, 황제의 호위대장인 우어위호분랑장 위문승衛文昇만이 고작 수천의 패잔병을 이끌고 수양제를 호위해 달아나기 바빴다. 살수에서 참패한 별동대 총사령 우문술 등은 형틀을 목에 매단 채로 끌려가야 했다.

2차 〈여수전쟁〉은 먼저 내륙을 지키던 고구려군이 내호아의 隋나라 水軍들을 (한성)평양성으로 유인해 참패시키고, 왕제 고건무가 이끄는 水軍이 패강 하류에서 화공으로 수많은 隋나라 병선들을 침몰시키며 기선을 제압한 것이 승리의 시작이었다. 이어 육군을 이끄는 을지문덕이 우문술의 30만 별동대를 재차 도성인 (창려)평양성으로 끌어들여 매복으로 타격을 가하고, 달아나는 隋군을 〈살수대첩〉으로 궤멸시키니 두 번째 대승이었다. 마지막으로 처음부터 끝까지 요동성을 돌파하지 못하고 반년 가까이 묶여 있던 수양제의 어영군을 격퇴한 데 이어, 퇴각하는 隋병들을 요택으로 내몰아 빠져나오지 못하게 했으니 세 번째 대승이었다. 연이은 참패에 백만 隋군이라 한들 요동의 지리에 어둡다 보니, 그 1/10에 불과한 고구려군에 궤멸되지 않을 수 없었던 것이다.

이는 그때까지 동서양을 망라한 세계 전사戰史에서도 그 유례를 찾아볼 수 없던 사상 최대 규모의 전쟁이었으며, 그 결과는 누구도 생각지 못할 정도의 엄청난 반전으로 끝난 전쟁이었다. 물론 이때 수양제의 참패는 얼마 후 역성혁명을 통해 〈隋〉나라 정권을 찬탈했던 〈唐〉에 의해 다분히 과장되게 기록되었을 공산이 컸다. 전쟁에 동원된 병력이나 특히 희생자 규모의 수에 있어서 그러한데, 당태종이 역사 저술에 깊이 간여했다는 것이었다. 그렇더라도 매우 구체적인 전쟁기록이나 패전 후 이어진 반란 등, 당시의 정황으로 보아 隋의 피해 규모가 사상 초유의 엄청난 것이었음은 틀림없는 사실이었을 것이다.

그렇다고 통일제국 隋나라가 이 전쟁을 위해 준비를 소홀히 한 것도 아니었다. 오히려 수양제는 20년 전 부친인 문제文帝 때 겪었던 1차 〈여수전쟁〉 참패의 악몽 때문에, 누구보다 철저하게 공을 들여 전쟁을 준비했다. 황하와 회수, 장강이라는 중국의 〈3大 하천〉 모두를 잇고자 7년 동안 무려 2천 km에 달하는 사상 최장, 최대의 운하를 팠고, 백만이 넘는 정병에 2백만에 달하는 수송군까지 동원했다. 이토록 어마어마한 병력을 수륙군으로 나누는 양면작전을 택했고, 고구려의 주요 근거지인 요수와 난하 사이의 〈요동예맥〉 일대 전역을 북에서 남, 서에서 동으로 교차해서 훑어 내려오는 대규모 입체전을 구상했다.

대체로 내호아가 이끄는 10만의 水軍이 먼저 발해를 건너 패수로 들어가고, 우문술이 이끄는 별동대 30만은 북쪽 부여에서 남쪽으로, 황제가 친히 이끄는 어영군 60만은 핵심 군사요충지인 요동성을 깨고 동진하기로 했다. 그렇게 나뉜 3개 군단이 예상대로 각자의 진격에 성공한다면 압록수 인근에서 다시 모여, 부대를 정비한 다음 곧장 강을 건너 창려평양을 무차별적으로 공격한다는 전략이었으니, 나름 완벽한 작전도 갖춘 셈이었다.

이에 반해 병력에서 절대적 열세에 있던 고구려는 험준한 자국의 산하와 지형을 최대한 이용해 전쟁을 효율적으로 이끌되, 요동성을 중심으로 요수 동쪽의 1차 저지선에 포진한 여러 성들이 장기 농성전으로 맞서게 했다. 이로써 황제의 주력부대를 가능한 오래 붙잡아 두고 동쪽의 조선하(패수)를 넘지 못하게 함으로써, 남하하는 별동대와의 합류를 방해하고 적의 힘을 분산시키는 전략을 택했다. 수군水軍은 水軍으로 대적하되, 이 또한 쉽사리 다른 육군의 2군단과 합류하지 못하도록 각개격파한다는 작전인 듯했다.

여기에 견고한 한성과 창려 2개의 평양성을 이용한 매복전을 기본으로 하고, 후퇴하는 적군을 대상으로 패강의 동쪽 지류인 살수의 거센 물살을 이용해 수공을 준비한 것은 그야말로 누구도 예상치 못한 신神의 한 수가 아닐 수 없었다. 또 장기전에 대비해 적들의 식량 공급 차단에 주력하고, 특히 청야전술로 성 밖에 식량을 남겨 두지 않은 것도 매우 주효했다. 거기에 원수 을지문덕이 한 치의 두려움도 없이 적장을 상대로 펼쳤던 고도의 심리전과 기만술 또한 위기 상황에서도 전혀 흔들리지 않는 탁월한 지도력 자체였다.

특별히 대수帶水의 상류로 추정되는 이곳을 '보살菩薩의 강'이라는

〈살수薩水〉라 부른 것으로 보아, 후대에 이 강에서 희생된 수많은 영혼을 달래고자 붙여진 별칭으로 보였다. 종종 살수를 패수浿水라 부르게 된 것은 험한 물길의 살수, 즉 대수가 서쪽으로 패수의 하류인 계운하와 만나는 데서 기인한 것이며, 패수 자체도 바로 아래로 조선하 본류와 만나 곧장 발해로 흘러 들어가다 보니 조선하(조백하)로도 불린 것으로 보였다.

그러나 이런 것만으로 隋나라 대군의 참패를 설명하기에는 여전히 부족했다. 오히려 隋나라 참패의 근본 원인은 백만 대군을 동원함에 따라 무조건 이길 것이라는 '자만自慢'에 있었을 가능성이 농후했다. 1차로 내호아가 공명심에 사로잡혀 독단으로 공격을 전개한 것이 그렇고, 황제가 요동성 공략이 뜻대로 되지 않자 조급증에 빠져 별동대의 진격을 재촉한 것도 문제가 있었다. 처음부터 우문술이 100일 내 평양성을 함락시키겠다는 욕심에 식량을 과도하게 배분하고 진격을 무리하게 서두른 것이, 곧바로 식량난에 빠지는 위기를 자초한 것이었다. 양제를 비롯한 3군단의 책임자들이 하나같이 상대를 가볍게 여기고, 조급하게 전쟁을 서둘렀던 것이다.

그 과정에서 연달아 전략적 차질이 발생했지만, 미리 여러 경우의 수를 생각해 두지 못해 지휘자의 독단에 좌우될 수밖에 없었고, 치밀하게 준비한 고구려군의 유인전에 속수무책으로 당한 것이었다. 고구려가 전통적으로 견고한 城에 기대는 장기 농성전에 능했음에도 강력한 공성 장비가 부족해 성 하나도 깨뜨리질 못했으니, 이는 병력의 우월함만을 믿고 상대국의 전력 분석이나 정보수집에 소홀했다는 의미였다. 특히나 중원의 나라가 요수를 넘어 조선하와 패수, 압록(난하)까지 넘은 경우는 관구검과 모용황뿐일 정도로 극히 드문 일이었으니, 隋는 변화무쌍한 요동의 지리정보 수집에 좀 더 공을 들였어야 했던 것이다.

또 〈요동예맥〉이라는 광대한 지역에 한꺼번에 병력을 풀어 전선을 복잡하게 분산시키고, 확대한 것도 부대 간의 신속한 연락과 협조를 방해한 것으로 보였다. 대규모 병력을 동원해 단기간에 승부를 내겠다는 수양제의 전략 자체 속에 이미 그의 조급함이 그대로 드러나 있었던 것이다. 이에 반해 고구려는 장기 농성전으로 맞서 적들이 식량난에 빠지길 기다리는 한편, 자국 내의 지형지물을 이용할 수 있는 장점을 최대한 살리려 했다. 또 태왕은 태왕대로 사전에 〈삼국밀약〉의 외교술을 전개함으로써, 당초 隋가 계획했던 동쪽 한반도의 2국, 즉 백제 및 신라와의 東西협공을 차단하는 데 성공했던 것이다.

비록 〈살수대첩〉의 수공水攻으로 隋軍이 상당한 전력 손실을 보았지만, 60만에 달했던 황제의 어영군과 그 지원부대가 있어 여전히 충분한 병력이 남아 있었을 것이다. 그럼에도 반년 가까이 지속된 전투에 이미 식량이 바닥나고 별동대의 참패 소식에 어영군이 전의를 상실해 버리고 말았다니, 전투는 절대적으로 장병들의 사기와 투지에 달린 것임을 새삼 깨닫게 해 준다.

무엇보다도 10년 전의 1차 〈여수전쟁〉에서 요택에 내몰려 커다란 희생을 당했으면서도, 재차 똑같은 상황을 반복했다는 것은 쉽사리 납득할 수 없는 일이었다. 결과적으로 이런저런 상황을 보면, 백만 대군을 동원한 隋의 침공 전략이 허점투성이였던 것이다. 중원의 〈적벽대전〉이나 〈비수대전〉이 그랬듯이 전쟁의 승패는 결코 병력의 우위에 달린 것이 아니라는 교훈을 이 2차 〈여수전쟁〉이 또다시 입증해 준 셈이었다.

고구려의 승리는 강인한 韓민족 역사상 최대의 쾌거일 뿐 아니라, 세계 전사에서도 유례를 찾아볼 수 없을 정도의 기념비적 대승이었다. 아울러 이 엄청난 대전大戰을 승리로 이끈 영양대제와〈살수대첩〉의 신화를 창조한 을지문덕은 인류 역사에 영원히 길이 남을 영웅으로 칭송받기에 충분했다. 수양제가 치밀한 준비 끝에 모든 것을 걸다시피 했던 원정이었음에도 불구하고, 이제 패자가 된 隋나라의 앞날에는 서서히 어두운 그림자가 몰려오고 있었다.

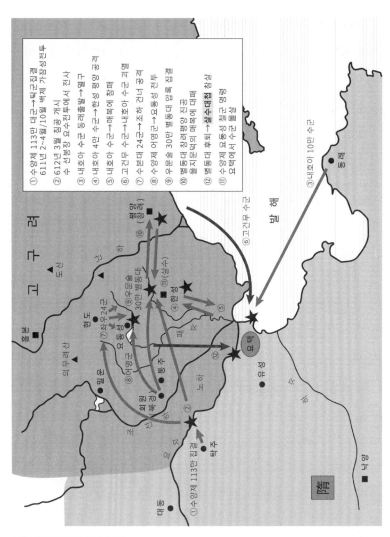

① 수양제 113만 대군 → 탁군 집결
611년 2~4월/10월 백제 가잠성전투

② 612년 3월 침공 개시
수 선봉장 요수전투에서 전사

③ 내호아 수군 동래출발 → 열구

④ 내호아 4만 수군 → 한성 평양 공격

⑤ 내호아 수군 → 매복에 참패

⑥ 고건무 수군 → 내호아 수군 괴멸

⑦ 수군대 24군 → 조하 건너 공격

⑧ 수양제 여영군 → 요동성 전투

⑨ 우문술 30만 별동대 압록 집결

⑩ 별동대 청천평양 진공
을지문덕의 매복에 대패

⑪ 수양제 요동성 점군 영양
요택에서 수군 몰살

⑫ 별동대 후퇴 → 살수대첩 참살

2차 여수전쟁 전개도(추정)

74

3. 隋唐의 교체

2차 〈여수전쟁〉에서 중국 역사상 초유의 대참패를 당하고 돌아온 수양제는 치욕적인 패전의 책임을 우문술 등 살아서 돌아온 장수들에게 돌리려 했다. 양제는 그들의 관직을 빼앗아 파면하고 가차 없이 옥에 가두었으나, 사실 백만 대군을 이끈 사람은 황제 자신이었기에 곧바로 다음의 유시諭示를 내보내 장수들을 풀어 주게 하고 다시금 원직에 복귀시켰다.

"모든 장수가 지난번 전쟁에 진 것은 군량이 결핍된 것일 뿐, 장수들이 작전을 잘못 펼친 것은 아니었다."

그렇다 하더라도 양제는 부친이 이끌었던 1차 전쟁보다 몇 갑절 더 크게 참패했다는 사실을 받아들이기 어려웠을 것이다. 그의 隋나라는 여전히 엄연한 중원의 통일제국이었고, 인구도 충분했다. 양제는 패전의 치욕을 씻고자, 곧바로 고구려에 대한 보복만을 생각한 듯했다. 이듬해 613년 정월이 되기가 무섭게, 양제는 전국에 조서를 내려 또다시 병마를 징발하게 했다. 또 요동의 고성을 수리하게 하여 군량을 비축하게 했다. 요동에는 일찍이 고구려 태조대왕이 요동을 차지했을 때 漢나라가 그에 대비하고자 북경 일대에 설치했던 성들이 남아 있었던 것이다. 그 무렵 양제가 주위에 말했다.

"구려 소적小敵이 상국을 업신여기는데, 지금 바다를 빼앗고 산을 옮기는 일도 능히 할 수 있는 일이거늘 하물며 어찌 저것들을 이대로 두고 볼 수 있겠느냐?"

이어 고구려 원정을 다시 논하게 하자, 좌광록대부 곽영郭榮이 이를 말리며 간했다.

"융적이 예禮를 잃은 것은 신하에 관한 일이고, 천균千鈞(지극히 무거움)의 노努는 생쥐를 잡는 일에 쓰지 않는 법입니다. 어찌 친히 만승萬乘의 위엄을 욕되게 하여 작은 도적을 상대하려 하십니까?"

그러나 양제는 이를 무시한 채, 곧바로 전국의 병마를 다시금 탁군에 집결토록 했다. 그리고는 말했다.

"작년에는 요동을 평정하지 못한 채, 평양을 친 것이 실책이었다."

우문술에게는 관작을 회복시켜 주고 명예 회복의 기회를 부여한다는 뜻에서 또다시 3차 원정군의 총사령에 임명하는 한편, 양제 스스로도 전과 같이 친정에 나섰다. 그렇게 해서 대략 30만 정도의 군병들이 소집된 것으로 보였는데, 2차 때의 백만 대군에 비하면 적은 규모지만, 여전히 고구려를 훨씬 능가하는 대군이었다.

이어 조서를 내보내 2차 전쟁 때와 같이 여러 장수들이 출정할 길을 제각각 정해 주었다. 다만 2차 때와 달리 단숨에 평양성을 함락시키겠다는 전략을 피해, 우선 요동성을 먼저 함락시킨 다음 순차적으로 각 州郡의 여러 성을 평정해 나가면서 창려평양으로 압박해 들어간다는 전략을 택했다. 이번에는 결코 조급하게 굴지 않고 시차를 두고 고구려를 제압해 나가겠다는 것이었으나, 사실상 그 내용은 지난해와 별반 다를 게 없는 것들이었다. 이렇게 해서 隋와 고구려는 1년만에 다시금 3차 〈여수전쟁〉에 돌입하게 되었고, 고구려는 또다시 심각한 위기 국면에 처하고 말았다.

그러나 제아무리 隋라 할지라도 전년도의 참패로 국고는 형편없이 텅 비고, 병력자원도 고갈된 상태였다. 추가로 다음 해의 곡식을 거둘 시간조차 주지 않으니 백성들이 세금을 부담할 능력을 갖추지 못했고, 그러니 민심이 급격하게 이반되면서 징집을 피해 스스로 손발을 잘라 내는 이들이 늘어만 갔다. 이처럼 민심이 흉흉해지니 급기야 반란을 기도하는 자들이 나타나기 시작했고, 이들이 괴이한 노래를 지어 사방으로 퍼뜨렸다. 〈무향요동낭사가無向遼東浪死歌〉 즉, 요동에 가서 개죽음당하지 말라는 노래로, 징집을 거부하고 반란에 가담하라는 의미였다. 비슷한 내용의 또 다른 노래도 있었다.

"요동에 갈 생각 말라.
배만 곯고 추위에 떨다가 범 같은 이병夷兵 만나면
눈 깜짝할 사이에 칼 밥 된다.
용맹하게 싸운들 누가 슬퍼해 주랴?
이긴다 한들 상賞은 장수들이나 받고,
우리는 잡초밭이나 뒹구는 해골 신세다."

민심의 동요가 가장 심한 지역은 河北과 河南, 山東 일대로 수양제가 이 지역에 대량의 군수물자 운송과 병선 제작 등의 부담을 집중시켰기 때문이었다. 특히 산동에서는 혹심한 수재까지 겹쳐 실제로 반란으로 이어지기도 했다. 그럼에도 양제는 모든 것을 무시하고, 백성들로부터 재물을 강제로 수용해 군량으로 삼고, 강제 징발로 병사들을 충원했다. 훈련시킨 지 한 달도 되지 않은 장정들을 요동으로 끌고 가기 바빴던 것이다.

수양제는 이때 지난해 고구려에 빼앗겼던 요수의 서쪽을 되찾게 하고는 요동성 일대를 새로이 〈요동군遼東郡〉으로 삼았다. 또 공격의 전초기지를 위해 조선하를 이루는 三河 서변의 물길을 이용해 통정진通定鎭(통주通州)을 설치했다. 그해 4월, 마침내 양제의 거가가 다시금 요수를 건넜다. 양제는 이때 우문술과 양의신楊義臣을 곧장 평양으로 향

하게 해 장차 고구려군이 지원하러 오는 길을 차단하게 하고, 왕인공
王仁恭에게는 북쪽의 부여도道로 향하게 했다.

먼저 왕인공의 군대가 신성新城(고북구 아래) 부근에 이르렀는데,
이곳은 요동성의 동북쪽 외곽을 지키는 성이나 다름없었다. 이곳에서
隋軍에 맞서 고구려군 수만 명이 맞붙어 일전을 벌였는데, 이때 왕인
공의 정예기병들이 맹공을 가해 고구려군의 진영을 무너뜨리고 말았
다. 隋軍의 공세에 밀린 고구려군들이 결국 신성 안으로 쫓겨 들어가
성문을 굳게 닫은 채 농성에 돌입했다. 소식을 들은 양제가 여러 장수
에게 또 다른 명을 내렸다.

"구려의 수만 군사들을 신성 안에 단단히 가두어 놓았으니, 제장들
은 즉시 요동성을 공격하되, 사소한 일은 편의에 따라 일을 처리하도
록 하라!"

지난번 전쟁 때는 처음부터 장수들로 하여금 일일이 상황을 보고
토록 하고, 반드시 황제의 지시를 따르도록 했었다. 그러나 이것이 오
히려 진격을 더디게 하고 쓸데없는 보고만 양산하는 바람에 별 효험
이 없었다고 판단해, 이번에는 현장을 지휘하는 장수들에게 재량을
부여해 준 셈이었다.

또 하나 지난번 공격 때 고구려의 城 하나를 깨뜨리지 못해서인지,
이번에는 공성무기인 비루동飛樓棟과 성벽을 오를 때 사용하는 사다리
인 운제雲梯가 등장했고, 땅을 파는 굴착 도구인 지도地道까지 갖추고
나타났다. 隋군은 이런 신무기들을 동원해 사방에서 밤낮을 가리지
않고 총공격을 퍼부었다. 이에 대해 고구려군도 사력을 다해 성벽을
오르는 隋군을 막아 내니, 20여 일이 지나도록 요동성은 함락되지 않
으면서, 양측 모두 사상자가 속출하고 피해 규모가 엄청났다.

이처럼 요동성이 오래도록 함락되지 않자 결국 양제가 새로운 명령을 하달했다.

"이제부터 포낭 백여만 개를 만들게 하고 흙을 가득 채운 다음, 성벽 맞은편에 같은 높이만큼 쌓아 올리되, 30보 너비의 어량대도를 만들도록 하라!"

한마디로 이는 성벽 건너편에 같은 높이의 흙으로 만든 둑길을 쌓아 올린 것으로 그 외관이 물고기 모양을 닮았다 하여 어량대도漁梁大道라 했다. 병사들이 그 위에 올라가 성안으로 화살 등을 날려 공격하라는 뜻이었다. 뿐만 아니라 隋軍이 이때 성곽보다 높은 누각을 여덟 개의 바퀴 위에 올린 이동식 팔륜누거八輪樓車(비루飛樓)를 끌고 나타났는데, 이를 어량대도와 성벽 사이에 대놓고 성안을 내려다보면서 활을 쏘게 했다.

전과 달리 다양한 대형 공성 무기들이 등장한 데다, 대규모 병력을 동원해 땅굴을 파거나 임시 둑을 쌓고, 비루에 올라 공격해 오는 등 隋軍이 전혀 새로운 방식으로 총공세를 펼치자, 요동성 안의 고구려 군병들도 커다란 위협을 느끼기 시작했다. 그렇게 隋군 진영의 분위기가 한창 고조되는 가운데 느닷없이 찬물을 끼얹는 듯한 보고가 수양제에게 날아들었다.

"속보요, 황송하오나 여양黎陽의 양현감이 반란을 일으켰다는 보고입니다……"

"무어라, 양현감이 반란을 일으켰다고? 그놈이 기어코……"

양제가 예상된 일이라는 듯 혀를 찼다. 예부상서 양현감楊玄感은 양제의 총신으로 재상까지 지낸 양소의 아들이었다. 양소楊素는 601년경 〈서돌궐〉을 물리치고 隋가 지원하던 계민가한을 구원한 맹장이었고, 양제가 태자의 자리에서 쫓겨날 위기 때 그를 구했던 인물이었다. 그러나 양제가 즉위한 후 공신임을 내세워 거들먹거리자, 606년경 어느 날 양제가 좋은 술이라며 독약을 탄 술을 권했다. 이를 알아챈 상서령 양소는 득의만만해서 술잔을 들고 옆에 있던 태자에게 권했다.

"그토록 좋은 술이라면 당연히 황태자께서 먼저 드셔야 할 것입니다. 먼저 한 잔 드시지요!"

태자가 마다하지 않고 성급하게 잔을 들이켰는데, 순간 목을 움켜잡더니 뒤로 나자빠지면서 즉석에서 사망해 버렸다.

"커억, 컥!"

이 일로 양제의 원한을 산 양소는 당연히 중앙권력에서 밀려났는데, 목숨을 부지한 것만도 다행이었을 것이다. 그의 아들인 양현감 또한 이후로 한직을 떠돌다 보니 내심 불만이 가중되어 있었다. 양현감은 1차 전쟁 시부터 동도인 낙양 인근에서 河南 일대의 군량과 마초의 수송 등을 감독하고 있었는데, 이 무렵 수송을 고의적으로 지연시키고 전선에 타격을 주더니 마침내 난을 일으키고 만 것이었다.

그는 지난번 隋의 수륙군이 고구려와의 연전連戰에 거듭 참패했다는 소식에 수양제에게 희망이 없다 여기고, 그때부터 같은 관롱집단 출신인 이밀李密 등과 모의해 모반할 뜻을 세웠다. 양현감이 이때 운부運夫 5천여 명과 선부船夫 3천여 명의 반란군을 조직하고는 무리들에게 말했다.

"황상이 무도해 백성을 아끼지 않고 천하를 소란케 하니 요동에서 죽은 자가 무수히 많다. 이에 그대들과 일어나 억조창생을 구제하려 한다."

이때 이밀이 3가지 계책을 내놓으면서 설명했다.

"요동에 친정 중인 양제의 배후를 공격하는 것이 상책이고, 국도 장안을 공격하는 것이 중책, 동도 낙양 공격이 하책입니다."

양제를 직접 치는 것은 확실하지만 위험성이 커 보였다. 그래서 이밀은 한창 보수 중이라 공격하기 좋고 양제가 회군해도 낙양보다 거리가 멀어 보다 안전한 장안 공격을 중책으로 내걸었다. 그러나 양현감은 자신의 근거지라는 현실적 이유에서 여양(하남준현)에 가까운 낙양 공격을 택했다.

양현감은 이밀을 군사軍師로 삼아 반란의 기치를 내걸고, 낙양을 공략했으나 좀처럼 무너지지 않았다. 그러자 다시 서쪽 장안으로 방향을 바꾸었으나, 우왕좌왕하는 사이 시간과 물자를 허비했을 뿐이었다.

그 무렵 양현감의 거병 소식에 그와 내통했던 병부시랑 곡사정斛斯政이 내심 불안해하다가, 끝내 적국인 고구려로 망명해 버리는 사건이 터졌다. 게다가 고관의 자제들이 양현감의 처소에 많이 있다는 소식에 양제는 크게 우려를 나타냈다. 결국 불안해하던 양제가 고심 끝에 한밤중에 은밀하게 장수들을 불러 모았다.

"후방의 양현감이 동도를 장악했다니 더 이상 여기서 머물 일이 아니다. 지금 당장 철군을 서두르되 적들이 눈치채지 못하도록 군수물자와 무기류, 공성 기구 등을 모두 버려둔 채 신속하게 출발하도록 하라!"

이튿날 날이 밝자, 성안의 고구려군이 성벽 아래를 내려다보니 그간 새카맣게 몰려 있던 隋軍들이 보이지 않는 가운데, 각종 군수물자와 무기류가 산더미처럼 쌓여 있었고, 대형 공성 장비와 비루飛樓 등도 텅 빈 채 그대로였다. 심지어 영루營壘와 軍막사까지 고스란히 남아 있다 보니, 거짓말 같은 광경에 처음에는 영문을 몰라 사태를 파악하느라 부산을 떨어야 했다.

그러나 고구려 진영에서 적들이 한밤중에 어둠을 이용해 조용히 철수해 버렸다는 사실을 알아차리기까지는 오래 걸리지 않았다. 그래도 혹시 隋군의 속임수가 아닌가 하는 의구심에 곧장 성을 나오지 못하고, 단지 성안에서 북을 치고 호들갑을 떨어야 했다. 그 무렵 요동성 인근에 머물던 隋군의 여러 외곽 부대도 한데로 집결하지 못한 채 제각각 철군을 서두르고 있었다.

고구려 진영에서는 그렇게 이틀이 지나고 나서야 비로소 결론을 내렸다.

"무슨 이유에선지 적들이 철군한 것이 틀림없다. 그렇다면 더 이상 이러고 있을 게 아니라, 속히 성을 나가 적들의 뒤를 쫓아 추격에 나서야 할 것이다."

이에 수천에 이르는 고구려군들이 隋군의 뒤를 쫓았는데, 적들의 수가 워낙 많다 보니 차마 공격을 가하진 못하고 항상 80, 90리쯤 거리를 두었다. 그렇게 요수(영정하) 인근에 이르러서야 비로소 황제의 어영군이 이미 강을 모두 건넌 것을 알게 되었고, 그때부터 적들의 후미에 맹공격을 가했다. 워낙 많은 병력이다 보니 전투력이 떨어지는 후군後軍만 해도 수만 명에 달했으므로 일대 접전이 벌어졌고, 이때 수천 명에 이르는 隋군의 목을 베었다.

그렇게 허겁지겁 한꺼번에 철군을 서둘렀던 隋양제는 그해 9월경이 되어서야 마침내 〈양현감의 난〉을 진압할 수 있었다. 원정군의 우문술과 내호아 등이 돌아와 양현감의 반란군을 추격해 대파시킨 것이었다. 동관으로 달아나 쫓기던 양현감은 죽기 직전 아우에게 자신의 목을 베게 했다. 이밀도 체포되었으나 호송 도중 용케 탈출해 와강채瓦崗寨로 달아나 재기를 노리고 있었다.

비록 양제가 3차 〈여수전쟁〉을 중단시킨 〈양현감의 난〉을 진압했지만, 국력은 더욱 고갈되었고 백성들의 원망 또한 커져만 갔다. 그럼에도 양제는 3차 공성전에서 승리의 가능성을 알아본 만큼, 여기서 멈출 수가 없었다. 이듬해 대업大業 10년이던 614년 2월, 양제가 백관에게 고구려 정벌에 대해 논의하라 일렀지만, 며칠이 지나도록 감히 말하는 자가 없었다. 그러자 양제는 또다시 네 번째 〈고구려 원정〉을 선포하고 병마 징집 명령을 내렸다.

이미 도처에서 반란의 무리들이 봉기를 시작해 대부분의 징집 대상 병사가 달아나거나 소집에 응하지 않을 정도로 상황은 악화되어 있었다. 물론 양제도 이런 사정으로 원정이 어렵다는 것을 깨닫고 내심 원정을 중단시킬 명분을 찾고 있었다. 그러나 자칫 백성들의 웃음거리가 되면 오히려 반란의 무리를 제압하는 데 어려움이 가중될 것을 우려해, 일단 원정에 나서기로 했다. 이에 양제가 친히 병력을 이끌고 회원진으로 향하니, 이로써 기어코 4차 〈여수전쟁〉이 개시되었다.

그 후 〈隋〉의 수사水師총관 내호아가 비사성卑奢城에 이르렀다. 이 성은 (창려)평양성의 서남쪽 인근의 발해와 근접한 압록수(난하) 하구에 돌을 쌓아 올려 요새처럼 만든 성으로, 주로 도성인 평양을 지키기 위한 성이었다. 따라서 이때는 내호아의 수군이 발해를 경유해 직접 평양성을 노리고 압록 하구로 들어온 것으로 보였다. 이는 이곳을 지키던 고구려 水군을 격파하거나 따돌림으로써 해상 상륙작전에 성공했다는 의미였다. 평양성의 바로 코앞이나 다름없는 곳까지 隋군이 나타나자, 비사성의 고구려군이 이들을 맞이해 분전했으나 隋군의 공세에 밀리고 말았다. 내호아는 병력을 추스른 다음 곧장 동쪽 인근의 평양성으로 진격하려 했다.

그 시간 평양성 안에서는 隋軍이 압록 하구의 동쪽 해안에 상륙해 비사성을 깨뜨렸다는 소식에 초비상이 걸렸다. 고구려 조정도 그사이 무려 4번에 걸쳐 반복된 隋의 집요한 원정 공격에 피해도 엄청났고, 인명 손실도 커져서 절체절명의 위기에 처해 있었다. 그러다 보니 국론도 강경 주전파보다는 화친을 주장하는 주화파의 목소리가 점점 커지고 있었다. 주전파의 주장은 이러했다.

"반도의 신라와 백제는 산천이 험악해 지키기는 쉽되 공격하기는 어렵다. 백성들 또한 굳세고 고집불통이라 좀처럼 굴복하지 않는다. 반대로 중원의 대륙은 드넓은 광야가 많아 용병用兵(전략 구사)하기 좋고, 백성들이 전쟁을 무서워해서 한쪽이 무너지면 다른 쪽도 쉽게 흔들린다. 장수태왕의 서수동진책西守東進策은 처음부터 잘못된 측면이 있었다. 따라서 동쪽의 반도는 지키기만 하고, 정병으로 서쪽의 隋를 친다면 비록 많은 군사가 아니더라도 성공할 수 있다."

이에 대해 주화파는 다른 입장이었다.

"반도의 신라와 백제를 멸하기가 결코 쉽지 않으니, 그때까지는 중원을 높이 받드는 척하고 후하게 대접해 화친의 관계를 유지하는 게 옳다. 중원에 대해 지나치게 강경책으로 맞대응한 결과 수년 동안이나 전쟁에 시달리게 된 것이 아닌가? 그간 잘 버텨 냈지만 국력이 고갈된 만큼, 이제부터라도 정책을 바꿔서 隋와 강화를 맺어야 한다."

전쟁을 고집하는 주전파는 을지문덕을 비롯한 무장 세력들이었고, 반대로 화의를 주장하는 주화파는 왕의 아우 고건무를 따르는 대다수의 호족들이었다. 두 사람 모두 그간의 여수전쟁에 혁혁한 공이 있고 백성들의 신망 또한 두터웠다. 영양대제는 주전파를 지지하는 입장이었으나, 전통적으로 지방분권이 강한 고구려 태왕으로서도 호족들의 화의주장을 일방적으로 내칠 수 없었다. 그 와중에 비사성이 함락되고 적군이 코앞에까지 다다랐다니 여간 비상한 상황이 아니었다.

그런 위기의 순간에 마침 隋양제가 사자를 보내 지난번 망명해 온 곡사정을 넘겨주는 조건을 내걸고 화의를 제안해 왔다. 뜻밖의 제안에 조정에서는 이를 크게 반기면서 즉각 화의에 응하기로 했다. 결국 영양대제는 〈양현감의 난〉 때 고구려로 피해 온 망명객 곡사정의 인도를 허락했고, 사자로 하여금 그 내용을 담은 국서를 받들고 곡사정을 호송케 하여 수양제가 머무는 어영으로 보냈다.

수양제 또한 영양대제의 호응에 한시름 놓게 된 눈치였다.

"좋다, 이것으로 전쟁을 끝내려 한다. 부절符節(신표)을 내줄테니 즉시 사람을 내호아에게 보내 동진을 멈추게 하고 귀환하라 일러라!"

그해 8월경, 수양제가 이끄는 어영군도 마침내 회원진에서 철군을 시작하니, 4차 〈여수전쟁〉이 이것으로 종결되게 되었다. 일설에는 그때 어떤 이가 고구려 사자의 수행원을 가장해 쇠뇌를 감추고 따라 들어가 수양제의 가슴을 쏘고 달아났다는 소문도 있었지만, 알 수 없는 일이었다.

10월이 되어 장안으로 돌아간 수양제는 고구려 사자와 곡사정을 대묘大廟로 데려가 고告하고 이내 영양대제의 입조를 요구했으나, 고구려가 이에 응할 리가 없었다. 이에 수양제가 장수들에게 장비를 정비하라 명하고 마치 또다시 고구려 원정에 나설 것처럼 요란을 떨었으나, 이는 어디까지나 주변을 의식한 허풍에 불과했다. 수양제는 우문술의 청을 받아들여 병부시랑 곡사정을 금광문金光門 기둥에 잡아매고 공경들에게 직접 활을 쏘아 죽게 했다.

이렇게 해서 중원의 통일제국 隋와 북방민족의 종주국 고구려 간에 무려 4차례에 걸쳐 반복되었던 역사적 〈여수麗隋대전〉이 25년 만에 종지부를 찍게 되었다. 결과적으로 隋나라의 원정 실패였고, 고구려는 隋의 대규모 침공에도 굴하지 않고 당당하게 싸워 막아 내는 데 성공했으니, 고구려의 위대한 대승이었다. 당시 고구려는 650년의 왕통을 이어 오면서 아시아에서 가장 오래된 나라였을 뿐, 중원에 속한 것도 아니었으니 隋의 침공을 받을 아무런 이유가 없었다.

더구나 고구려는 중원의 동북 산악지대에 치우쳐 있는 데다, 인구가 그 1/10 수준밖에 되지 않았고, 강역 면에서도 隋가 몇 배나 더 컸으므로 국력 면에서는 비교도 할 수 없는 처지였다. 그런 중원의 힘을 알기에 고구려는 전통적으로 중원의 패권국과는 늘 화친의 관계로 평화를 유지하는 것을 국시國是처럼 여겼고, 가능한 서쪽의 요수를 넘으려 하지 않았다. 중원의 나라들 또한 비록 고구려가 大國은 아니지만, 북방민족을 대표하는 종주국인 데다 험준한 산하를 끼고 있어 공격이 쉽지 않고, 싸움을 잘하는 기질에 강력한 무력을 유지하고 있어 가벼이 넘보질 못했다.

그러므로 흉노에 이어 선비족이 발흥할 때도, 오직 〈전연〉 계통의 모용씨 나라들을 제외하고는 화북의 맹주인 〈전진〉과 〈북위〉, 〈북제〉 등이 모두 고구려와 혼인동맹을 맺는 등의 방법으로 오히려 고구려를 존중하고, 무역과 문화교류를 활발히 해 왔던 것이다. 그렇게 〈5호 16국시대〉와 〈남북조시대〉를 거치면서 이어진 세월이 어언 4백 년이나 되었던 것이다.

문제는 중원의 거대한 대륙이 하나가 되고 다시금 통일제국이 탄생했을 때 일어났다는 점이었다. 〈隋〉나라는 〈漢〉나라가 그랬듯이 뚜렷한 명분도 없이 무턱대고 대군을 동원해 고구려에 공격을 가했으니, 그것은 하나를 가지면 둘을, 둘을 갖게 되면 열을 갖고 싶은 끝없는 욕망과도 같은 〈패권주의覇權主義〉에 다름 아니었다. 그러나 이처럼 무도한 패권주의의 결과는 언젠가는 반드시 그 끝이 있기 마련이었다. 통일제국 隋나라의 앞길이 결코 순탄할 리가 없었던 것이다.

　그런 와중에 4년 동안 격렬하게 치러진 〈여수전쟁〉에서 隋양제가 사실상 대패해, 수많은 군사와 물자를 잃고 국력만을 낭비한 채 돌아왔다는 소식이 사방으로 퍼져 나갔다. 이에 그간 화친의 관계를 맺고 있던 서변의 〈동돌궐〉이 隋에 등을 돌리기 시작했다. 돌궐은 일찍이 隋문제의 이간책으로 동, 서돌궐로 나뉘었다. 〈서돌궐〉은 이후 서쪽의 중앙아시아를 향해 떠나 버렸고, 남은 〈동돌궐〉은 大小 가한끼리의 집안싸움에 바빴다. 그러다 隋양제가 즉위할 무렵에는 〈동돌궐〉의 내분이 일단락되어 거란과 실위, 토욕혼과 고창에 이르는 방대한 지역을 차지하게 되었다.

　동돌궐이 안정되면서 말 탄 병사들의 수가 급격히 늘게 되자, 중원의 隋는 이들에게 더 이상 두려운 존재가 아니었다. 마침내 동돌궐이 隋의 변경을 침입하기 시작했다는 소식에, 자존심 강한 양제가 발끈했다. 가뜩이나 〈여수전쟁〉의 실패로 속이 쓰린 터에, 돌궐까지 자신을 무시하는 듯한 태도에 분노했던 것이다. 대업 11년이던 615년, 수양제가 〈동돌궐〉에 본때를 보여 주기 위해 다시금 대군을 일으켰다.

　당시 동돌궐은 609년경 계민啓民이 죽고 사발략가한의 손자 시필始畢(시피)가한이 다스리고 있었는데, 隋를 적대시하고 수시로 공격했다. 양제의 여동생 의성義成공주는 당초 계민에게 시집갔다가 시필의 아내로 있었는데, 양제는 자신에게 대드는 시필 대신에 공주를 아사나질길에게 다시 시집보내고 그를 칸으로 내세우려 했다. 시필이 이를 알고 분개해 수십만의 기병을 동원해 양제를 공격하기 위해 출정했다.

　그해 8월 양제는 시필의 출정 사실도 모른 채 친히 새북塞北을 순시하고는 잠시 그곳에 머물고 있었다. 다급해진 의성공주가 은밀하게 오라버니인 양제에게 사자를 보내 서둘러 피할 것을 주문했다.

"황상, 칸의 대군이 안문관을 향해 떠났습니다. 황공하오나 칸의 기병을 당해 내기 어려울 것이니, 속히 피하셔야 합니다."

놀란 양제가 황급히 말을 몰아 달아나려 했으나, 돌궐의 대군이 이미 재빨리 안문관을 포위해 버렸다. 안문관에 꼼짝없이 갇힌 신세가 된 수양제는 두려움으로 아들을 부둥켜안고 울기까지 했는데, 그렇게 한 달여가 지나고 말았다. 다행히 양제가 내보낸 조서를 보고 인근에 있던 자사는 물론 동도 등에서도 황제를 구하러 황급히 병력을 이끌고 달려왔는데, 시필은 요지부동이었다. 양제가 몰래 의성공주에게 다시금 구원을 청하자, 그녀가 시필에게 사람을 보내 거짓으로 북쪽 변방이 위급하다고 알렸다. 그때서야 시필이 포위를 풀고 철군을 시작했고, 수양제는 겨우 위기에서 벗어날 수 있었다.

그렇게 돌궐에게 커다란 수모를 당하고 장안으로 돌아온 수양제가 이때부터 자신감을 잃더니 나날이 의기소침해지기 시작했다. 수년간이나 전쟁터를 누비다 보니 수양제 자신도 극한의 중압감 속에 심신이 지치고 피폐해졌을 것이다. 그해 양제는 도성을 떠나 산서의 진양晉陽(태원)을 돌면서 분양궁汾陽宮에서 피서를 하고, 낙양으로 들어갔다.

그런데 양제가 이때 〈양현감의 난〉 때 불타 버린 용선龍船을 다시만들라는 명을 내렸는데, 한두 척이 아닌 수천 척의 배를 주문했다. 마치 호사스러운 유흥을 좋아하던 양제의 사치병이 다시 도진 듯했다. 심지어 회계 땅에 이궁離宮을 지으려다, 그곳에 반란이 일어나 실행에 옮기지 못한 적도 있었다.

그해 강남에서 만들어진 용선이 낙양에 도착하자, 양제는 용선을 타고 강도江都(양주)로 가고자 했다. 당시 여기저기서 일어난 반란군들이 낙양을 위협하자, 양제는 일찍부터 강도로 피하려는 궁리를 해온 것이었다. 대신들은 황제가 도성을 비우게 되면 황실의 안정이 더욱 흔들릴 것이라는 것을 걱정하면서도 아무도 나서서 이를 말리는 이가 없었다. 오직 임종任宗이라는 하급관리가 상소를 올렸으나, 양제는 치부라도 들킨 듯이 그를 궁전 계단에서 때려죽이게 했다.

사실 양제는 천하의 식량과 물자들이 이미 대부분 강남 아래에서 생산되는 것에 주목하고 있었다. 행여 천하가 다시 쪼개지는 날이 오더라도 광활한 곡창지대를 끼고 있는 강남을 차지하는 편이 훨씬 유리하다고 믿었던 것이다. 양제는 강도로 향할 때, 독주를 마시고 죽은 황태자 양소楊昭의 아들 대왕代王을 장안에, 월왕越王을 낙양에 각각 머물게 했는데, 만일에 대비해 隋의 삼도三都를 장악하겠다는 포석이었다.

616년이 되어 양제는 강도에 머물고 있었으나, 강남의 반란 세력들이 가만히 있질 않았다. 그때마다 양제가 군사를 내 잔혹하게 진압했으나, 반란군은 패했다가도 다시 모여들기를 반복하면서 오히려 그 세력이 더욱 커 가는 양상을 보였다. 그렇게 전국의 반란 세력들이 이합집산을 지속하더니, 끝내 3개의 거대조직으로 쏠리게 되었다. 그 하나는 적양翟讓과 이밀李密이 이끄는 河南 세력이었고, 나머지는 河北과 강회江淮의 세력들이었다.

그 와중에 이듬해 617년이 되니 전국의 2백여 곳에서 지방관리나 장령들까지 일어나 소요를 일으켰는데, 그중에는 황족인 당국공唐國公 이연李淵까지 포함되어 있었다. 태원에서 군사를 일으킨 이연은 관중을 근거지로 삼고 세력을 키우고 있었는데, 사실 그는 수양제의 이종사촌으로 이연의 모친이 독고황후의 친언니였다. 그 무렵 반란군의 수령 중에는 스스로 황제나 천자를 칭하는 자들까지 나왔는데, 그중에서도 가장 두드러지게 활약한 자는 바로 〈양현감의 난〉을 주도했던 이밀이었다.

이밀이나 이연은 황제인 수양제와 마찬가지로 다 같은 선비귀족인 〈관롱집단〉 출신으로, 이밀의 조부 이필李弼과 이연의 조부 이호李虎는 우문태를 모시던 맹장들이자 다 같은 팔주국八柱國의 일원이었다. 이들 귀족들의 반란은 〈수〉나라 전체가 빠르게 붕괴되고 있음을 시사하는 것이었다.

그중 〈양현감의 난〉이 실패하면서 와강채로 달아났던 이밀은 그곳에서 적양과 의기투합해 그의 군대를 얻는 데 성공했다. 이들은 하남의 낙양 일대를 근거지로 삼고, 순식간에 수십만에 이르는 병사들을 모아 최대의 반군 세력을 거느리게 되었다. 황하와 낙수가 만나는 이 지역에는 거대 곡물창고인 〈낙구창洛口倉〉이 있어서 식량 걱정 없이 수십만 명을 먹일 수 있었고, 동도인 낙양이 근처에 있었던 것이다. 이밀은 스스로 위공魏公에 올라 장차 제위에 오르기 위한 과정을 착실히 밟아 나갔다.

한편 낙양에는 당시 양제의 손자인 월왕 양동楊侗이 있었으나 나이가 어려 대신들을 통제할 능력이 없었다. 이밀이 낙양에 맹공을 가하자, 내분이 일어나 군사령관이 투항해 올 정도였다. 그럼에도 낙양성은 쉽게 함락되지 않았는데, 인근의 〈회락창回洛倉〉이라는 대규모 양곡창고에서 식량을 실어 나를 수 있기 때문이었다. 이밀이 회락창을 차지하려 낙양의 정부군과 치열하게 다투는 사이, 진양의 이연이 갑자기 남진하더니 장안을 덮치고 말았다.

이연은 부친인 唐국공 이병李昞으로부터 작위를 물려받았는데, 행정에 능해 백성들의 신임을 받은 데다 범상치 않은 인상이라 양제가 경계했다. 게다가 당시 '심수몰황양深水沒黃楊' 즉 깊은 물(연淵)이 양楊 황실을 멸망시킨다는 도참설이 널리 퍼지자, 이연은 양제를 극도로 두려워했다. 그는 일부러 술과 여자를 가까이하고 황제의 측근들에게 뇌물을 바치는 등 타락한 모습으로 행동하면서, 자신의 재능을 숨기려 애쓰기까지 했다.

그 무렵 〈隋〉의 내란이 한창일 때 이연이 진양(태원)의 유수留守로 있었다. 마침 〈돌궐〉이 자주 국경을 침범하기 시작했음에도 이를 막아 내기엔 역부족이었다. 그때 이연의 곁에는 차남인 세민世民이 와 있었는데, 어려서부터 총명한 데다 두둑한 배짱과 결단력이 있었다. 이세민이 고심이 큰 부친을 설득했다.

"황상은 무도하고 백성들은 난리로 고통받고 있습니다. 절개를 지킨들 아래로는 도적들뿐이고, 위로도 잘못하면 엄한 형벌만 기다리고 있어 자칫 집안이 망할지도 모릅니다. 민심을 쫓아 의병을 일으켜서 전화위복의 기회로 삼으셔야 합니다."

이연은 이미 50을 넘긴 나이 든 관료였고, 〈양현감의 난〉을 목격한 뒤라 결코 경거망동할 수가 없었다. 그러나 세상은 이미 걷잡을 수 없는 난리에 휘말려 버렸고, 자신도 위기에 빠졌음을 깨닫고는 이연이 아들에게 말했다.

"네 말에 일리가 있다. 이제 패가망신하는 것도, 또 집안이 성해 나라가 되는 것도 모두 네 책임이다……"

그렇게 이연 부자가 장차 거병하기로 마음을 굳히고는 주도면밀하고 치밀한 계획으로 문제를 하나하나 풀어 나가기 시작했다.

우선 돌궐은 隋문제 때는 사이가 좋았지만, 양제가 즉위하면서부터 돌궐을 무시하고 신하처럼 군 탓에 양쪽의 사이가 크게 틀어져 있었다. 필시 고구려와의 단절은 물론, 〈여수전쟁〉의 참여를 끊임없이 강요당했을 것이다. 이연이 은밀하게 돌궐에 사람을 보내 회유에 나섰다.

"내가 장차 병사를 일으켜 장안으로 가 임금을 맞이하고자 하는데, 우리 두 세력이 화목하여 과거의 화친을 회복하고자 하오."

그러자 돌궐 또한 사자를 보내 고무적인 답을 해 왔다.

"만일 그대가 隋나라를 취한다면 우리 또한 그대를 지지할 것이오."

이연이 그렇게 돌궐과 손을 잡기로 밀약을 하고, 돌궐 문제를 해결하니, 이연의 부장들이 환호했다.

마침 그러한 터에 낙양 일대를 장악하고 있던 이밀에게서도 자신을 지원해 달라는 압력이 들어왔다. 이연은 머리를 숙인 채 그를 지지하는 척하면서 봉기를 부추겼다. 이연이 이밀을 안심시키고 교만하게 굴도록 하는 교병지계驕兵之計를 쓴 것임에도 이밀은 더욱 의기양양해져 주변에 떠들었다.

"唐공이 나를 추대하니 천하는 쉽게 평정될 것이다. 하하하!"

그뿐이 아니었다. 장안의 황실 조정에 대해서는 변함없이 떠받드는 모양새를 취하는 등 주변 환경에 유연하게 대처하니, 이연 부자의 지략이 이토록 범상치 않은 것이었다.

그러던 그해 7월경, 마침내 이연 부자가 진양晉陽을 근거지로 삼아 3만의 병사를 일으켜 궐기에 나섰다. 수십만의 병력을 거느리는 낙양의 이밀에 비하면 초라하기 그지없는 시작이었다. 이연이 돌궐에 사자를 보내 원병을 요청함과 동시에 이세민이 군사를 거느리고 출정했는데, 진양을 비롯해 장안에 가까운 山西 서남 일대를 차례대로 장악해 내려갔다. 이연은 또 장남인 건성建成으로 하여금 섬서의 동관東關을 지키게 하고, 세민에게는 위수 북쪽을 돌며 백성들을 설득하거나 복종케 하니, 거병한 지 석 달 만에 이들을 따르는 반군들이 20만여 명으로 불어나 있었다.

그해 10월경 관중으로 들어간 이연은 장안성 아래에 진을 치고 도성 안의 정부군을 압박했는데, 반란이 아니라 황실을 바로잡기 위한 거사임을 내세우며 항복을 종용했다. 그럼에도 아무 반응이 없자, 마침내 11월에 이연이 군사를 몰아 長安을 점령하는 데 성공했다. 이연은 즉시 〈隋〉의 법률들을 폐지해 고작 12조條만을 지키게 하되, 10여 명만을 처형하는 등 민심 수습에 적극 나섰다. 이어 양제의 손자인 14살 代王 양유楊侑를 천흥전에서 맞이해 황제로 올리는 한편, 일방적으로 강도의 양제를 태상황으로 받들겠노라고 선포해 버렸다. 당국공 이연 스스로는 唐王이 되어 정권을 장악하니, 선양의 과정을 착실히 밟는 것에 불과했다.

그 무렵 강도(양주)의 양제는 이궁에서 미인들에 둘러싸여 유흥에 젖어 있었는데, 입버릇처럼 독이 든 술을 항상 준비해 두게 했다니 마치 모든 것을 포기한 듯한 행동이었다. 그러던 618년 3월, 봄꽃들이 만개하는 시절에 양제를 호위하는 우둔위장군 우문화급宇文化及이 강도에서 반란을 일으켰다. 당시 양제의 친위군들은 대다수가 장안 인근의 관중 출신이었는데, 수년 동안 도무지 양제가 장안으로 돌아갈 생각조차 하지 않으니 고향에 두고 온 처자식 생각에 향수병이 심했다. 이윽고 친위군들이 칼날을 번득이며 들이닥치자, 이미 모든 것을 포기한 양제가 청을 하나 했다.

"천자에게는 죽는 방식이 따로 있다. 독약을 마시고 죽게 해 달라……"

그러나 현장의 친위 장교가 황제의 부탁을 거절했고, 이에 양제가 허리띠를 풀어 건네주자, 그가 달려들어 양제煬帝의 목을 졸라 죽는 것을 도왔다. 그토록 세상을 들썩이게 했던 것에 비하면 참으로 초라한 수양제의 죽음이었다.

갑작스레 일어나 수양제를 제거하는 데 성공한 우문화급은 바로 〈살수대첩〉의 패장 우문술의 장남이었다. 그는 양제의 조카 진왕秦王 양호楊浩를 황제로 내세우고는, 군대를 이끌고 북상해서 낙양으로 향했다. 그 무렵 서역 출신의 왕세충王世充이 낙양을 구원하겠다는 구실로 낙양성으로 들어가 사령관을 맡고 있었다. 그는 강남의 반란 세력 하나를 진압한 공으로 지방관에 올랐는데 잔인하기로 악명 높았다. 왕세충은 곧바로 월왕 양동을 황제로 즉위시키고, 자신은 낙양의 실권을 장악했다.

그때 낙양성 밖에는 가장 강력한 이밀 세력과 강도에서 북상해 올라오는 우문화급의 세력이 있었다. 낙양 정권은 이들 두 세력이 서로 맞붙어 싸우다 지치길 바랐는데, 이밀의 경우에는 낙양성이 배후에 있어 싸움을 피하려 할 수도 있었다. 낙양 정권은 어제의 적이었던 이밀을 안심시키고자 그를 끌어들이려는 공작을 추진했는데, 이미 황제를 옹립한 우문화급보다는 이밀이 더 수월해 보였고, 특히 왕세충에게 권력을 내준 구舊세력은 장차 왕세충을 견제하기 위해서라도 더욱 그러했다. 낙양정권은 이밀에게 황제 양동楊侗의 명의로 태위 및 상서령에 위국공魏國公 등 어마어마한 여러 관직을 내려 주는 한편, 우문화급을 토벌하고 장차 황제를 보필하라는 명을 내렸다.

그리하여 이밀은 일단 낙양 정권을 돕기로 하고, 부장인 서세적徐世勣에게 근거지인 여양을 맡기고, 자신은 우문화급의 배후를 치기로 했다. 한편 친위대를 거느리고 북상하던 우문화급은 드디어 낙양의 외곽에 도착해 이밀의 군대와 마주했다. 이밀은 원래 지략이 뛰어난 전술가로 알려졌다. 그가 당초 수양제의 죄상을 성토하는 격문에 이렇게 썼었다.

"남산의 대나무를 모두 사용한들 그 죄상을 다 적을 수 없고, 동해의 물을 다 쓴다 해도 그 죄악을 씻을 수 없다."

그랬던 이밀이 양제를 제거한 우문화급을 만나자, 그의 공을 치하하고 협조를 구해도 모자랄 판에 대뜸 화급의 군대에 공격을 가했다.

"그대가 나라의 은총을 입었거늘 황제를 시해했으니 나라의 역적이 아니겠는가?"

이것이 정녕 죽은 양제의 복수를 위해 달려드는 것은 아니었을 테니, 이밀 또한 분명히 천하를 얻고자 한 것이 틀림없었다. 그렇게 낙양의 외곽에서 이밀과 우문화급의 군대가 죽기 살기로 싸우니 양측 모두 피해가 커져만 갔다. 그러나 식량 문제 등에서 화급의 군대가 불리할 수밖에 없었고, 이에 일부 화급의 부장들이 이밀에게 투항하기 시작했다.

결국 우문화급이 대패해 위현으로 달아났는데, 이때 그가 허수아비 황제 양호를 살해하고 자신이 직접 제위에 올랐다. 이어서 부친 허국공 우문술의 영지명을 따 국호를 〈허許〉라 칭했다. 그러나 이때는 이미 그의 부장들이 모두 떠난 상태라 화급의 지배력은 그저 패잔병의 주둔지에서나 통할 뿐이었다. 마침 하북을 장악하고 있던 두건덕의 공격에 우문화급이 여지없이 생포되었고, 아우 우문지급智及과 자식들 모두가 함께 참형에 처해졌다. 두건덕이 이때 화급의 수급을 양제의 여동생인 돌궐의 의성공주에게 보냈다고 한다.

그때 낙양성 안에서 이런 상황을 예의주시하던 대장군 왕세충王世充이 재빨리 정변을 일으켜 이밀과 내통하던 황실 세력을 제거해 버렸다. 뿐만 아니라 왕세충이 군대를 몰고 성 밖을 나와 이밀을 공격하기 시작했는데, 우문화급과의 전투로 이미 전력손실이 상당했던 이밀이 결국 왕세충의 공격을 이겨 내지 못하고 참패하고 말았다. 당장 눈앞의 욕심에 눈이 먼 이밀이 무모하게 일을 서두르다, 스스로 대업의 꿈을 놓쳐 버린 셈이었으니 그가 정녕 탁월한 전략가였는지 의심스러운 일이었다.

수양제의 사망 소식은 그 즉시 장안에도 전해졌다. 그해 618년 5월, 이연이 마침내 양유楊侑를 몰아내고 선양의 형식을 빌려 비로소 황제에 올랐다. 나라 이름을 새로이 〈당唐〉이라 했으니 이연은 그 시조인 고조高祖가 되었고, 연호를 〈무덕武德〉으로 했다. 장자인 건성을 태자로 삼고, 차남인 세민을 진왕秦王에, 3남 원길元吉을 제왕齊王에 봉해 주었다. 놀라운 것은 이연의 모친인 독고부인이 〈북주〉의 충신 독고신獨孤信의 4녀라는 점이었다. 신信의 두 딸이 〈북주〉와 〈隋〉의 황후였으며 또 다른 딸이 〈唐〉 개국시조의 모친이 되었으니, 이 3國의 교체에 그의 세 딸이 깊숙이 관여했다는 실로 믿기 어려운 역사가 이루어졌던 것이다.

이로써 4백 년 만에 중원을 통일했던 〈隋〉나라는 3代, 고작 37년 만에 역사의 무대에서 사라져 갔다. 이는 마치 같은 통일제국이었던 〈秦〉나라나 왕망의 〈新〉을 보는 듯했다.

隋양제의 부친 양견이 통일제국 〈隋〉를 건국하고 〈개황의 치〉라는 칭송을 들을 만큼 부지런히 나라를 다스렸건만, 양광은 사람들의 눈을 속이는 위선적인 행동에 결국 부친과 형제들을 시해하고 제위를 찬탈했다. 설령 그렇더라도 부친의 정치를 본받았더라면 좋았을 것을 사치와 향락을 일삼고, 교만하고 허황된 과대망상에 젖어 북방의 종주국 고구려를 건드린 것이 결정적 화근이 되고 말았다.

양제가 즉위하면서 연호를 대업大業으로 정한 것으로 미루어 그는 즉위하기 전부터 고구려를 정복하고 말겠다는 야욕을 품은 듯했다. 아마도 598년경 부친 문제가 시도했던 1차 〈고구려 원정〉에서 참패하고 돌아온 것을 치욕으로 여기고 절치부심하여, 장차 설욕하기로 작심했던 것이다. 즉위 바로 이듬해부터 요동 원정을 위한 대운하 작업에 착수한 것만을 보아도 이런 그의 야심을 읽을 수 있었다.

비록 양제가 그토록 공을 들여 중국의 3대 하천을 연결해 건설한 거대운하가, 무려 3차례에 걸친 그의 고구려 원정을 성공으로 이끌지는 못했으나, 이후 광활한 중국의 강남과 북을 잇는 획기적인 교통수단으로 자리 잡아, 중화문명의 발전에 지대한 공헌을 했다. 이러한 국토개발은 후대에도 비슷하게 이어져 마지막 〈청조淸朝〉에 이르러서는 남북을 더욱 빠르게 직결하는 최단거리 운하가 완공되기도 했으니, 그 혜택은 고스란히 후대의 중국인들이 누린 셈이었다.

따라서 양제가 처음부터 중화문명의 발전을 더욱 앞당겨 줄 위대한 대운하 건설만을 대업大業으로 삼았더라면, 내란의 화도 피하고 그 공을 널리 인정받는 현군으로 남았을지도 모를 일이었다. 그러나 패권의 야욕에 사로잡혀 고구려 원정에 집착한 나머지, 모든 것을 파괴하고 수많은 양민을 죽음에 이르게 하면서 그저 세상을 어지럽힌 혼군의 신세로 추락하고 말았다. 도성 長安도 아닌 강도江都에서 비참한 최후를 맞이했던 양제는 중국인들이 역사상 가장 부끄럽게 여기는 군주로 자리매김했고, 그 무덤 또한 그곳에 초라하게 남겨졌을 뿐이었다.

한편, 〈唐〉고조 이연이 비록 〈隋〉를 계승해 황제에 오르긴 했지만,

여전히 장안 바깥에서는 왕세충이나 두건덕 등 똑같이 황제를 자처하며 할거하는 군웅들로 득실거렸다. 왕세충에게 참패한 이밀이 이때 고조에게 투항했으나 한직을 전전하게 되었고, 끝내 재기를 노리다 발각되어 처형당했는데 머리와 몸통이 다른 곳에 묻히는 비참한 운명을 맞고 말았다. 이밀 또한 세력의 크기만 믿고 우쭐대면서, 오히려 이연을 대신해 적대세력을 제거해 준 셈이 되었으니 결과적으로 이연의 도우미에 불과했던 것이다.

그렇다 해도 고조에게는 여전히 또 다른 내란의 수령들을 차례대로 제거해야 하는 난제들이 쌓여 있었다. 다행히도 이후로는 이세민의 활약이 두드러졌다. 이연이 서쪽으로 진격하여 설거薛擧를 치는 사이 진양을 상실했으나, 이세민이 나가 곧바로 이를 되찾았다. 그 무렵 낙양에서도 왕세충이 구세력을 몰아내고 스스로 〈정鄭〉나라를 세워 황제를 칭하고 있었다. 620년 4월, 이세민이 병주幷州 일대를 완전히 장악하고 장안으로 개선했다. 그러나 7월이 되자 쉬지도 못하고 곧장 낙양의 왕세충 토벌에 나서야 했다. 마침내 이세민이 출병해 낙양성에서 공방전이 치열하게 전개되었고, 서서히 왕세충이 밀리기 시작했다.

곤경에 처한 왕세충이 이때 하북에서 〈대하大夏〉의 황제를 칭하던 두건덕에게 지원을 요청했다. 두 사람 또한 정적의 관계였지만, 왕세충은 자신이 무너진 다음에는 〈夏〉의 차례임을 설득해, 두건덕의 출병을 이끌어 냈다. 결국 두건덕의 군대가 사수汜水(하남형양)에 접근하자, 이세민은 낙양에 소수의 군사만을 남겨 둔 채, 나머지 대군을 총동원해 두건덕에 맞섰다. 이때 무리할 정도로 군사를 몰아붙인 끝에, 두건덕의 배후를 돌아 앞뒤 협공으로 일거에 적군을 섬멸해 버렸다. 대단히 위험한 작전이었음에도 그의 과감한 결단이 승리를 이끌어 냈던 것이다.

믿었던 두건덕의 군대가 궤멸되고 그가 생포되었다는 소식에 왕세충은 더 이상의 전의를 잃고 말았다. 그가 태자, 대신 등 2천여 명을 이끌고 성문을 나와 진왕 이세민의 군영까지 가서 무릎을 꿇고 항복했다. 이제 23세인 청년장군 이세민이 뻘뻘 땀을 흘리는 왕세충을 향해 당당하게 한마디 했다.

"예전에 날 아이 취급하던 그대가 지금 내 앞에서 무릎을 꿇다니……. 어째서 이토록 비굴하게 구는 게요?"

그럼에도 이세민이 왕세충을 살려 장안으로 압송했고 이연이 그를 용서했으나, 얼마 후 원수의 손에 암살당하고 말았다. 이로써 하북의 반란 세력을 평정함에 있어 이세민이 단연 가장 큰 공적을 쌓게 되었다. 621년 이세민이 하북의 양대 반란 세력인 두건덕과 왕세충을 포로로 잡아 장안으로 개선했을 때, 고조는 더할 나위 없이 믿음직한 아들 세민에게 '천책상장天策上將' 즉, 하늘이 내린 장수라는 최고 영예의 칭호를 내려 주고 그의 업적을 칭송했다. 이후에도 곳곳에서 크고 작은 내란이 이어졌지만, 무덕 7년인 624년경에는 대부분 진압되고 말았다. 이로써 비로소 〈唐〉의 천하통일이 빠르게 마무리되었다.

4. 백제 무왕의 꿈

수양제가 고구려를 토벌하고자 백만 대군을 동원해 북경 아래 탁군에 모여들었던 611년 10월, 백제의 무왕은 느닷없이 동쪽으로 군사들을 출병시켜 신라의 가잠성을 공격했다. 수양제가 보낸 사자 석률席律과 함께 장차 고구려를 협공하기로 밀약을 해 놓고는, 그 침공 개시일을 어긴 채 동쪽으로 말을 몰게 한 것이었다. 신라는 신라대로 隋와 함께 고구려를 협공하기로 했으나, 백제와의 싸움으로 북진이 불가능했다. 백제군은 이후 백여 일이 넘도록 가잠성을 포위한 채 풀어 주질 않았다.

초조해진 진평왕이 추가로 상주尙州, 하주下州, 신주新州(광주廣州)의 3州에 동원령을 내리고 장수를 임명해 가잠성을 지원하게 했으나, 성의 외곽을 뚫는 데 실패하고 말았다. 가잠성주 찬덕이 분개하여 성안의 군사들을 모아 놓고 전투를 독려했다.

"지금 3州의 장수들이 적이 강하다는 핑계로 나서지 못한 채, 우리 성이 위태한 것을 보고도 구원하려 들지 않는다. 이렇게 의義가 없이 사는 것은 義가 있어 죽는 것만 못한 것이다."

이에 가잠성의 군사들이 더욱 분발해 적들을 상대로 치열하게 싸웠다. 그즈음 식량은 떨어지고, 성안의 물조차 말라 버렸지만, 오히려 시체를 뜯어먹고 소변을 받아 마시면서 끝까지 버티려 애를 썼다. 그럼에도 이듬해 정월이 되자 병사들이 지칠 대로 지친 나머지 성이 함락되기 일보 직전의 상태에 빠지고 말았다. 절망적인 순간이 다가오자 찬덕이 하늘을 우러르며 외쳤다.

"우리 대왕이 내게 城 하나를 맡겼거늘 능히 보전하지 못하고, 적에게 내어 주게 생겼다. 내 죽어서라도 커다란 악귀가 되어 부여 사람들을 모두 물어 죽이고 이 성을 수복할 것이다!"

그리고는 분을 참지 못한 가잠성 성주 찬덕讚德이 말에 올라 두 눈을 부릅뜬 채로 괴성을 지르며 내달리더니, 스스로 커다란 느티나무(괴목)에 부딪쳐 장렬한 죽음을 택했다. 성주로서 끝까지 항복을 거부하려 했던 것이다. 그의 자결과 함께 가잠성(충북괴산)이 이내 함락되었고, 병사들은 모두 백제군에 항복을 하고 말았다.

그 무렵 탁군에 집결한 채로 백제와 신라의 북진 소식을 기다리던 隋軍은 상황을 파악하느라 시간을 허비하다가 해를 넘기고 말았다. 이미 추운 겨울이 닥쳐오는 바람에 이래저래 날이 풀리기를 기다려야 했고, 이듬해 정월이 되어서야 대공세를 펼칠 수 있었다. 당시 반도의 두 나라는 서로가 먼저 상대를 침공한 것이라고 隋나라에 해명했을 것이다. 실제로는 무왕이 뒤에서 隋나라 모르게 고구려와 내통해 꾸민 일이었고, 침공 예정일까지 알려 준 것이었다.

그 배경에는 야마토 성덕태자가 제시한 것으로 보이는 〈三國밀약〉이 있었으니, 고구려와 백제, 야마토 3國이 연합해 신라를 고립시키고 장차 〈임나〉의 재건을 돕겠다는 것이었다. 통일제국 〈隋〉의 1차 침공을 막아 낸 고구려로서는 6백 년을 원수처럼 여겨 오던 서부여계 야마토大倭와 백제가 내미는 손을 현실적인 이유에서 기꺼이 잡았던 것이다.

612년 정월 마침내 수양제의 백만 대군이 요수를 건너 고구려 침공을 본격 개시하자, 백제의 무왕은 가잠성의 전투와는 별도로 명령을 내렸다.

"국경에 군비를 엄하게 하라. 장차 수를 도와 북진할 것이다."

이는 밖으로 隋를 돕겠노라는 것을 공식적으로 천명하는 조치였다. 그토록 요란을 떨고 천하를 뒤흔들었던 수양제는 그해 살수를 포함해 곳곳에서 백만 대군이 궤멸되는 처참한 패배를 안고 돌아서야 했다.

이듬해 4월이 되자 분을 참지 못한 수양제는 또다시 30만 대군을 동원해 두 번째 고구려 공략에 나섰다. 성벽을 깨뜨리기 위한 각종 공성무기와 신무기로 재무장한 隋군이 한창 요동성을 공략하고 있을 무렵, 배후에서 양현감이 난을 일으켰다는 소식에 수양제는 분루를 머금고 이번에도 철군을 명해야 했다.

그해 613년이 7월이 되자, 신라의 진평대왕에게 뜻밖의 보고가 날아들었다.

"아뢰오, 수나라에서 사신 왕세의가 방금 도착했다는 보고입니다."

반도의 나라들이 꼼짝도 않는 것을 이상히 여긴 끝에 隋나라 조정에서 현지 상황을 파악하기 위해 실사를 나온 것이 틀림없었다. 진평대제는 왕세의王世儀를 위해 왕실사찰인 황룡사에 백관을 불러 모아 백고좌百高座를 열게 하고, 원광법사 등을 초빙해 불경을 강론하는 자리를 갖게 했다.

어쨌든 그럼에도 불구하고, 신라와 백제는 이후 隋양제의 고구려 침공이 이어졌음에도 북쪽을 향해 일체 움직이지 않았다. 신라의 입장에서도 백제를 두고 함부로 북진을 할 수 없었던 것이다. 신라가 隋나라에 그런 전후의 사실을 알려 주고자 했겠지만, 백제는 시치미를 뗀 채로 여전히 신라의 침공이 먼저였음을 주장했을 테고, 변함없이 隋나라에 대한 화친의 관계를 유지하기 위해 애쓰니, 隋나라 조정으로서도 별도리가 없었을 것이다.

그러는 사이에 612년부터 매년 3차례에 걸쳐 단행된 수양제의 고구려 원정이 614년을 끝으로 종결되었다. 당초 이 전쟁은 대륙의 패자 隋가 일방적으로 고구려를 침공하면서 시작됐던 전쟁으로, 두 강대국이 대륙의 패권hegemony을 놓고 자웅을 겨룬 전쟁이 결코 아니었다. 결국은 성급하게 대들었던 隋가 연이은 참패로 스스로 물러났고, 그렇게 역사상 최대 규모였던 〈여수대전〉이 끝나고 말았던 것이다. 그러나 양측이 입은 피해와 상처는 상상을 초월하는 것이었을 것이다. 隋나라는 당장 내란에 휩싸이고 말았고, 고구려에서도 강경 무신파와 화친을 주장하는 온건 호족들 사이에 심각한 갈등이 재개되었다.

그 와중에 616년 10월이 되자, 〈백제〉의 무왕이 다시금 〈신라〉 공격에 나섰다.

"달솔 백기苩奇는 들으라. 군사 8천을 내줄 테니, 즉시 신라의 모산성을 공격해 빼앗도록 하라!"

그리하여 백제군이 전북운봉 일대의 모산성母山城을 공격해 들어갔으나, 성을 함락시키는 데는 실패했다. 당시 구체적인 침공 이유를 알 수는 없었으나, 두 나라 간의 감정이 격화돼 국경에서는 일상적인 충돌이 빈번했던 것으로 보였다. 이에 대해 2년 뒤인 618년에는 신라 측에서 반대로 백제를 공격했다. 진평왕이 북한산주州의 군주로 있던 변품邊品에게 명을 내렸다.

"6년 전 부여에 빼앗긴 가잠성을 되찾아야겠다. 그대가 북한산주의 정병을 이끌고 나가 반드시 성을 회복하라!"

가잠성의 인근에는 계립령이 있고, 그 위쪽으로 국원소경(충북충주)이 있었다. 국원경은 진흥대제가 신라 제2의 도성으로 키운 서북방의 신흥도시로 철의 주산지이자, 한강까지 수로로 연결되는 교통의 요지였다. 가잠성은 국원경으로 향하는 길목이었기에 백제 측에서 이 성을 차지하려 그토록 다툰 것으로 보였다. 더구나 맹장 찬덕이 끝까지 이 城을 사수하려다 장렬하게 자결을 택한 곳이라, 진평대왕이 마음을 쓰지 않을 수 없었던 것이다.

그 무렵 20여 세가 된 찬덕의 아들 해론奚論은 부친의 전공에 힘입어 대내마大奈麻가 되어 있었다. 진평대왕이 이때 해론을 금산金山의 당주幢主로 삼고, 변품을 도와 군사를 거느리고 가잠성을 습격하게 했다. 가잠성을 지키던 백제군들도 신라군의 기습에 대해 즉각 반격에 나섰고, 양측에서 치열한 공방이 펼쳐졌음에도 쉽사리 승부가 나질 않았다. 그때 해론이 분연히 일어나서 다른 장수들에게 말했다.

"예전에 우리 아버지께서 이곳에서 세상을 떠나셨소. 지금 나도 여기서 부여의 숙적들과 싸우게 되었으니, 바로 오늘이 내가 죽는 날이 될 것이오."

그리고는 칼을 틀어쥔 채로 말에 올라 그의 부친이 그리했던 것처럼 망설임 없이 적을 향해 돌진했다. 적진의 한복판으로 뛰어 들어간 해론이 용맹하게 싸우다 백제 병사 여럿을 쓰러뜨렸으나, 이내 힘에 부쳐 자신도 전사하고 말았다. 이 광경을 본 신라의 장졸들이 분기탱천하여 가만히 있을 수 없었다. 대장인 변품이 칼을 빼들고 외쳤다.

"에잇, 이대로 있을 순 없다. 모두 해론장군의 복수를 하러 가자! 공격하라!"

신라군이 파죽지세로 백제 진영으로 몰려 들어가니, 사나운 기세에 백제군이 밀리기 시작했고 마침내 가잠성을 되찾을 수 있었다. 나중에 승전보와 함께 해론의 전사 소식을 접한 진평대왕이 한동안 눈물을 흘려 주변 사람 모두를 숙연케 했다. 대왕이 명을 내려 해론의 가족들에게 상을 내리고 잘 돌봐주도록 했다.

그 무렵 신라인들이 찬덕에 이은 해론의 전사 소식에 애도하지 않는 이가 드물었고, 신라를 위해 이들 부자가 보여 준 용기와 고귀한 절개를 기리고자 장가長歌를 지어 위로했다. 후일 태종 무열왕 김춘추도 찬덕 부자의 의기를 기려 가잠을 홰나무 땅, 즉 괴양槐陽으로 고쳐 부르게 했으니, 오늘날 충북괴산이 그곳이었다. 그 후로도 신라와 백제 두 나라의 싸움은 전혀 그치질 않았고, 수시로 상대를 치고 다시 보복을 가하면서 양쪽 백성들의 서로에 대한 원한은 더욱 깊어져만 갔다.

반도에서 또다시 〈가잠성전투〉가 벌어졌던 그해 618년 9월, 고구려 영양대제가 재위 29년 만에 붕하고 말았다. 평원대제의 장남으로 그가 나라를 물려받기 직전에 느닷없이 중원에 통일제국 〈隋〉가 등장하면서, 그동안 잘 지켜져 왔던 힘의 균형이 급격하게 서쪽 중원으로 기울기 시작했다. 위기를 느낀 영양대제가 부지런히 隋에 사신과 조공을 보내면서 화친을 도모했지만, 오만해진 隋의 양견과 양광 부자는 대를 이어 침공을 가해 왔다.

그러나 제아무리 중원의 통일제국이라 한들 고작 엊그제 탄생한 선비국의 황제 따위에, 650년의 장구한 세월을 이어 온 북방민족의 종주국 고구려가 굴복할 수는 없는 노릇이었다. 비록 인구는 그 1/10 수준밖에 되지 않았지만, 다행히 영양대제에게는 그를 받쳐 줄 맹장 강이식과 을지문덕을 비롯해 유능한 무장들이 있었다. 그렇게 598년부터 시작되어 614년까지 무려 4차례에 걸쳐 반복된 〈여수대전〉에서, 고구려는 군신들과 온 백성이 혼연일체가 되어 전승을 거두는 기적을 달성해 냈다. 수양제는 백만 대군이라는 어마어마한 병력과 물자를 동원하고서도 단 한 번도 영양대제를 이기지 못했다. 이 위업은 동명성제 이래 고구려 역대 그 어느 태왕도 이루지 못한 위대한 것이었다.

그뿐이 아니었다. 영양대제는 전쟁에 대비해 멀리 야마토 및 백제와 6백여 년이나 유지됐던 해묵은 민족감정을 씻어 버리고, 〈三國밀약〉에 적극 나서는 유연한 외교술을 발휘했다. 이로써 반도 쪽에서 일으킬 수도 있었던 隋와의 東西협공을 차단하는 데 성공할 수 있었고, 이후 반도 문제를 다룸에 있어서도 오래도록 여유를 갖게 되었다.

물론 영양대제가 〈수〉에 굴복하고 화친의 길을 갈 수도 있었을 것이다. 그러나 그의 시대는 중국 역사를 통틀어서도 통일제국 〈隋〉와 〈唐〉이 교체되고, 350년을 지속해 온 〈5호 16국〉 시대가 마무리되던 가장 극적인 전환기였다. 隋양제의 행적으로 미루어 고구려는 이래저 래 치욕의 순간을 맞이했을 가능성이 높았던 것이다. 세상사에 있어 실로 그것이 정녕 피할 수 없는 싸움이라면, 목숨을 걸고 싸우는 것도 옳은 법이고 그것이 인간의 숙명이기도 한 것이다. 영양대제는 고구 려가 당면하게 된 역사상 가장 커다란 위기의 순간에, 과감히 숙명과 맞서는 용기 있는 선택을 했고 그 결과 기적 같은 승리를 이루어 냈던 것이다.

그러나 30년에 이르는 그의 재위 기간은 온통 긴장의 연속이었고, 역대 어느 태왕도 겪어 보지 못한 대규모의 전쟁을 반복해 치러 내느 라 몸과 마음이 일찍 소진되었을 것이다. 비록 전쟁은 상상도 할 수 없는 승리로 끝났고, 끝내 隋가 몰락하는 것을 지켜볼 수 있었지만 고 구려 역시 전쟁의 후유증에서 벗어나질 못했다. 조정에서 향후 대응 책을 놓고 강온파 간에 의견이 분분해 서로 다투던 와중에, 영양대제 가 할 일을 다 했다는 듯 조용히 눈을 감아 버렸던 것이다. 마치 숙적 이던 수양제의 뒤를 따라간 듯싶을 정도로 아쉬운 죽음이었다.

생전의 그는 전쟁만 수행한 것이 아니었다. 장수대제 이래 오래도 록 흐트러진 나라의 기강을 바로잡는 일은 그의 부친 평원제 시절부 터 시작되었지만, 그 성과는 미미하고 시간이 걸렸다. 그는 650여 년 이라는 장구한 세월 동안 왕통을 이어 온 유일무이한 나라 〈고구려〉 의 정체성과 민족혼을 불러일으키고자 했다. 영양제는 100권으로 이 루어졌다는 그 유명한 고구려의 역사책 《유기留記》를 다시 편집하게 하는 한편, 태학박사 이문진李文眞을 불러 방대한 내용을 간추리게 해 백성들이 쉽게 이해할 수 있도록 《신집新集》 5권을 만들어 배포했다.

돌아보건대 그 어느 시대를 막론하고 투철한 역사 인식을 지녔던 군주야말로 대체로 예외 없이 현군이었다. 영양대제는 무려 4차에 걸쳐 인류 역사상 그 어디에서도 볼 수 없었던 사상 최대의 〈여수麗隋대전〉을 완벽한 승리로 이끌었다. 그렇게 조상으로부터 물려받은 고귀한 강토를 지켜 냈을 뿐 아니라, 韓민족 역사상 가장 빛나는 승리의 역사를 남겨 주었으니 영양대제는 분명 〈고구려〉의 위대한 태왕이었다.

영양대제의 시대가 그렇게 저물고 나자, 같은 평원제의 아들로 영양제의 이복아우였던 맹장 고건무高建武가 태왕에 올랐으니 그가 고구려의 28대 태왕인 영류대제榮留大帝였다. 비록 그가 2차 〈여수전쟁〉에서 내호아의 水軍을 궤멸시킨 맹장이긴 했으나, 영류대제는 온건파 귀족세력의 지지를 등에 업고 태왕에 오른 것이 분명했다. 불행하게도 후일 고구려의 역사기록이 대부분 불태워지고 멸실된 탓에 자세히는 알 수 없지만, 고건무는 태왕에 오르기 전까지 결코 황태자의 신분이 아니었다. 그렇다고 영양대제가 아들을 두었는지도 알려지지 않았기에, 사실 그의 즉위 과정 자체도 수수께끼였다.

다만, 무신들을 위주로 하는 세력들이 중원에 대해 여전히 강경한 태도를 견지하려는 데 대해, 영류대제를 비롯한 호족들은 더 이상의 대치 국면에서 벗어나 중원과의 화친정책을 주장한 것으로 보였다. 비록 隋에 압승을 거두었지만, 수많은 인명이 희생된 것은 물론 온 나라가 전쟁으로 파괴되고 식량 등 자원이 고갈됨에 따라 당장 먹고살기도 힘들어진 것이었다.

이들 강온파가 서로 대립하고 분열이 가속화되는 과정에서 영양대제가 죽음을 맞이했던 것인데, 공교롭게도 이후 강이식이나 을지문덕과 같은 맹장들의 활약상이 더 이상 이어지질 못했다. 그런 정도가 아니라, 마치 연기라도 된 것처럼 이들이 하나같이 역사 속에서 홀연히 사라져 버림으로써 더욱 의문이 들게 했던 것이다.

그런데 이들 강온파의 대립은 어제오늘의 이야기가 아니라 이미 〈여수전쟁〉 내내 이어져 온 것이었다. 특히 마지막 4차 전쟁에서 隋나라가 망명객 곡사정의 송환을 조건으로 고구려에 사실상 항복을 제의해 왔을 때, 양측의 대립이 극에 달했던 것으로 보였다. 강경파는 여태껏 잘 버텨 온 것을 근거로 단호히 항복을 거부했음은 물론, 곡사정의 송환을 무도하고 비겁한 치욕으로 여겼다. 문제는 그간 수많은 장정들이 전쟁에서 목숨을 잃었을 뿐 아니라 요동 전체가 파괴되고, 비축해 둔 물자는 모두 고갈되어 더 이상의 전쟁 수행이 불가능했다는 점이었다. 주화파들은 현실론을 내세워 隋양제의 제안에 대해 무조건 수용할 것을 강력히 주장했다.

"지금 적들도 전쟁에 지치긴 마찬가지라 겉으로는 항복을 요구하는 척하지만 사실상 휴전을 원하는 것입니다. 곡사정이야 양광이 그 명분으로 내세운 것뿐인데, 망명객 한 명의 목숨을 지키자고 이 힘든 전쟁을 지속한다는 것이 대체 말이 되는 것입니까? 태왕폐하, 부디 통촉하소서!"

결국 영양제가 화친을 수용하기로 하면서 강경파들이 크게 밀리기 시작했던 것이다. 더구나 영양제가 사망할 무렵에는 호족 주화파들이 이들 강경파 세력을 장차 나라를 망가뜨릴 세력으로 간주해 아예 조정에서 대거 축출해 버리고 정권을 장악한 다음, 건무를 태왕에 올린 것으로 보였다. 사실상 쿠데타 수준의 거센 충돌이 있었던 것이다.

그 와중에 다행히도 隋양제가 먼저 비명에 돌아갔으니, 이제는 누가 보아도 전쟁을 수습하고 서둘러 국력을 보충해야 하는 시기임이 틀림없었다. 비록 이연李淵이 〈당〉을 세우고 〈수〉를 계승한다 했지만,

중원이 본격적으로 내란에 휩싸인 때라 당분간 중원과의 전쟁은 없어 보였기 때문이었다. 이후 영류제의 고구려는 중원에 대해 과감하게 먼저 손을 내밀며, 빠르게 화친정책으로 돌아서기 시작했다.

이듬해인 619년 2월, 영류제는 아직 천하를 평정하지 못한 〈唐〉에 서둘러 사신을 보내고 조공을 했다. 이연의 〈당〉이 가장 유력한 세력으로 보였으므로, 자신의 즉위 사실을 미리 알림으로써 후일 화친의 실마리를 찾으려 했던 것이다. 그 밖에도 어수선한 중원의 현장에 사람을 보내 정보를 수집하고, 상황을 파악하려는 부수적인 목적도 있었을 것이다. 그해 4월, 영류제는 홀본에 들러 시조묘에 제사하고, 환궁했다.

영류제 5년째 되던 622년, 고구려는 또다시 장안에 사절을 보내 조공했다. 당시 고구려에는 〈여수전쟁〉 때 포로로 잡혀 있던 隋나라 병사들이 많이 있었다. 이에 唐고조가 양측에서의 포로 교환을 제안했다.

"……(중략)……. 지금 두 나라가 화친하여 의義에 어긋난 바가 없게 되었다. 조만간 이곳에 있는 고구려인들을 모아 보낼 터이니 그곳에 있는 이 나라 사람들을 방환放還(돌려보냄)하여 힘써 무육撫育(돌봐줌)의 방법을 강구하고, 인서仁恕(용서함)의 도道를 넓히도록 하자."

영류제가 이에 호응해 隋의 포로들을 찾아 돌려보내 주었는데, 그 수가 만여 명에 달하니 고조가 대단히 기뻐했다고 한다. 이때쯤에는 고구려의 화친 노력이 결실을 보아 당나라 황제가 양국이 화친의 관계임을 언급하면서, 포로 교환까지 요청할 정도로 분위기가 호전되었던 것이다. 10년 전만 해도 양측이 사활을 걸고 전쟁을 벌였던 것을 감안한다면 꽤나 빠른 변화였고, 〈수〉가 〈당〉으로 교체되었기에 가능한 일이었을 것이다.

2년 뒤인 624년경, 그해 〈당〉은 대부분의 내란을 진압하고 사실상 중원통일을 완성한 해였다. 그러자 삼한(고구려·백제·신라)의 세 나라가 앞을 다투어 장안에 사신을 보내 조공을 바쳤고, 고조는 이에 대해 차례대로 관작을 수여했다. 정월이 되자 제일 먼저 〈백제〉 무왕에게 〈대방군왕백제왕帶方郡王百濟王〉을, 2월에는 영류제에게 〈요동군공遼東郡公고구려국왕〉을, 3월에는 진평대왕에게 〈낙랑군공樂浪郡公신라왕〉이라는 관작을 내렸으니, 대체로 전례를 따른 것이었다.

영류제가 이때 〈당〉에 특별히 역사서를 보내 줄 것을 요청했는데, 이에 唐고조가 형부상서 심숙안沈叔安을 (창려)평양으로 보내 관작을 전해 주었다. 그에게도 역시 〈고구려〉의 상황을 파악하라는 임무가 맡겨졌을 것이다. 이것은 비단 고구려에만 국한된 것이 아니어서, 그해 〈백제〉에도 사신을 보냈고, 이에 앞선 621년에는 통직通直산기시랑 유문소庾文素를 〈신라〉에 보내면서 황제의 조서와 함께 그림병풍과 비단 3백 필을 보내 주었다. 三韓의 나라들이 唐에 대해 적극적으로 접촉을 시도하고 화친을 구하려 한 것만큼이나, 〈당〉 또한 三國에 일일이 사신을 보내고 반도 내의 정황을 파악하는 데 소홀하지 않았던 것이다.

그러던 625년경, 신라의 진평대제가 唐에 사신을 보내 호소했다.

"황제폐하, 구려가 唐으로 오는 길을 막아 입조를 방해하고, 또 수시로 아국我國을 침범해 오고 있습니다."

그런데 사실 신라를 공격한 쪽은 오히려 백제였다. 623년 가을 무왕이 군사를 보내 신라의 늑노현勒弩縣을 치게 한 데 이어, 이듬해인 624년 10월에는 속함速含(경남함양), 앵잠櫻岑, 기잠歧岑, 봉잠烽岑, 기현旗縣, 용책冗柵 등 〈신라〉의 6城을 쳐서 빼앗고 말았던 것이다. 이때 신라의 급찬 눌최訥催가 봉잠, 앵잠, 기현 3성의 군사를 합쳐 굳세게 지키려 했으나, 백제군의 공격을 막지 못하고 전사했다.

　이처럼 백제의 압박이 거세지자, 진평대왕은 唐을 움직여 백제의 공격을 차단시킬 방안을 강구했다. 그러나 唐은 자신의 신라보다도 오히려 〈백제〉와 더욱 긴밀한 사이였다. 3국에 관작을 내릴 때에도 유독 백제왕에게만큼은 공公보다 격상된 대방군王과 백제王 모두를 인정할 정도로 우대했던 것이다. 특별히 요동의 대방왕을 인정해 준 것은, 백제가 당과 고구려 사이에서 완충과 견제의 역할을 해 줄 것을 기대했기 때문이었을 것이다. 따라서 唐이 백제를 움직이는 것이 불가능하다고 판단한 진평대왕이 새로운 돌파구를 찾고자 고심했다. 그때 누군가가 간했다.

　"구려와 부여는 동맹의 관계가 틀림없습니다. 이제 우리가 믿을 곳이라곤 중원의 唐밖에 없게 되었으니, 어떻게든 당에 의지해 당을 끌어들이는 방법을 찾아야 합니다. 지금 당이 부여를 움직이지 못한다면, 사실상 부여와 군사동맹의 관계에 있는 구려를 우회적으로 걸고 넘어지는 방법이 있습니다. 즉, 부여의 침공을 구려의 침공으로 덮어씌워 당과 구려의 사이를 벌어지게 하고, 그래야 당의 입장에서 우리의 목소리에 귀를 기울이게 될 것입니다."

　"흐음……"

　그 결과 신라에서 백제의 침공을 구려의 침공이라며 당에 호소했던 것이나, 그 역시 우선 당장 먹히는 방법은 아니었다. 唐과 고구려 사이에 모처럼 화친의 분위기가 조성되었기 때문이었다. 624년에 唐고조가 고구려 태왕에게 관작을 내려 줄 때도 그와는 별개로 도교道敎에 정통한 도사道士를 시켜 천존상天尊像(신선상)과 도법道法을 고구려에 전해 주게 했었다. 당의 도사가 고구려인들을 상대로 노자老子(《도

덕경》)에 대해 강의할 때는 태왕도 백관들을 거느리고 직접 경청하기 까지 했다.

〈당〉나라에서는 노자의 성이 황제와 같은 이李씨라 하여 노자를 시조로 받들고 도교의 보급을 널리 장려했기에, 그 일환으로 고구려에까지 도교를 홍보하려 했던 것이다. 이에 호응해 영류제는 이듬해에도 唐에 사신을 보내 불교와 노자의 교법教法을 배워 오게 했고, 唐의 황제가 이를 허락해 줄 정도로 唐과 고구려는 괜찮은 시절을 보내던 중이었다.

그런데 이때 더욱 황당한 일이 벌어졌다. 626년, 백제의 무왕이 唐 고조에게 사신을 보내 황칠黃漆 갑옷인 명광개明光鎧를 전하면서, 1년 전 신라가 했던 그대로 고구려를 비난했던 것이다.

"황제폐하, 고구려가 천자의 나라로 오는 길을 막아 입조를 방해하고 있습니다."

실로 뻔뻔스럽기 그지없는 일이었지만, 唐으로서는 반도의 두 나라에서 하나같이 고구려가 唐의 입조를 방해한다니 이를 사실로 받아들일 수밖에 없었다. 결국 당고조가 산기시랑 주자사朱子奢를 불러 명을 내렸다.

"三韓이 시끄럽다. 그대에게 절節을 내줄 테니 고구려왕을 달래 반도의 두 나라와 원한을 풀고 화해하라고 일러라. 동시에 백제와 신라를 모두 들러 같은 뜻을 전하고, 상황을 제대로 파악하고 오라!"

결국 주자사가 이 사건의 전모를 파악하기 위해 삼한의 세 나라 모두에 파견되기에 이르렀다. 더욱 놀라운 것은 이때 영류제가 당고조의 요구에 적극 호응해 오히려 사과의 글을 보내고, 唐과의 지속적인 화평을 청했다는 것이었다. 이로 미루어 당시 고구려와 백제는 밀약으로 확실히 연결된 것은 물론, 신속한 정보공유가 원활하게 이루어지고 있었음이 분명했다.

이를 알고 있던 신라의 진평대왕은 침공의 직접 당사자인 백제가 아니라 고구려를 끌어들임으로써, 이 기회에 唐이 백제와 고구려 두 나라의 비밀스러운 동맹관계를 간파해 주기를 유도했던 것이다. 이에 대해 백제와 고구려는 시치미를 뚝 떼고, 신라의 비난 그대로인 척하면서 위기를 피하려 했다. 반도를 둘러싸고 三韓과 唐 사이에 그야말로 복잡한 머리싸움과 고도의 외교전이 치열하게 전개되었던 것이다.

三韓을 한 바퀴 돌아본 주자사가 이때 사건의 본말을 제대로 파악했는지는 알 수 없었다. 마침 그해 7월경, 〈당〉에서는 이세민이 〈현무문의 변〉을 일으켜 고조를 퇴위시키고 스스로 황제의 자리에 올랐기에, 주자사는 귀국을 서둘러야만 했을 것이다. 그러나 후일 진행된 정치 상황으로 미루어 당장은 아니더라도 결국 唐나라는 고구려와 백제의 수상한 관계를 끝내 파악한 것이 틀림없었다.

그해 8월, 백제의 무왕은 唐의 주자사가 실사를 다녀간 것에 아랑곳하지 않고 신라의 주재성主在城(왕재성)에 기습공격을 가하게 했다. 성주인 동소東所가 끝까지 항전했으나, 끝내 전사하고 말았다. 唐을 상대로 펼쳤던 신라의 외교전이 무위로 끝난 것은 물론 거듭된 백제의 공격에 연패하게 되었으니, 진평대왕은 사방으로부터 죄어 오는 듯한 압박감과 고립감에 치를 떨었을 것이다. 그렇다고 마냥 좌절할 수만도 없는 일이었다. 진평대왕은 그해 경도(경주)의 남쪽에 고허성高墟城을 쌓으라는 명을 내렸다. 같은 해 12월, 백제는 아무런 일도 없었다는 듯, 변함없이 唐에 사신을 보내 조공하고, 태종 이세민의 즉위를 축하했다.

이듬해 진평 49년 되던 627년 6월, 진평대왕도 심기일전해 다시금 〈당〉에 사신을 보내 조공했다. 태종의 즉위를 위해 축하 사절을 보낸 것이었지만, 필시 백제의 거듭된 침공 사실을 호소했을 것이다. 그럼에도 그다음 달인 7월이 되자, 백제의 무왕이 장군 사걸沙乞을 내보내 신라 서쪽 변방의 2개 城을 공격해 빼앗고, 남녀 3백 인을 포로로 잡아갔다. 참으로 집요한 공격이었고, 이에 대해 신라는 속수무책으로 당하고 있었다.

무왕은 그때 과거 신라에게 빼앗긴 땅을 회복하려 작심했기에, 군사를 크게 동원해 웅진(공주)에 주둔하기까지 했다. 다급해진 진평대왕이 당태종에게 급히 사신을 보내 위급함을 고했는데, 무왕이 그 소식을 전해 듣자 부득이 철군을 명하면서 주변에 말했다.

"백정白淨(진평제)이 이제는 걸핏하면 당으로 달려가 고자질하기 바쁘구나, 껄껄껄!"

그해 8월, 무왕이 조카 복신福信을 唐에 보내 조공을 하자, 태종이 새서를 보내 말했다.

"신라왕은 짐의 번신藩臣이요, 왕의 이웃 나라임에도 군사를 내어 쉴 새 없이 공격한다고 들었소. 군사를 믿고 잔인한 일을 벌이는 것은 내가 바라는 바에 매우 어긋나는 일이오. 왕의 조카 복신은 물론, 고구려와 신라의 사신에게도 모두 화목하게 지낼 것을 일러두었으니, 왕은 반드시 전원前怨을 잊고 짐의 마음을 헤아려 인국隣國으로서의 정을 두터이 하고 즉시 싸움을 그치시길 바라오."

무왕이 이에 다시 당태종에게 사신을 보내 사과하고 겉으로는 그 명을 받아들이는 척했으나, 실제로 신라를 원수같이 대하는 것은 전과 변함이 없었다. 그해 11월, 진평대왕 또한 당태종에게 사신을 보내 조공을 하고 사례를 했다. 그러나 이듬해 628년 2월이 되자, 무왕은 재차 군사를 내보내 지난번 신라에게 내주었던 가잠성(가봉성)을 치게 했다. 백제군이 다시 가잠성을 포위했다는 보고에 진평대왕이 노했다.

"무엇이라? 부여가 또다시 가잠성을 에워쌌다고? 부여왕은 참으로 집요한 인사로다……. 그러나 가잠성은 찬덕과 해론 부자의 영혼이 잠든 곳이다. 절대로 부여에 내주어서는 아니 될 것이다."

진평대왕이 즉시 군사를 내보내 성을 포위하고 있던 백제군을 때리게 하자, 결국 백제군이 포위를 풀고 물러나야 했다. 그해 여름 신라에 큰 가뭄이 일어나는 바람에 가을, 겨울에는 기근으로 자녀를 내다 파는 사람들까지 생길 정도였다.

생전의 〈당〉고조에게는 장남인 태자 건성建成이 있었고, 그 아래로 세민世民과 원길元吉이 있었다. 모두 용맹한 데다 야심을 지닌 인물들이었는데, 그중 고조 이연의 창업에 가장 공이 큰 아들은 단연 秦王 세민이었다. 무덕 4년인 621년 세민이 하북의 내란을 평정하고 개선했을 때, 고조가 그에게 천책상장이라는 칭호를 내렸을 정도였던 것이다. 고조의 이런 행위는 주변 사람들로 하여금 마치 황제가 세민을 황태자처럼 여기는 것이 아닌가 하는 추측들을 자아내게끔 하기에 충분했다.

이듬해 622년 고조가 세민을 위해 장안성 밖의 서쪽에 홍의궁弘義宮을 지어 주거토록 했다. 태자궁인 동궁에 거처하던 건성 또한 황위 계승자인 만큼 지략이 뛰어난 책사나 용맹한 무사들이 많이 따르고 있었다. 그중에서도 책사인 위징魏徵은 매우 강경한 태도로 건성에게 진언했다.

"진秦왕(이세민)은 장차 제위를 위협할 인물이니, 하루라도 빨리 제거해야 합니다."

그런 분위기 속에 나름대로 제위를 노리고 있던 제왕齊王 원길 또한 태자를 더 쉽게 생각하고, 세민을 황위에 가장 가까운 인물로 보고 있었다. 원길이 태자인 맏형에게 가서 세민을 제거하는 데 자신도 보탬이 되겠노라고 하니, 태자도 일이 잘 풀리면 원길을 황태제로 삼겠다고 서로 밀약했다.

그러던 어느 날, 동궁의 연회에 참석했던 세민이 술을 마신 후 심한 복통을 일으키더니 피를 토하며 사경을 헤맨 일이 있었다. 주변 사람들이 크게 놀랐으나, 유야무야 넘어가고 말았다. 태자는 또 황제를 섬기는 중신이나 궁녀들을 포섭해 황제에게는 자신의 인덕仁德을 자주 칭송케 하고, 세민이 음모를 꾸민다는 소문이 돈다는 둥 세민을 비방하는 얘기를 퍼뜨리게 했다. 원길도 이에 가세해 부친에게 세민에 대해 거짓 고자질을 일삼았다.

가랑비에 옷이 젖는다더니 고조 이연도 주변에서 자꾸 세민에 대한 험담이 들려오니, 아끼던 세민을 의심하기 시작했다. 그렇다고 세민이 가만히 앉아 당할 인물은 아니었기에, 그 역시 사람들을 시켜 태자와 원길의 동태를 소상히 파악하고 있었다. 그리고는 마침내 역逆공작에 들어가 태자의 심복으로 널리 알려졌던 현무문의 수비대장 상하常何를 매수해 자기편으로 만들었다. 이렇게 태자와 세민 양측의 대결이 점점 노골화되자, 세민의 수하들이 재촉했다.

"적들이 행동하기를 기다리는 것보단 秦왕께서 먼저 선수를 치는 편이 낫습니다."

고심을 거듭하던 세민이 마침내 마음을 굳히고, 어느 날 고조가 거처하는 대명궁大明宮을 찾아 부황을 알현하면서 긴박한 상황을 보고했다.

"형님 태자 건성과 아우 제왕이 후궁들과 결탁해서 소자를 죽이려 음모를 꾸미고 있습니다. 대관절 소자가 형제들에게 무슨 잘못을 했는지 알 수 없으나, 만일 소자가 죽는다면 이는 왕세충이나 두건덕의 원수를 갚자는 것과 다를 바 없는 일이니 온 천하에 비웃음거리가 될 것입니다."

고조가 아연실색해서 어쩔 줄 몰라 하더니 답을 내렸다.

"일단 너는 물러가도록 해라. 내일 아침 두 사람을 불러 이 문제를 밝힐 것이니라."

궁을 나온 세민은 이튿날 새벽, 대명궁으로 들어가는 관문인 현무문에 은밀하게 복병을 숨겨 놓았다. 장안 궁전의 북문에 해당하는 이 문부터는 관리들도 출입증이 있어야 하고, 무장병은 더더욱 출입이 제한되어 있었다. 황제의 부름에 궁으로 들어오던 태자 건성과 원길 역시 예외 없이 2천여 명의 정병을 현무문 밖에 대기시켜 놓아야 했다. 이들이 소수의 부하만을 거느린 채 현무문 안으로 들어섰는데, 순간 때를 기다리고 있던 복병들이 사방에서 튀어나왔다.

"웬 놈들이냐? 여기가 어디라고 감히, 크어억!"

복병들이 다짜고짜 태자에게 대들어 칼을 휘두르니 그가 맥없이 쓰러졌다. 뒤따르던 원길이 다가서는 복병들에게 화살을 날리고 필사적으로 저항했으나, 끝내 힘이 다해 세민의 심복에게 무참하게 살해되고 말았다. 무덕 9년이던 626년 6월, 형제간의 피비린내 나는 이날의 골육상쟁을 〈현무문玄武門의 변〉이라고 했다.

3일이 지난 후, 고조 이연李淵은 진왕 이세민을 태자로 세웠고, 2달 뒤에는 퇴위마저 단행하게 되었다. 세민이 동궁인 현덕전顯德殿에서 황제에 오르니 이 인물이 바로 저 유명한 당태종唐太宗이었다. 쓸쓸하게 상황上皇으로 밀려난 〈唐〉의 건국 시조 이연의 나이 62세였고, 태종은 한창인 28세였다. 이후 태종의 행보는 대단히 냉정하고 과감한 것이었다. 그는 건성과 원길 두 형제가 제각각 남긴 십여 명의 조카 모두를 한 명도 남김없이 제거해 버렸다.

비록 이세민의 즉위가 隋양제 양광의 그것과 유사한 모습이었으나, 태종은 부친을 살해하지 않았고 이후의 정치적 행보에서 커다란 차이가 있었다. 얼마 후 태종이 죽은 태자의 책사인 위징을 불러 문책했는데, 그는 전혀 주눅 들지 않은 채 답했다.

"건성 황태자께서 징의 말에 따랐더라면 오늘과 같은 화를 당하지는 않았을 것입니다."

"무엇이라? 흐음……"

태종은 죽음 앞에 당당히 맞서고 있는 이 사내의 기개와 자신의 주군을 향한 변함없는 충성심이 마음에 들었다. 태종은 그런 위징을 용서하고 그를 발탁해 중히 쓰고자 했고, 위징은 태종의 관대함과 은혜에 보답하고자 충성을 다했다. 마치 춘추시대 관중과 제환공의 고사가 다시 재현된 듯했다.

이듬해 당태종은 연호를 새롭게 〈정관貞觀〉으로 고치게 했는데, 이제부터 바른 정치를 펼치겠다는 포부를 밝힌 셈이니, 시작부터 예사롭지 않았다. 당시 태종이 나라를 다스림에 있어 제일의 근간으로 삼은 것은, 널리 의견을 들어 충성된 말에 귀를 기울이는 것이었다. 어느 날 잔뜩 화가 난 태종이 혼잣말을 했다.

"내 언젠가는 그 촌놈을 반드시 죽여 버릴 테다……"

놀란 문덕황후가 물어보니, 위징이 사사건건 자신의 일에 반대한다며 책망하는 것이었다. 그 말을 들은 황후가 잠시 후 예복을 입고 다시 나타났는데, 태종에게 정중하게 고개를 숙이며 축하드린다는 말을 건넸다. 태종이 뜬금없는 소리에 의아해하니 황후가 답했다.

"임금이 어질면 신하가 충성스럽다 들었습니다. 황상께서 이토록 어지시니 위징도 두려움 없이 충언을 드릴 수 있는 것이겠지요."

"허어, 황후까지 참…… 껄껄껄!"

황제 부부가 이와 같았으니, 비록 태종이 골육상쟁으로 정권을 쟁취했다지만 唐의 정치가 바로 설 수밖에 없었을 것이다. 태종은 어진 사람이라면 그의 과거에 크게 구애됨이 없이 중용했고, 따라서 그의 중신 중에는 수양제나 건성을 따르던 인물 등 다채로운 경력을 가진 이들도 많았다. 무엇보다 태종은 〈과거제도〉를 매우 중시해 인재의 등용문으로 삼았고, 이로써 호족 문벌에 대항하는 세력을 키우면서 황제 중심의 중앙집권을 강화하는 데 크게 활용할 수 있었다.

그는 또 민생을 중시해 가능한 부역을 가볍게 해 준다거나, 흉년이 드는 지역의 백성들에 대해서는 황실 금고를 열 정도로 구휼에 힘쓰기도 했다. 특히 태종의 시대에는 〈조租 · 용庸 · 조調〉라는 부역제도를 도입했다. 조租는 개인별로 할당된 구분전口分田에 과하는 세금이고, 용庸은 사람에 대한 노역 의무를 말하며, 조調는 가구(戶)마다 부과되는 일종의 현물세로, 이를 적절히 배분함으로써 백성들의 부담을 전보다 훨씬 가볍게 해 주었다.

태종은 法으로써 백성을 다스릴 것을 천명하고, 그 법을 공정하게 집행하는 것을 제일로 삼으려 했으며, 잔혹한 체형 등을 금지시켰다. 또 황실에서의 절약과 검소함을 으뜸으로 삼고, 3천여 궁녀를 귀가시키기도 했다. 정관 3년인 629년에 있었던 호부戶部의 보고에 따르면, 〈隋〉 말기에 고향을 등지고 떠났던 사람들이 다시 돌아오기 시작했는데, 그렇게 새로이 증가한 인구가 120만 명에 달했다고 하니, 그의 치세가 훌륭했던 것임이 틀림없었다.

당태종의 이런 선정을 기려 사람들이 그의 치세를 〈정관의 치治〉라며 청송했으니, 隋문제의 〈개황의 치〉보다도 더욱 높다고 평가할 정도였다. 唐을 창업했던 상황 이연은 이후 자신이 세민에게 지어 준 궁에서 사실상 유폐 상태로 쓸쓸한 말년을 보내야 했는데, 635년 70세의 나이로 세상을 떠났다.

2부

신라의 고립과 분투

5. 의자왕의 등장

김유신金庾信은 〈신라〉의 왕경王京(경주) 출신이었다. 〈금관가야〉의 후예로 가야를 연 수로의 12代 손이라고도 했다. 그의 조부 무력은 532년경, 신라에 항복을 한 금관가야의 마지막 왕 구해왕의 아들이었다. 진흥대왕은 이들 망명국의 왕족들을 우대하기 위해 적극적으로 혼인정책을 펼쳤고, 자신과 사도왕후의 딸인 아양阿陽공주를 김무력과 혼인시켰다. 무력은 이후 신주도新州道(경기광주)의 행군총관行軍摠管으로 있었는데, 554년경 백제와의 〈관산성전투〉에서 신라군이 고전하자, 신주軍을 이끌고 내려와 지원에 나섰다.

결국 이 전투에서 신라군이 역전에 성공해 1만여 백제군의 목을 베고 대승하게 되면서, 무력은 망명 32년 만에 일약 신라의 전쟁영웅으로 부상하게 되었다. 이 승리를 계기로 신라는 북쪽으로 진출해 고구려의 곡창지대인 함흥평야를 장악할 수 있었고, 황초령과 마운령비를 세웠던 것이다. 김무력의 아들이자 유신의 부친인 서현舒玄은 3품 소판蘇判에 대량주大梁州(경남합천)의 도독에 이르렀다.

그러나 이들은 모두 신라에 병합된 가야계 망명객 출신으로, 최고 귀족으로 출세하기까지는 태생적인 한계가 있었다. 더구나 진흥대왕이 가야인 소개疏開 정책을 대대적으로 실시하면서, 이들의 주거지는 신라의 서북 변방 국원경에 속한 만노군萬弩郡(충북진천)의 집단거주지로 제한되었다. 어느 날 김서현이 왕경의 길거리에서 우연히 숙흘종肅訖宗의 딸 만명萬明을 보고 한눈에 빠져들었다. 숙흘종은 갈문왕 입종立宗의 아들로 법흥대왕의 손자였으니, 만명은 서현이 상대하기에는 다소 버거운 진골정통의 고귀한 신분이었다.

그러나 서현 또한 성골귀족만 아니었을 뿐이지 진흥대왕의 외손이자 금관가야 왕족의 후예로서 전혀 손색없는 혈통이었고, 남다른 외모와 두둑한 배짱을 지닌 사내였다. 그가 능청맞게 이때 만명에게 눈짓과 미소를 날렸는데, 만명 역시 서현의 듬직한 외모와 용기에 반했는지 용케도 서로 눈이 맞게 되었다. 둘은 걷잡을 수 없는 속도로 불같은 사랑에 빠져 버렸고, 중매도 거치지 않은 채 관계를 맺고 말았다.

뒤늦게 숙흘종은 자신의 딸이 가야 출신 망명객의 후예인 변방 태수의 아들과 함부로 정을 통한 것을 알고, 크게 분노해 딸을 가두려 했다.

"아니, 이것이 제 아비의 눈을 속여도 그렇지……. 나 참, 기가 막히고 창피해서 원……. 만명을 당장 별채에 가두고, 일체 문을 열어 주지 마라!"

그렇게 만명이 별채에 갇혀 있는데, 어느 날 갑자기 벼락이 떨어져 별채의 문이 부서지는 믿기 힘든 일이 벌어졌다. 사람들이 놀라 어쩔 줄을 몰라 하는 사이에 만명이 재빨리 무너진 벽 틈을 비집고 나와 서현에게로 달려갔다. 만명이 부친의 반대를 무릅쓰고 집에서 도망쳐 나온 사실을 안 서현은 그녀의 사랑이 눈물겹도록 고마웠을 것이고, 무한한 책임감을 느꼈을 것이다. 서현은 그길로 만명을 데리고 함께 만노군으로 향했다.

두 사람이 이토록 요란한 사랑의 도피행각을 벌이고 난리법석을 떨자, 그즈음에 이런 사정을 알게 된 진평제가 고종사촌인 만명부인의 아들 서현을 만노군의 태수로 임명해 준 것으로 보였다. 그리하여 마침내 서현과 만명 두 사람은 혼인할 수 있었고, 그렇게 얻은 아들이 바로 유신이었다. 김유신은 진평 17년인 595년에 태어났는데, 등에 칠성七星의 무늬를 갖고 나왔다고 해서 북두北斗의 정기를 지녔다고 했다.

어린 김유신이 무럭무럭 자라나 15세 때인 609년경이 되자, 그도 여느 귀족의 자제들처럼 왕경으로 들어와 화랑에 입문하게 되었다. 그가 속한 〈용화향도龍華香徒〉는 부친의 생활근거지 만노군 일대에 기반을 둔 지역 화랑 집단의 일종으로, 사실상 김서현 가문이 일군 조직이나 다름없었다. 유신은 왕족인 어머니의 혈통을 이어받은 데다 부친의 후광을 입어서인지, 곧바로 수장에 오르게 되었다.

2년이 지나 진평 33년 되던 611년경, 백제군이 신라의 가잠성을 기습하여 성이 함락되고, 성주 찬덕이 전사하는 일이 발생했다. 백제 외에도 그 무렵 신라는 북쪽의 고구려와 말갈로부터도 수시로 침공을 당하는 등 어려움을 겪고 있었다. 김유신이 이때 비분강개해 장차 외적을 평정하겠다는 큰 뜻을 품었다고 한다. 그 후 중악中嶽의 석굴에 들어가 수련에 들어갔는데, 일설에는 이때 난승難勝이라는 노인을 만나 방술方術의 비법을 전수받고 무술 등을 연마했다고 한다. 그렇게 검술 등을 익혀 18살이 되던 612년에 김유신이 마침내 화랑의 최고지도자 자리인 15대 풍월주, 국선國仙의 자리까지 오르게 되었던 것이다.

진평 51년째 되던 629년 8월, 신라의 진평대왕이 이찬 임영리任永里, 파진찬 김용춘金龍春과 백룡白龍, 소판 대인大因과 김서현 등을 출정시켜 고구려의 낭비성娘臂城을 공격하게 했다. 사실 그 전년도에 백제가 가잠성을 공격해 왔으나 신라군이 이를 격퇴하여 물러나게 한 적이 있었다. 따라서 신라가 군사를 일으킨다면 그에 대한 보복으로 서쪽의 백제가 되어야 했으나, 오히려 북쪽의 고구려를 친 것이라 다소 의아한 일이 아닐 수 없었다.

그런데 진평대왕은 약 20년 전인 608년경 고구려의 침공으로 북경(강원원주)과 우명산성(우두성)을 상실한 일이 있었다. 낭비성은 우두성 서쪽의 경기 포천으로 추정되는 전략적 요충지로, 그간 고구려는 〈여수전쟁〉 이후로 서쪽 중원을 방어하는 데 힘썼을 뿐, 신라를 치고 내려온 적이 없었다. 당시 고구려가 밀약에 의해 반도 신라와의 강역에 관한 일은 백제에게 일임한 것이 틀림없어 보였다. 고구려와 백제의 군사동맹을 의심하던 진평대왕은 唐나라 조정이 이 사실을 직접 확인하도록 외교적 노력을 펼쳤으나 무위에 그쳤다.

그러나 이후 보다 강성한 당태종이 황제로 즉위한 것을 계기로 진평대왕은 새로운 국면을 조성하고자 했다. 20년 전 상실했던 고토 회복에 나서는 것은 물론, 진흥대왕 사후 이래로 한 번도 도전해 보지 못했던 고구려 침공이라는 강수를 둠으로써 강대국 고구려의 방어 상태를 시험해 보려 한 듯했다. 낭비성을 지키던 고구려병들이 신라군의 깃발이 나타나자 화들짝 놀라 북을 울리고 즉시 경계 태세에 돌입했다.

"앗, 신라군의 깃발이다. 신라군이 쳐들어온다! 둥둥둥!"

결국, 고구려군도 성문을 열고 나오니 신라군과 맞붙어 양측에서 일대 혈전이 벌어졌다. 그러나 시간이 지날수록 신라군이 밀리기 시작하더니 사상자가 속출했고, 이에 일단 후퇴한 다음 진영을 재정비하여 다시 붙기로 했다. 이때 34살의 김유신도 중간급 부대장 격인 중당당주中幢幢主로 참전했는데, 싸움에 밀리게 되자 크게 격앙되어 있었다. 그가 부친인 서현을 찾아 투구를 벗고 말했다.

"제가 평생 충효를 기약해 왔으니, 싸움에 임해 용맹하게 굴지 않을 수 없습니다. 듣자 하니 옷깃을 들어야 갖옷(털가죽옷)이 반듯하게 펴지고, 벼리를 당겨야 그물이 펼쳐진다 했습니다. 제가 오늘 기꺼이 벼리와 옷깃이 되고자 합니다!"

그리고는 비장한 얼굴로 부친을 향해 꾸벅 절을 한 다음, 서현이 말릴 새도 없이 그 즉시 말에 올라 칼을 하늘 높이 빼어 들었다. 이어서 힘껏 말에 박차를 가하니, 그의 말 또한 높이 뛰어올라 목을 흔들며 울어 대고는, 이내 적진 한복판으로 질풍처럼 달려 나갔다.

이후로 유신이 적의 참호를 이리저리 뛰어넘고, 무려 세 차례나 적진을 들락날락했는데, 매번 적장의 머리나 적기를 빼앗아 들고 돌아왔다. 마침내 마지막 세 번째로 돌아온 유신이 온몸에 땀과 피로 범벅이 된 채로 미친 사람처럼 눈에 광채를 뿜어대며 나타나더니, 병사들 앞에 적장의 머리 하나를 툭 하고 내던지는 것이었다. 순간 온 병사들이 환호성을 지르며 유신의 생환을 반겼다.

"와아, 적장의 머리다. 당주가 해냈다. 당주 만세, 유신 만세!"

사기가 충천한 병사들이 하나가 되어 북을 치고 고함을 지르며 그 길로 고구려 진영으로 내달려 나갔고, 고구려군을 밀어붙이기 시작했다. 결국 신라군은 〈낭비성전투〉에서 고구려군 5천여 명의 수급을 베고, 1천여 명을 사로잡는 대승을 거두었다. 낭비성 안의 고구려군들이 이를 보고 크게 두려워하더니 더 이상 항거할 생각을 하지 못한 채, 모두 성을 나와 항복하고 말았다.

오랜만에 고구려와의 전투에서 승전보를 접한 진평대왕은 뛸 듯이 기뻐했다.

대왕이 추측한 대로 고구려가 오래도록 반도의 일을 백제에 일임하다 보니 정작 자기방어에 소홀했음이 입증되었고, 이로써 간접적이나마 고구려와 백제의 은밀한 동맹관계를 또 한 번 확인했기 때문이었다. 크게 고무된 진평대왕은 다음 달이 되기 무섭게, 唐나라에 사신을 보내 조공했는데, 틀림없이 〈낭비성전투〉의 승전보를 자랑했을 터였다.

아울러 신라 조정에서는 끊임없이 당나라를 설득해 백제와 고구려가 함께 隋와 唐을 속여 왔음을 환기시켜 줌으로써, 〈백제〉와 〈고구려〉의 동맹관계를 흔들어 보려는 노력을 게을리하지 않았다. 같은 달에, 고구려와 백제 양국 모두가 唐에 사신을 보내왔으니, 장안長安에서 펼쳐진 三韓의 외교전이 볼만했을 것이다. 어쨌든 〈낭비성전투〉의 승리로 김유신의 명성이 널리 알려지게 되었고, 그는 일약 전쟁영웅으로 급부상하게 되었다.

그러던 631년, 이찬 칠숙柒宿이 아찬 석품石品 등과 함께 모반을 꾀하다가 발각되어 모두 참수당하는 일이 있었다. 당시는 진평왕 재위 53년째 되던 해로 대왕도 이제는 나이 든 노인이었다. 공교롭게도 대왕의 슬하에 아들이 없어 후사를 이을 태자가 없다 보니, 왕의 사후에 예상되는 후계자 문제를 놓고 칠숙 등이 욕심을 부린 듯했다. 노왕인 진평대왕이 분노해 주동자인 칠숙의 경우에는 9족을 함께 멸하는 단호함을 내보임으로써 주위에 강력한 경고를 날렸다.

그해 진평대왕이 唐에 사신을 보내 태종에게 2명의 미녀를 바치려 했다. 그러나 위징이 이를 적절치 않다 간했고, 이에 수긍한 당태종이 사자를 통해 두 미녀를 다시 신라로 송환해 보내온 일이 있었다. 그러던 이듬해 632년 정월, 진평대왕이 재위 54년이라는 최장수 기록을 세운 채 66세의 나이로 붕하고 말았다. 진흥대왕의 손자로 넓은 강역을 물려받았음에도 다행히 초기 20년 동안은 커다란 전쟁이 없어, 지속적으로 행정개편에 착수하고 산성을 쌓는 등 수성에 매달릴 수 있었다.

그러나 이처럼 평화로운 시절은 중원에 통일제국 隋가 등장하고, 특히 600년경 이웃 나라 백제에 무왕이 즉위하면서 급격하게 깨지기 시작했다. 이때부터 백제와 고구려 양국으로부터 집중적으로 공격을 받으면서 신라는 국방의 위기에 봉착하게 되었고, 특히 진흥대왕 때 차지했던 함경도의 마운령, 황초령의 땅을 대부분 상실한 것으로 보였다.

무엇보다 수양제의 〈여수전쟁〉을 전후한 백제의 공격으로 가잠성을 빼앗기면서, 한때 사위이기도 했던 백제 무왕에게 끌려다니는 신세가 되고 말았다. 더구나 신라는 그 배후에 야마토와 고구려, 백제 간에 밀약이 성사된 줄도 모른 채, 반도에서 철저하게 고립되어 있었다. 처음 그 내용은 〈야마토〉의 제안으로 3국이 〈신라〉에 압박을 가해 〈임나〉를 재건하는 데 있었다. 그러나 이후 〈여수전쟁〉이 발발하면서 실질적으로는 백제와 고구려가 상호불가침을 약속한 다음 백제가 반도 신라를 전담함으로써, 고구려가 서쪽 중원과의 전쟁에 몰입할 수 있도록 돕는 것으로 전환되었다.

고구려라는 절대강국을 상대해야 하는 부담을 떨친 백제는 이후 마음 놓고 신라에 대한 공세에 집중할 수 있었고, 무왕은 이 기회에 과거 선왕들이 신라에게 빼앗긴 땅을 회복하려 들었다. 뒤늦게 이 사실을 간파한 신라가 그간 隋唐을 속여 온 백제의 음흉한 이중외교 행태를 폭로하려 했으나, 백제와 고구려의 철저한 맞대응과 은폐로 번번이 헛물만 켜고 말았다.

이처럼 반도에서의 외교적 고립으로 나라가 위기에 처하면서, 진평대왕의 후반기 재위 30년은 그야말로 피를 말리는 고난의 연속이었다. 이 와중에도 隋唐과의 외교적 끈을 포기하지 않은 채 끊임없이 백제의 이중행태를 고발하는 한편, 백제와 고구려에 강력하게 맞서는 등 돌파구를 찾으려 노력했다. 그럼에도 아들을 두지 못해 후사를 튼튼히 하지 못했고, 그런 가운데 고령의 나이에 고단한 삶을 멈추고 세상을 떠난 것이었다.

사실 진평대왕은 신라 역사상 가장 오래도록 반세기 이상 나라를 다스린 임금이었다. 따라서 당시의 신라 사회는 대왕의 생각과 통치 철학이 짙게 배어 있었을 것이고, 그런 점에서 대왕은 자신의 성과와 무관하게 말기 신라인들의 의식구조를 결정하는 데 가장 중요한 역할을 한 군주임이 틀림없었다.

당태종은 진평대왕의 부고를 듣고 조서를 보내 좌광록대부左光祿大夫를 추증하고, 비단 2백 필을 부의로 보내왔다. 진평대왕이 그간 唐에 보여 준 변함없는 성의에 조의를 표함으로써, 바다 건너 멀리 반도의 동남단에 치우쳐 있던 신라에 대해서도 국가적 예우를 놓치지 않았던 것이다. 그러나 진평대왕은 자신의 죽음을 앞에 두고 덕만공주를 후계로 내세우는 파격적인 선택을 했고, 따라서 이제 〈신라〉의 앞날은 후계문제를 포함해 더더욱 안개 속으로 빠져들게 되었다.

617년경, 이연李淵 부자가 진양에서 궐기했을 때 이연은 사마 유문정劉文靜을 〈동돌궐〉의 시필始畢가한에게 보내 지원을 요청했다. 시필은 그 2년 전 양제를 안문관에서 포위했다가 풀어 준 적이 있었는데, 이때 이연에게 전마戰馬 2천 필과 2천의 기병을 보내 주었다. 그러나 이후로 돌궐 측의 사신들과 상인들의 횡포가 심했다고 했다.

이후 시필의 뒤를 이어 계민가한의 3男인 힐리頡利가한이 동돌궐을 다스리고 있었다. 이런저런 이유로 동돌궐의 힐리가한은 唐고조로부터 후한 대접을 받았지만, 요구하는 것이 점점 많아지더니 끝내 수시로 唐을 공격하기 시작했다. 621년에는 안문雁門 일대를 공격해 와 고조가 사신을 보내 금과 비단을 주고 달랬으나, 오히려 사신단을 인질 삼아 〈당〉에 혼인과 함께 우호관계를 요구하기도 했다. 힐리가한은 이후에도 이런 식으로 화의와 공격을 반복하며 唐을 자주 괴롭혔다.

623년에는 마읍을 함락시켰고, 625년에도 영주와 상주 등지를 노략질했다. 626년 7월경, 태종 이세민이 즉위한 지 몇 주 만에 隋나라 최후의 반란군 양사도梁師都가 동돌궐로 귀부했다. 〈현무문의 변〉으로 피살당한 건성과 원길의 수하들도 반격을 가하려 움직이고 있었다. 힐리가한이 이 기회를 틈타 시필의 아들인 돌리突利가한과 함께 10만 기병을 이끌고 남하하기 시작했다.

건성의 부장 나예羅藝가 경주涇州를 방어하는 척하다가 돌궐 大軍에 놀라 성급히 퇴각해 버렸다. 〈동돌궐〉의 대군은 파죽지세로 섬서로 들어와 순식간에 위수까지 진입했다. 장안과 고작 50리밖에 떨어지지 않은 거리였다. 태종이 난을 일으킨 직후라 〈당〉은 돌궐의 대군에 대항할 수 있는 상황이 아니었다. 절체절명의 순간에 태종 이세민이 나섰다. 이세민은 단지 여섯 기騎만을 거느린 채 힐리가한이 있다는 위수로 향했다.

얼마 후 마침내 힐리가한과 태종이 위수를 사이에 두고 마주 섰다. 먼저 태종이 물었다.

"돌궐의 대칸이 어째서 남쪽까지 내려와 唐을 침범하는 것이오?"

강 건너 힐리가한은 태종이 홀로 나타나다시피 한 데다 태연하고 늠름하게 자신을 다그치는 것을 보자, 이미 전쟁 준비를 다 해 놓았을 것이라고 지레짐작하고 말았다. 이때 힐리가한의 입에서 별안간 튀어나온 답변이 실로 어이없는 것이었다.

"唐과의 화친을 위해 이렇게 직접 내려온 것이오!"

자신을 핍박하는 말이 아니라서 태종도 순간 그 진위를 생각하느라 당황한 듯했으나, 이내 표정을 밝게 하면서 답했다.

"화친이라……. 바로 그것이었소? 화친이야말로 내가 원하는 바요, 껄껄껄!"

이세민이 한바탕 목젖이 넘어가도록 웃어 보이고는 즉석에서 화친을 맺기로 했다. 결국 두 사람이 위수에 임시로 설치한 가교 위에서 백마를 죽여 받아 낸 피를 나누어 마시고 맹약을 맺었다.

이것이 바로 그 유명한 당태종의 〈위수지맹渭水之盟〉이었다. 태종은 힐리가한에게 철군의 대가로 황금과 비단을 푸짐하게 보내 줄 것을 약속했고, 돈에 만족한 힐리가한은 10만 기병을 이끌고 총총히 북쪽으로 사라져 버렸다. 뿌연 먼지를 일으키며 돌궐이 퇴각하는 광경을 바라보던 당태종의 등 뒤로 식은땀이 흘러내렸을 것이다.

어쨌든 위기의 순간에 누구도 상상하기 어려운 용기와 지혜로 홀로 10만 대군과 맞설 정도로 배짱이 두둑했던 사내, 그가 이제 새로이 대륙을 지배하게 될 당태종 이세민이었던 것이다. 어쩌면 태종이 이때 패수 강변에 홀연히 나타났다가 시詩 한 수를 던지고 떠났던 〈고구려〉의 을지문덕을 생각해 냈는지도 모를 일이었다. 당시 힐리가한이 이세민을 잡고, 그길로 장안으로 돌진해 들어갔다면 무슨 일이 벌어졌을까? 역사는 분명 인간의 머리로 예측할 수 있는 대상이 아님을 일깨워 주는 흥미진진한 사건이었다.

그 무렵에 힐리가한이 조카인 돌리가한에게 자주 군사를 징발하고 핍박하니 결국 양측이 불화하게 되었고, 628년 힐리가 그런 돌리에 대해 공격을 가했다. 마침 몽골고원에서 철륵鐵勒의 유력한 부족인 〈설연타〉가 빠르게 일어서고 있었다. 설薛부족이 연타延陀부족을 병합한 뒤로 〈설연타〉(타르두스)라 부르고 있었는데, 원래는 동돌궐이 동진해서 그 아래로 귀속시켰던 나라였다. 唐의 조정에서는 또다시 〈이이제이以夷制夷〉의 분열책을 꺼내 들었다.

당태종은 〈설연타〉의 수장 이남夷南을 재빨리 진주비가眞珠毗伽가한 (빌케카간)에 책봉하고, 많은 식량을 과감하게 지원했다. 마침 기근에 시달리던 돌궐의 여러 성들이 이때 힐리를 배반하고 설연타로 몰려들면서 힐리가한의 세력이 크게 약화되기 시작했다. 이듬해인 629년 안팎의 도전에 내몰린 힐리가한이 마침내 스스로 唐의 번속藩屬임을 공개적으로 선포했다.

그러나 승기를 잡았다고 판단한 당태종은 들은 척도 하지 않은 채, 이내 추상같은 명령을 내렸다.

"상승常勝장군 이정李靖과 이적李勣은 들으라. 10만 대군을 내어 줄 테니 즉시 북으로 달려가 이번 기회에 반드시 힐리가한을 궤멸시켜라!"

이적은 이밀의 부장으로 있던 서세적徐世勣이었는데, 이밀과 함께 唐에 귀속한 이래로 이세민에게 충성하고 있었다. 태종이 그런 그에게 이李씨 성을 하사했고, 황제의 이름에 들어 있는 '세世' 자를 빼서 이적李勣이라 불렀다. 이들이 이끄는 〈당〉의 10만 대군이 내몽골의 정양定襄에서 출격해, 동돌궐의 힐리가한을 뒤쫓기 시작했다. 그 결과 630년, 당나라 대군이 음산 일대에서 돌궐군을 대파하고, 마침내 힐리가한의 천막을 뽑아 버리는 데 성공했다.

다급해진 힐리가 小가한인 아사나소니실에게 달아나 몸을 피하고자 했으나, 소니실蘇尼失은 기다렸다는 듯 힐리를 잡아 長安으로 압송해 버렸다. 이를 본 돌리가한도 얼마 후 무리를 이끌고 唐에 투항해 왔다. 태종은 힐리의 면전에서 죄상을 늘어놓고 굴욕을 주었으나, 이내 농토와 우위대장군의 작위를 주어 살게 해 주었다.

마음이 바다같이 넓어진 태종이 이때 대신들의 반대를 무릅쓰고, 돌리와 소니실 등에게도 도독의 자리를 하사하고, 〈당〉의 북쪽 변경인 河北과 山西 일원에 10만에 달하는 돌궐인들을 살게 해 주었다. 수도 장안에만 1만이 넘는 돌궐 무사들이 돌아다닐 정도였으나, 10년 뒤 태종은 그 대가를 치러야 했다. 힐리는 唐에서 4년을 더 살다 사망했는데, 한때 그가 초원을 호령하던 〈동돌궐〉의 大칸이었다는 사실을 기억해 준 사람은 드물었을 것이다.

그 무렵 통엽호統葉護(톤야구부)가한이 다스리던 〈서돌궐〉은 남북으로 카슈미르와 알타이산, 西로는 사산조 페르시아까지 영역을 넓혀나갔다. 그러나 630년경, 통엽호가한이 부락민에게 살해당했고 이로써 서돌궐 또한 다시금 이식쿨호와 일리伊犁강을 따라 東西로 분열되고 말았다. 서쪽은 〈노실필弩失畢〉(누시피)이 되었고, 동쪽으로는 〈도륙都陸〉이 되었는데, 唐은 전통적인 이간책으로 북방민족들을 끊임없이 분열시키면서 어부지리를 챙겨 나갔다. 〈이이제이以夷制夷〉란, 한마디로 부유한 중원의 대국이 가난한 북방민족들을 상대로 대량으로 돈을 살포하는 것에 다름 아니었던 것이다.

隋양제가 북방의 종주국 고구려를 상대로 벌였던 〈여수전쟁〉의 회오리가 태풍처럼 한바탕 요수 일대를 휩쓸고 지나간 615년경, 바다 건너 야마토大倭에서는 1년 전 隋나라로 파견했던 사신들이 돌아와 중원의 어수선한 분위기를 전했다. 야마토의 군신들은 절대강국 隋를 번번이 물리친 고구려의 강력한 힘에 다시 한번 크게 놀랐을 것이다.

그해 연말이 되자 법흥사에 머물며 성덕태자에게 불법을 전수했던 고구려의 승려 혜자가 본국인 고구려로 돌아갔다. 595년경 아예 야마토로 귀화했던 그가 20여 년의 생활을 마치고, 이때쯤 본국으로 돌아간 것이었다. 혜자는 이때 성덕태자가 삼경三經, 즉 《법화경》, 《승만경》, 《유마경》에 대해 주석을 내린 책인 《삼경의소三經義疏》를 가져가 널리 알렸다고 했다.

618년 8월이 되자 고구려의 영양대제가 사자를 보내 추고推古여왕

에게 토산물을 바쳤다. 그간 백제를 움직이게 하고, 궁극적으로 隋와
의 전쟁에만 몰두할 수 있게 해 준 데 대한 감사의 표시였을 것이다.
영양제가 이때 隋나라의 포로 2인 외에 전쟁 중 노획한 북과 피리, 쇠
뇌와 석궁 등 수군隋軍이 사용하던 10종의 무기류와 낙타 1마리를 승
리의 징표로 보내 주었다.

　3년 후 추고 29년 되던 621년, 여왕의 조카로 야마토 정권의 섭정을
담당해 오던 성덕聖德태자가 반구궁(이카루가노미야)에서 세상을 떠
났다. 48세로 한창 원숙하게 정사를 펼칠 나이였으나, 전염병을 앓다
가 사망하니 야마토의 왕족은 물론 많은 사람이 태자의 죽음을 안타
까이 여겼다. 유교와 불교 등 중원과 반도의 선진문물을 도입하는 데
앞장서서, 나라의 율령을 세우고 야마토의 안정과 기틀을 다진 인물
이었다.
　특히 불교에 심취해 불경의 번역은 물론, 그가 섭정으로 있던 시절
에 유명한 반구사를 비롯해 모두 40여 개에 달하는 사찰을 건립했다
고 전해졌다. 그달에 태자를 기장릉磯長陵에 장사 지냈는데, 고구려에
도 그의 사망 소식이 전해졌다. 태자의 스승이던 혜자가 크게 슬퍼하
면서 태자를 위해 승려들을 모아 놓고 죽은 이를 기리는 재회齋會를 열
었다. 그리고 경經을 설명하면서 말했다.
　"야마토에 성인이 계셨다. 하늘로부터 뛰어난 자질을 받아, 중국의
3대 성왕聖王도 넘어설 정도의 큰일을 이루고 삼보三寶를 받들어 백성
들을 고통에서 구하셨다. 비록 태자가 돌아가셨지만, 나와 태자의 우
정은 끊어질 수 없는 것이니 나 혼자 살아남아 무슨 득을 보겠는가?
내년 이맘때면 나도 반드시 죽어, 정토에서 상궁上宮(쇼토쿠)태자를
만나 함께 중생들에게 불법을 펼칠 것이다."

그리고는 정말로 다음 해에 혜자 역시 세상을 떠나니, 사람들이 그 또한 성인이라 추앙했다. 이로 미루어 보건대 혜자는 영양대제의 명령으로 일찍부터 도왜渡倭한 것이었고, 성덕태자의 마음을 사로잡아 고구려와의 화친을 실질적으로 주도했던 인물이 틀림없었다. 태자에게 불법을 전하고, 반구사(호류지法隆寺)를 짓게 해 거대한 불사佛舍로써 나라를 더욱 안정시키게 유도함은 물론, 〈여수전쟁〉의 위기가 닥치자 담징을 불러 호류지의 금당벽화를 그리게 했던 것이다. 아마도 혜자야말로 〈三國밀약〉의 진정한 설계자였는지도 모를 일이었던 것이다. 성덕(쇼토쿠)태자와 혜자 두 사람의 호흡이 잘 맞아 각각 서로의 나라를 구할 정도였으니, 이 두 성인은 진정한 영혼의 동반자가 틀림없었을 것이다.

623년 가을인 7월, 신라의 진평대왕이 나말奈末 지세이智洗爾를 야마토의 대사大使로 보냈는데, 임나의 대사와 함께 야마토 조정에 들어가 불상 하나와 금탑 사리를 바쳤다. 당시 신라는 임나 문제를 놓고 야마토와 첨예하게 대립하거나 때로는 직접 충돌까지 했으면서도, 각종 구실을 대면서 야마토에 꾸준히 사신을 보내 그 협상창구를 놓지 않으려 애를 썼다. 반면 백제와 고구려에 대해서는 단호하게 적으로 대하고, 일체 화친의 손을 내밀지 않았다.

그때 신라의 지세이 일행을 따라 혜제惠齊와 혜광惠光 등 중국의 학승들이 대거 야마토로 들어왔는데, 이들이 야마토에 唐과의 수교를 적극 권했다.

"당에 와 있는 유학생들이 모두 학업을 마쳤으니 이제 소환해도 될 듯합니다. 大唐은 법식이 완비된 훌륭한 나라니 평상시에 왕래할 수 있도록 국교를 맺는 것이 좋을 것입니다."

이는 백제와 야마토의 상호의존관계를 약화시키고, 〈삼국밀약〉을 흔들어 댈 수 있는 사안이었다. 그런데 그해 신라가 다시금 임나를 공격해 결국 항복을 받아 내는 사건이 터지고 말았다. 이 일로 야마토 조정에서 신라 원정을 놓고 또다시 찬반논쟁이 격렬하게 벌어졌다. 나카토미노무라지中臣連가 말했다.

"임나는 처음부터 우리의 내관가內官家(공납국)인데 신라가 이를 빼앗은 것입니다. 군사를 잘 정비한 다음 신라를 쳐서 임나를 되찾고, 백제에 부속시킵시다."

그러자 다나카노오미田中臣가 이 제안에 반대를 하고 나섰다.

"그것은 아니 되오. 백제는 종종 표변하는 나라니, 그들이 말하는 바를 모두 믿을 순 없소. 백제에 임나를 부속시켜서는 아니 될 것이오."

결국 신라 원정이 무산되고 말았는데, 이 무렵에 이미 야마토의 백제에 대한 신뢰가 크게 흔들리고 있었던 것이다. 신라는 신라대로 야마토 조정으로 사람을 보내 임나로 하여금 천왕을 섬기는 데 문제가 없도록 하겠다며, 달래는 식으로 사안을 무마해 나갔다.

그 와중에 624년에는 야마토에서 어느 승려가 제 할아버지를 도끼로 내려치는 살인사건이 터졌다. 추고여왕이 우마코馬子를 불러 이참에 전국의 승려들을 상대로 악행을 저지른 죄가 있는지를 조사케 하고 엄벌을 명하니, 백제 승려 관륵觀勒이 표문을 올렸다.

"불법은 인도에서 중국에 전해진 뒤 3백 년이 지나 백제국에 전해졌는데, 그 후 백 년도 지나지 않았습니다. 따라서 승려라 해도 아직 계율이 익숙지 않아 쉽사리 악행을 저지르는 것입니다. 하오니 중죄가 아니라면, 모두 용서하여 부처님의 공덕이 내릴 수 있도록 해 주소서."

추고여왕이 겉으로 이를 받아들이는 모습이었으나, 이를 빌미로 전국의 사찰과 승려들의 실태에 대한 일제 조사에 들어갔다. 그 결과 당시 야마토에는 46군데의 절에 비구가 816명이고, 비구니가 569명으로 모두 1,385명의 승려가 있던 것으로 확인되었으니, 소중한 역사기록으로 남게 되었다.

그해 10월, 소가노우마코蘇我馬子가 사람을 시켜 추고여왕에게 갈성葛城(가즈라키)씨가 자신들의 본관이니 그 현을 봉현封縣으로 내려 줄 것을 주청했다. 그러나 여왕이 이를 정중하게 거절하며 말했다.

"나는 소가씨로부터 태어났고, 우마코馬子 대신은 나의 숙부이시다. 그렇다고 별안간 내 대에 와서 그 현을 잃는다면, 어리석은 여자가 임금이 되었기에 벌어진 일이라는 소릴 들을 테니, 차마 그럴 수 없다."

사실 소가蘇我씨는 임나왕 갈성습진언의 후예들이었던 것이다. 2년 뒤인 626년, 야마토의 실권자였던 소가노우마코가 세상을 떠났다. 그는 소가노이나메蘇我稻目의 아들로 무용과 책략이 뛰어났고 정무에도 밝았다. 무엇보다 조카인 성덕태자와 함께 불법을 받들어 정국을 안정시킨 공이 있었다. 그가 죽은 후 2년 뒤인 628년 봄, 추고여왕이 병을 앓다가 재위 36년 만에 세상을 떠나니 75세였다. 불행히도 후계자를 정하지 못해 여왕이 죽기 전 쇼토쿠聖德태자의 아들인 야마시로노오에山背大兄를 불러 조언의 말을 남겼다.

"너는 아직 미숙하니, 반드시 군신들의 말을 듣고, 그에 따르라."

그리고는 흉년에 백성들이 굶주리고 있으니, 따로 무덤을 만들지 말되 죽은 아들 다케다竹田황자의 능에 합장하고, 후하게 장사 지내지 말라는 유지를 남겼다. 그러나 야마토大倭 또한 후계가 정해지지 않아 장차 안개 정국에 휩싸이게 되었다.

그 무렵 唐의 수도 장안에서는 三韓의 나라들이 모두 사신을 보내와 치열한 외교전을 펼쳤다. 신라는 계속해서 백제와 고구려의 수상한 관계를 폭로하려 들었으나, 번번이 무위로 끝났다. 2년 뒤인 630년 2월이 되자, 무왕이 주위에 명을 내렸다.

"사비성의 궁성을 중수하고자 한다. 그사이 웅진성으로 거처를 옮길 것이다."

그러나 그해 여름 가뭄이 들이닥쳐 부득이 사비성의 역사를 중단시키고, 7월경 다시금 사비성으로 돌아와야 했다.

그러다 2년 뒤인 632년 정월, 무왕이 갑작스레 왕자 신분이던 의자義慈를 후계자인 태자에 봉한다고 발표했다. 그리고는 2월이 되자 마천성馬川城을 개축하라는 명을 내렸다. 뿐만 아니라 7월에는 군사를 내 신라를 공격했다가 별 실익을 얻지 못하고 철수하기도 했다. 즉위후 33년째나 되는 무왕의 행보치고는 이례적으로 굉장히 의욕적인 것이었다. 그런데 사실 이런 모습은 무왕이 주도한 것이 아니라, 새로이 태자에 오른 의자의 행보였다. 그해 무왕은 생초원生草原에서 사냥이나 하며 한가로운 생활을 즐기고 있었으니, 아무래도 그해 사비성 안에서 무슨 일이 일어난 것이 틀림없었다.

사실 위덕왕의 서자였던 무왕武王은 600년에 정변을 일으켜 혜왕의 아들인 법왕을 몰아내고 스스로 왕위에 오른 인물이었다. 그의 모친이 위덕왕의 정실 왕후 세력의 눈을 피해 익산에서 숨어 살다시피 했고, 어린 무왕 서동薯童(장璋)은 이후 자라서 마 장사를 하러 신라로 갔다가, 그곳에서 진평대왕의 딸 선화공주에 반해 유명한 〈서동요〉를 퍼뜨리고 끝내 공주를 데리고 돌아왔다.

바로 이 선화공주의 아들이 의자였던 것인데, 그러나 선화공주는 무왕이 즉위하기 직전 먼저 세상을 떠났다. 무왕은 이후 당대 최고의 권세가인 사택씨 가문과의 정략혼인을 통해 권력의 기반을 다졌고, 마침내 왕위에도 오를 수 있었던 것이다. 이후 사택왕후가 무왕과의 사이에서 낳은 아들이 풍장豐章이었고, 장남인 의자는 어쩔 수 없이 왕실에서 홀대받는 처지로 자랐던 것이다.

그러던 631년 3월에, 부여풍豐이 홀연히 야마토에 나타났다. 그 무렵 야마토는 스이코推古여왕의 뒤를 이은 죠메이舒明천왕 3년째였는데, 백제王 의자義慈가 왕자 풍장을 볼모로 보냈다고 했다. 정작 백제에서는 의자가 태자가 되기도 전이었음에도, 이미 야마토에서는 의자를 王으로 본 것이었다. 이로 미루어 바로 그해에 의자가 정변을 일으켜 부친인 무왕을 내친 것으로 보였다. 이어서 후계자로 내정되어 있던 이복동생 부여풍을 볼모 삼아 야마토로 보내 버린 것이 틀림없었다.

공교롭게도 부친인 무왕이 정권을 잡았던 전철을 그대로 밟은 셈이 되고 말았는데, 다만 생부生父인 무왕과 그 혈육이자 경쟁자였던 풍을 차마 제거하지 못한 채, 아우인 풍豐만을 야마토로 내보낸 것이었다. 이듬해 태자에 오른 의자는 곧바로 군사를 일으켜 신라를 공격했는데, 진평대왕의 외손자로 신라의 핏줄이라는 주변의 의혹 어린 시선을 불식시키기 위한 것일 수도 있었다.

이후 사실상 유폐 상태에 놓인 무왕은 권력에서 손을 뗀 채, 생초원에서 사냥이나 즐기며 한가롭게 지내야 했다. 아들 의자가 웅위雄偉 용감하고 결단력이 있었다 하니, 자신을 꼭 빼닮은 의자를 받아들이기로 하고 그저 지켜볼 수밖에 없었던 것이다. 30대 한창의 나이에 태자의 신분을 유지키로 한 의자는 인내심을 갖고 부친의 죽음을 기다리는 상황이었으나, 사실상 왕이나 다름없는 친정을 펼쳤던 것이다.

당시 주변국에서는 백제 무왕이 30여 년 전 저질렀던 일을 그 아들에게 그대로 당하는 모습을 보면서, 의자태자의 정변에 대해 예의주시하고 있었을 것이다. 다만 야마토와 신라는 그즈음 두 나라의 군주인 추고여왕과 진평대왕의 사망으로 인해 양국 모두 후계자 문제로 어수선했기에, 자국의 정국을 진정시키기 바빴을 것이다. 그저 북방의 고구려만큼은 그동안 무왕 체제에서 철석같이 지켜졌던 동맹의 관계에 금이 갈까 우려의 시선을 보냈을 법했다. 그해 연말 백제가 唐에 사신을 보내 조공했는데, 마치 아무 일도 없었음을 확인해 주려는 조치였을 것이다.

이듬해인 633년에도 백제는 장수를 내보내 신라의 서곡성西谷城을 공격하게 했다. 그 무렵 신라에 여왕이 들어서는 등 어수선한 모습이라, 방어 상태를 알아보려 한 듯했다. 그럼에도 이때 백제는 13일 동안 공세를 펼친 끝에 서곡성을 함락시키는 데 성공했고, 이로써 의자 치세에 첫 승전보를 올리게 되었다.

이듬해 634년 2월이 되자, 사비성 인근에 〈왕흥사王興寺〉가 완공되었다. 금강錦江의 지류에 면한 이 절은 왕실 사찰로 채식彩飾이 권하여 지었는데, 무왕이 자주 배를 타고 절에 가서 향불을 피우는 행향行香 의식을 갖곤 했다. 3월에는 사비성 남쪽으로 커다란 못을 판 다음, 물 길을 20여 리나 끌어들여 사방 언덕에 버드나무를 심고 연못 속에 작은 섬을 조성했다. 이를 방장선산方丈仙山에 비길 만하다 했는데, 오늘날까지도 그 흔적이 남아 있으니 궁남지宮南池였다.

636년 3월에도 무왕이 좌우 신료들을 거느리고 사비하(백마강)의 북쪽 포구에서 잔치를 벌이고 놀았다. 양쪽 강기슭에 기암괴석이 즐비하고, 이름 모르는 진기한 풀들이 자라 있어 그림 같은 풍광을 자아냈다고 한다. 무왕이 술을 마시고 흥에 겨워 북을 치면서 거문고를 타고, 스스로 노래까지 부르니 따르던 사람들 모두 일어나 함께 춤을 추었다. 이곳을 대왕포大王浦라 했는데, 이때쯤 무왕은 모든 정사를 의자에게 일임하고 세상을 유유자적하게 보냈던 것이다.

그 무렵 백제가 당태종에게 금으로 만든 갑옷(금갑金甲)과 독수리 문양을 새긴 도끼(조부雕斧)를 보냈는데, 당태종이 이에 금포錦袍 및 채색비단 3천 단段을 답례품으로 보내오기도 했다. 640년경에는 唐에 유학생을 보내〈국학國學〉에 입학을 청하고, 당나라의 문물과 제도를 공부하게 했다.

그러던 641년, 마침내 백제 무왕武王이 재위 42년 만에 풍운아 같은 삶을 마감했다. 백제의 사신이 唐에 가서 소복을 입고 부고를 알리니, 당태종이 직접 현무문에 나가 애도 의식을 거행하고 무왕의 죽음을 추모했다. 무왕에게는 새로이 광록대부를 추증해 주고 부의 물품을 후하게 보내 주었다.

무왕은 비록 사촌인 법왕을 해치고 권력을 찬탈했지만, 이후 정국을 빠르게 안정시키고 신라에 적극적인 공세를 펼침으로써, 진흥대왕 이래 열세에 놓여 있던 상황을 반전시키면서 오히려 우위를 점하게 되었다. 무엇보다 야마토 및 고구려와의〈三國밀약〉에 동조해 고구려와의 오랜 적대관계를 청산하는 유연함을 보임으로써, 이후 신라와의 관계를 역전시킬 수 있었다.

무왕의 과감하고 신속한 결정은 이후 한반도 三韓의 역학관계를 크게 변화시켰고, 신라의 북진을 방해함으로써 간접적으로 고구려를 지원하는 결과를 가져왔다. 이로써 양제가 다스리던 중원의 절대강국 〈수〉와 3차례에 걸쳐 벌인〈여수전쟁〉에서 고구려가 모두 승리하는 대역사를 가능하게 했던 것이다. 아울러 반도 안에서의 우위를 바탕으로 이때쯤에는 야마토의 간섭에서 확실하게 벗어나는 모습을 보이기 시작했던 것이다.

다만, 그의 말년 10년은 아들인 의자의 정변으로 권력에서 소외되는 쓸쓸한 것이 되고 말았다. 무왕이 그 시절에 친정을 했다면 백제는 어떤 모습을 향해 나아갔을까? 무왕은 무강왕武康王 또는 말통未通대왕이라고도 불렸는데, 말통(마동童)은 그의 어릴 적 별명인 서동의 다른 말이라고 했다. 지금도 전북 익산에는 무왕의 왕궁 터가 남아 있고 〈쌍릉〉이 있는데, 그 북쪽의 대릉이 무강왕릉이고 남쪽 소릉이 왕비의 능, 바로 의자의 모친인 선화공주의 묘라고 한다.

무왕은 언제부터인가 사비성을 떠나 자신의 고향인 익산 지역에 새로운 궁을 짓고 천도를 하려 했으나, 이를 실현하지는 못했다. 그런 무왕의 꿈은 무엇이었을까? 그것은 우선 신라에게 빼앗긴 땅을 모두 수복하고, 그다음으로 〈임나〉(대마)를 백제 땅으로 삼아 다스린 다음, 마지막으로 신라를 정복해 고구려 남쪽의 반도를 통일하는 것이었을 것이다. 그리고 무왕의 이런 꿈은 틀림없이 아들인 의자에게 이어졌을 것이다. 그러나 무왕의 그 꿈이 끝내는 무산된 것처럼, 아들 의자가 이끄는 백제의 앞날도 마냥 밝은 것만은 아니었다.

6. 신라의 여왕시대

영류제 11년 되던 628년경, 唐고조가 파견했던 주자사朱子奢가 실태

파악을 위해 고구려 조정을 다녀간 뒤 2년이 지나서였다. 그사이 정변을 통해 새로이 이세민이 황제에 오르니, 중원의 갑작스러운 정국 변화에 주변의 모든 나라들이 촉각을 곤두세우고 있었다. 처음 영류제가 태왕에 오를 무렵, 많은 강경파 무신들이 권력의 중심에서 밀려났지만, 그래도 여전히 조정 안팎에서는 강온파의 대결이 수그러들지 않았다.

그 무렵, 당태종이 힐리가한의 10만 대군에 맞서 단독으로 협상에 나섰고, 위수渭水의 맹약으로 〈동돌궐〉을 물리친 이야기는 평양 조정의 최대 화두가 되었을 것이다. 끝내 힐리는 그 후 태종의 이간책에 의해 〈설연타〉에 패하고 말았으니, 이런 당태종의 용기와 지혜에 대해 영류제는 속으로 크게 긴장하면서도 그의 인물됨을 파악하는 데 주력했을 것이다.

"비슷한 방법으로 권력을 차지했지만, 이세민은 양광과는 차원이 다른 인물이 틀림없구나. 배포도 크지만, 관대하기까지 하다. 흐음……"

그해 9월, 고심을 거듭하던 영류제가 힐리가한을 물리친 것을 치하한다는 명분으로 장안에 사신을 보냈는데, 놀랍게도 이때 고구려 전역의 〈봉역도封域圖〉를 태종에게 바치게 했다. 문제의 봉역도는 고구려 전체에 흩어져 있는 봉지封地의 실태와 그 주변의 지도를 담은 것으로, 전쟁에서 매우 긴요하게 쓰일 수 있는 지도책과 같은 것이었다.

그간 고구려와 중원의 나라들은 그 먼 조상들 때부터 천 년을 넘게 다퉈 왔지만, 실질적 경계선인 요수(영정하)를 넘은 사례가 손으로 꼽을 정도였다. 그러니 唐의 입장에서 고구려의 봉역도는 너무도 귀중한 정보를 담고 있는 자료였다. 이는 마치 오늘날, 최첨단 전투기의 설계도나 심지어 핵무기 제조기술을 넘겨준 것이나 다름없을 정도의 엄청난 사건이 아닐 수 없었다.

당시 영류제는 누구도 상상할 수 없는 파격적인 선물을 唐태종에게 먼저 제공함으로써 자신의 진정성을 강조하고, 이로써 장차 당과의 화친을 성사시키려 했던 것이다. 통 큰 이세민에게 통 크게 접근하려 한 듯했는데, 이런 결정을 내리기까지 영류제의 고심이 결코 만만치 않았을 것이다. 그러나 이 사건은 두고두고 고구려의 강경파로부터 거센 비난의 대상이 되고 말았다.

"태왕이 되어 적국의 황제에게 봉역도를 거저 갖다 바치다니, 나라를 팔아먹은 행위와 다를 것이 무엇이겠는가?"

비록 천하의 이세민이 황제가 되었기로서니, 서둘러 먼저 패를 꺼내 보임으로써 자신의 조급함만을 드러냈을 뿐, 실질적으로 唐으로부터 그에 걸맞는 어떤 보상도 얻어 내지 못했기에 많은 이들이 뒤에서 수군거렸다. 내호아의 隋軍을 당당하게 물리쳤던 전쟁영웅 고건무의 모습은 어디론가 사라진 채, 이 사건은 영류제가 저지른 돌이킬 수 없는 외교 참사로 전락하고 말았다. 더구나 이듬해인 629년에는 느닷없는 신라의 공격에 반도의 낭비성까지 잃게 되면서, 안팎으로 영류제의 지도력이 크게 의심받게 되었을 것이다.

그러한 터에 631년이 되자, 갑작스레 당태종이 광주廣州사마 장손사長孫師를 고구려로 파견했다. 당시 고구려의 서쪽 변경에는 수양제 시절 〈여수전쟁〉을 위해 강제로 원정 나왔다가 전사한 수병隋兵들의 유해가 곳곳에 즐비했다. 고구려에서는 이를 수습해 봉분으로 덮고, 전승戰勝을 기념하는 소위 〈경관京觀〉으로 삼았는데, 이런 경관이 곳곳에 조성되어 있었다. 장손사가 이때 당시의 치열했던 전쟁터 여기저기를 돌아다니며, 여전히 땅바닥을 나뒹굴던 해골들을 모아 파묻어

주고 제를 올려, 나라를 위해 목숨을 바쳤던 隋나라 영령들을 위로해
주었다.

문제는 장손사가 이때 고구려의 전승비나 다름없던 〈경관〉을 보
기 싫다는 이유를 들어 함부로 헐어 버리게 한 것이었는데, 바로 이것
이야말로 당태종이 그를 파견했던 주된 목적이었던 것이다. 장손사가
다녀간 뒤로 고구려 조정에서 이 문제를 놓고 또다시 격론이 벌어졌
는데, 경관을 헐게 한 것이 분명 고구려의 반응을 떠보기 위한 당태
종의 도발이기 때문이었다.

그해 2월, 영류대제가 주변에 영을 내렸다.

"아무래도 唐의 움직임이 심상치 않다. 매사에 불여튼튼이니 이참
에 천리장성 축조를 서둘러 완성해야 할 것이다."

사실 〈천리장성千里長城〉은 1차 〈여수전쟁〉이 끝나자마자 영양제가
중원의 재침에 대비해 쌓기 시작한 장성이었다. 동북의 부여성扶餘城
에서 시작해 동남의 발해까지 남북으로 천여 리里에 걸쳐 장성을 쌓는
공사로 아직 완공되지 않았던 것이다. 결국 그해에 영류제가 백성들
을 동원해 천리장성을 서둘러 완성하려 했는데, 이는 무려 16년 동안
이나 지속돼 온 대역사였다.

그러나 백성들에게 성을 축조하는 일은 전쟁에 버금갈 만큼 힘든
일이었다. 농사지을 남자들은 부역에 끌려 나가고, 여성들은 그 일을
대신하면서 길쌈을 해야 하는 이중고에 시달려야 했던 것이다. 결국
무리한 대공사로 백성들이 노역에 시달리면서 조정에 대한 불만과 원
망이 높아져만 갔다.

그러던 638년, 신라 북변의 칠중성七重城(경기적성積城) 남쪽에서 큰
돌이 저절로 굴러떨어져 35보步 밖으로 옮겨 가는 일이 발생했다. 그
일이 있은 후 10월이 되자 영류대제가 병력을 일으켜 칠중성을 공격

하게 했는데, 즉위 이래로 이십 년 만에 신라를 대상으로 이루어진 원정 공격이었다. 성안에 있던 백성들이 놀라 산중으로 달아나자, 신라 조정에서는 장군 알천闕川을 급파해 이를 막아 내게 했다.

알천은 범의 꼬리를 붙잡아 땅에 메쳐 죽였다고 알려졌을 정도로 대단한 완력과 두둑한 배짱으로 널리 알려진 장수였다. 알천이 이때 고구려군과 칠중성 밖에서 일전을 벌인 결과, 고구려군을 물리치는 데 성공했다. 이로써 영류제는 〈낭비성전투〉에 이어 또다시 〈칠중성 전투〉에서 신라에 연거푸 패하는 굴욕을 당하고 말았다.

641년 唐태종이 직방낭중職方郎中 진대덕陳大德을 고구려로 보내왔다. 영류제가 그 전년도에 태자 환권桓權을 唐으로 보내 조공하게 했는데, 이때 고구려의 청년자제들을 唐의 대학 격인 〈국학國學〉에 입학할 수 있도록 요청케 했다. 당시 태종이 이름난 유학자들을 대거 초빙해 학관學官(교수)으로 삼고, 본인도 자주 〈국자감國子監〉에 들러 그들의 강론을 듣곤 했다.

唐에서는 국학의 학생 가운데 대경大經(《예기》·《춘추좌전》) 중 하나라도 통달한 자는 모두 관리로 임용하게 했다. 아울러 학사學舍를 1,200간間으로 증축하고 학생 수도 3,260명으로 늘려 주니, 〈국학〉이 크게 성행해 사방의 인재들이 장안으로 몰려들었다. 그중에는 삼한의 나라들 외에 멀리 서역의 〈고창高昌〉이나, 〈토번吐藩〉에서 유학 온 학생들까지 섞여 있을 정도였다.

그때 태자의 입조에 대한 답방의 성격으로 진대덕이 고구려로 들어왔던 것인데, 그는 오는 도중에 많은 성읍城邑을 들러 변방을 지키는 수장들에게 비단과 같은 예물을 후하게 주며 말했다.

"내가 산천을 좋아하니 이곳의 경치 좋은 곳을 두루 돌아보고 싶소."

이 말에 속없는 여러 수장들이 기꺼이 호응했고, 대덕을 인도해 골고루 돌아다니게 했다. 진대덕이 그렇게 고구려 변방의 지리를 자세히 확인하고 다녔으니, 필시 영류제가 넘긴 〈봉역도〉의 진위 여부를 대사했을 가능성도 커 보였다. 마침내 진대덕 일행이 평양성에 입성하자, 영류제는 호위 부대까지 보내 唐의 사신단을 성대하게 맞이해 주었다. 대덕이 이때 고구려의 허虛와 실實을 상세히 엿보고 돌아갔으나, 대다수의 고구려 군신들은 이를 눈치채지 못했다.

얼마 후 장안으로 귀환한 진대덕이 당태종을 알현해 보고했다.

"구려가 고창이 멸망했다는 소식을 듣더니 매우 두려워하면서, 우리 사신단 일행에 대해 평소보다 월등히 좋은 접대를 해 주었습니다."

당태종이 이에 장차 요동 정벌에 대한 뜻을 내비치며 말했다.

"동래에서 주사舟師(수군)를 따로 내보내 바닷길로 평양까지 가서 수륙 양군이 합세하면, 평양성을 취하기는 그리 어렵지 않을 것이다. 허나 산동의 주현州縣이 아직도 회복되지 못했으니 그들을 수고롭게 하고 싶지 않을 뿐이다."

사실 당태종의 말대로 그 무렵 唐나라는 다시금 고구려 원정에 나설 형편이 아니었다. 隋양제가 원정에 나설 때만 해도, 隋나라는 대략 9백만 호에 5, 6천만에 달하는 인구를 갖고 있었다. 그러나 〈여수전쟁〉의 참혹한 패배와 내란이 이어지면서 당태종이 황제에 올랐던 정관의 시대에는, 30년 만에 그 1/3로 줄어들어 약 3백만 호에 2, 3천만 명의 인구로 쪼그라들어 있었던 것이다. 40년을 전쟁만 해 댔던 漢무제 시절에도 인구의 반이 줄어들었다 했는데, 이때는 그보다 훨씬 더 했으니 수양제의 폭정이 가히 얼마나 무모한 것이었는지를 가늠할 수 있게 해 주는 것이었다.

그뿐만이 아니었다. 그해 長安에서는 돌궐에서 들어와 있던 북방 출신들이 기어코 일을 저지르고 말았다. 초원을 내달리던 돌궐 공자 公子들이 힘쓸 곳이 없어 갑갑했던지, 어느 날 황제 이세민을 없애겠다 며 궁궐의 담을 뛰어넘는 사건이 벌어졌던 것이다. 사전에 충분히 계 획된 것이라기보다는 젊은 혈기에 충동적으로 일어난 사건이라 태종 암살이 무위로 그치긴 했으나, 당사자인 이세민은 크게 놀라서 주변 에 명을 내렸다.

"돌궐인들은 역시 초원에서 말이나 달리며 살아야 되는 사나운 족 속이로다. 그들을 다시 초원으로 돌려보내도록 하라!"

거침없던 초원의 무사들이 장안에서 벌였던 〈황제암살미수〉 사건 을 계기로, 이때부터 〈돌궐〉은 막남漠南에, 그 바깥의 〈설연타〉는 주로 막북에 각각 거주하게 되었다.

이듬해 642년 정월, 영류제는 다시금 〈당〉에 사신을 보내 조공을 했다. 그 무렵 고구려에서는 서부대인西部大人(대가)으로 막리지莫離支 (대대로大對盧)의 직위에 있던 연태조淵太祚가 사망했다. 막리지는 국 정을 총괄하는 국상國相과 같은 지위로, 병마와 관리들의 인사를 맡는 조정의 최고 요직이었다. 그때 강골 무인으로 이름난 그의 아들 연개 소문淵蓋蘇文이 당연히 부친의 자리를 물려받을 줄 알았으나, 그의 성 격이 잔인하고 포악스럽다는 소문 때문에 그의 세습을 반대하는 이들 이 많았다.

상황이 이쯤 되자 개소문이 주변에 머리를 조아리기 시작하더니, 여러 호족들을 일일이 찾아다니면서 자신을 믿어 달라는 호소까지 하 고 다녔다.

"앞으로 깊이 회개하고 여러 어르신들의 가르침을 따를 터이니, 부디 아버님의 직책을 물려받게 도와주십시오. 만일 제가 그 후에라도 잘못을 저질러 퇴출되게 된다면 기꺼이 그 결정을 따를 것입니다."

이러한 연개소문의 노력 끝에 여러 大人들이 그를 애처롭게 여기고, 일단 부친의 지위를 계승하도록 허용해 주었다. 그러나 일단 막리지 자리에 오르고 나자 개소문은 언제 그랬냐는 듯이 원래의 제 성격대로 흉포하고 무도하게 굴어 대인들을 걱정시켰다. 병권을 손에 쥔 개소문이 그동안 당나라에 대해 지나치게 저자세로 굴던 태왕과 대부분의 조정 대신들을 가혹하게 비난했을 뿐 아니라, 唐과의 일전도 불사해야 한다며 강경 일변도로 나온 것이었다.

"30년 전, 수나라 양광의 백만 대군을 한꺼번에 제물로 만든 것이 우리 고구려인들이오. 중원 선비의 나라들 모두가 고작해야 수십 년을 이어 가기 바빴을 뿐인데, 7백 년을 이어 온 우리 고구려가 이유 없이 저들에게 머리를 숙여서야 되겠소? 이연 부자가 운 좋게 그런 隋를 대신해 唐을 세웠기로서니, 벌써 30년이 지나고 말았소이다. 세민이 제법 영웅의 기개를 지녔다고는 하지만, 더없이 소중한 나라의 봉역도를 갖다 바치고 경관을 허물어도 항의조차 못했으니, 이것이야말로 세민이 고구려를 깔보게 함으로써 스스로 매를 버는 일이 아니고 무엇이란 말이오? 행여 세민이 미욱하여 쳐들어온다 한들, 전처럼 당당히 맞서 그로 하여금 양광이 당한 것과 똑같은 전철을 밟게 하면 그뿐인 것을, 그깟 선비의 제왕 하나쯤이 두려워 유일무이의 천조국인 우리 고구려가 벌벌 떨어서야 되겠소이까?"

이처럼 강경한 연개소문에 대해서는 사실 수많은 소문들이 따라다녔다.

일설에는 당시 당태종이 보낸 밀정이 唐나라로 귀국하려 바다를 떠돌다, 연안을 지키는 고구려 수군의 해나장海邏長(순찰대장)에게 잡혔다고 한다. 그는 의협심이 강한 무사로 평소 연개소문의 주장을 신봉하고, 唐을 치지 않는 데 대해 분개하던 인물이었다. 그가 밀정의 얼굴에 먹칠을 해서 唐의 황제를 조롱하는 글을 문신으로 새겼다.

"내 아들 세민은 보거라. 금년 중에 조공하러 오지 않으면, 내년에는 마땅히 군사를 일으켜 죄를 물을 것이다."

그리고는 '고구려 태대대로 연개소문의 졸개 아무개 쓰다'라고 얼굴에 새겨 밀정을 풀어 주었다. 唐의 밀정이 얼굴 가득 새까맣게 글자가 새겨진 모습으로 돌아가 황제를 알현하니, 이세민이 격분하여 당장이라도 고구려를 치겠노라고 앙앙댔으나, 신하들이 이를 말렸다.

"연개소문의 졸개가 저지른 일로 맹약을 깨뜨리고 구려를 쳐서는 아니 됩니다. 먼저 구려왕에게 사자를 보내 은밀히 조사를 해 보심이 옳을 것입니다."

이에 당태종이 그 말을 따라 사건의 진위 여부를 조사해 달라는 밀서를 영류제에게 보냈다. 깜짝 놀란 영류제가 즉시 해나장을 잡아 자초지종을 알아보니, 해나장은 조금도 위축됨이 없이 당당하게 사실을 자백했다. 영류제가 연개소문을 제외한 조정의 대신들을 불러 모아 은밀하게 이 문제를 상의하니 이런 의견들이 나왔다.

"유독 연개소문을 지칭한 것으로 미루어, 장차 저들이 막리지를 추대하려는 모의가 있는 듯하고, 평소에도 막리지가 唐을 치자고 선동을 일삼는 등 조정에 반대해 인심을 얻었으니 이제는 그를 제거하지 않으면 장차 후환이 두렵게 되었습니다."

그리하여 결국 연개소문의 직책을 박탈하고, 그를 사형에 처하자는 데 의견의 일치를 보았다. 어찌 됐든 영류제는 연개소문을 장차 〈당〉과의 전쟁을 야기하거나 심지어 태왕의 자리를 넘보는 위험인물로 간주하고, 그를 제거키로 한 것이 틀림없었다.

　그러나 궁궐 안팎으로 연개소문의 사람들이 있어 이날 비밀회의의
내용이 누설되었고, 곧 연개소문도 이 사실을 알게 되었다. 태왕과 군
신들이 자신을 제거하기로 했다는 사실에 격분한 개소문이 측근들을
모아 대책을 논의했다.
　"상황이 분명해졌습니다. 우리가 먼저 나서지 않으면, 반드시 당하
고 말 것입니다!"
　결국 막리지 측에서 은밀하게 선수를 치기로 했다. 병권을 장악하
고 있던 연개소문이 즉시 궁궐 안의 태왕과 조정 대신들에게 평양성
의 남쪽에서 대규모 사열식을 펼칠 계획이라며, 반드시 참가해 병사
들의 사기를 북돋워 달라는 초대장을 일제히 보냈다. 아울러 사열식
이 끝난 후에는 성대하게 주찬을 열어 뒤풀이가 있을 것이라는 내용
도 함께 알리게 했다.
　대부분의 조정 대신들은 다소 의심스러운 부분은 있었으나, 막리
지의 행사에 응하지 않을 수 없어 일단 사열식장으로 향했다. 다만,
영류제는 금군禁軍의 호위가 삼엄한 궁궐에 그대로 남아 있기로 했다.
한편 사열식 현장에서는 경쾌한 군악이 울리고, 각 부대의 깃발이 하
늘 높이 휘날리는 등 행사 분위기가 한껏 달아올라 있었다. 그런 가운
데 행사장에 속속 도착한 대신들은 병사들의 안내를 받으며, 별도로
준비된 군 막사로 들어갔다. 그렇게 술이 두어 잔 돌았을 즈음, 누군
가가 소리를 질러 댔다.
　"역적 놈들을 잡아라, 역적들을 처단하라!"
　그 순간 사방에서 칼과 도끼, 철퇴 등을 든 무사들이 쏟아져 나와
대신들을 에워싸더니, 찍고 찌르면서 무자비한 살육이 시작되었다.

대신들 가운데는 이에 맞서 덤비는 자들도 있었지만, 눈 깜짝할 사이에 백여 명의 호족들이 고기죽이 되어 버렸고, 현장은 끔찍한 선혈로 낭자했다.

같은 시간에 연개소문은 휘하 무사들을 거느린 채 궁궐로 향하고 있었다.

"태왕폐하께서 막리지를 부르라는 령을 내리셨다. 어서 궐문을 열라!"

개소문이 태왕의 명이라는 거짓으로 궐문을 쉽게 통과했으나, 이내 태왕이 머무는 궁전 앞에서 일단의 금군禁軍에 가로막히게 되었다. 그 순간 연개소문의 턱짓 하나에 그의 무사들이 금군에게 일제히 달려들었고, 양측에서 치열한 전투가 벌어졌다. 그 와중에 연개소문과 측근의 무사들 일부는 곧장 영류제가 머무는 궁중으로 난입했다.

"웬 놈들이냐? 아니, 막리지가 무슨 일이오?"

놀란 표정으로 연유를 묻는 영류제에게 개소문의 무사들이 다짜고짜 달려들어 가차 없이 찌르고 쓰러뜨렸다. 눈이 시뻘개진 개소문의 무사들이 이때 영류제의 시신을 토막 내 도랑에 버리는 포학한 행위를 서슴지 않았다. 잔인하기 그지없는 날이었다.

그날 연개소문이 일으킨 끔찍한 정변은 결과적으로 唐에 대한 조정의 노선 갈등이 폭발한 결과였다. 기존 영류제와 호족들 중심의 온건파에 대항해 막리지 연개소문을 비롯한 신흥 강경파 세력들이 도전한 셈이었고, 필시 그 배경에는 영류제의 즉위와도 관련된 모종의 사건들이 연루되어 있던 것으로 보였다. 즉 선제先帝인 영양대제의 죽음과 함께 강경파 무인 세력들이 대거 축출되면서, 정식 후계자도 아니었던 영류제가 태왕에 즉위했기 때문이었다.

자세히는 알 수 없지만, 그 과정에서 〈여수전쟁〉에서 혁혁한 공을 세워 존경받던 전쟁영웅들이 대거 퇴출되고, 나머지 무인 세력들도 권력의 중심에서 멀어지면서 이들의 불만과 원한이 크게 쌓인 것으로 보였다. 그날 백여 명에 달하는 조정의 원로대신들을 누구랄 것도 없이 무차별 학살하고, 태왕의 시신에 그 어디서도 볼 수 없었던 가혹한 짓을 저질렀다는 사실이 이를 뒷받침하는 것이었다. 설령 적국이라 할지라도 이토록 잔인무도한 집단행동을 저지른다는 것은 좀처럼 보기 어려운 일이었으니, 그간의 말 못 할 원한에 대한 보복성 행위였음이 틀림없었던 것이다.

　대체 그 원한이 얼마나 큰 것이었기에 이토록 잔혹한 살육이 백주대낮에 궁궐 한복판에서 일어날 수 있었는지, 또 당시 조정에서는 양측의 정면충돌을 말리고 갈등을 조정할 만한 조정의 원로나 지식인들이 전혀 없었는지, 설령 그렇다고 해서 나라의 기둥이 되는 조정의 핵심 세력끼리 전쟁 치르듯 상대 진영을 완전히 제압하고 서로를 반드시 죽여야만 했는지 궁금하기 짝이 없는 일이었다. 그리고 이 모든 것에 대한 해답은 그날 전광석화처럼 펼쳐진 정변을 이끌었던 핵심 당사자 연개소문만이 아는 일이었을 것이다.

　사실 그날 무참하게 시해당한 영류제는 〈여수전쟁〉의 영웅으로 불렸으나, 태왕에 즉위한 이후 그가 보인 행보를 보면 과연 그가 전쟁영웅이 맞는지를 의심케 하는 사안들투성이였다. 당시 영류제 건무建武는 처음 내호아의 水軍을 상대로 (한성)평양성까지 유인전을 펼쳐 크게 격파하고, 동시에 해상에 정박해 있던 隋나라 병선을 공격해 대승을 이끈 것으로 알려졌다.

　그러나 이후 총원수였던 을지문덕이 우문술의 별동대를 상대로 비슷한 방식으로 (창려)평양성까지 유인전을 펼쳤다는 점에서, 건무를 승리로 이끈 전술 전략 자체를 을지문덕이 기획했을 가능성도 커 보였다. 어쨌든 영류제는 태왕이 되었고, 이후 을지문덕 등은 역사의 장에서 홀연히 사라져 버렸으며, 전쟁에 반대하던 온건 호족들은 새로운 唐에 대해 지나칠 정도의 저자세로 일관했던 것이다.

정변에 성공한 연개소문은 죽은 영류제를 대신해 태왕의 조카인 장臧을 내세워 새로운 태왕에 올렸다. 그가 바로 보장제寶臧帝였는데, 영양제의 또 다른 아우 고대양高大陽의 아들이었다. 당시 영류제의 태자인 환권 역시 정변에 희생된 것으로 보였으나, 그 아우인 복덕福德은 용케 살아남아 야마토로 달아나는 데 성공했다. 연개소문은 이후 스스로 大막리지(태太대대로)의 자리에 올라 조정의 모든 권력을 장악했다.

개소문은 몸에 5개의 칼을 차고 다녔고, 주위에서 함부로 쳐다보지도 못하게 했다. 말에 오르고 내릴 때마다 땅에 엎드린 무장들을 밟고 다닐 정도로 위엄을 갖추었다. 또 거리를 지날 때도 반드시 군대의 행렬을 펼치고 다녔다는데, 앞에 선도하는 사람이 소릴 지르면 사람들이 흩어져 달아나게 했다. 태왕과 수많은 대신들을 학살했으니 항상 누군가로부터 시해당할 우려가 있었고, 이에 자신의 경호를 극도로 강화해야 했던 것이다.

이보다 10년 전인 632년 정월, 반도 동남단의 〈신라〉에서는 무려 54년 동안이나 나라를 다스렸던 진평대왕이 세상을 떠났으나, 아들이 없어 후계자 문제가 불거졌다. 대신 진평대왕에게는 여러 딸들이 있었는데, 장녀로 보이는 덕만德曼공주 외에 천명天明과, 천화天花공주 등이었다. 이들은 모두 〈진골정통眞骨正統〉인 지소只召부인의 외손녀로 정실 왕후인 金씨 마야摩耶왕후에게서 얻은 딸들이었는데, 다만 그 서열은 정확히 알 수 없었다.

이에 반해 화랑도를 동원해 정변을 일으키고 진지대왕을 폐위시켰던 미실美室과 사도思道태후는 〈대원신통大元神統〉이었다. 당시 미실의 남편인 세종공公이 6대 풍월주였기에 화랑도가 이 정변에 깊이 관여했음에도 미실은 끝내 왕후의 꿈을 이루지 못했고, 이후 서서히 권력에서 멀어지고 말았다. 그런데 죽은 진지대왕에게는 용수龍樹와 용춘龍春이라는 두 아들이 있었다. 이 둘은 원래 대왕에 오를 수 있는 성골聖骨 왕자의 신분이었지만, 부친인 진지대왕이 폐위됨으로써 하루아침에 진골眞骨의 신세로 전락하고 말았다.

그럼에도 이들의 모친인 지도태후가 이후 진평대왕의 후궁이 되었기에, 이들은 전군殿君의 신분으로 여전히 궁 안에서 살 수 있었다. 그런데 이 두 사람은 형제지만 성격도 다르고, 그래서인지 이후의 행보에서도 커다란 차이를 드러냈다. 형인 용수는 622년에 문신인 내성內省사신이 되어 궁궐 내 행정을 보게 된 반면, 용춘은 파진찬이 되어 629년 〈낭비성전투〉에 참가하는 등 무신의 길을 걸었던 것이다.

다만, 형인 용수는 젊은 시절인 603년경 진평대왕의 딸인 천명공주와 혼인하면서 대왕의 사위가 되었기에, 왕위 계승권을 되찾을 수 있는 지위에 있었다. 그리고 그 둘 사이에 얻은 아들이 바로 김춘추金春秋였다. 대왕의 맏딸인 덕만공주는 대왕의 동생인 진정眞正갈문왕 백반伯飯과 혼인했으나, 자식을 두지는 못했다. 다행히 덕만공주가 어려서부터 총명하고 관인寬仁(관대, 인자)한 성품을 지닌 탓에 진평대왕은 덕만에 대한 기대를 저버리지 못했다.

마침 바다 건너 야마토에서도 스이코推古여왕이 36년이나 재위한 선례가 있었기에, 그 무렵 진평대왕은 덕만을 사실상 후계자인 여왕으로 내정한 듯했다. 그런 이유 때문이었는지, 612년경 용수와 천명 부부가 갑자기 출궁하게 되면서 용수는 다시금 왕위계승권을 상실하게 되었다. 효심이 깊었던 천명공주가 부친의 뜻에 순종했던 것이다.

처음 진평대왕은 사촌 동생인 용춘에게 덕만공주를 엮어 보려 했으나, 둘 사이에서 자식을 보지 못했다. 그래서 이번에는 용수에게 덕만을 맡겨 보았는데, 그 역시도 자식을 얻는 데 실패했다. 친족 간의 이런 행위는 유교적 관점에서는 용인되지 않는 것이었으나, 혈통을 중시하고 상대적으로 인구가 부족했던 고대의 북방민족 사이에서는 왕실 보전을 위한 중요한 전략이었다. 어쨌든 이런저런 시도도 먹혀들지 않자, 진평대왕은 끝내 덕만공주의 승계 자체에 무게를 두기 시작했던 것이다.

그런데 진평왕의 모후인 만호萬呼태후는 진골정통인 지소只召태후의 딸로 죽은 동륜태자의 부인이었고, 동시에 김유신의 생모 만명萬明부인의 어머니이기도 했다. 따라서 진평대왕과 만명은 이부異父남매 사이로, 김유신은 만호태후의 외손자이자 진평대왕의 외조카였던 셈이다. 612년경, 용수와 천명 부부가 자식인 춘추를 데리고 마침내 궁을 떠나게 되었다. 그러자 만호태후는 아들인 진평대왕이 덕만공주를 배려해 용수의 가족을 출궁시키는 것을 보고, 못내 마음이 편치 못했다. 곁에서 이를 본 미실이 만호태후의 마음을 위로할 방법을 생각해냈다.

보통 화랑의 풍월주 자리는 전임 풍월주의 부제副弟, 즉 화랑의 2인자가 잇는 것이 관례였다. 그 무렵 호림공이 14대 풍월주였는데, 그의 부제가 바로 미실의 아들인 보종공이었다. 따라서 호림공 다음에는 보종공이 풍월주에 오르게 되어 있었으나, 이때 미실이 풍월주 승계에 개입하고자 아들인 보종공을 불러 말했다.

"만호태후께서 대왕이 후사가 없어 고심하는 것을 보고 마음 아파하신다. 이번에 네가 풍월주 자리를 태후의 외손자인 유신에게 양보한다면, 태후의 마음을 위로하는 일이 되지 않겠느냐?"

이 일로 결국 김유신이 화랑의 부제를 거치지 않고, 호림공에 이어 곧바로 15대 풍월주의 자리에 오르게 되었다. 그야말로 왕실 가족의 특혜를 톡톡히 본 셈이었고 당시 18살의 나이였다. 그해 대륙에서는 隋나라 양제가 백만 대군을 동원해 고구려를 침공한 해였다. 풍월주가 된 유신은 그러한 소식을 모두 접했을 것이다. 유신이 그 무렵 낭도들을 모아 날마다 병장기를 익히고 말타기와 활쏘기를 익히게 했던 것이다.

유신이 풍월주가 되자 무장의 신분이던 용춘이 사촌인 만명부인의 아들 유신을 자신의 사신私臣으로 발탁했다. 유신은 기꺼이 제 몸을 아끼지 않기로 충성을 맹세한 다음, 외숙뻘인 용춘을 따랐다. 그러자 이번에는 용춘의 형인 용수가 아들인 춘추를 유신에게 맡기고자 했다. 춘추가 아직은 10살에 불과한 나이였지만 그간 궁중에서 곱게만 자랐을 터였기에, 거친 화랑의 세계에 입문해 낭도들과 어울리고, 학문과 무술을 연마하며 강하게 성장하길 바랐던 것이다. 유신이 이에 크게 기뻐하면서 주위에 말했다.

"용수공의 아들 춘추는 장차 삼한의 주인이 되실 분입니다, 하하하!"

유신이 이때 춘추를 '삼한지주三韓之主'라 불렀으니, 어린 춘추가 장차 대왕의 자리에 올라 삼한을 통일할 인물이라는 것을 일찌감치 공언해 둔 셈이었다. 당시 진평대왕은 물론, 그의 형제들인 진정眞正, 진안眞安갈문왕 모두 아들을 두지 못해 대왕의 자리를 이을 성골 남자가 없었기에, 그다음 대를 이을 남자라고는 춘추가 유일하다는 것을 알

만한 사람은 모두 알고 있었던 것이다.

처음 춘추가 화랑에 입문한다는 소식에 유신은 춘추에게 풍월주 자리를 양보하려 했으나, 춘추가 극구 사양했다는 얘기도 있었다. 그때 유신이 춘추에게 말했다고 한다.

"바야흐로 지금 이 시대는 왕자나 전군殿君이라 하더라도 낭도가 없으면 위엄을 세울 수가 없습니다."

이는 이미 화랑花郎 조직이 나라에 끼치는 영향이 지대해졌으므로 반드시 화랑을 거쳐야 함을 강조한 것이었다. 유신은 8살이나 아래인 춘추에게 낭도를 거느릴 것을 권유했고, 결국 춘추를 자신의 부제로 삼게 되었다. 당시 〈화랑도花郎徒〉의 직제상 춘추의 나이에 지도부 격인 화랑 자체에 입문한 예도 없거니와 처음부터 부제가 된 경우가 없었으니, 이는 지극히 파격적인 사건이었고 대단한 특혜였다.

그 시기 화랑도는 이미 귀족 자제들이 대거 참여하는 엘리트 집단으로 성장해 있었다. 이에 진평대왕의 왕실에서는 화랑도를 장차 왕실을 뒷받침할 외곽조직이자 호국에 앞장서는 전위부대로 삼고자 했고, 이에 적극적으로 화랑 조직에 개입한 듯했다. 어쨌든 이렇게 해서 유신과 춘추의 그 깊고도 오랜 인연이 본격 시작되었고, 유신은 사실상 춘추의 조력자mentor가 되어 그를 지도했던 것이다.

춘추의 입장에서 부모의 출궁이 대왕에 오르는 지름길에서 멀어지게 했지만, 역설적이게도 이런 상황은 그로 하여금 궁 밖에서 낭도들과 함께 뒹굴고 수련하면서 호연지기浩然之氣를 기르고, 바닥부터 착실하게 지도자의 길을 쌓는 소중한 경험을 갖게 했다. 미실은 자신이 내쳤던 진지대왕의 손자 춘추를 유신과 엮어 주는 계기를 만들어 줌으로써, 자신이 젊은 날 저질렀던 업보를 말년이 되어 스스로 해결한 셈이 되었으니 결자해지結者解之 그 자체였다.

그런데 화랑도의 시작은 초대 풍월주나 다름없던 위화랑이 그랬듯이 원래는 전통신앙인 〈선도仙道〉에서 비롯된 것이었다. 이러한 전통은 꾸준히 이어져 왔는데, 16대 풍월주인 보종공 또한 대원신통인 미실의 아들로 仙에 밝은 인물이었다. 그러나 그사이 유교와 불교가 빠르게 도입되면서, 나중에는 화랑도 안에서 〈선仙·불佛·유儒〉 모두를 익히며 공부하게 했다. 이에 반해 12대와 14대 풍월주였던 보리공과 호림공은 불교에 심취한 이들이었다. 춘추의 외숙인 호림공은 낭도들에게 이렇게 말했다고 한다.

"선불仙佛은 다 같은 도道다. 화랑 또한 불佛을 알지 않으면 안 된다. 미륵선화와 보리사문 같은 분은 우리의 스승이시다."

이처럼 화랑도는 다양한 사상과 신앙을 유연하게 수용함은 물론, 거대지식 앞에 활짝 열린 조직의 성격을 띠게 되었는데, 변화를 좋아하는 젊은 청춘들의 집단이기에 더욱 그러했을 것이다. 그러나 유신이 15대 풍월주가 되어 화랑을 이끌던 시기에는 대륙에서 〈여수전쟁〉이라는 사상 초유의 거대전쟁이 휘몰아쳤고, 특히 반도 안에서도 숙적인 백제의 공격에 크게 밀리면서 나라 안팎으로 위기가 고조되던 때였다. 이런 분위기를 반영하듯 유신은 낭도들에게 호국화랑의 정신을 특별히 강조했다.

"너희가 선을 배우고자 한다면, 마땅히 보종공형을 따라야 하고, 나라를 지켜 공을 세우고자 한다면 나를 따라야 할 것이다."

또 유신이 화랑들에게 입버릇처럼 해 주던 말이 있었다.

"우리나라는 동해에 치우쳐 있어 삼한을 통일하기가 어렵다. 부끄러운 일이다. 그러니 어찌 구차하게 골품과 낭도의 소속을 다투겠는가? 그러나 우리가 고구려와 백제를 평정할 수 있다면, 나라의 외우外憂도 사라지게 될 것이니, 그때는 가히 부귀를 누릴 수 있을 것이다. 이것을 잊으면 아니 될 것이다!"

유신의 화랑도는 이때 이미 〈삼한일통三韓一統〉의 대업大業을 이야기하고 있었고, 이는 부제인 춘추의 가슴속에도 깊이 각인되었을 것이다.

616년, 김춘추는 유신의 밑에서 4년간의 부제 생활을 마치고, 마침내 유신의 뒤를 이어 16대 풍월주에 오를 수 있는 기회를 맞이하게 되었다. 그 세월이 결코 짧지 않았음에도, 춘추가 보종공에게 풍월주의 지위를 양보했다. 당초 보종공도 유신에게 풍월주 자리를 양보한 것이다 보니 대원신통 계파의 화랑도 사이에 불만이 고조되었고, 이에 유신이 보종공에게 16대 풍월주 자리를 넘긴 것이었다. 게다가 춘추는 14살로 여전히 어린 나이에 머물러 있었던 것이다.

그 후 5년의 세월이 더 흘러 621년경이 되자 보종공이 자리에서 물러났는데, 그의 뒤를 이은 화랑은 이번에도 춘추가 아니었다. 새로이 17대 풍월주에 오른 인물은 지도태후의 아들로 용수와 이부異父형제인 춘추의 숙부 염장공이었다. 그 후 춘추는 처음 부제에서 물러난 지 11년이 지난 626년이 되어서야, 염장공의 뒤를 이어 마침내 18대 풍월주에 오르게 되었다. 오랜 인내의 시간을 갖고 때가 오기를 기다렸던 것이다. 당시 염장공의 부제는 유신의 아우인 김흠순이었으나, 이번에는 유신의 명으로 흠순이 춘추에게 양보한 것이 틀림없었다.

화랑도 자체는 다양한 가문과 계파가 어우러진 조직이라, 당연히 자리 등을 놓고 서로 간에 갈등과 충돌이 있었을 것이다. 그러나 당시의 지도부는 상대를 존중하고 자신의 순서를 기다리며 인내하는 방법을 통해, 갈등을 조정해 나갈 줄 알았다. 그렇게 합리적인 방식으로 역대 풍월주를 배출하면서 전체 낭도의 단결을 강화해 나갔으니, 그것이 바로 빛나는 화랑도의 정신이었을 것이다.

그 와중에 풍월주에서 물러났던 유신은 그사이 열국을 순행하면서 뜻과 기개가 있는 사람을 모으고 다녔다. 그 시기에 김춘추는 보종공의 딸이자 미실의 외손녀인 보라궁주와 혼인을 했다. 아름다운 미모를 지닌 궁주와 춘추는 잘 어울렸고, 둘 사이에 고타소라는 딸이 생기자 춘추가 몹시 사랑했다고 한다. 이처럼 춘추가 풍월주로 있던 비슷한 시기에 춘추는 또 하나의 여인을 아내로 맞이하게 되었는데, 바로 유신의 여동생이었다. 당시 유신에게는 보희와 문희 두 여동생이 있었다.

어느 날 보희가 꿈속에서 서악에 올랐는데, 경성에 큰물이 가득한 것을 보고 놀라서 깼다. 보희가 불길한 마음에 동생인 문희에게 꿈 이야기를 했는데, 놀랍게도 이때 문희가 그 꿈을 자신에게 팔라며 비단 치마와 바꾸었다. 꿈에 홍수를 보거나 물 꿈을 꾸는 것은 길몽이라는 속설을 문희가 믿은 것이었다. 그 후 열흘쯤 지나자 마침 정월 초엽이라 유신이 춘추와 더불어 집 앞에서 축국놀이를 했다. 축국蹴鞠은 꿩의 깃털을 꽂은 공을 차서 땅에 떨어뜨리지 않게 하는 놀이로, 오늘날 제기차기의 원형으로 보였다.

그런데 한창 축국을 하던 도중에 유신이 일부러 춘추의 옷섶을 밟아 옷고름이 뜯어지게 하고는 능청맞게 딴소리를 했다.

"어허, 이를 어쩌나……. 춘추공, 아무래도 잠시 우리 집에 들어가서 옷고름을 꿰매야겠소."

유신이 큰 소리로 보희를 불렀으나, 마침 고뿔에 걸렸기에 동생인 문희가 나서서 바느질을 했다. 결국 이때의 짧은 만남을 계기로 춘추와 문희 두 사람의 눈이 맞게 되었고, 1년쯤 지나자 문희가 덜컥 춘추의 아이를 갖게 되었다. 이 모든 것은 유신이 춘추와 혈연이 되기 위해 의도적으로 꾸민 일이었던 것이다. 그러나 당시 춘추에게는 사랑하는 아내 보라궁주와 딸이 있었다. 춘추가 감히 문희와의 관계를 밝히지 못하고 비밀로 하는 사이, 유신의 집에서는 문희의 배가 불러 오자 난리가 났다.

어느 날 유신이 집 마당에 장작을 잔뜩 쌓게 하고는, 누이인 문희를 잡아 대령시킨 다음 동네가 떠나갈 듯 소리를 지르며 길길이 뛰었다.

"대체 어느 놈이냐? 아이의 아비가 누군지 빨리 대라! 그렇지 않으면 가문에 먹칠을 한 널 불에 태워 죽여 버리고 말겠다! 누구냐?"

마침 그 시간에 춘추가 이모인 덕만공주를 따라 남산에 올라 시간을 보내고 있었는데, 경성의 시가지 한복판에서 시커먼 연기가 솟아오르는 것이었다. 공주가 괴히 여겨 그 연유를 묻자 좌우에서 유신의 집에서 일어난 일이라고 고했고, 그러자 춘추의 얼굴색이 하얗게 변해 버렸다.

"네가 저지른 일인데 어찌 이를 내버려 두는 게냐?"

공주의 채근에 춘추가 헐레벌떡 유신에게 달려가 문희를 구해 냈는데, 필시 유신은 그날 덕만공주의 행적을 알고 있었을 것이다. 비록 문희가 춘추의 정실부인이 된 것은 아니었지만, 결국 두 사람이 왕실사당인 포사鮑祠(포석사)에서 당당하게 길례吉禮를 가졌다. 이렇게 해서 유신과 춘추는 처남 매부지간이 되었고, 더없이 가까운 혈연이 되었던 것이다. 유신이 바로 이런 인물이었다. 그는 목표를 일단 정하면 그것을 달성하기 위해 무섭도록 집중하고, 어떤 술수든 방법을 찾아내 구사할 줄 아는 전략가이자 냉혹한 승부사의 기질을 지니고 있었던 것이다.

다시 세월이 흘러 629년이 되자 춘추는 3년 만에 18대 풍월주에서 물러나, 원래 자신에게 자리를 양보했던 유신의 동생 흠순에게 그 자리를 물려주었다. 풍월주에서 물러나면 상선上仙이 되었고 일반화랑은 상화上花(상랑)가 되었기에, 춘추도 비로소 역대 풍월주를 지낸 상선의 집단에 들어서게 되었던 것이다. 그런데 진평 51년 되던 바로 그해에 신라가 북쪽 고구려의 낭비성을 침공하는 사건이 발발했다.

파진찬 용춘은 물론, 서현 부자가 모두 참전했고, 유신이 이때 용감무쌍하게 전투에 앞장서 전황을 역전시키면서, 일약 〈낭비성전투〉의 영웅으로 크게 부각되었다. 이제 김유신의 가문은 〈관산성전투〉의 영웅인 그의 조부 무력에서부터, 부친인 서현, 그리고 유신과 흠순 형제에 이르기까지 3대에 걸쳐 신라 귀족사회에서 자타가 인정하는 제일의 무가武家 집안으로 성장해 있었다.

이후 진평 53년 되던 631년 5월, 이찬 칠숙과 아찬 석품이 반란을 일으켰다. 65세의 노왕 진평대왕이 이제 50에 가까운 여성인 덕만공주를 여전히 후계자에서 철회하지 않는 데 대해 반발하는 자가 많았던 것이다. 그런데 이때 덕만공주의 숙부 격인 염장공이 신속하게 공주의 편에 서서 〈칠숙의 난〉을 진압하는 데 가장 큰 공을 세웠다. 17대 풍월주를 지냈던 그는 626년 춘추에게 자리를 넘겨준 인물로 춘추의 부친인 용수와도 이부異父형제였다. 이로 미루어 염장공은 물론, 춘추와 유신 등 그와 연관된 화랑의 집단 자체가 덕만공주를 강력하게 지지하던 세력임이 틀림없었다.

그리고 그 뒤에서는 비단 이들뿐만이 아니라 역대 여러 풍월주들이 함께 뜻을 같이했던 것으로 보였다. 춘추가 풍월주로 있던 시기에,

유신이 중심이 되어 〈칠성우七星友〉란 사적 모임을 결성했다. 알천공과 임종공, 술종공, 호림공, 보종공, 염장공과 유신공이 그들이었다. 이들은 주로 8대 풍월주인 문노를 수장으로 하던 호국선仙 계통으로, 국력을 강하게 하여 장차 고구려와 백제를 평정하고 〈삼한일통〉을 이룩해야 한다고 주장하던 세력이었다. 아울러 이를 위해 궁극적으로는 춘추를 대왕의 자리에 올려야 한다는 데 생각의 일치를 본 사람들이었다.

풍월주에서 나온 춘추 또한 상선이 되어 이들과 가까이 어울렸음은 당연한 일이었다. 그러나 사실상 춘추가 이들의 추대 대상이었기에, 춘추 자신은 칠성우의 구성원에서는 빠져 있었다. 비록 〈칠숙의 난〉을 평정하는 데 이들 칠성우 전원이 개입한 것은 아니었지만, 염장공을 주축으로 하는 화랑도의 무리들이 적극 나섰을 때, 칠성우 회원들은 뒤에서 여러 형태로 이들 화랑 무리를 후원한 것이 틀림없었다.

이듬해 632년 진평대왕이 붕하자 신라 조정에서는 결국 덕만공주를 여왕으로 세우고 성조황고聖祖皇姑, 즉 성스러운 조상의 피를 이어받은 황녀라는 뜻의 존귀한 호를 바쳤으니, 그녀가 바로 선덕善德여왕이었다. 여왕이라고는 해도 이미 50 전후의 원숙한 나이라 나라를 다스리는 데 무리가 없을 것으로 기대되었고, 무엇보다 부친인 진평대왕이 20년에 걸쳐 꾸준하게 정지작업을 해 온 덕분에 왕위에 오를 수 있었다. 이처럼 공식적인 여왕의 등장은 신라는 물론, 그때까지 韓민족의 역사에서도 처음 있던 일로 매우 파격적인 변화였고, 놀라운 정치적 실험이기도 했다.

왕위에 오른 선덕여왕은 이후 신궁에 제를 올려 즉위 사실을 고하고, 죄수들을 사면하는 한편 전국의 州郡에 1년 동안의 조세를 면해 주는 등 민심 수습에 나섰다. 또 당나라에 사신을 보내 여왕의 즉위를 알리는 등 대당對唐 외교에 있어서도 부왕인 진평대왕의 화친정책을 그대로 이어 갔다. 그러나 이듬해인 633년이 되자, 백제가 여왕의 즉위를 틈타 신라 서변의 서곡성을 침공해 왔다. 이때 성주가 13일을 버텼으나, 적기에 조정에서의 지원이 없다 보니 끝내 성을 내주고 말았다. 즉위 후 백제와의 첫 패배였기에 여왕이 꽤나 곤혹스러웠을 것이다.

선덕 3년인 634년 정월이 되자 여왕이 침체된 국정 분위기를 쇄신하려는 조치를 취했다.

"나라의 호를 새로이 인평仁平으로 고치고자 한다!"

당시 신라는 중원의 황제나 다름없이 독자적인 연호를 사용해 왔는데, 어질게 나라를 다스리겠다는 여왕의 의지가 담긴 것이었다. 여왕은 또 불교의 공역에도 힘을 쏟아 그해 왕경에 분황사芬皇寺가 준공된 데 이어, 이듬해 635년에는 영묘사靈廟寺를 완성했다. 마침 당태종이 선덕여왕에게 〈주국柱國낙랑군공신라왕〉이라는 봉작을 보내옴으로써, 부왕의 지위를 그대로 잇게 해 주었다.

그러던 636년에는 백제의 장군 우소于召가 5백여 갑사甲士를 거느린 채 서곡성 동쪽의 옥문곡玉門谷 근처에서 잠복해 있었는데, 선덕여왕이 장군 알천閼川을 보내 이들을 일망타진케 했다. 이듬해 알천을 대장군으로 삼았는데, 638년이 되자 이번에는 고구려가 임진강을 건너와 신라 북변의 칠중성을 공격해 왔다. 이때도 대장군 알천이 출정해 일전을 벌인 끝에 고구려군을 격파하는 데 성공했다. 그러나 백제에 연이은 고구려의 침공이 예사롭지 않은 것이어서, 반도 전역에 더욱더 짙은 전운이 감도는 분위기였다.

그 와중에 642년이 되자, 백제에서는 무왕이 죽어 그의 아들 의자

義慈가 임금의 자리에 올랐다. 의자왕은 이미 10년 전에 정변을 일으켜 부친인 무왕을 퇴출시키고, 스스로 태자의 자리에 올라 사실상 왕이나 다름없는 권력을 행사해 오고 있었다. 다만 이때에 이르러 부친이 죽음에 이르자 비로소 정식으로 왕위에 오른 것이었다. 그런 의자왕이 즉위 첫해이던 그해 7월부터, 군사를 크게 일으키고 친히 출정에 나서면서 신라 서변에 대규모 공세를 펼쳤다.

사실 죽은 진평대왕은 의자왕의 모친인 선화공주의 부왕으로 의자왕의 외조부이기도 했다. 10년 전 의자가 정변을 일으키고 권력을 장악했던 632년, 공교롭게도 진평대왕이 죽었고, 신라에서는 의자왕의 고모뻘인 덕만공주가 여왕에 즉위했다. 의자는 마치 진평대왕의 죽음을 기다리기라도 한 듯이 여왕이 즉위한 이듬해 633년부터 신라 공격에 나섰다.

"신라에 여왕이 들어섰다니, 어디 한번 그 방어력이라도 알아봐야 되지 않겠느냐? 곧 서곡성으로 출정하려 하니 제장들은 준비를 서둘러라!"

이때 백제가 갑작스러운 기습으로 끝내 서곡성을 빼앗았는데, 그 후 636년에도 우소가 이끄는 5백의 결사대를 서곡의 동쪽 인근 옥문곡에 잠입시키기도 했던 것이다.

이런 일련의 사건을 거쳤음에도 의자왕에 의해 6년 만에 이루어진 백제의 대대적인 공세에, 신라는 순식간에 미후獼猴 등 40여 성을 내주고 말았다. 진흥대왕 때 신라가 한강 유역을 빼앗는 영광을 누렸지만, 이후 백제를 대신해 새로 장악한 그 땅을 고구려로부터 지켜야 하니, 위아래로 전선이 확장되면서 군사력이 분산된 원인도 있었을 것이다. 그러나 결과적으로 선덕여왕 즉위 이래 그때까지 필요한 국방력 강화를 소홀히 한 탓에, 여왕 재위 10년 만에 신라가 최대의 위기에 봉착하고 만 것이었다.

그런데 의자왕의 신라 공세가 이것으로 끝난 것이 아니었다. 1달 뒤인 8월에도, 백제 장수 윤충允忠이 1만의 군사를 이끌고 와서 신라의 대야성大耶城(경남합천)을 공격해 왔다. 대야성은 〈대가야〉 시절 가장 큰 고을이라서 붙여진 이름으로 그 성읍만 40여 개나 되고, 신라 도성까지 최단거리 상에 있는 군사요충지였다. 김춘추가 그의 딸 소낭炤娘을 아껴 대야州의 속현인 고타古陀를 식읍으로 내주었기에 고타소낭古陀炤娘이라 불렸는데, 조정에서 그녀의 남편인 이찬 김품석金品釋을 대야주의 도독으로 삼아 40여 성을 관할하게 했다.

그런데 품석은 음란하고 포악해 자신의 군사와 백성들을 아끼지 않았고, 재물과 여색을 밝혔다. 백제의 침공이 있기 전, 품석이 수하의 막료로 있던 사지舍知(13등급의 하위 관리) 검일黔日의 아내가 미색이 있음을 보고, 그녀를 빼앗아 비첩으로 삼았다. 검일이 이 일로 품석에 대해 앙심을 품고 있었는데, 대야성이 침공을 받게 되자 백제군과 몰래 내통하고는 성안의 창고에 불을 지르고 말았다.

"불이다, 불이야! 창고에 불이 붙었다! 얼른 불을 꺼라!"

가뜩이나 성 밖에서 윤충의 백제군이 화살을 날리고 공격을 가해 오는 중에 곡식 창고 등에 불이 붙으니, 사람들이 불을 끄느라 우왕좌왕하면서 성을 사수하는 일이 더욱 곤란한 지경이 되고 말았다. 그때 품석의 수하인 아찬 서천西川이 성 위로 올라가 윤충에게 소리 질러 말했다.

"장군이 우리를 죽이지 않는다면, 성을 들어 항복할 것을 청한다."

그러자 윤충이 반색하며 답했다.

"만약 그리만 해 준다면 공과 우리 모두에게 좋은 일이 될 것이다.

저 태양을 두고 맹세한다!"

이에 서천이 품석과 여러 장사들을 설득해 다 같이 성 밖으로 나가려 했는데, 사지 죽죽竹竹이 앞을 가로막고 이를 말렸다.

"다들 알다시피 백제는 뒤집기를 잘하는 나라니 믿으시면 안 됩니다. 윤충의 달콤한 말도 단지 우리를 꾀어내려는 것일 뿐입니다. 지금 성문을 열고 나가는 즉시 적의 포로가 될 뿐이니, 쥐처럼 엎드려 구차하게 살기보다는 범처럼 싸우다 죽는 것이 나을 것입니다."

그러나 품석은 죽죽을 밀쳐 내고, 군사들을 시켜 성문을 열고 밖으로 나가게 했다. 그러자 백제군의 복병들이 기다렸다는 듯 우르르 몰려들어 순식간에 품석의 장졸들을 도륙하고 말았다. 소식을 들은 품석은 이미 전의를 상실한 상태라 잠시 고민에 빠졌다. 그러더니 곧바로 자신의 처자식을 데리고 나와 성을 나가 투항하려 했고, 이에 많은 병사들이 그를 따라나섰다. 품석이 가족들을 앞세운 채 나와 투항하겠다며 목숨을 구걸하자, 그 모습을 본 윤충이 품석을 향해 큰소리로 나무랐다.

"그대는 자기 부하들이 다 죽은 마당에 어찌 저 혼자 살겠다고 가족을 데리고 나와 구차하게 항복을 하는 것이냐? 그대가 그러고도 성을 책임지는 도독이라 할 수 있겠느냐?"

그러자 품석이 손을 휘저으며 다급하게 말했다.

"그게 아니오. 내 처는 보통 사람이 아니오……. 신라 왕실 혈통으로 김춘추의 딸이란 말이오!"

그 말을 들은 소낭이 깜짝 놀라 품석을 원망하며 말했다.

"여보, 그 말을 여기서 왜 하는 거요? 당신이 어찌 이럴 수가……"

그 모습을 본 윤충이 측은하다는 듯 혀를 차더니 이내 단호하게 명을 내렸다.

"그래서 그게 어쨌다는 말이냐? 이 마당에 처자식을 팔려 하다니, 에잇, 비겁한 놈 같으니라구. 여봐라! 당장 저 비루한 놈의 목을 쳐 버려라!"

이에 백제군들이 달려들어 허둥대며 팔을 내젓고 저항하는 품석의 목을 날려 버렸다. 이어서 품석의 가족들은 물론, 그를 따라 나온 병사들마저 모두 살해해 버렸다. 또 다른 소문에는 이때 김품석이 먼저 처자식을 찾아 죽이고, 스스로 자기 목을 찔러 자결을 택했다고도 했다. 아무튼 이때 죽은 품석의 처가 바로 김춘추가 보라궁주와의 사이에서 얻은 딸 고타소낭이었다.

성 위에서 이 모습을 목도한 사지 죽죽이 남은 군사들을 수습해 서둘러 성문을 닫아걸고 분투했다. 그러나 이내 전세가 불리해졌고, 그러자 동료인 용석龍石이 일단 항복한 다음 후일을 도모하자고 했다. 이때 죽죽이 결연하게 말했다.

"우리 아버지가 내게 죽죽이라는 이름을 붙여 준 것은 세한歲寒에도 송백松柏처럼 퇴색하지 말고, 꺾어도 굴하지 말라는 뜻이었다. 어찌 죽는 것을 두려워해 항복하겠는가?"

이에 다 함께 힘껏 싸웠으나 끝내 성이 함락되었고, 죽죽과 용석 모두가 장렬하게 전사하고 말았다. 후일 이 두 용사와 함께 수많은 병사들이 대야성을 지키다 전사했다는 소식이 여왕에게 전해졌다. 여왕은 아무 말도 하지 못한 채 한동안 눈물만을 흘릴 뿐이었다. 여왕이 죽죽과 용석의 관직을 올려 주고, 유가족들에게는 보상과 함께 왕도王都에 와 살도록 배려해 주었다.

군사요충지 대야성을 함락하는 데 성공한 백제의 장군 윤충은 이때 성안에 있던 남녀 1천여 명을 사로잡아 백제 서쪽의 주현州縣에 나누어 살게 하고, 군사를 남겨 성을 지키게 했다. 승전보를 접한 의자왕이 크게 기뻐하면서 윤충의 공로를 높이 사 표창했고, 20필의 말과 곡식 1천 섬을 하사했다.

그런데 이때 윤충이 도독인 김품석과 그의 아내 고타소낭의 머리를 가져가 의자왕에게 바쳤다. 소낭이 김춘추의 딸이라는 말에 잠시 의미심장한 표정을 짓던 의자왕이 주위에 명을 내렸다.

"그자들의 머리를 사비성 안의 감옥 바닥에 묻어 버리도록 해라!"

일설에는 554년 〈관산성 전투〉에서 참수된 성왕의 머리를 신라 도성으로 가져가 관청 계단 아래 묻었다고도 했는데, 의자왕이 이때 사비성으로 돌아오지 못한 증조부의 죽음에 대해 앙갚음을 한 것으로 보였다. 이처럼 잔인한 보복이 반복되면서 백제와 신라 두 나라 왕실의 원한이 뼛속까지 사무칠 정도로 더욱 커져만 가고 있었다.

사실 인간의 역사에서 벌어진 수많은 전쟁 중에는 상상도 할 수 없을 정도의 가혹한 일들이 비일비재했다. 대부분은 주로 보복을 위한 것이었지만, 종종 상대를 제거 또는 압도함으로써 아군의 사기를 끌어 올리거나, 혹은 극도의 공포심을 안기려 할 때 이런 엽기적 일탈이 벌어지곤 했다. 그러나 어떤 잔학행위든 상대에게 대를 이어 원한을 사는 일이라, 끝내는 가해자도 반드시 그 대가를 치르기 마련이었다. 전쟁에서 필요 이상의 잔학행위는 최악의 전술 중 하나임을 역사가 수도 없이 입증해 왔기 때문이다.

얼마 후 신라 경도에서는 뒤늦게 춘추가 딸인 소낭의 안타까운 사망 소식을 전해 듣게 되었다. 그날 김춘추는 실성한 사람처럼 하루 종일 기둥에 기대서서 눈도 깜빡이지 않은 채, 사람이나 물건이 자기 앞을 지나도 알아보지 못할 지경이었다고 했다. 사실 소낭의 생모인 보라궁주는 춘추가 문희를 첩으로 맞이한 이후, 얼마 뒤에 아이를 낳다가 일찍 사망했다. 그런 이유로 춘추는 어미 없이 자란 딸 소낭에 대해 각별한 애정을 쏟았고, 그런 딸의 비참한 죽음에 망연자실했던 것이다.

그날 김춘추는 목이 베인 채 시신도 돌아오지 못한 딸의 최후에 대해, 처절하게 복수하겠노라고 스스로 맹세했을 것이다. 더구나 〈대야성 전투〉에서는 죽죽과 용석 등 수많은 신라의 용사들이 장렬하게 전사했으니, 나라의 지도자로서도 춘추의 복수심은 더없이 끓어올랐을 것이다. 얼마 후 춘추가 주변에 말했다고 한다.

"내가 대장부가 되어 어찌 백제를 삼키지 못할쏘냐……"

그럼에도 불구하고 대야성의 패배는 이후 신라를 더욱 궁지로 몰아넣었고, 백제는 확실한 군사적 우위를 점하게 되었다. 그해 겨울이 되자, 고심을 거듭하던 김춘추가 결연한 각오로 선덕여왕을 찾아 청했다.

"신臣이 사신이 되어 구려로 들어가고자 합니다. 지금 구려에 정변이 일어나 연개소문이 태왕 건무를 시해하고 권력을 장악했다고 합니다. 새롭게 정권이 바뀐 지금이야말로 구려와 백제의 관계를 떼어 놓을 절호의 기회입니다. 그러니 신이 직접 가서 구려의 군신들을 설득해 군사를 청하고, 우리와 함께 연합해 백제를 멸할 것을 제안해 보려 합니다."

"지금 구려로 들어가겠다고 했느냐? 절대로 아니 될 말이다. 복수도 좋지만 너는 장차 나라를 책임져야 하는데, 어찌 자기 신분을 망각한 채 스스로 적국의 한복판으로 뛰어들겠다는 것이냐?"

선덕여왕은 일언지하에 거절했다. 그러자 춘추가 차분하게 여왕을 설득했다.

"폐하, 지금 우리만의 힘으로 백제를 상대하기도 버겁습니다. 하물며 백제와 구려가 한통속인 한 백제를 공격하는 것조차 사실상 불가합니다. 따라서 설령 청병에 실패한다 하더라도 이참에 백제와 구려의 관계를 이간시킬 수 있다면, 우리가 백제를 치는 것이 가능해집니다. 지금은 군사력만큼이나 외교적 해결도 중요하니, 신이 반드시 구려로 가서 모든 정황을 파악하고 해법을 찾아보도록 하겠습니다. 통촉하소서!"

결국 선덕여왕이 춘추의 고집을 꺾지 못하고 마지못해 허락해 주었으나, 워낙 위험한 일이라 조카인 춘추를 눈물로 전송해야 했다. 사실상 여왕이 자식처럼 여기며 가장 의지하는 이가 춘추였기에, 여왕은 절망에 가까운 기분이었을 것이다.

춘추는 고구려로 출발하기에 앞서 김유신을 만나 비장한 어조로 말했다.

"나는 공과 한 몸이요, 나라를 위한 팔다리입니다. 내가 구려로 가서 해를 당할 수도 있는데 그리되면 공은 무심하시겠습니까?"

그러자 유신이 단호하게 답했다.

"만일 공이 돌아오지 못한다면 내 말발굽으로 반드시 구려와 백제 두 나라의 마당을 짓밟겠소이다. 그리할 수 없다면 내 어찌 국인國人(귀족)들을 대할 수 있겠소이까?"

춘추는 유신의 말에 목이 멜 지경이었다. 두 사람은 즉석에서 손을 깨물어 피를 나누어 마시고, 살아생전에 기필코 두 나라에 대해 복수할 것을 맹약했다. 춘추는 자신이 돌아올 수 있는 기일을 60일 정도로 잡고 있다면서, 그 기일이 지나면 서로 볼 수 없을 것이라고 말한 뒤 유신과 굳은 포옹을 나누고 헤어졌다.

7. 연개소문과 여당전쟁

백제 의자왕이 대야성을 함락시킨 지 두 달이 지난 642년 10월경, 고구려에서는 연개소문이 정변을 일으켜 영류제를 시해하고, 그의 조카인 보장제를 태왕으로 내세웠다. 대막리지에 오른 연개소문은 대가 大加들의 세습 권한을 폐지한 다음 자신의 수하들로 대체했고, 오랜 전통을 이어 온 4부 대가들의 평의제 또한 없애 버렸다. 이로써 그는 뿌리 깊은 지방의 권한을 약화시키고, 중앙 조정으로 권력을 집중시키는 새로운 정치개혁을 시도하려 했다. 황제 중심의 강력한 중앙집권을 통해 일사불란하게 움직이는 唐을 상대로 전쟁을 수행하려면, 고구려 역시도 유사한 체제 변화가 절실하다고 판단한 것이었다.

따지고 보면, 아시아의 상고사 자체가 중원의 화하족과 북방민족 양대 세력의 대결이요, 투쟁사였다. 진시황이 통일제국을 수립한 이래로 중원이 강력한 중앙집권체제를 유지해 온 반면, 韓민족을 비롯한 북방민족은 전통적인 지역분권을 오래도록 고수해 온 만큼, 이는 중앙집권주의와 분권주의의 대결이기도 했던 것이다. 연개소문의 이런 현실적 판단과 확고한 믿음이 그로 하여금 정변을 일으키게 한 것으로 보였다. 고구려는 이미 한 세대 동안이나 이어진 〈여수전쟁〉을 통해, 나라의 인구가 줄고 자원이 고갈된 비상한 시국에 처해 있었다. 그런 마당에 小王의 권한을 행사하는 지방 욕살들은 항상 전쟁에 소극적이기 마련이었고, 그들의 목소리가 잦아들기 전에는 도저히 唐을 상대할 수 없다고 판단했던 것이다.

이제 대막리지는 관리의 인사권과 병권, 국고의 출납과 전쟁 및 강화 등 나라의 모든 중요대사를 결정하는 절대 독재체제를 구축했다.

태왕은 나라의 상징이자 형식적 대표로서, 그저 옥새나 찍어 주는 신세로 전락해 버리고 말았던 것이다. 7백 년 유구한 고구려 역사에서 그 어느 태왕이나 장상將相들도 이루지 못한 커다란 변화였다.

　그 무렵 신라의 김춘추가 청병請兵을 위해 고구려로 떠난 것은 연개소문이 정변을 성공시키고, 보장제를 내세운 뒤 권력을 장악한 직후였다. 춘추가 이때 사찬 훈신訓信을 대동하고 대매현代買縣에 이르렀는데, 고을의 사찬 두사지豆斯支가 청포靑布 3백 보步를 바쳤다. 당시 신라인은 고구려의 적이라 그 강역에 허가 없이 발을 들일 수가 없었다. 그런데 춘추 일행이 고구려 땅으로 들어서자 대막리지(태대대로)가 직접 나와 이들을 맞이해 주었다. 춘추가 미리 고구려에 사람을 보내 사신으로서의 방문을 타진한 것이 틀림없었다.

　"어서 오시오, 춘추공. 고구려의 대막리지 연개소문이라 하오!"

　"예, 신라국 사신 김춘추입니다. 먼 길을 손수 나와 주셔서 감사할 따름입니다."

　이렇게 하여 당대 최고의 권력자인 두 사람의 운명적인 만남이 시작되었다. 개소문은 춘추에게 객관을 정해 주고 환영의 잔치까지 베풀며 우대해 주는 모습을 보였다. 자비마립간 이래로 신라의 고위직 인사가 고구려 조정을 방문하기는 실로 2백 년 만의 일이었을 것이다. 그 와중에 누군가가 태왕에게 춘추에 대해 아뢰었다.

　"신라 사자는 보통 사람이 아니랍니다. 지금 여기까지 온 것도 우리의 형세를 살피려는 것이니 태왕께서는 후환이 없도록 행하시옵소서."

　이는 필시 개소문의 전언이었을 것이다. 보장제도 당시 춘추에 대해 그 명성을 익히 들었기에 병사들의 호위를 더욱 엄중히 강화하고 춘추를 만난 것이었다. 마침내 김춘추가 태왕을 만나 말했다.

"지금 백제가 긴 뱀과 큰 돼지처럼 무도하게도 아국의 강토를 침범하고 있습니다. 아국의 임금이 대국의 군대를 얻어 그 치욕을 씻고자 해서 신하인 저를 보내 태왕께 뜻을 전하라 하셨습니다."

그 말은 들은 보장제가 춘추를 떠볼 요량으로 대답하기 곤란한 질문을 던졌다.

"마목현麻木縣(조령)과 죽령竹嶺은 원래 우리 땅이오. 그러니 우리에게 그 땅을 돌려주지 않는다면 그대가 돌아갈 수 없을 것이오."

그러자 춘추가 난감한 표정으로 답했다.

"나라의 땅은 신하가 마음대로 할 수 없는 것이지요. 황송하오나 신은 감히 그 말씀을 따를 수가 없습니다."

보장제가 노하여 춘추를 죽이겠노라며 우선 옥에 가두게 했는데, 그렇다고 당장 형을 집행하지도 못했다. 옥에 갇힌 춘추가 은밀하게 태왕의 총신 선도해先道解에게 사람을 보내 청포 3백 보를 전해 주었다. 그러던 어느 날, 선도해가 옥 안으로 음식을 가져와서 춘추를 위로하고 함께 술을 마셨다. 그때 선도해가 술에 취한 듯 농담처럼 말했다.

"공께서도 거북이와 토끼 이야기를 알고 계시지 않겠소이까?"

"……."

그 내용인즉 동해 바다 용왕의 딸이 심장병에 걸렸는데 토끼간이 효험이 있다 하여, 거북이 뭍에 나와 바닷속이 천국이라고 토끼를 꼬드겼다. 이에 함께 바다로 데려가던 도중에 거북이 불쌍한 마음에 네 간이 약이 된다 하여 데려가는 중이라고 실토했고, 그러자 토끼는 속이 답답해 간을 씻어 바위에 두었으니 돌아가 가져오겠다고 거북을 되레 속이고, 그 길로 살아나왔다는 얘기였다.

춘추가 그제서야 선도해의 말뜻을 알아차렸는데, 필시 그는 연개소문의 독단에 대해 크게 불만을 가진 사람이었을 것이다. 선도해가 돌아가자 춘추는 태왕에게 즉시 글을 올렸다.

"생각해 보니 두 영嶺은 원래 대국의 땅이 맞습니다. 신이 귀국한다면 우리 임금에게 청하여 돌려드리도록 하겠습니다. 태양을 걸고 맹세합니다."

그즈음 신라에서는 춘추가 2달이 다 지나도록 소식이 없자, 김유신이 용사 3천 명을 뽑아 출병 준비를 해 놓고 여왕에게 출정을 허락해 달라 청했다. 선덕여왕이 이에 김유신에게 명을 내렸다.

"유신을 대장군에 임명하노라. 이제부터 장군은 결사대 1만을 거느리고 북으로 진격해 구려 원정에 나서도록 하라!"

마침 신라 경도에서 승려로 활약하던 고구려 첩자 덕창德昌이 이 첩보를 신속하게 태왕에게 전했다. 얼마 후 과연 김유신의 군대가 한강을 건너 고구려의 남쪽 변경까지 당도했다는 속보가 들어왔다. 고구려 조정에서도 서쪽에서 唐나라의 위협이 심상치 않은 상황에서, 반도에서 맹장 김유신이 이끄는 신라군과 전쟁을 할 수는 없는 일이라고 판단했다. 보장제는 춘추가 올린 맹약을 믿어 보기로 하고 일단 그를 풀어 주게 했다.

결국 이런 온갖 우여곡절 끝에 김춘추가 겨우 신라로 귀국할 수 있었다. 이후로 선덕여왕은 압량주押梁州(압독, 경북경산)를 새로이 설치해 김유신을 군주軍主로 삼고, 백제를 경계하게 했다. 압량은 이후 고구려와 백제로부터 도성을 지키는 수비의 관문이 되었고, 중요한 군사요충지로 발전하게 되었다.

춘추가 그렇게 고구려에서 자칫 큰일을 당할 수도 있는 고초를 겪고도 아무런 소득 없이 돌아오게 되었으나, 꼭 그런 것만도 아니었다.

조정의 많은 군신들은 목숨을 걸고 고구려까지 다녀온 춘추의 결기와 강한 의지, 위기 해결에 앞장서는 지도자로서의 자질을 높이 사게 되었다. 게다가 고구려에 대한 〈당〉의 압박이 가중되는 가운데 연개소문이 정변을 일으키고 난 직후라, 춘추의 행적은 그를 따르던 칠성우七星友를 비롯해 경도(경주)의 귀족들 사회에 엄청난 관심과 화제를 불러일으키기에 충분했다.

"이번에 춘추공이 구려 평양에 가서 정변을 일으킨 연개소문과 구려왕을 직접 만나 보았다는데, 그 얘기를 들은 적 있소?"

"그렇소이다. 춘추공은 참으로 대단한 용기를 지닌 분이오!"

춘추가 요동의 평양에서 실권자인 연개소문과 보장제를 직접 면담했던 만큼 많은 귀족들이 이를 궁금하게 여겼던 것이다. 실제로 춘추는 이번 평양행을 통해 중앙집권이라는 혁신적 정치실험으로 격변에 휘말려 있던 고구려 사회를 가장 먼저 들여다보고 온 셈이었다. 아울러 고구려가 백제와 강고한 관계에 있음을 확인한 것이야말로 가장 결정적인 성과였을 것이다. 상대의 뜻을 정확히 파악하는 것이야말로 다음의 올바른 전략을 세우는 데 필수적인 일이고, 지피지기知彼知己의 기본이기 때문이었다.

그뿐이 아니었다. 춘추가 평양행을 감행하는 과정에서 그의 정치적 동반자인 김유신과의 맹약으로 둘의 관계는 더욱 뗄 수 없는 평생 동지의 관계로 발전했고, 〈삼한일통三韓一統〉의 대업을 일생을 건 목표로 여기게 되었다. 게다가 유신이 비로소 大장군에 올라 1만의 군사를 이끌게 되었고, 결국 압독군주의 자리에 오르게 된 것도 커다란 의미가 있었다. 유신이 군부의 핵심 인물로 부상한 데다, 이후 전략 요충지가 된 압독이 그의 군사적 지지기반으로 성장했던 것이다.

그 무렵 춘추와 유신을 뒤에서 적극적으로 후원한 또 다른 인물이 있었는데, 그는 17대 풍월주에서 물러나 그 자리를 춘추에게 넘겨주었던 염장공이었다. 그는 약 10년 전 선덕여왕 즉위 직전 년도에 벌어진 〈칠숙의 난〉 때, 난을 진압하는 데 적극 나섰던 인물이었다. 이후 그 공으로 선덕여왕에게 중용되어 나라의 재정을 관리하는 조부調府의 장관 격인 영숙이 되면서 춘추와 유신의 든든한 정치 자금줄이 돼 주었고, 칠성우의 회원들 또한 개별적으로 염장공의 덕을 보았다.

643년 정월, 三韓의 나라들 모두가 唐나라에 사신을 보내 입조케 했다. 고구려는 비록 연개소문이 실권을 행사하고 있었지만, 전과 다름없이 唐에 대해 외교의 끈을 놓지 않으려고 애썼다. 그럼에도 불구하고 그해 당태종은 개소문이 내란으로 선왕을 시해했다는 구실로, 〈거란〉과 〈말갈〉을 시켜 〈고구려〉를 치려고 했다. 그러자 처남인 장손무기長孫無忌가 이를 말렸다.

"개소문이 우리를 대비하고자 수비를 강화했으니, 그가 태만해지기를 기다리고 명분을 좀 더 쌓은 다음 쳐도 늦지 않을 것입니다."

태종이 이에 따르기로 하고, 우선 보장제에게 전과 같이 〈요동군공 고구려왕〉이라는 관작을 내려 주었다.

그해 여름이 되자 백제 의자왕이 고구려와 모의해 양국이 같이 신라의 당항성党項城(경기남양)을 빼앗으려고 했는데, 당나라로 직접 통하는 바닷길을 끊기 위해서였다. 마침 신라에서도 백제의 공격이 개시되기 석 달 전에 이 첩보를 미리 입수할 수 있었다. 그해 9월경 고심하던 선덕여왕이 급하게 唐에 사신을 보내 이 사실을 알리고 병력지원을 요청했다. 그러나 당태종은 보내 달라는 파병은 아니 한 채, 신라의 임금이 부인이라 주위에서 업신여긴다는 것을 문제 삼았다. 그러니 唐의 군대와 함께 자기 친족을 보내 신라의 임금으로 삼으면 어

떻겠냐는 둥 조롱만을 일삼았고, 오히려 검은 야욕을 드러내기까지
했다.

그해 11월이 되니 과연 백제 의자왕이 군사를 다시 일으켜 신라의
당항성을 공격해 왔다. 그런데 그 와중에 의자왕에게 보고가 들어왔다.

"아뢰오, 신라의 여군주가 당태종에게 사람을 보내 우리가 고구려
와 통모하여 당항성을 공격한다는 사실을 알리고, 지원을 요청했다
합니다."

"흐음, 그렇지 않아도 세민이 우리와 고구려와의 동맹관계를 잔뜩
의심하고 있는 터에 자칫 이를 입증시키는 꼴이 될 수도 있겠다. 아깝
지만 이쯤 해서 군사를 물리는 것이 옳겠다. 즉시 공격을 중단하고 철
군하라는 명을 전하라!"

그리하여 백제군이 당항성 공격을 멈추고 철수하기 시작했다.

이듬해 644년 정월이 되자, 또다시 三韓의 나라들 모두가 唐으로
조공을 보내왔으니, 장안에서 펼쳐지던 3국 사신들 간의 치열한 외교
전이 볼만했을 것이다. 신라의 사신은 이때도 당태종에게 재차 신라
가 백제를 치고자 한다며, 唐이 도와줄 것을 요청했다. 구체적으로는
우선 唐이 군사를 일으켜 신라와 함께 반도의 백제를 협공하는 방법
이 있고, 다음으로는 唐이 직접 고구려를 치면 신라가 백제를 공략하
는 방안이 있었다. 그도 저도 아니라면 최소한 백제와 고구려 양국에
사자를 보내 신라에 대한 공격을 중단하라는 외압을 가해 줄 것을 요
청한 듯했다.

이와 함께 더없이 정성스럽게 마련한 방물方物을 당태종에게 바쳤
다. 그러자 당태종이 마침내 사농승司農丞 상리현장相里玄獎에게 새서
를 주어 고구려로 보내 엄중히 경고하게 했다.

"신라는 우리에 귀의하여 조공을 궐하지 않았으니, 그대의 나라와 백제는 신라와의 전쟁을 즉시 중단하시오. 만일 또다시 신라를 친다면 명년에는 군사를 내 그대의 나라를 칠 것이오."

그러자 연개소문이 현장에게 답했다.

"고구려와 신라의 원한은 이미 오래된 것이오. 전에 수나라가 침입했을 때 신라가 그 틈을 타 고구려 5백 리의 땅을 빼앗고 성읍을 모두 차지했으니, 그 땅과 성을 돌려주지 않는 한 전쟁을 그만둘 수는 없는 일이오."

사실 신라가 고구려로부터 땅을 빼앗은 것은 훨씬 전인 진흥제 때의 일이었고, 그사이 강원 북부와 함경도의 땅을 모두 회수했음에도 개소문이 억지 핑계를 댄 셈이었다. 상리현장이 고구려에 이어 백제까지 들러 의자왕에게도 비슷한 요구를 하니, 연개소문과 달리 의자왕은 글월을 보내 당태종에게 정중히 사과했다. 상리현장이 귀국해 당태종에게 양국의 반응을 보고했는데, 어쨌든 연개소문의 강경한 태도는 당태종을 크게 자극했고 자신에 대한 도전으로 여겼을 법했다.

그해 7월, 인내하고 있던 당태종이 장차 군사를 일으킬 목적으로 홍주洪州, 요주饒州, 강주江州 3개 주에 선박 4백 척을 만들게 하고는, 선박마다 곡식을 실어 놓으라는 명을 내렸다. 그리고는 영주營州도독 장검張儉 등을 보내 실제로 요동遼東을 공격하라는 명을 내린 다음 고구려의 반응을 살피게 했다.

당태종은 이때 영주와 유주의 두 도독이 거느리는 군사 외에 〈거란〉, 〈해奚〉, 〈말갈〉 등 당시 唐에 귀부했던 일부 북방민족의 군사들까지 동원했다. 이로써 〈고구려〉와 〈당〉 양 대국 사이에 마침내 1차 〈여당麗唐전쟁〉이 시작되고 말았다. 그런데 마침 이때 요수(영정하)가 범

람하는 바람에 唐軍은 요수를 건너 보기도 전에 후방으로 철수해야 했다.

이처럼 우려했던 唐의 협박이 실제 침공으로 가시화되자, 고구려의 연개소문은 급히 유화책을 들고나왔다. 사실 연개소문은 정변 이래 고高씨 태왕 일가와 호족들을 제거하고, 연淵씨 일족 및 자신을 따르는 강성 지지자들을 요직에 두루 앉혔다. 그리고는 뿌리 깊은 호족정치와 지방분권을 타파하는 개혁에 착수했으나, 여전히 그에 대한 반발이 큰 데다 개혁의 성과가 지지부진하니 중원의 최강 唐과 전쟁을 불사하기가 여간 부담스러운 것이 아니었다. 상황이 이러하니 연개소문은 백제와의 동맹관계에 의지해 신라를 막게 하는 한편, 서북 멀리 〈설연타〉와 손을 잡고 唐을 견제하려 들었다.

이에 반해 당태종 이세민은 즉위 후 어언 20년째가 되는 데다, 〈돌궐〉을 비롯한 북방민족을 제압한 지도 10년이 다 되어 가니, 정국은 안정되고 사방의 제국들이 그의 나라 唐을 天子의 나라로 떠받들며 머리를 조아렸다. 그런 상황에서 마지막 남은 고구려를 잔뜩 눈여겨보고 있던 터에 스스로 도발을 해 오니, 기왕이면 개소문 정권이 자리를 잡기 전에 요동정벌을 서둘러야겠다고 생각했다.

더구나 이세민이 막상 원정에 나서자 개소문이 꽁지를 내리고 화친을 들먹이는 모습을 보이자 이세민은 더욱 의기양양하게 굴었다. 고구려가 이때 장안長安의 당태종에게 백금白金(은銀)을 보냈으나, 태종이 고구려의 호의를 단호히 거절하는 한편 맹비난을 퍼부었다.

"무도하기 짝이 없는 개소문이 이제 와서 백금을 보내오고 소란을 떠는 걸 보니, 그 이중적 행태가 참으로 역겹구나. 여봐라, 지금 당장 구려 사신 전원을 구금하도록 하라!"

이에 따라 50여 명에 이르는 고구려 사신 일행 전원이 일시적이나

마 장안에서 투옥되는 사태까지 벌어지고 말았다.

　그해 10월이 되자 마침내 당태종이 직접 친정에 나서기로 작심하고 장안의 원로들을 불러 그런 뜻을 밝혔다.
　"요동은 옛날 중국 땅인데 막리지가 그 왕을 시해했다니 짐이 친히 가서 이를 경략하고자 하오."
　"황상, 친정은 아니 되옵니다!"
　군신들이 모두 나서서 황제의 친정을 만류했으나, 당태종은 염려할 것 없다며 오히려 군신들에게 포布와 속粟을 후사하고 안심시키려 들었다. 이어 명을 내려 영주營州(하북대성)로 속粟(빻지 않은 곡물)을 수송케 한 다음, 동쪽의 고대인성古大人城에 식량을 저장해 두라 일렀다. 마침내 당태종이 장안을 출발해 11월에 낙양에 이르렀는데, 이때 수隋양제의 우무후右武侯장군으로 〈여수전쟁〉에 종군했던 정원숙鄭元璹을 불러 견해를 물었다. 그가 소신껏 답했다.
　"요동까지는 길이 멀고 험해 양곡 수송이 어렵고, 동이는 수성守城에 능하니 갑자기 굴복시키기는 어려울 것입니다……"
　"정녕 그리 생각하는가? 허나 지금은 隋의 시절과는 비교도 할 수 없을 정도로 상황이 달라졌다."
　당태종은 정원숙의 의견을 일축해 버리고는, 곧바로 형부刑部상서 장량張亮을 〈평양도행군平壤道行軍대총관〉으로 삼고 강江, 회淮, 영嶺, 협峽의 군사 10만을 내주었다. 이와 함께 전함 5백 척을 내보내 산동의 내주萊州에서 발해를 건너 직접 (창려)평양으로 향하게 했다. 또 이적李勣(이세적)을 〈요동도행군대총관〉에 임명해 보기병 약 20만 명과 난蘭, 하河 2州에서 항복한 호병胡兵들을 거느리고 요동으로 가게 했다. 당태종 자신도 배후에서 20만 명에 이르는 어림군을 거느린 채 2軍의 뒤를 받쳐 주기로 했다.

이렇게 해서 〈여당전쟁〉에 투입된 唐軍의 규모는 隋양제에 비해 절반의 규모였지만, 그래도 대략 50만에 해당하는 大軍을 투입한 것으로 보였다. 당태종은 장량과 이적의 2軍이 결국에는 유주(북경)에서 집결하게 했고, 이와는 별도로 행군총관 등을 미리 보내 안라산安羅山에서 운제雲梯와 충차衝車 등 대형 공성무기를 제작하게 했다. 그러자 인근의 장정들이 찾아와 입대하고, 스스로 공성기계들을 바치는 자들도 많았다. 출정에 앞서 당태종이 다시 조서를 내려 선언했다.

"구려의 개소문이 왕을 시해하고 백성들을 학대하고 있으니, 어찌 보고만 있겠느냐? 이제 유幽, 계薊로 순행하여 요遼(요동)와 갈葛(갈석)에서 그 죄를 물을 것이다."

이어서 제군 및 〈신라〉, 〈백제〉, 〈해〉, 〈거란〉에 명을 내려 각자의 길로 나누어 고구려를 칠 것을 주문했다. 그리고 만일에 대비해 태자 이치李治에게 장안 등 나라의 후방을 단단히 지킬 것을 명했다.

그 무렵 신라 조정에서도 당태종이 고구려 원정을 위해 군사를 일으키고 선박을 건조하는 등 구체적인 절차에 착수했다는 보고를 접했다. 이는 곧 〈당〉이 고구려를 견제할 경우 고구려가 반도에 눈을 돌릴 여력이 없어 신라가 오롯이 백제만을 상대할 수 있게 됨을 의미하는 것이었다. 신하들이 선덕여왕에게 간했다.

"그간의 외교 노력으로 마침내 당태종이 군사를 일으켜 구려 원정에 나서게 되었습니다. 지금이 백제에 기습을 가할 절호의 기회입니다."

그해 9월 신라의 선덕여왕은 압독군주 김유신을 3품 소판蘇判에서 다시금 上장군으로 승진시켰다. 이어서 마침내 유신으로 하여금 군사를 이끌고 출정해 백제를 공격하게 했는데, 이와 같은 신라 측의 선제공격은 실로 오랜만의 일이었다. 유신은 병사들을 독려해 서쪽의 백제성을 향해 질풍같이 내달렸다.

그때 백제 의자왕은 신라와의 전쟁을 중단하라는 당태종의 압력을 기꺼이 받아들이고 사태를 관망하던 중이었다. 의자왕은 이 기간 중에 후사를 위해 왕자 효孝를 태자로 삼았고, 나라에 사면령을 내렸다. 이미 당태종이 고구려 침공을 개시하는 등 대륙이 전쟁의 소용돌이에 휘말리기 시작했음에도 의자왕은 다소 여유로운 모습이었던 것이다. 그러한 때 동쪽 변방에서 청천벽력 같은 보고가 들어와 의자왕이 소스라치게 놀랐다.

"아뢰오, 상장 김유신이 이끄는 신라군이 느닷없이 동쪽 변경의 성들을 기습해와 순식간에 여러 성이 함락되었다고 합니다."

"무어라, 신라군의 기습이라고?"

백제는 전년도에 당항성에서 철군한 이래로 신라에 대한 공세를 중단했던 터라, 신라의 기습을 전혀 예상하지 못한 듯했다. 그래서인지 김유신이 이끄는 신라군은 그동안 백제군에 일방적으로 밀린 데 대해 한풀이라도 하듯이, 파죽지세로 백제의 여러 성을 차례대로 무너뜨렸다. 그 결과 백제의 가혜성加兮城, 성열성省熱城, 동화성東火城 등 모두 7개의 성을 쳐서 승리했고, 물길인 가혜진加兮津을 여는 데도 성공했다. 모처럼 신라군이 거둔 대승이었다.

다시 해가 바뀌어 645년 정월이 되었다. 당시 당태종이 고구려 원정길에 나서서 장안을 비운 상태였음에도 신라는 변함없이 〈당〉에 사신을 보내고 방물을 바쳤다. 그 무렵 김유신이 경도로 개선했는데 미처 여왕을 알현하지도 못한 상태에서 급보가 날아왔다.

"장군, 지금 백제의 대군이 몰려와 매리포성買利浦城을 공격하고 있다고 합니다."

소식을 들은 선덕여왕이 유신을 다시금 상주尙州장군으로 임명하고 는, 곧장 임지로 떠나 방어에 나서게 했다. 유신은 처자의 얼굴도 보 지 못한 채 그길로 전선으로 떠나야 했다. 김유신이 이끄는 신라군이 이때 백제군을 요격해 2천여 명의 목을 베니, 백제군이 물러나고 말았 다. 유신은 그해 3월이 되어서야 겨우 경도로 개선해 여왕을 뵙고 전 과를 보고할 수 있었다. 그런데 그때 또 서부전선으로 백제군이 침공 하려 든다는 속보가 날아들었다. 여왕이 유신에게 단호하게 명을 내 렸다.

"공은 수고를 생각지 말고, 속히 전선으로 돌아가 적군이 이르기 전 에 대비토록 하시오."

유신이 그길로 나와 군사들을 정비하고 병장기를 수선한 다음, 서 부전선을 향해 다시 출발했다. 그때 집 밖을 지나치게 되었는데 집안 사람들 모두가 나와서 유신을 애타게 기다리고 있었다. 유신이 눈길 도 주지 않은 채 집 앞을 지나쳤는데, 50보 정도 가서 멈춰서더니 집안 의 장수漿水를 가져오라 이르고는 잠시 후 그 물을 마신 후 말했다.

"흐음, 됐다. 우리 집 장물 맛이 예전 그대로 맛이 있구나……. 어서 출발하라!"

병사들이 이 모습을 보고 크게 감격해 더욱 결의를 다졌다. 마침내 전선에 도착하자, 백제 장수가 신라군의 포진布陣을 살피더니 감히 다 가오지도 못한 채 물러났다. 김유신의 명성이 이미 그 정도였던 것이 다. 여왕이 이 소식을 듣고 크게 기뻐하며 유신에게 작위와 상을 더해 주었다. 그때 유신의 나이가 어언 51세였다.

그럼에도 불구하고 신라는 그해 백제에게 7개 城을 도로 내주어야 했는데, 그럴 만한 사유가 있었다. 5월이 되어 당태종이 본격적인 고구려 침공을 재개했고, 동시에 신라의 군사를 징발하려 한다는 소문이 파다했다. 이에 의자왕이 자리를 박차고 일어섰다.

"신라가 당나라 이세민을 돕겠다고 출병한다니, 지금이야말로 신라를 공격할 절호의 기회다."

실제로 신라가 이때 군사 3만 명을 내서 唐나라를 지원했다고 했는데, 아쉽게도 그 구체적인 지명과 내용은 전해지지 않았다. 어쨌든 백제의 의자왕은 그 틈을 이용해 재차 신라의 서부 변경에 기습적인 대공세를 펼쳤고, 그 결과 7개 성을 도로 빼앗을 수 있었다. 아마도 신라가 출병을 했으나, 도중에 백제군이 침공했다는 소식에 이내 철군을 한 것으로 보였다. 뒤늦게 김유신이 돌아와 일부 성의 탈환을 시도했으나, 끝내 성공하지는 못했던 것이다.

그런데 그해 3월, 신라 경도에서 커다란 행사가 있었으니, 바로 왕실사찰인 〈황룡사黃龍寺〉의 9층 탑이 완성된 것이었다. 황룡사는 이미 569년경인 진흥대왕 때 17년에 걸쳐 축조된 것이었으나, 2년 전인 643년에 고승高僧 자장慈藏의 건의를 받아들여 추가로 불탑을 조성하기 시작했다. 자장은 14대 풍월주로 불법에 조예가 깊던 호림공의 아들로 636년에 唐으로 건너가 공부하고 643년 그해에 막 돌아온 것이었다. 그가 귀국하기 직전 남산의 원향선사를 만나 하직 인사를 드리니, 선사가 말했다고 한다.

"내가 관심觀心으로 그대의 나라를 들여다보니, 황룡사에 9층 탑을 세우면 장차 해동의 여러 나라가 모두 그대의 나라에 굴복할 것이다."

자장법사法司가 이에 귀국하는 대로 선덕여왕에게 외적의 침입을 막기 위한 불탑의 조성을 간했고, 여왕은 당시 백제와의 전쟁으로 어수선한 와중에도 이를 허락했던 것이다.

여왕이 이때 용수를 감군으로 삼아 공사 전반을 총괄하게 했고, 대장大匠인 백제의 아비지阿非知를 초빙해 소장小匠 2백여 인과 함께 목탑木塔을 세우게 했다. 아비지는 사찰건축으로 당대 최고의 명성을 날리던 자로 신라에서 비단 등 많은 거금을 들여 그를 초빙했다고 한다. 그렇게 일찍부터 신라로 들어와 634년경에는 9층 모전석탑模塼石塔(무늬벽돌탑)으로 유명한 〈분황사芬皇寺〉를 완성한 공으로, 이미 여왕의 신임이 두터운 인물이었다.

황룡사 9층 탑은 철반鐵盤 이상의 높이가 42자에, 그 아래는 183자로 전체 높이가 무려 80m에 이르는 거대 목조탑이었는데, 당시 경도 어디에서나 볼 수 있었다고 한다. 이 탑의 불력佛力이 외적을 막아 준다는 뜻에서, 9층은 예맥(고구려), 8층은 여적女狄(여진), 7층은 단국丹國(거란), 6층은 말갈(동예), 5층은 응유鷹遊(백제), 4층은 탁라托羅(임나), 3층은 오월吳越, 2층은 중화中華, 그리고 맨 아래 1층은 왜(야마토)를 상징하는 것이었다. 황룡사 9층 탑은 이와 같은 신라인들의 염원을 담은 것으로 경도를 대표하는 상징물landmark이 되었다. 이로써 황룡사는 진흥제 때인 574년에 5m에 달하는 거대불상 〈장륙존상丈六尊像〉을 들였고, 이후 진평제 때인 584년에 〈금당金堂〉을 조성한 데 이어 마지막으로 그해 645년 〈9층 목탑〉이 완성되면서, 〈신라〉를 대표하는 호국사찰의 명성에 걸맞는 면모를 갖추게 되었던 것이다.

한편, 645년 정월, 고구려 원정에 나섰던 〈당〉의 이적이 유주에 이르렀는데, 3월이 되자 마침내 당태종도 정주定州에 도착했다. 태종이 이때 신하들에게 〈요동 원정〉의 의미를 다시 한번 강조했다.

"요동은 원래 중국 땅인데 수隋가 4번이나 군사를 출동시키고도 취하지 못했다. 내가 동정東征에 나선 이유는 중국을 위해 희생당한 자제자弟子들의 원수를 갚고, 구려를 위해서는 (막리지에 당한)군부君父(임금)의 치욕을 씻어 주려는 것이다. 또 사방이 크게 평정되었는데, 오직 구려만이 평정되지 않았기에 내 아직 늙지 않았을 때 사대부의 여력을 빌어 이를 취하고자 하는 것이다."

이것이 당태종 이세민이 〈여당전쟁〉을 일으키면서 구구하게 내세운 명분이었으나, 수양제 시절의 그릇된 역사 인식을 그대로 답습한 것일 뿐, 강대국의 패권주의 그 이상도 이하도 아니었다. 결의에 찬 이세민이 정주를 출발할 때는 손수 궁시弓矢를 차고, 우의雨衣를 말안장 뒤에 매는 모습을 연출하면서 장병들을 독려했다. 얼마 후 5월이 되어 당태종이 2백 리 거대 진창길이 펼쳐지는 요택에 다다랐다.

태종이 장작대장將作大匠을 시켜 나무와 돌들을 구해다 길을 만들게 하고 들어가 보니, 30여 년 전 〈여수전쟁〉 때 죽은 수병隋兵들의 해골이 곳곳에 널려 있었다. 당군이 이때 죽음의 늪으로 알려진 요택을 무사히 빠져나오게 되자 태종이 한바탕 크게 웃으면서 주위에 한 마디를 남겼다.

"누가 개소문이 병법에 능하다고 했던 것이냐? 그가 어째서 요택을 지키지 않은 게냐? 껄껄껄!"

당태종은 당군이 험난하기 그지없는 요택을 경유해 오리라고는 고구려가 미처 생각지 못할 거라고 짐작했다. 다행히 그의 말 그대로 되니, 상대의 허를 찌르는 자신의 과감한 결정에 스스로 흐뭇했던 것이다. 당태종은 그렇게 고구려군의 눈을 피해 가장 빠른 지름길이기도 한 요택을 지나 요수 인근까지 도착할 수 있었다. 이와 달리 이적이 이끄는 군대는 먼저 유성柳城(하북대성)을 출발하면서 크게 형세를 벌리고는 북경의 북쪽을 돌아 회원진懷遠鎮으로 나오는 모양새를 취하는 한편, 뒤로 군사를 빼돌려 따로 용도甬道를 이용해 진격하게 했는데 나중에라도 불시의 기습을 펼치기 위해서였다.

이에 맞서 고구려에서도 唐軍의 대규모 공세에 대응하기 위한 필승의 전략을 짜는 데 몰두했다. 연개소문은 천리장성千里長城을 따라 남북으로 늘어서 있는 여러 성들 가운데서도 건안建安, 안시安市, 가시加尸, 횡악横岳 등 몇 개의 성에 병력을 집중시키고 성을 굳게 지키게 하는 다소 의외의 전략을 택했다. 나머지 성에서는 양곡과 말 등의 짐승 사료 등을 모두 내오게 하거나 아예 태워 버림으로써 적들이 노략질할 수 없도록 미리 손을 써 두게 했다.

패수를 따라 오늘날 계주薊州에서 동쪽 옥전玉田에 이르는 일대를 주요 방어거점으로 삼아 주력 정예부대를 배치하고, 이와는 별도로 안시성주 양만춘楊萬春과 오골성주 추정국鄒定國에게 은밀하게 대략의 작전을 일러 주었다.

"唐人들이 隋 때의 패전을 교훈 삼아 군중에 소와 말, 양 떼를 잔뜩 몰고 나타났소. 허나 곧 가을이 지나고 겨울이 오면 들판에 풀이 마르고 강물이 얼어붙을 테니 그 많은 가축들에게 무엇을 먹이겠소이까? 저들도 이런 사정을 잘 알기에 싸움을 서두르고 결판을 내려 들 것이오. 그러면서도 곧장 평양으로 오지는 못할 것이니, 필시 안시성을 먼저 치려 들 것이오. 양공楊公은 나가 싸우지 말고, 성만을 굳게 지키다가 적들이 지치고 굶주린 때를 기다려 안에서 치고 나가고, 추공鄒公은 동시에 밖에서 적들을 치도록 하시오. 나는 당군 주력의 배후를 급습해 적들의 퇴로를 막고 이참에 이세민을 사로잡겠소이다."

그해 4월, 마침내 이적이 북경 동쪽의 통정通定(통주)에서 小遼水(구하沟河)를 건너 현도성(흥륭興隆 일원)에 이르렀다. 이를 본 고구려의 성읍 사람들이 크게 놀라 일제히 성문을 닫아걸고 수비에 나섰다.

대체로 이적의 군대는 남에서 북쪽의 신성新城을 향해 진격해 올라가는 모양새였다. 이때 부대총관인 강하왕江夏王 이도종李道宗도 수천의 唐軍을 거느리고 동북쪽의 신성에 이르러 성을 압박했으나, 과연 성안에서는 문을 닫고 일체 대응하지 않았다. 신성은 북경 동북의 고북구古北口 동쪽 바로 아래의 신성자新城子로 조하의 상류 지역이었다.

신성을 함락시키는 데 실패한 이적과 이도종은 방향을 동남쪽으로 돌려 옥전玉田 서쪽의 개모성蓋牟城을 공략했는데, 이때 비로소 개모성이 함락되고 말았다. 〈여당전쟁〉 개시 후 처음으로 무너진 〈개모성전투〉에서 唐군은 고구려병 1만 명을 살획했고, 많은 양곡을 노획했다. 태종은 개모성을 즉시 개주蓋州라 고쳐 부르게 했다.

그 무렵, 산동의 동래東萊에서는 장량張亮이 〈당〉의 水軍을 이끌고 곧장 발해 바다를 건너 압록하(난하) 하구의 비사성卑沙城을 습격했다. (창려)평양성 서쪽의 비사성은 사면이 절벽처럼 되어 있어 오직 서문西門 방면으로만 오를 수 있었다. 부총관 왕대도가 야음을 틈타 먼저 서문에 올라 공격을 개시했고, 5월이 되어 마침내 성이 함락되었다. 이때 성안의 남녀 8천 명이 희생을 당하고 말았다. 같은 달 개모성을 나온 이적이 진군을 거듭해 요동성(하북계현) 아래에 이르렀는데, 그 무렵에 당태종이 요택에 도착했던 것이다.

개모성을 잃은 고구려 측에서는 신성과 국내성(하북관성) 양쪽에서 군사를 내보내 요동성을 지원하게 하니, 대략 보기병 4만 정도의 병력이 모였다. 唐의 강하왕 이도종이 4천의 기병을 거느리고 나와 이를 저지하려 맞섰으나, 워낙 중과부적이라 황제가 도착하기를 기다리는 편이 낫겠다는 주장도 나왔다. 그러자 도종이 이를 나무라며 독려했다.

190

"어찌 적군을 황제에게 맡기겠느냐?"

결국 양측에서 전투가 벌어졌으나, 곧바로 唐의 행군총관 장군예張君乂가 먼저 달아나면서 唐軍의 패배로 이어졌다. 그러자 도종이 흩어진 군사들을 모아 상황을 수습한 다음, 높은 곳에 올라 고구려 진영을 바라보았다. 마침 고구려군은 첫 승리로 들뜬 나머지 진영이 어지럽고 정비되지 않은 채였다. 이도종이 군병들에게 말했다.

"적진이 어수선한 지금이야말로 공격을 가할 때다. 모두 나를 따르라!"

도종이 날랜 기병 수천 명으로 고구려 진영으로 내달려 공격을 가하면서 진영을 더욱 흐트러뜨렸다. 이윽고 양측에서 격렬하게 접전이 벌어지는 사이, 이적의 대군이 나타나 전투에 가세했다. 수적으로도 크게 열세에 놓인 고구려군이 반대로 밀리기 시작했고, 결국 전세 역전으로 대패하면서 1천여 병사가 희생되고 말았다.

그즈음 당태종이 이끄는 어림군도 요수를 넘어왔다. 이때 태종이 병사들로 하여금 전의를 굳게 하고자 다리를 철거하라는 명을 내렸다. 이제 더 이상 돌아갈 수도 없게 되었으니, 이 전쟁에서 끝장을 보겠다는 결의였다. 태종이 이후 동진해 요동성 남쪽의 마수산馬首山(서마두西馬頭)에 주둔해 전황을 보고받았는데, 사실상 1차 전투를 승리로 이끈 강하왕 도종의 노고를 치하한 반면, 먼저 퇴각했던 장군예에 대해서는 가차 없이 그 목을 베게 했다.

그 후 당태종이 친히 수백의 기병을 거느리고 북쪽으로 올라가 요동성 아래까지 돌아보았다. 태종이 이때 병사들이 힘들게 흙을 져다 호濠(해자)를 메우는 것을 보고는, 친히 나서서 흙은 담은 자루를 말 위에 싣고 가져다주기까지 했다. 황제가 솔선하는 모습을 본 장수들이 앞을 다퉈 흙을 져다 성 아래까지 나르기 바빴다.

이적의 본대가 이후 밤낮을 가리지 않고 12일이나 요동성을 공격했으나, 성은 여전히 끄떡도 않았다. 그때 누군가 외쳤다.

"와아, 황제폐하의 깃발이다. 황제의 어림군이 도착했다!"

당태종이 어림군의 정병들을 이끌고 다시 나타나 이적의 군대와 합세하니, 마치 요동성을 수백 겹으로 둘러싼 듯했고, 전투를 독려하는 북소리와 함성이 천지를 진동시켰다.

요동성 안에는 고구려 시조인 주몽의 사당이 있었고, 그 안에 주몽이 쓰던 갑옷과 예리한 창이 보관되어 있었는데, 〈전연〉 시대에 하늘에서 내린 것이라는 소문이 있었다. 唐軍에 겹겹이 포위된 요동성 안에서는 이때 미녀를 단장시켜 여신으로 삼았는데, 무당인 그녀가 이렇게 말했다.

"주몽께서 기뻐하시니 반드시 성이 온전하리라!"

전장에서 흔히 있을 수 있는 고도의 심리전으로 아군의 사기를 높이고 적군의 전의를 꺾으려는 시도였고, 생사의 기로에 처한 요동성주 입장에서는 무엇이라도 해야 했을 것이다.

그 무렵 이적이 포차砲車를 끌어다 전방에 진열해 놓고는 큰 돌을 성안으로 날리기 시작했는데, 그 거리가 3백 보를 넘을 정도의 엄청난 위력으로 돌에 맞는 곳마다 성벽이 무너져 내리기 시작했다. 이내 고구려군들이 달려들어 무너진 성벽 곳곳에 나무를 쌓고 그물로 얽어매서 임시담장을 쳤으나 완전히 막아 내기에는 역부족이었고, 그러자 당군이 충차衝車로 성루들을 사정없이 깨뜨렸다.

당시 백제가 누런 황칠을 한 금휴개金髹鎧(갑옷)와 함께 사졸용으로 무늬가 있는 철갑을 唐나라에 제공했는데, 일부 병졸들이 이 갑옷을 입고 다녔다. 그때 당태종이 이적과 함께 나타났는데, 황금빛 갑옷에서 뿜어져 나오는 광채가 태양 빛에 눈부시게 빛났다. 마침 남풍이 불기 시작하자 이세민이 명을 내렸다.

"남풍이다. 즉시 날랜 군사를 보내 장대 끝에 올라가 성에 불을 놓으라고 일러라!"

그렇게 먼저 서남루西南樓에 불이 붙었는데 불씨가 바람을 타고 성 안으로 날아가는 바람에 성안의 집들까지 연쇄적으로 불이 붙었다. 그 틈을 타고 당군의 장졸들이 성에 오르기 시작했고, 이에 고구려군들이 달려들면서 일대 접전이 치열하게 벌어졌다. 그러나 워낙 중과부적이라 고구려군의 저항이 오래가지는 못했고, 철옹성 같던 요동성이 끝내 함락되고 말았다.

〈요동성 전투〉의 패배로 고구려 측의 전사자가 무려 1만여 명에 달했고, 포로로 잡힌 병사들이 만여 명, 남녀 백성들이 4만여 명이나 되었다. 성안에는 장기전에 대비해 비축해 놓은 엄청난 양의 양곡이 쌓여 있었는데, 고스란히 당군의 손에 넘어가고 말았다. 그러나 기록에는 없지만, 성을 공취攻取하는 과정에서 입은 당군의 피해 또한 그보다 훨씬 어마어마한 규모였을 것이다. 당태종이 요동성을 요주遼州라 이름 붙였다.

수양제의 백만 대군이 이곳에서 발목을 잡히면서 전략 전체가 크게 어그러지기 시작했고 결국 패배의 원인이 되었는데, 그런 요동성이 마침내 무너지고 만 것이었다. 당태종은 〈여수전쟁〉의 패배를 교훈 삼아 그 실패 요인을 철저하게 분석했고, 특히 효과적인 공성전을 위해 처음부터 대형 공성무기를 대거 투입해 전투에 임한 것이 주효했다. 당군 입장에서 악명 높은 요동성을 깨뜨렸으니 사기가 충천했고, 태종 또한 우쭐해졌을 것이다.

당군이 진격을 재개해 이번에는 요동성의 서북 인근, 밀운密雲의 동쪽에 위치한 백암성白巖城(대성자)으로 향했다. 이적이 성의 서남쪽을, 당태종이 서북쪽으로 나가 진鎭을 치자, 어마어마한 규모의 병력에다 요동성이 떨어졌다는 소식에 진작부터 전의를 상실한 성주 손대음孫代音이 이내 성을 바치고 투항해 버렸다. 이적이 이때 태종에게 불만을 토로했다.

"사졸들이 죽음을 무릅쓰고 전투에 임하는 것은 노획물을 탐내기 때문인데, 황상은 어찌해서 이렇게 쉽사리 항복을 받아 전사들의 마음을 허전하게 하십니까?"

그러자 당태종이 말에서 내려 병사들에게는 장차 창고의 물건으로 따로 보상하겠노라며 달랬다. 이때 당태종이 백암성 안에 있던 남녀 1만여 명을 모두 풀어 주게 했다는데, 전시에 믿기 어려운 이야기였고, 이처럼 태종을 미화시킨 기록들이 많았다. 태종은 백암성을 암주巖州라 부르게 하고, 투항한 고구려 성주 손대음을 자사로 삼았다.

요동성을 비롯한 주요 거점의 성들이 하나하나 당군의 수중에 떨어지니, 그즈음에 당태종이 이적 등 장수들을 모아 앞으로의 진격로를 논의했다. 강하왕 이도종은 옛 불이(영지)로 보이는 오골성烏骨城(오리골)을 쳐 깨뜨리고 곧장 평양(창려)을 기습하자고 했고, 이적과 장손무기는 그래도 안시성을 뒤에 남겨두고 평양으로 진격할 순 없다며 먼저 안시성을 쳐야 한다고 주장했다.

당태종은 수양제가 우문술의 30만 별동대로 평양을 직접 치다가 몰살당한 사실을 경계하여 이적의 견해를 따르기로 하고 안시성으로 향했다. 안시성安市城은 요동성과 옥전玉田 사이에 있는 성으로 아리티라고도 불리며, 옥전의 서쪽 가까이에 있는 봉황산鳳凰山을 등지고 있어 천연의 요새와 같은 성이었다. 일찍이 태조황제가 서북의 경영을 위해 축조했던 성으로 〈발기의 난〉으로 공손도에게 빼앗겼다가 다시

〈위魏〉나라로 넘어가기도 했다. 이후 385년경 고국양제가 붕련을 시켜 〈후연〉으로부터 (현)도성菟城과 장무章武 등을 회복할 때 함께 되찾은 성이었다.

요동성에서 동진해 압록을 거치면 곧장 (창려)평양으로 향하는 지름길인데, 안시성은 그 시작점에 있는 군사요충지였다. 평상시에도 수십만 석의 양곡을 비축해 두던 난공불락難攻不落의 요새로 알려진 성이었는데, 당시 성주는 성 위에서 몸을 숨길 수 있도록 낮게 쌓은 담인 성첩城堞을 보강하고 정예병을 미리 배치해 둔 채로 당군을 기다렸다. 그해 6월, 마침내 당태종이 이적 등 수십만의 대군을 거느린 채 성 앞에 모습을 드러냈다. 그리고는 통역을 불러 항복하지 않으면 남김없이 도륙하겠노라고 소리치게 했다. 성 위에서 이 소리를 들은 안시성주 양만춘이 역시 통역을 통해 맞장구를 해 왔다.

"너희들이야말로 항복하지 않으면 성을 나가는 날 남김없이 도륙해 버릴 것이다!"

이윽고 당태종의 공격명령으로 당군이 성벽 가까이 접근을 시도하자, 성 위의 군사들이 화살 공격을 퍼부었는데 쏘는 족족 정확하게 당병들을 쓰러뜨렸다. 당태종도 성을 단단히 포위한 채 성안의 식량이 떨어지기를 기다리기로 하니, 전투가 장기 농성전의 양상을 띠기 시작했다.

안시성이 당태종에 의해 고립된 채 당군으로부터 수시로 무차별 공격을 받게 되자, 고구려에서도 안시성을 구원하려는 작전이 전개되었다. 이에 북부욕살 고연수高延壽와 남부욕살 고혜진高惠眞이 고구려군과 말갈병으로 구성된 수만의 군대를 이끌고 안시성을 구하기로 했다. 이때 원로의 나이에 경험이 풍부한 대로對盧 고정의高正義가 고연수에게 전략을 제안했다.

"우리로서는 적들과 정면 대결을 벌이기보다는 시일을 끌면서 기병을 나누어 내보내 수시로 적의 식량보급로를 끊는 것이 좋습니다. 그리되면 적들도 양식이 떨어져 싸우거나 돌아가거나 둘 다 어렵게 될 테니, 결국에는 우리가 이길 수 있을 것입니다."

그러나 고연수는 이 말을 듣지 않고 곧장 모든 군사들을 이끌고 진격해 안시성과 40리 거리까지 다가갔다. 비록 병력에 있어서는 唐軍에 월등히 열세였지만, 이들의 부대가 개활지 전투에 강한 정예 철기병인 데다, 현지 지리에 밝은 고구려 영내에서의 전투라 성 안팎에서의 협공만 잘 이루어진다면 승리할 수 있다고 확신한 듯했다.

그런데 고구려의 남북부군이 막상 당태종의 대군을 눈앞에서 마주하게 되자, 기세에 눌린 나머지 멈칫거리며 섣불리 달려들질 못했다. 이를 본 당태종이 오히려 대장군 아사나두이阿史那杜尒에게 명을 내렸다.

"흥, 적들이 우리 군세에 눌렸는지 차마 공격을 해 오질 못하는구나. 대장군이 돌궐 기병을 몰고 나가라. 가서 적들에게 싸움을 걸어 이쪽으로 유인해 오거라!"

두이가 쏜살같이 달려가 고구려군에게 싸움을 걸자 양측에서 전투가 시작되었고, 두이는 싸움에 밀리는 척하며 달아나자 고구려군이 일제히 추격에 나섰다. 그러나 고연수는 안시성에서 8리 되는 곳에서 추격을 멈추게 하고, 뒤쪽으로 산에 의지한 채 일단 진을 치게 했다. 당태종이 이때 장손무기 등 수백 기를 거느리고 높은 곳에 올라가 고구려 진영을 바라보고, 주변 산천의 형세를 살펴 복병을 숨기거나 출입할 수 있는 곳 등을 꼼꼼히 확인했다.

진지로 돌아온 당태종이 이때 고연수에게 사람을 보내 자신의 뜻을 전했다.

"나는 교전에 목적이 있는 게 아니고, 막리지가 前王을 시해한 데 대해 문책을 하러 왔을 뿐이다. 막상 여기까지 오고 보니 식량보급도 쉽지 않아 수성을 취하고 있다. 만일 그대의 나라가 신하의 예를 지켜준다면 그동안 잃은 것들을 회복할 수 있도록 해 줄 것이다."

한마디로 굳이 전투까지 벌일 의사는 없으니, 고구려가 싸움을 걸지 않는다면 그간 빼앗은 성을 돌려줄 수도 있다는 말이었다. 그러나 실상은 적을 방심케 하려는 기만술에 불과한 것이었다. 당태종의 대군을 보고 내심 마음이 흔들렸던지, 고연수가 이때 이에 수긍을 하고 경계를 단단히 하지 않았다. 필시 하루 이틀 唐의 태도를 보고 다음의 결정을 내리기로 한 듯했다. 그리하여 결국 성곽을 에워싸고 있던 唐軍의 후방을 기습할 수 있는 기회를 날리고 말았다.

그 시간 당태종은 한밤중에 긴급히 문무신들을 불러 모아 대책을 수립하고 각자에게 명을 내렸다. 다음 날 아침, 태종은 산 정상에서 고각을 부는 것을 신호로 사방에서 일제히 고구려 진영에 공격을 가하게 했다. 마침 이적의 군대를 공격하려던 고연수도 서둘러 병사들을 독려하여 당군을 맞이하려 했다. 그러나 이미 당군이 쇄도하면서 고구려 진영이 흐트러지기 시작했다. 그때 인근의 용문 출신 설인귀薛仁貴가 용맹하게 좌충우돌하면서, 고구려 진영 깊숙이 들어왔는데도 이를 막을 자가 없었다.

그렇게 성 밖에서 한바탕 커다란 전투가 벌어진 끝에, 고연수의 고구려군이 〈당〉의 대군에 참패해 죽은 병사들만 3만이나 되었다. 고연수가 남은 병사들을 이끌고 산 위로 올라가 굳게 방어했으나, 당군에 이내 포위되고 말았다.

"장군, 더 이상은 아니 되겠소. 이러다간 모두가 몰살당하고 말 것이오!"

끝내 연수와 혜진 두 고구려 장수가 3만여 병사들을 이끌고 唐에 투항하고 말았다. 당태종이 고연수를 홍로경鴻臚卿에, 고혜진을 사농경司農卿으로 삼고 당군 편에서 계속 종군하게 했고, 설인귀를 유격장군으로 발탁했다. 또 태종 스스로 머물던 마수산을 주필산駐蹕山으로 고쳐 부르게 했다.

안시성 외곽에서 벌어진 평지전투에서 고구려의 정예 철기군이 대패했다는 소식에 평양의 고구려 조정이 크게 동요했다. 역시 같은 소문을 들은 밀운 서쪽의 석황성石黃城과 은성銀城(은산銀山)에서는 성주와 백성들이 성을 버리고 달아나는 사태까지 벌어졌다. 고구려는 대규모 병력 손실은 물론, 전체 軍의 사기가 떨어지는 치명적인 타격을 입고 말았다.

그 무렵 당태종이 이적에게 말했다.

"듣자니 안시성은 성이 험고하고 군사가 정예인 데다, 그 성주가 용맹하고 능력이 출중하다 들었다. 막리지의 난에도 성주가 불복한 채로 성을 지키고 버텨서 막리지가 이를 쳤으나, 함락시키지 못해 그냥 두었다고 했다."

그러면서 건안성建安城(平安城)이 군사가 약하고 식량도 적다 하니 안시성 공략보다는 먼저 그쪽을 치는 것이 어떻겠냐고 물었다. 그러자 이적이 답했다.

"건안은 동쪽이고 안시는 서쪽입니다. 우리 군량은 모두 요동에 두었는데 지금 안시를 두고 건안을 치다가 자칫 뒤쪽의 구려군에게 우리 보급로가 끊어진다면 어찌하시겠습니까? 그러니 먼저 안시를 쳐서 함락시킨 다음 북을 울리며 진군해 건안을 취하는 것이 좋을 것입니다."

태종이 이적의 말을 따르기로 하여, 이윽고 당군의 안시성 공격이 재개되었다.

얼마 후 안시성 앞으로 당태종의 휘황찬란한 깃발이 나부끼더니, 어느 순간 수십만 당군이 나타나 엄청난 위용을 드러냈다. 이를 본 안시성의 군사들은 틀림없이 주눅이 들었을 테지만, 그 즉시 성 위에 올라가 북을 쳐 대고 고함을 지르며 결사항전의 의지를 보였다.

"와아, 둥둥둥, 둥둥둥!"

자그만 성안에 갇힌 채 수십만 대군 앞에서 조금도 주눅 들지 않은 모습으로 도발하니, 흥분한 당태종이 크게 분노했다. 곧이어 공격 명령이 떨어지고 당군의 공세가 개시되자, 당병들이 새까맣게 몰려들어 함성과 함께 성벽을 향해 달려갔다. 그러자 순식간에 화살이 시커멓게 하늘을 뒤덮고, 당병들이 고꾸라졌다. 그렇게 안시성 성벽을 사이에 두고 한나절을 밀고 밀리는 접전이 수차례나 반복되었다.

그러나 수없이 공격을 해 대도 좀처럼 안시성은 끄떡도 하지 않은 채 오래도록 버텨 냈다. 그러자 唐의 일부 장수들이 태종에게 간했다.

"장량의 군사가 지금 사성沙城(비사성)에 있으니 그쪽 水軍을 부른다면 이틀이면 올 것입니다. 양쪽에서 힘을 합해 먼저 오골성을 빼앗고 압록수를 건너 그길로 평양을 취하시는 편이 나을 것입니다."

그러자 장손무기가 이에 반대하고 나섰다.

"천자의 친정은 제장들과는 다른 것이니 위험을 무릅쓰고 요행에 기댈 수는 없습니다. 지금 신성과 건안성의 무리만 10만 명에 이르니, 만일 우리가 오골성으로 향한다면 그들이 우리 뒤를 밟게 될 것입니다. 그러니 반드시 먼저 안시를 깨뜨리고 건안을 취한 후에 승승장구해서 나가는 것이 만전의 계책일 것입니다."

이에 또다시 안시성 공략에 전력을 다했으나, 성벽은 여전히 요지 부동이었다.

그 무렵 〈당〉 측에서 궁리 끝에 이도종의 군대를 시켜 성의 동남쪽 구석에 토산을 쌓아 올리기 시작했다. 그러자 안시성 측에서도 城의 높이를 더 올려 이를 막았다. 당군들이 교대로 하루에도 예닐곱 번씩 을 공격하고, 충차와 돌쇠뇌를 써서 성첩을 파괴했지만, 성안에서도 그때마다 목책을 세워 무너진 곳을 막아 냈다. 그 와중에 당군이 주야 로 쉼 없이 토산 쌓기에 매달렸는데, 60일 만에 무려 50만 명의 인력 을 동원한 결과 성벽보다 더 높은 거대 토산이 완성되었다. 마치 수양 제가 〈요동성 전투〉 때 쌓아 올렸던 어량대도와 유사한 것으로, 산 정 상에서 성벽까지의 거리가 고작 몇 장丈 정도로 가까워졌고, 아래로 성안을 훤히 들여다볼 수 있었다.

그러자 이도종의 수하 장수 부복애傅伏愛가 당군을 이끌고 토산에 올라 산 정상에서 병사들을 지휘해 안시성을 향해 활을 쏘고 공격을 가하면서, 전투가 또 다른 양상으로 전개되기 시작했다. 그러던 어느 땐가 갑자기 토산이 와르르 무너져 내리면서, 하필이면 안시성의 한 쪽 벽을 후려치는 바람에 성벽 일부가 같이 무너졌다. 마침 당장唐將 복애가 사사로이 현장을 떠나 있었는데, 그 틈을 타 오히려 성안의 고 구려군이 토산으로 몰려나와 당병들을 공격하고는 한순간에 토산을 빼앗는 데 성공했다. 산정상은 물론 성안의 고구려 병사들이 소리 지 르며 환호했다.

"와아, 토산을 빼앗았다. 토산을 차지했다!"

이를 본 당태종이 대노해 부복애를 찾아 현장에서 즉시 참수해 버 렸다. 그러고도 당병들로 하여금 토산에 기어오르게 하면서 3일에 걸쳐 탈환을 시도했으나, 고구려군의 완강한 저항에 끝내 실패하고 말았다. 이도종이 맨발로 당태종 앞으로 기어 나가 죄를 청했으나, 태종은 친척 아우인 그가 개모성에 이어 요동성을 깨는 데 공이 있다며 벌하지 않았다.

마침 그럴 즈음에 찬바람이 불고 요동 지방 전역에 일찍 추위가 찾아오면서 풀이 마르고 물이 얼어붙기 시작했다. 군사들이 막사 안팎에서 밤마다 추위에 벌벌 떨며 고생을 하고, 식량도 다해 가니 사기도 크게 떨어졌다. 대다수 장수들과 군신들이 그때부터 당태종의 눈치만을 살피기 바빴으니, 차마 말은 못 해도 모두가 하나같이 철군 명령이 떨어지기만을 기다리는 모양새였다. 그러나 그 많은 병사들이 한겨울이면 불어닥칠 요동 벌판의 북풍설한을 어찌 견딜 수 있단 말인가? 자존심이 상할 대로 상한 당태종이 며칠을 고심하던 끝에 마침내 철군 명령을 내리고 말았다.

"돌아가야겠다……"

당태종은 먼저 요동성과 개모성에 있던 병사들을 빼내 요수를 건너게 하고, 안시성 아래에서 각 부대들을 한 바퀴 돌아보았다. 태종이 먼발치서 안시성을 바라보니 성안 사람들이 아무도 나오는 이가 없었는데, 성곽에 올라 있던 안시성의 성주가 태종을 향해 예를 표했다고 했다. 일설에는 그때 당태종이 안시성주의 용기와 노고를 가상히 여겨 비단 1백 필을 보내, 고구려 태왕에 대한 충성을 높이 샀다고 했는데, 후일 이세민을 미화시키려 꾸며 낸 낭만적인 이야기였을 것이다.

압도적인 규모를 자랑하던 唐軍이었기에, 장거리 원정에서 패하여 퇴각하는 길은 그야말로 참담하기 그지없는 일이었을 것이다. 태종은 이적과 이도종에게 보기병 4만 명을 내주고 후방을 살피게 하면서 패수를 건너 아래쪽 요수로 향했다. 그 무렵 당군이 퇴각 중임을 알게 된 오골성주 추정국이 성안의 전군을 거느리고 동남쪽 협곡으로 빠져 나와 행군 중인 당군에 기습을 가했다. 안시성주 양만춘 또한 성문을 열고 나와 추격을 시작했다. 당군이 놀라 서로 먼저 달아나려고 우왕 좌왕하면서 큰 혼란에 빠졌고, 그 와중에 사람과 말이 뒤엉켜 서로를 짓밟게 되면서 사상자가 속출했다.

당태종이 겨우 헌우락軒芋濼에 이르렀는데, 진창에 말발굽이 빠져 오도 가도 못하게 되었다. 그때 용장 설인귀가 달려와 말을 갈아 당태종을 태우고, 前軍 선봉 유홍기劉弘基가 후미를 막아 내면서 한동안 혈전을 벌인 끝에 겨우 탈출할 수 있었다. 일설에는 이때 당태종이 양만춘이 쏜 화살에 왼쪽 눈언저리를 맞는 큰 부상을 입어 거의 사로잡힐 뻔했다는 소문도 자자했다. 어찌 됐든 실제로 당태종은 전쟁이 끝난 이후 죽기 전까지 소위 '요동에서 얻은 병'에 시달린 것이 틀림없었다.

그 시간 고구려군에 쫓기면서도 당군이 마침내 요수를 건넜는데, 문제는 또다시 거대습지 요택과 맞닥뜨린 것이었다. 그때 고구려군이 워낙 매섭게 후방을 때리고 추격해 오니, 사실 당군은 다른 길을 생각할 겨를도 없었다. 더 이상 거마도 쓸 수 없었으므로 당태종은 말들을 사정없이 요택에 몰아넣게 하고는 말 등을 다리 삼아 밟고 넘어가면서 즉시 요택으로 뛰어들었다. 이제 이곳부터는 물과 진흙투성이, 끝없이 펼쳐진 갈대숲뿐이었으나, 대신 고구려군도 더는 추격해 오지 않았다.

이후로는 장손무기가 1만의 병력으로 풀을 베어 가며 길을 메우고, 깊은 물을 만나면 수레로 다리를 놓아 가는 등 끝도 없는 고된 행군이 이어졌다. 10월에 발착수를 건넜는데, 풍설이 사나워지더니 천지가 아득하고 지척을 분간할 수조차 없을 지경이었다. 그 와중에 사졸들이 젖고 죽는 자가 속출했으므로, 길에다 불을 놓고 병사들을 기다리길 수 없이 반복해야 했다. 당태종이 수많은 전쟁을 치렀겠지만, 황제의 자리에 올라서 이토록 참담한 상황을 경험할 줄은 상상조차 하지 못했을 것이다.

이렇게 해서 거의 석 달 가까이 전개됐던 〈안시성 전투〉가 마침내 끝났으니, 사실상 〈고구려〉의 대승이요 唐軍의 대참패였다. 자세한 기록을 남기지 않았지만, 당태종은 이 전투에서 수양제가 요동성에서 패했던 것 이상으로 수많은 병사를 잃었을 것이다. 안시성주 양만춘楊萬春은 소수의 정예병과 백성들을 다독여가며, 唐의 수십만 대군에 당당히 맞서 성을 지켜 냈으니, 〈여수전쟁〉의 강이식과 을지문덕만큼이나 韓민족의 역사 전체는 물론 세계 전사戰史에 길이 남을 위대한 구국의 영웅으로 떠올랐다.

죽을 고생을 마치고 겨우 살아남아 장안으로 돌아간 당태종은 섣불리 〈고구려 원정〉에 나섰던 것을 크게 후회했다. 자신이 그토록 얕보았던 수양제가 밟은 전철을 그대로 답습한 셈이었으니, 사방에서 자신을 비웃는 소리가 들리는 듯했을 것이다. 어느 날 당태종이 크게 탄식을 하며 주위에 말했다고 한다.

"만일 위징이 있었다면 나로 하여금 이 원정을 하도록 내버려 두지는 않았을 것이다……"

당시 〈당〉나라는 이 전쟁에서 현도玄菟, 횡산橫山, 개모蓋牟, 마미磨米, 요동遼東, 백암白巖, 비사卑沙, 협곡夾谷, 은산銀山, 후광後黃의 〈고구려〉 10城을 함락하고, 요遼, 개蓋, 암巖 3개 州의 백성들을 〈당〉나라로 옮겼는데 그 수가 7만에 달했다고 했다. 전쟁 중 唐에 투항했던 개모성주 고연수는 이후로 늘 분개하다가 근심으로 사망했고, 고혜진은 장안에까지 들어가 살았다고 한다.

그러나 이 모두는 전쟁 도중에 일시적으로 함락당했던 성들일지언정, 결국 당군이 고구려군에 쫓겨 허겁지겁 요택으로 달아나기 바빴기에, 이 성들은 원래대로 〈고구려〉의 영토이자 성들로 남아 있었던 것이다. 한 가지 주목되는 것은 당초 이 전쟁을 야기한 것이나 다름없는 대막리지 연개소문에 대한 활약상이 거의 전해지지 않았다는 점이었다. 후일 20년이 지나서 고구려가 망할 때까지 전쟁이 끝없이 이어지다 보니 자세한 기록을 남기지 못했거나, 설령 기록이 있다손 치더라도 唐人들에 의해 모두 불태워지는 등 철저하게 삭제당했을 가능성이 컸던 것이다.

그럼에도 불구하고 연개소문이 이때 오히려 〈당〉나라 영토를 깊숙이 침공해 들어갔다는 이야기들이 산동이나 강소江蘇에 이르기까지 곳곳에서 전설처럼 전해져 왔다. 어쩌면 당군의 배후 공략을 위해 뱃길로 산동으로 치고 들어갔을 가능성도 있었다. 실제로 연개소문은 병법에 능통해 병서까지 남겼다고 했고, 심지어 후대에 창작된 중국 전통 연극인 〈경극京劇〉에서조차 연개소문이 이세민을 괴롭히는 악인으로 등장할 정도였으니 알 수 없는 일이었다. 극 중의 연개소문은 치렁치렁하게 배꼽까지 내려오는 검은 수염에 칼 다섯 자루를 찬 채로 사납고 포악한 인물로 묘사되었다. 당시 당인들 사이에 널리 알려진 연개소문의 이미지가 공포 그 자체였다는 점을 강력하게 시사하는 내용이었다.

대체적으로 1차 〈여당전쟁〉에서 고구려는 30만 명 수준의 병력을 동원했는데, 그중에는 예비군 성격의 산군散軍들도 적지 않았다고 했다. 대표적으로 무려 3만에 달했다는 조의선인皂衣仙人들을 들 수 있는

데, 이들은 비정규군이면서도 전쟁에서 가장 빼어난 활약을 한 것으로 널리 알려졌다. 평소에 이들은 선도仙道를 신앙으로 받들며 심신수양에 매진하는 조의의 신분으로 지내다가도, 나라에 전쟁 등 위기가 발생하면 신속하게 〈조의군〉을 결성해 조직적으로 전투에 참가했다고 한다.

이들이 수염과 머리를 깎고 다니는 모습에 당인들이 승려로 오해하여 재가화상在家和尙이라고도 했는데, 흰 모시로 만든 통이 좁은 옷에 허리에 검정색 명주를 묶고 다녔다. 평소에도 관청의 기물을 가져다 도로를 파고 성곽을 짓는 등 공공시설을 돌보는 일에 앞장섰고, 전시에도 자기의 양식을 각자 싸서 갖고 다녔다고 한다.

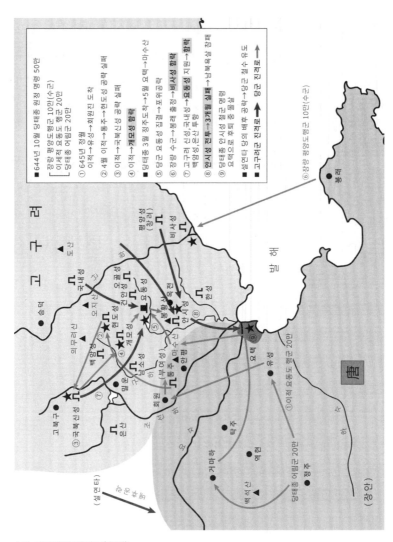

1차 여당전쟁 전개도(추정)

신라의 화랑도가 다분히 귀족 장교들을 양성하는 성격을 지녔고, 전투 시 각자 정규군에 편입된 반면, 고구려의 조의선인들은 그 인원이 많고 훨씬 대중적이면서도 나라의 궂은일을 돌보고, 전시에도 민병대처럼 별도조직으로 참전한다는 차이가 있었다. 화랑의 계통과 운영실태가 제대로 전해진 반면, 그보다 훨씬 뿌리가 깊고 7백 년 고구려를 떠받치는 데 가장 중추적 역할을 했을 조의선인에 대한 실태는 고구려의 멸망과 함께 역사 속에 묻혀 버리고 말았다. 당시 실질적으로 이들 조의무사들을 이끈 수장이 연개소문이었다는 견해도 많았는데, 이들이 용맹한 데다 전투에 능해 〈여당전쟁〉에서도 맹활약을 펼친 것이 틀림없었다.

그렇게 고구려에 혼쭐이 나고도 당태종은 여전히 〈고구려 원정〉의 미련을 버리지 못한 듯했다. 이듬해인 646년이 되자 당태종이 그간 고구려와 내통했던 몽골고원의 〈설연타〉를 공격해 멸망시키고 말았던 것이다. 그러나 〈동돌궐〉은 약 40년 뒤인 682년경 다시금 〈後돌궐〉(제2카간국)로 부활했다가, 8세기 중엽에 새롭게 부상한 〈위구르〉에 멸망했다.

지독한 분풀이라도 하듯이 〈설연타〉를 제거해 버린 당태종은 이후 수시로 군사를 동원해 고구려 이곳저곳을 공략하며 국지전을 펼쳤으나, 커다란 성과를 올리지는 못했다. 647년에는 1만의 水軍을 누선에 싣고 와서, 난하(압록) 하구로 들어와 서쪽 인근의 석성石城과 적리성積利城을 공격했다. 648년에도 또다시 우무위右武衛대장군 설만철薛萬徹에게 수군 3만을 주고 내주萊州에서 출발시켜 박작성泊灼城을 치게 했는데, 박작성주 소부손所夫孫이 보기병 1만으로 이를 막아 내기도 했다.

그 와중에 649년 4월, 당태종 이세민이 다시는 요수遼水를 건너려

하지 말고, 〈요동 정벌〉을 파하라는 유지를 남긴 채 51세의 나이로 병사하고 말았다. 일찍부터 부친 이연으로부터 그 용맹함을 인정받아 천책상장이라는 칭호를 받았음에도, 정변을 통해 황위를 강탈했다. 그러나 이내 관대하고 포용적인 인사와 혁신적인 정치로 〈정관의치 貞觀之治〉를 이루어 내면서, 중국 역사를 통틀어 가장 위대한 현군으로 칭송받는 인물이 되었다.

다만, 무모하게 시작한 〈여당전쟁〉에서 고구려에 참패하면서, 말년에는 그 치욕에서 벗어나지 못해 맘고생이 심했을 것이다. 무엇보다 사서 작업에 적극 개입해 隋양제의 패배를 과장하는 한편, 자신의 정치를 미화시키는 등 일부 역사를 날조한 흔적을 남기고 말았다. 누구보다도 현란하게 많은 치적에도 불구하고 唐태종은 스스로 최고의 성군으로 평가받고 싶은 명예욕에서 결코 빠져나오지 못했던 것이다. 그럼에도 불구하고 사람들은 그의 지도력을 높이 사서 그의 통치철학과 군주로서의 자세 등을 기록한 《정관정요貞觀政要》를 남김으로써, 후대 군왕들이 표상이 되기도 했다. 황태자인 이치李治가 그의 뒤를 이어 제위에 오르니 그가 곧 고종高宗이었다.

8. 춘추의 외교

628년 3월, 야마토 최초의 여왕으로 36년간 나라를 다스렸던 스이코推古여왕이 후계자를 정하지 못한 채 사망하자, 정국이 크게 흔들렸다. 차기 천왕 후보로는 비다쓰敏達천왕의 손자인 다무라田村왕자와 쇼토쿠聖德태자의 아들 야마시로山背대형 두 사람으로 압축되었다. 그런데 추고여왕이 죽기 전에 이들 두 사람에 대해 다소 애매한 유언을 남겼다. 전촌田村왕자에게는 말을 삼가되 방심하지 말라 했고, 산배山背대형에게는 아직 미숙하니 군신들의 말을 따르라고 했다. 다만 전촌에게는 특별히 이런 말을 남겼다.

"천하를 다스리는 일은 중대한 대임이다. 잘 판단하라."

이것이 곧 여왕이 전촌을 선택한 것이라는 해석이 우세해, 산배의 반발에도 불구하고 결국 전촌왕자가 천왕에 즉위했다. 여왕 사후 1년이 지난 629년 4월의 일이었고, 다시 남성 천왕에게 권력이 돌아가니 그가 조메이舒明천왕이었다. 이듬해인 630년 다카라寶왕녀를 왕후로 세웠는데, 그 사이에서 2남 1녀를 두었다. 장남이 가즈라키葛城(중대형中大兄)왕자였고, 둘째가 하시히토間人왕녀, 셋째가 오아마大海왕자였다. 또 다른 부인인 소가노우마코蘇我馬子의 딸에게서는 후루히토古人왕자(오에大兄)를 두었다. 그 무렵 고구려와 백제가 천왕의 즉위를 위한 축하사절을 보내왔다.

그해 가을에 서명천왕은 唐태종에게 견당사遣唐使를 파견했는데, 이후 唐에서도 사절이 오가기 시작하면서 唐과 야마토大倭 양국의 교류가 본격화되기 시작했다. 그해 10월 천왕은 아스카노오카飛鳥岡로 천도를 단행하는 한편, 백제와 신라 사신을 접대하는 나니와難波의 오고리大郡와 〈삼한관三韓館〉을 수리하게 했다. 631년에는 백제에서 왕자 풍장豊章을 볼모로 보내왔는데, 새로이 태자에 오른 의자가 주도한 것으로 보였다. 632년에는 의자가 무왕을 유폐시키고 실질적으로 백제 조정의 권력을 장악했는데, 같은 해에 신라에서도 54년을 다스린 진평대왕이 붕해 그의 딸 선덕여왕이 즉위했다.

639년이 되자 야마토의 서북쪽 하늘에 꼬리가 긴 혜성이 나타났는데, 흉년이 들 것이라며 다들 불길하게 여겼다. 그러자 천왕이 명을 내렸다.

"올해 큰 궁전과 큰 절을 짓겠다."

그리하여 구다라가와百濟川 옆을 궁궐터로 정했는데, 서쪽의 백성들은 궁전인 구다라노미야百濟宮를 짓고, 동쪽의 백성들은 구다라오데라百濟寺를 짓게 했다. 이와는 별개로 백제천 옆에는 9층 탑을 세우게 했다. 이듬해인 640년 10월 마침내 신궁新宮이 완성되어 〈백제궁〉으로 천도를 단행했는데, 그 무렵에 특히 야마토가 반도의 백제국에서 유래했다는 사실을 공공연히 드러내는 모습이었다. 그러나 1년 뒤인 641년이 되자, 서명천왕이 재위 13년 만에 백제궁에서 사망했다.

이후 두 달이 지난 642년 정월, 서명천왕의 후임으로 다시금 여성인 다카라왕후가 즉위하니 고쿄쿠皇極여왕이었다. 소가노오미에미시蘇我臣蝦夷를 그대로 대신으로 삼았는데, 그의 아들 소가노이루카蘇我入鹿가 사실상 국정을 장악했다. 그해 2월 고구려에서 사신이 와서 나니와즈難破津에 도착했는데 놀라운 소식을 전했다.

"지난해 6월 제弟왕자가 죽었는데, 9월에 이리가수미伊梨柯須彌(연개소문)대신이 태왕(영류제)을 죽이고 이리거세사伊梨渠世斯 등 180여 명을 살해했습니다. 제왕자의 아들을 태왕(보장대제)으로 세우고, 자신의 동족인 도수류금류都須流金流를 새로이 대신으로 삼았습니다."

이는 바로 〈연개소문의 정변〉을 일컫는 말이었다. 그런데 고구려의 이 사건이 야마토에도 적지 않은 영향을 준 것으로 보였다. 그 무렵 소가노이루카蘇我入鹿는 가미쓰미야上宮(쇼토쿠태자) 아들들의 위세가 커지는 것을 경계하는 한편, 신하의 분수를 넘어서서 제멋대로 스스로를 군주에 비유하려 들었다. 또 속으로는 야마시로山背대형왕을 폐하고 고종사촌인 후루히토古人대형을 천황으로 세우려 했다. 결국 그해 11월, 소아입록이 수하들을 이카루카斑鳩로 보내 산배왕을 불시에 습격하게 했다.

이들이 기습해 오자 산배왕은 말뼈를 침전에 던져 넣고 가족들을 빼내 산속으로 달아났다. 소아입록의 부하들이 반구궁에 불을 지른 뒤, 타다 남은 침전의 잿더미 속에서 뼈를 발견하고는 산배왕이 죽은 것으로 알고 물러갔다. 산배 일행이 산속에서 4, 5일을 굶어 지냈는데 그의 수하가 말했다.

"부디 동국東國으로 가서 군사를 일으켜 돌아와 전쟁을 하시지요. 그리하면 이길 수 있을 것입니다."

그러나 산배왕이 이를 거부하며 말했다.

"나는 10년 동안은 백성들을 노역에 동원하지 않겠노라고 다짐했다. 어찌 내 일신상의 일로 백성들을 수고스럽게 하겠느냐? 그리고 싸워서 이겨야만 꼭 장부가 되는 것도 아니다. 자기 몸을 버리고 나라를 튼튼히 만들어야 비로소 장부라 하지 않겠느냐?"

그리고는 산에서 나와 다시 반구사로 들어갔다. 소문을 들은 소아입록(이루카)의 병사들이 달려와 절을 포위하자 산배왕이 말했다.

"내가 군사를 일으켜 이루카를 친다면 반드시 이길 수 있다. 허나나 하나 때문에 백성들이 살상당하는 것을 원치 않는다. 그러니 내 한몸을 이루카에게 내어 주겠다."

그리고는 가족들 모두가 함께 자결하고 말았다. 쉽사리 납득하기 어려운 일이었지만, 그의 말대로 많은 사람들의 희생을 막았으니 분명 살신성인殺身成仁의 죽음이 틀림없었다. 야마시로山背대형왕이 고귀한 죽음을 택했다는 소식에 에미시蝦夷대신이 분노하여 자식인 이루카를 질책했다.

"어리석은 놈, 그렇게 악행만 일삼다가는 제명에 살지 못할 것이다."

그해에 백제 태자 여풍餘豊이 삼륜산三輪山에서 벌통 4개를 들여놓고 벌을 키우려 했으나, 번식이 제대로 되지 않았다고 했다. 머나먼 이역 땅에서 볼모로 지내면서도, 태자의 신분에 직접 생계를 꾸려 가야 했던가 보다.

그러던 644년경, 나카토미노카마코中臣鎌子무라지連는 충직한 성격으로 세상을 바로잡아야 한다는 생각을 갖고 있던 인물이었다. 따라서 소아입록이 날뛰며 나라를 빼앗으려는 야망을 품고 있다는 것에 분개해, 뜻 있는 왕가 사람들을 차례로 만나 보면서 현명한 주군을 찾고 있었다. 그리고는 마침내 황극여왕의 장남인 나카노오에中大兄(가즈라키葛城)왕자를 만나 장차 큰일을 도모하기로 하고 은밀한 만남을 이어 갔다.

그해 연말경, 소가蘇我씨 부자가 새로이 집을 지었는데, 하이蝦夷대신의 집을 상궁문上宮門이라 부르고, 이루카의 집을 곡궁문谷宮門이라 불렀다. 집밖에 성채 같은 거대 울타리를 치고 문 옆에 무기고를 두었는데, 건물마다 물통을 두어 화재에 대비케 하고, 항상 무장한 무사들이 집을 지켰다. 하이대신은 또 무방산 동쪽에도 집을 짓고 못을 파서 성채로 삼고, 무기고를 지어 화살을 비축했다. 언제나 병사 50명의 삼엄한 호위 속에서 집을 드나들었다.

645년 6월, 나카노오에中大兄가 쿠라노야마다倉山田마려에게 역할을 하나 부탁했다.

"삼한이 조공을 바치는 날, 그대가 상표문上表文을 읽어 주시오."

며칠 후, 황극여왕이 후루히토古人대형과 함께 三韓의 사신을 맞이하고자 대극전大極殿으로 행차했다. 이루카(소아입록)가 늘 의심이 많아 밤낮으로 칼을 차고 다녔기에, 그날 배우를 시켜 입구에서 우스꽝스러운 몸짓으로 이루카를 웃겨 긴장을 풀게 하면서 슬며시 칼을 풀고 들어갈 것을 유도했다.

"허허, 참……"

과연 소아입록이 껄껄 웃으며, 배우의 몸짓에 따라서 칼을 풀고 들어갔다.

이윽고 마로麻呂신臣이 어좌 앞에 나가 삼한의 상표문을 읽기 시작했고, 그사이 중대형은 미리 손을 써서 위문부衛門府에 명해 12통문通門을 폐쇄하고 사람들의 통행을 금지시켰다. 이어 위문부의 병사들을 한곳에 모이게 한 다음 천천히 녹물祿物(즉석 상)을 내려 주라 일렀다. 중대형은 친히 장창을 든 채로 대극전 옆에 숨었고, 나카토미中臣무라지는 궁시弓矢를 지닌 채 호위했다. 또 사에키佐伯무라지 등을 시켜 때가 되면 상자 속에 숨긴 칼을 빼내 실수 없이 단칼에 베어 버리라고 단단히 일러 놓았다.

그 시간 마로麻呂신臣이 상표문을 읽으면서도 긴장해서 목소리가 흐트러지고 손도 떨었다. 이루카入鹿가 이상히 여겨 물었다.

"왜 그렇게 떠는 게요?"

나카노오에中大兄는 코마로子麻呂들이 이루카의 위세에 겁을 먹고 주저하는 것을 보고는, 먼저 크게 기합 소리를 지르며 뛰어 나갔다.

"이야아압!"

그리고는 소가노이루카의 머리에서 어깨 방향으로 칼을 내리쳤다. 칼을 맞은 이루카가 놀라 자빠졌다가 일어나려 비틀거리는 것을 코마로가 달려들어 다리를 베었다. 이루카가 아래로 굴러떨어지면서 소리쳤다.

"크윽, 왕위에 오르는 것은 천자다. 내가 대체 무슨 잘못을 했느냐?"

눈앞에서 믿기 어려운 살상이 벌어지자 여왕이 크게 놀라 추궁했다.

"대체 이게 무슨 짓들이냐?"

중대형이 엎드려 간했다.

"이루카가 왕자들을 모두 죽이고 제위를 뒤집으려 합니다. 그로 하여금 천자가 되게 하실 수 있겠습니까?"

"……"

그 말에 여왕이 아무 말도 못 하더니, 이내 내실로 들어가 버렸다. 곧바로 사에키 등이 달려들어 피투성이가 된 소아입록신臣의 숨통을 끊어 놓았다. 그날 비가 내려 뜰 안에 물이 차올랐는데, 이루카의 시신을 거적으로 덮어 놓으니 사방이 붉은 빛으로 가득했다. 후루히토古人가 자기 집으로 달려가 사람들에게 말했다.

"가라히토韓人가 이루카를 죽였다. 비통하다……"

그리고는 침실로 들어가 문을 잠근 채, 도통 나오려 들지 않았다. 중대형은 법홍사로 들어가 성채로 삼고 대치했는데, 모든 왕자와 소왕들, 무라지連 등이 그를 따랐다. 소가노이루카의 시신을 비로소 하이蝦夷대신에게 보내 주니, 그 족당들이 일어나 갑옷을 입고 싸우려 들었다. 중대형이 보낸 수하 장수가 나서서 사람들을 설득했다.

"모름지기 왕실에 군신君臣의 구별이 있어야 할 것 아니겠소?"

그러자 사람들이 하나둘씩 칼을 내려놓고 활을 부러뜨린 뒤 흩어지기 시작했다.

다음 날, 중대형이 소가蘇我씨 부자인 하이蝦夷와 이루카入鹿의 시체를 무덤에 묻는 것과 곡哭을 하는 것을 허락해 주었다. 이로써 오래도록 천왕을 능가하는 권세를 남용해 오던 소가씨 가문이 〈중대형의 변〉으로 이때 비로소 몰락하고 말았다. 중대형이 이렇게 소가씨 부자를 전격적으로 제거하기까지는, 고구려에서 있었던 연개소문의 정변이 적지 않은 영향을 준 것으로 보였는데, 물론 수양제와 당태종이 일으켰던 정변 또한 참고가 되었을 것이다.

정변이 있은 지 이틀 뒤, 황극여왕은 동복아우인 가루輕왕자에게 왕위를 물려주고, 아들인 中大兄을 태자로 세우게 했다. 그 무렵 대륙에서는 당태종이 마침내 벼르던 〈여당전쟁〉을 일으켜, 唐과 고구려 양 大國이 요동성을 놓고 사활을 건 전투를 벌이고 있었다.

새로이 천왕에 오른 경輕왕자, 즉 코토쿠孝德천왕은 여왕의 남동생이자 중대형의 숙부로 불법을 숭상하는 대신, 토속신神들의 제사를 등한시했다. 처음 여왕이 중대형에게 곧바로 왕위를 넘겨주려 했으나, 나카토미中臣무라지가 조심스레 중대형을 말렸다.

"후루히토古人는 전하의 형님이시고, 가루왕자는 숙부님이십니다. 후루히토형님이 계시는데 아우가 먼저 왕위를 물려받으면 도리에 어긋나니, 잠시 숙부님을 세워 백성들의 여망에 따르시는 것이 좋지 않겠습니까?"

그런 상황에서 경輕왕자 또한 왕위를 고사하면서 후루히토古人에게 양보하려 들었다. 그러자 후루히토가 두 손을 가슴에 포갠 채로 물러나면서 말했다.

"천왕의 분부를 따르시오. 나는 이제부터 출가해 불도수행에 힘쓰고 천왕의 행복을 기원할 것이오."

그리고는 이내 칼을 풀어 던지고, 법흥사로 향해 스스로 수염과 머리를 깎고 가사를 입었다. 결국 여왕의 뜻에 따라 경輕왕자가 천왕에 즉위할 수 있었다.

효덕천왕은 아베노우치阿倍內麻呂를 좌대신에, 소가노쿠라다蘇我倉山田마로를 우대신으로 삼고, 나카토미노카마코中臣鎌子에게는 특별히 대금大錦의 관위官位를 내리고 내신內臣으로 정했다. 얼마 후 천왕과 왕조모존王祖母尊(고쿄쿠여왕), 중대형황태자 3인이 느티나무 아래에서 신하들을 모아 놓고 다 같이 군신君臣의 도리를 지킬 것을 맹약했다. 이어서 고쿄쿠皇極여왕 4년을 〈다이카大化〉 원년으로 고쳤다. 그해 가을 서명천왕의 딸 하시히토間人왕녀를 왕후로 세웠다.

그 무렵 三韓의 나라들로부터 사신들이 속속 도착했는데, 백제의 조공 사신이 임나의 사신을 겸해 조공을 바쳤다. 고구려 사신에게는 이런 내용의 조칙을 전했다.

"천왕의 사자와 고구려 신神 아들의 사자는, 과거는 짧지만 장래는 길이 이어질 것이다. 그러니 온화한 마음으로 오래도록 서로 왕래하라!"

백제 사신에게도 조칙을 전해 주었는데, 뜻밖에도 조공 내용을 탓하면서 잔뜩 불만을 털어놓았다.

"처음 먼 왕조시대에 백제국을 내관가內官家로 삼으심은 세 가닥을 꼬아 만든 그물과 같았다. 중간에 임나국을 백제에 부속시켰다. 그러나 이번의 조공은 부족한 것이 있어 돌려보낸다. 너희 좌평들은 다른 마음을 먹지 말고 다시 오라."

이어 새로운 천왕은 남녀에 관한 법을 명확하게 했고, 흠명欽明천왕 이래 백제 성왕이 전해 준 불법을 숭상하겠다는 것을 만천하에 공표했다. 그해에 후루히토古人대형이 모반을 꾀한 죄로 끝내 제거되었다. 연말에는 나니와難破 일대로 다시 천도했는데, 당시만 해도 야마토는 여전히 왕도를 확정짓지 못한 채 수시로 옮겨 다니는 모습이었다.

이듬해 646년 정월, 효덕孝德천왕이 개신改新의 조칙을 선포하여 국정 전반에 대해 대대적인 혁신에 착수했다. 그 내용은 크게 4가지로 요약되는데, 우선 호족들이 경영해 오던 가문의 토지를 폐지해, 대부大夫 이상에게는 차등을 두어 식봉食封을 내려 주고, 그 이하의 관료들과 백성들에게 피류을 내렸다. 즉 봉건토지제를 폐지하고 관료에 대한 녹봉제를 실시하는 파격적인 조치로 지방 토호들의 발호를 방지하고 천왕 중심의 강력한 중앙집권을 도모하려는 조치였다.

다음으로 〈경사京師〉를 설치해 천왕의 직할지인 기내畿內와 지방의 토지구획을 분명히 정하고, 방어와 역마 운영에 관한 방법과 함께 郡에 대한 분류 및 이를 다스릴 관료에 대한 규칙을 정했다. 또 처음으로 호적戶籍과 계장計帳을 만들고, 〈반전수수법班田收授法〉을 공표해 경지를 분할하는 기준을 정했다. 마지막으로 지금까지의 부역을 폐지해 논밭의 소출을 기준으로 공납하게 하고, 기타 토산품 등에 대한 조세 기준을 새로이 정했다.

전반적으로 천왕의 권력을 중앙에 집중시키되, 호족들이나 지방 토후의 발호를 막고, 공정하게 법을 집행해 백성들의 생활을 보다 안락하게 해 주겠다는 조치였다. 또 거대봉분을 조성하는 후장厚葬을 없애게 하고, 남녀의 혼인 등 일상의 악습들을 폐지시켰다.

천왕에서부터 대신大臣, 무라지連, 반조伴造, 국조國造에 이르기까지 그때까지 유지해 오던 모든 품부品部를 폐지케 하고, 모두를 나라의 백성으로 삼기로 했다. 이듬해인 647년에도 7종種 13계階(등급)로 관위官位를 새로 정비하고, 관복을 색깔로 구분하게 했다. 야마토大倭 사회 전체를 개조하는 가히 혁명적이라고 할 만한 이때의 혁신을 〈다이카 개신大化改新〉이라고 불렀다.

그 무렵인 646년 말경, 신라에서는 선덕여왕이 병이 나서 몹시 위독한 상태였다. 여왕이 자식이 없다 보니 당연히 여왕의 뒤를 이을 후사 문제가 물밑에서 활발하게 논의되었다. 그러나 사실 여왕은 이때 진평대왕의 아우이자 여왕의 숙부인 진안眞安갈문왕의 딸 승만勝鬘공주를 후계로 정해 놓은 상태였다. 그녀 또한 진골정통인 월명月明부인의 딸로 이미 60에 가까운 나이였다. 그해 11월, 병상의 선덕여왕은 비담毗曇을 새로이 상대등으로 올리고 국정을 일임했다. 그런데 비담이 대신의 자리에 오른 지 2달도 지나지 않아 이듬해인 647년 정월이 되자, 염종廉宗 등과 함께 군사를 일으켜 반란을 일으키고 말았다.

"여자 임금은 정사를 잘 돌보지 못한다!"

이것이 모반의 주된 이유였다. 비담이 이끄는 반란군은 명활성에 주둔을 했고, 김유신을 중심으로 하는 정부군은 왕성인 월성에 진을 꾸린 채 대치했다. 당시 양측이 첨예하게 대립한 것으로 미루어, 서로가 상대의 동태를 모두 파악하고 있었던 것으로 보였다. 그렇게 양쪽 진영에서 수시로 맞붙어 치열하게 공방을 벌였으나, 열흘이 지나도록 균형이 깨지지 않았다. 그러던 어느 날, 한밤중에 큰 별이 월성으로 떨어졌다. 비담 등이 병사들에게 말했다.

"자고로 별이 떨어진 곳에 유혈流血이 있다고 했으니, 이는 곧 여왕이 패전할 조짐이다!"

그 말에 반란군들이 환호성을 지르며 사기가 올라 정부군에 다시금 대공세를 펼치기 시작했다.

"와아, 공격하라!"

한편, 이런 소문을 들은 김유신이 주변에 은밀하게 명을 내렸다.

"지금 즉시 허수아비를 만들어 커다란 연에 매단 다음, 불을 붙여 밤하늘로 높이 띄워 올리거라!"

멀리서 보니 과연 별이 밤하늘로 천천히 올라가는 것처럼 보였다.

그리고는 이튿날 날이 밝는 대로 사람들을 시켜 사방에 또 다른 소문을 퍼뜨리게 하되, 반란군 진영에까지 들어가게 했다.

"어젯밤 떨어진 별이 다시 하늘로 올라갔다."

이어 별이 떨어진 곳에서 백마를 죽여 제를 올리고 다음과 같이 빌었다.

"하늘의 도道란 곧 양陽은 강하고 음陰은 부드러운 것이며, 사람의 도道는 임금은 존귀하고, 신하는 낮은 법입니다. 만일 그 질서가 바뀐다면 대란이 일어납니다. 지금 비담 등이 신하로서 임금을 도모해 아래에서 위를 범하려 드니 난신적자로서 하늘이 용납하지 못할 일입니다. 바라건대 하늘의 위엄으로 사람의 욕심에 따라 선善은 선하게, 악惡은 악으로 다스리시어 신령께 부끄럽지 않게 하소서!"

그리고는 이내 장졸들을 독려해 새로운 결의로 반란군 진압에 나서게 하니, 정부군이 싸움에서 승기를 잡기 시작했고 마침내 반란군들이 패주했다. 달아나던 비담은 추격군에 생포되었고, 조정에서는 비담은 물론 그의 구족을 멸함으로써 가혹할 정도의 엄벌에 처했다. 누구든지 여왕이 다스린다 하여 왕실의 위엄에 도전한다면 이 꼴이 될 것이라는 엄중한 경고였던 셈이다. 이렇게 해서 선덕여왕의 후계를 놓고 벌어진 〈비담의 난〉이 완전히 진압되었다.

그러나 안타깝게도 난리 도중에 선덕여왕이 서거했고, 비담을 처형한 것은 그 열흘 뒤였다. 난을 진압하기까지는 유신과 함께 알천을 중심으로 하는 칠성우의 눈부신 활약이 있었다. 이들이 주로 역대 풍월주를 지낸 문노文弩 계열의 상선上仙과 상화上花들로 구성되었기에, 〈화랑도〉가 이들의 편에 서는 것은 당연한 일이었다. 반란 초기에는 경도에 정부군이 부족해 애를 먹고 있었다. 그때 24대 풍월주를 맡고 있던 천광天光이 모든 낭도들을 이끌고 비담의 진영으로 돌진해 들어가, 반란군을 저지하는 데 결정적인 공을 세웠던 것이다.

당시 김유신을 중심으로 김춘추를 받들던 칠성우는 춘추의 나이가 이미 45세에 달했기에 선덕여왕의 뒤를 이어 춘추가 왕위에 오르길 고대했을 것이다. 그럼에도 춘추가 자신의 이모이자 마지막 성골인 승만공주를 내세우기로 한 것은 후사도 없는 공주의 나이가 환갑 전후라 사실상 자신이 국정을 좌우할 수 있는 상황이었고, 따라서 이는 오롯이 춘추 자신의 의지였을 가능성이 컸을 것이다.

그러나 사실 왕위보다 더욱 시급한 것은 백제와 고구려의 밀약을 깨지 못한 터라, 여전히 나라가 백척간두의 위기에서 벗어나지 못했다는 문제였을 것이다. 이를 위해 춘추는 〈여당전쟁〉에서 참패한 당 태종을 만나 그를 위로하고, 어떻게든 〈당〉나라의 지원을 이끌어 낼 외교적 돌파구를 찾는 데 몰두했을 가능성이 컸다. 이 시점에서 춘추가 왕위에 오른다면, 해외 출장 자체가 불가능해지는 만큼 자신이 직접 나서서 소기의 목적을 달성한 다음으로 즉위를 늦추기로 작심했던 것이다. 춘추는 더 큰 대의를 내다보는 혜안과 대단한 인내심을 갖춘 지도자가 틀림없었다. 그는 대야성에서 딸이 죽었다는 소식에 하루 종일 문설주에 기대 스스로에게 다짐했던 맹세를 결코 잊지 않았던 것이다.

마침 그러던 와중에 야마토에서도 정변이 일어나 오래도록 신라에 강경하게 굴었던 소가蘇我씨가 몰락하고, 천왕 일가가 권력을 되찾았다는 소식이 들어왔다. 〈비담의 난〉이 있기 전인 646년 9월경, 야마토 조정에서는 〈다이카개신〉이 한창 진행 중임에도 불구하고, 신라로 사신을 보내왔다.

"야마토국 고토쿠孝德천왕의 사신 소덕小德 다카무쿠노쿠로마로高向黑麻呂가 대왕을 뵙습니다."

다카무쿠高向는 일찍이 승려 민旻 등을 따라 수나라로 들어가 32년이나 유학을 한 박사 출신으로 隋, 唐을 비롯한 중원의 역사와 문화에 정통했으며, 사실상 〈다이카개신〉을 주도한 핵심 인물 중 하나였다. 그의 직책인 〈쇼토쿠小德〉 또한 12관등 중 2등에 해당하는 고위직이었는데, 겐리玄理라는 다른 이름을 지닌 것으로 보아 한때 야마토를 위한 첩보나 외교활동에 주력했던 것으로 보였다.

표면상 다카무쿠가 신라에 온 목적은 소위 〈임나지조任那之調〉, 즉 임나의 조공 방식을 달리하자는 것이었다. 임나가 562년 진흥대왕의 신라에 멸망했음에도, 야마토는 백 년 동안이나 신라에 끊임없이 임나 부활을 요구했고, 때로는 침공까지 시도했다. 신라는 그런 야마토를 달래면서 가능한 외교적으로 해결하려 했고 수시로 조공도 보내주었는데, 이를 마치 신라가 야마토를 上國 대하듯 한 것으로 기록해 놓았지만 어불성설이었다.

어쨌든 다카무쿠가 이때 신라로 와서 더 이상 조공을 바치지 않아도 좋으니, 대신 볼모를 보내 달라고 요구했다는 것이었다. 그러나 야마토와의 전쟁도 마다치 않던 신라가 이를 수용할 리가 없었기에, 그것은 일종의 명분이었을 뿐이고, 실상은 그간 악화일로를 치닫던 신라와의 관계 개선을 타진하고자 온 것이 틀림없었다. 〈다이카개신〉이전의 소가蘇我씨 정권은 신라에 대해 강경 일변도였으나, 중대형을 비롯해 새로운 왕실파가 정권을 장악한 만큼 이들도 신라와의 외교노선에서 돌파구를 찾으려 했던 것이다.

특히 〈중대형의 정변〉이 있던 645년 효덕 원년에, 새롭게 구성된 야마토 조정은 백제 의자왕이 보내 준 축하 사절의 조공 수준이 미흡

하다고 트집을 잡아 이를 돌려보낸 적이 있었다. 성왕 이래로 야마토
는 백제 왕위교체에 개입하지 못한 지 오래되었고, 불만이 쌓여 가면
서 시간이 갈수록 양국의 관계가 점점 소원해졌던 것이다. 따라서 새
로운 정권은 그간의 혈맹관계와 오랜 의리를 떠나, 한반도의 三韓을
대함에 있어 자신들에게 유리한 새로운 역학관계를 조성하려 했을 수
있었다.

  그런 이유에서 다카무쿠는 우선 신라 조정에 들러 분위기를 파악
하고, 자신들의 〈다이카개신〉에 대해 설명하는 한편, 새로운 관계 개
선을 타진했을 가능성이 충분했던 것이다. 야마토의 혁명적인 변화에
춘추가 가장 큰 관심을 보였을 것이고, 그 역시 야마토의 새로운 정권
에 대해 외교전을 펼칠 만하다고 기대했을 가능성이 컸다. 설령 고구
려에서처럼 별 성과가 없다손 치더라도, 백제에 대한 영향력은 물론
점점 더 세력이 커지는 야마토 조정의 분위기를 직접 확인하고, 화친
의 불씨라도 마련하는 것이 절실하다 판단했을 만했다.
  어쩌면 개인적으로는 야마토가 황극皇極여왕에서 남성인 효덕천왕
으로 원만하게 왕위를 교체한 데 대해서도 많은 관심을 가질 만했다.
언젠가는 선덕여왕의 뒤를 춘추가 잇게 될 것이라고 모두들 믿는 분
위기였던 것이다. 그해 연말이 되어 마침 다카무쿠의 귀국이 임박하
자, 춘추는 선덕여왕이 병중임에도 불구하고, 다카무쿠와 동행하기로
하고 〈야마토〉행을 결행한 것으로 보였다. 필시 주변의 많은 사람들
이 반대했을 테지만, 춘추의 세력과 대립각을 세우고 있던 상대등 비
담만큼은 그의 외유를 적극 반겼을 것이다.
  그러나 춘추 역시 여왕의 유고 시를 대비해 측근들과 함께 만반의
대응 방안을 협의해 놓고 떠났고, 그 핵심 내용은 일단 승만을 여왕으

로 내세우는 것이었다. 이에 반해 상대등 비담은 춘추와 그의 지지 세력이 여왕의 죽음을 목전에 두고도 승만에 대한 지지를 철회하지 않자, 크게 반발하고 있었다. 마침 핵심 인물인 김춘추가 스스로 야마토로 떠나면서 조정을 비우자, 그 틈을 이용할 절호의 기회로 여겼다. 결국 비담이 여왕은 올바른 정치를 할 수 없다는 소위 '여주불능선리女主不能善理'의 기치를 내걸고 서둘러 난을 일으켰던 것이다.

그런데 난리 도중에 선덕여왕이 재위 16년 만에 서거하는 바람에, 예정대로 여왕의 뒤를 이어 사촌동생인 승만이 왕위에 올랐으니 진덕眞德여왕이었다. 진덕여왕은 난이 진압되는 대로 선덕여왕을 그녀의 유언대로 낭산에 묻어 장사 지내 주었고, 비담과 연좌된 반역자들 30여 명을 처단했다. 또 반란 진압에 공이 큰 이찬 알천을 상대등으로 삼고, 풍월주 천광을 호성장군으로 발탁했다.

이미 60세 전후의 나이였던 진덕여왕은 생김새가 넉넉하며 아름답고, 키가 일곱 자나 되는 장신에 손을 내려뜨리면 무릎까지 닿을 정도였다고 한다. 그러나 당시 여왕이 자신을 추종하는 세력을 따로 두지 못한 것이 틀림없었고, 대신 춘추를 받드는 칠성우가 조정을 장악했기에 춘추는 여왕의 후계자이자 섭정의 지위나 마찬가지였다. 사실상 춘추가 왕이나 다름없었으므로 진덕여왕의 즉위 자체는 이미 춘추의 시대가 시작되었음을 시사하는 것이었다.

그런 와중에 뱃길로 〈야마토〉에 도착한 김춘추가 고토쿠孝德천왕을 만났는지는 분명치 않았다. 그러나 야마토는 이듬해인 647년, 신라의 상신上臣이자 大아찬인 김춘추가 다카무쿠와 함께 들어와 천왕에게 공작과 앵무새 한 마리씩을 헌상했다고 기록했으니, 필시 천왕을 만난 것이 틀림없었다.

게다가 춘추의 용모가 아름답고 쾌활했으며 담소를 즐겼다고 했으니, 춘추가 야마토 조정 사람들의 관심을 끌고자 꽤나 애를 썼고, 실권자인 중대형황태자나 중신겸자中臣鎌子 등과도 면담했을 가능성이 높았다. 춘추는 친백제 성향의 야마토가 좀 더 중립적으로 돌아설 필요가 있음을 역설하려 했을 것이다. 그러나 야마토는 여전히 백제 및 고구려와 더불어 신라 타도를 위한 三國밀약의 관계를 유지해 온 나라였다. 오히려 신라가 임나의 자주권을 허락하고, 야마토의 번국인 내관국內官國으로 인정하라는 거센 압력에 시달렸을 가능성이 더 컸을 것이다.

따라서 김춘추의 야마토행은 예상대로 전혀 성과를 보지 못한 것이 틀림없었다. 그러나 김춘추는 야마토가 친백제 성향을 결코 버리지 않을 것이라는 것과 함께, 여전히 〈임나〉(대마)에 집착하고 있음을 두 눈으로 분명히 확인했을 것이다. 게다가 야마토 조정이 〈다이카개신〉 등 기존의 관행에서 벗어나 과감한 개혁의 길을 걷고 있는데 대해서도 깊은 인상을 받았을 것이다.

그 밖에도 춘추가 목숨을 걸고 부지런히 외교활동에 나선 데 대해서도 나라 안팎의 사람들로부터 칭송을 듣는 것은 당연한 결과였을 것이다. 그리고 야마토에서 그가 느끼고 확인한 모든 것들이 이후 그의 정책 판단에 결정적인 도움이 되었을 것이다. 김춘추는 결코 생각에만 머무는 것이 아니라 현장 확인을 위해 몸으로 뛰면서, 직접 행동으로 옮기는 과감한 결단력과 용기를 지닌 인물이었던 것이다.

그 무렵 당태종이 지절사持節使를 보내 선왕인 선덕여왕을 광록대부光祿大夫로 추증하고, 진덕여왕을 신왕新王 및 주국柱國으로 인정해 〈낙랑군왕〉이라는 관작을 보내왔다. 한때 요동의 (포구)진한이 낙랑을 다스렸음을 환기시키기에 충분한 관작명이었다. 진덕여왕은 7월에 당태종에게 사은을 위한 사신을 보내고, 이때 연호를 새로이 〈태화太和〉로 고쳤다. 그런데 그해 10월이 되자 신라 조정에 급보가 날아들었다.

"아뢰오, 백제 군사가 서쪽 국경을 넘어와 무산과 감물, 동잠의 3성을 포위했다고 합니다."

신라 조정이 내란에 이어 왕위교체로 어수선하다는 소문에, 예외없이 그 틈을 노리고 침공해 온 것이었다. 이에 조정에서는 김유신으로 하여금 보기병 1만의 군사를 거느리고 가서 백제군을 상대하게 했다. 백제의 의자왕이 이때 장군 의직義直에게 보기병 3천을 내주고 무산성茂山城(전북무주) 아래에 주둔하면서, 인근의 감물甘勿(경북김천), 동잠桐岑(경북구미) 2성을 공격하게 했던 것이다. 그러나 김유신의 군대가 의직이 이끄는 백제군에 고전하면서 몹시 지치고 사기가 떨어졌다. 유신이 비녕자조寧子를 불러 말했다.

"오늘 일이 다급하게 되었네, 그대가 아니면 누가 여러 사람들의 마음을 격려할 수 있겠느냐?"

"어찌 감히 명령에 따르지 않겠습니까?"

비녕자가 단호한 대답과 함께 유신에게 절을 하고는 곧바로 적진으로 향하자, 그의 아들 거진擧眞과 가노家奴인 합절合節도 비녕자의 뒤를 따랐다. 이들 비녕자 부자가 날카로운 검과 창이 난무하는 백제 진영 한가운데로 무작정 돌진해 용맹히 싸우다 전사하니, 이를 바라보던 신라 군사들이 감동해 창을 부여잡고 일제히 함성을 지르며 적진을 향해 달려 나가기 시작했다.

"적을 무찔러 비녕자 부자의 복수를 하자! 돌격하라, 와아!"

결국 〈무산전투〉에서 신라군이 백제군을 대파시키고 3천 명의 수급을 베었다. 패장이 된 백제의 의직은 고작 필마로 돌아가야 했다.

그런데 이듬해인 648년 3월이 되자 백제 장수 의직이 군사를 이끌고 신라의 서변을 또다시 쳐들어와 요거성腰車城(경북상주) 등 10여 성을 공격했다. 의직義直이 지난해 무산에서 유신에게 참패를 당하고 돌아갔음에도 어쩐 일인지 의자왕이 그를 벌하지 않고, 오히려 설욕할 기회를 준 것이었다.

그 무렵 김유신은 압독押督(량梁)州(경산)의 도독 겸 군주軍主로 부임해 있었다. 그런데 그가 군무軍務에 도통 신경 쓰지 않은 채, 술을 마시고 풍악을 울리며 달포를 지냈다. 고을 사람들이 이런 유신을 보고 용렬한 장수라며 비방하기 시작했다.

"사람들이 편안히 지낸 지 오래되어 한 번 싸울 만한 여력이 생겼는데, 장군이 저토록 게으르니 어찌하면 좋단 말인가?"

유신이 이 말을 듣고 비로소 이제 백성들을 가히 쓸 만하다 여기고는, 여왕에게 고하여 6년 전 백제의 윤충에게 빼앗겼던 대량주大梁州(대야성, 합천)에 대해 보복하기를 청했다. 마침 백제의 재침공이 있던 때라 진덕여왕이 이를 수락하니, 유신은 주병州兵을 선발해 충분히 훈련시킨 다음 이들을 이끌고 마침내 대량성으로 향했다.

대량성에 도착하니 백제의 장군 의직이 나와 유신의 군대를 막아섰다. 의직은 지난해 패배를 앙갚음하려는 듯, 군사를 몰아 맹렬하게 신라군을 공격해 왔다. 이때 유신이 짐짓 패하는 척하면서 수시로 달아나기를 반복하다가 옥문곡玉門谷에 이르렀다. 그때 유신은 세 군데에 미리 복병을 숨겨 두고 있었다. 마침내 김유신의 신호가 떨어지자, 매복해 있던 신라군들이 차례대로 일어나 의직이 이끄는 백제군을 공격했다.

"아뿔싸, 매복이로구나……"

의직이 탄식을 내뱉었지만, 때는 이미 늦고 말았다. 신라군이 이때 백제군에 또다시 대승을 거두었는데, 1천여 백제군의 수급을 베고, 백제 장수 8명을 생포하는 쾌거를 이루었다. 윤충에게 당했던 패배에 대해 완벽하게 복수를 한 셈이었다. 그런데 이때 유신이 백제 진영으로 사람을 보내 뜻밖에도 포로 교환을 제안했다. 신라의 사자가 협상 조건을 말했다.

"6년 전 이곳에서 죽은 우리 군주郡主 김품석과 그 아내의 유골이 너희 나라 옥중에 묻혀 있다고 들었다……"

바로 김춘추의 딸 고타소낭과 그 사위의 유해를 돌려준다면, 8명의 백제 장수를 돌려주겠다는 뜻이었다. 백제 조정에서 이에 대해 논의한 결과 의자왕이 협상을 수락하고는 김품석 부부의 뼈를 수습해 독에 넣어 보내왔다. 이때 유신의 주변에서는 살아 날뛰는 8명의 백제 장수를 유골과 교환하는 데 대해, 불만을 표출하는 장수들도 있었다. 김유신이 이를 의식했는지 별 대수롭지 않은 일이라는 듯 단호하게 말했다.

"나뭇잎 하나가 떨어진다 한들 무성한 수림에 손해를 끼칠 리가 없고, 티끌이 모인다 한들 큰 산에 보탤 것 하나 없을 것이다."

그리고는 약속대로 8명의 백제 장수들을 온전히 돌려보내 주었다. 수하의 장수들이 유신의 허풍선이 같은 자신감에 갸우뚱했겠지만, 사실 그는 자신의 주군主君인 김춘추의 한을 마치 자신의 그것처럼 마음에 품고 있었던 것이다. 백제의 장수들이 돌아가자마자 유신은 곧바로 백제의 강역으로 돌격하라는 명령을 내렸다. 그리고는 승세를 몰아 험준한 산악을 끼고 있던 백제의 12城을 일거에 함락시키고 2만여 백제군의 수급을 베는 한편, 9천여 명을 사로잡는 엄청난 성과를 올렸다. 유신의 말이 결코 허풍이 아니었던 것이다.

승전보를 받은 진덕여왕은 크게 기뻐하여 김유신에게 이찬의 벼슬을 더해 주고 上州행군대총관으로 임명했다. 김유신은 이때도 백제 강역을 누비며 추가로 진례進禮 등 9성을 쳐서 9천여 명의 수급을 베고, 6백여 명을 생포하는 전공을 세웠다. 그때까지 벌어졌던 백제와의 전투 중 가장 규모가 크고 일방적인 승리였을 것이다. 이로써 그동안 백제에게 밀리던 전세가 신라 쪽으로 기우는 모양새가 연출되기 시작했다.

김유신의 백제 공략이 한창 진행되던 무렵에 야마토에 갔던 김춘추가 신라로 돌아왔다. 일설에는 그가 야마토에서도 커다란 봉변을 당할 뻔했다고 했으니, 결코 무사 귀환은 아닌 듯했다. 그런데 놀라운 일이 또다시 벌어졌다. 귀국 후 얼마 지나지 않아 춘추가 다시금 왕명을 받들어, 이번에는 자신의 아들 문왕文王을 데리고 함께 바다 건너 唐나라로 향했던 것이다. 고구려와 야마토에서 외교적 성과를 올리지 못했기에, 당태종을 만나기 위한 이번의 3번째 외유야말로 사실상 가장 중요한 의미를 지닌 출국이었다. 唐에서도 신라에서 실권자인 춘추 부자가 온다는 소식에 황제가 주위에 명을 내렸다.

"춘추는 보통 인물이 아니라 들었다. 광록경光祿卿 유형柳亨은 교외로 나가 춘추 일행을 맞이하도록 하라."

당태종은 필시 춘추가 고구려에 이어 야마토까지 원행을 다녀온 사실을 들어 알고 있었을 것이다. 춘추가 당태종의 고구려 원정을 좌절시킨 연개소문은 물론, 야마토에서도 〈다이카大化정변〉으로 소아蘇我씨를 몰아낸 나카노오에中大兄태자를 두루 만나고 왔다니, 그의 唐나라 방문은 당시 장안 제일의 화젯거리였을 것이다. 그런 춘추가 이제 자신을 만나러 머나먼 신라에서 찾아온다니, 당태종도 커다란 호기심과 관심을 표출했던 것이다. 춘추가 마침내 長安에 입성해 당태종을 알현하니, 태종은 과연 춘추의 준수하고 기품 있는 외모를 인상 깊게 여겨 그 일행을 후하게 대접해 주었다. 그런데 춘추가 이때 예상과 달리 태종에게 엉뚱한 청을 하나 넣었다.

"폐하께서 허락해 주신다면, 천하의 인재들이 모인다는 국학國學을 둘러보고, 석존釋尊(부처)과 강론講論을 직접 참관했으면 합니다."

태종은 춘추가 곧바로 군사 지원 문제를 꺼내지 않는 데 대해 그 속을 궁금하게 여겼으나, 그가 우선 唐의 교육기관과 선진문물에 관심을 보이니 기꺼이 허락해 줄 수밖에 없었다. 오히려 자신이 손수 지은 온탕비溫湯碑와 진사비晉祠碑 외에 막 새로 지은 역사서 《진서晉書》를 내려 주기까지 했다. 이 책은 2년 전 태종의 명으로 방현령 등이 사마씨의 〈서진西晉〉을 중심으로 〈5호 16국〉에 대한 역사를 기록한 정사로 알려졌으나, 사전에 태종이 기록을 열람하고 사찬에 간여함으로써 〈어찬御撰〉이라는 별칭이 붙을 정도로 문제가 있는 사서였다.

그 와중에도 태종은 속으로는 춘추가 어서 속내를 풀어놓고 아쉬운 소리를 꺼내기를 기다렸겠지만, 노련한 춘추는 일부러 시간을 끌며 그런 태종의 마음을 초조하게 만들었다. 며칠 후, 당태종이 춘추를 불러들여 한가로운 시간을 함께 보낸 후 금백金帛(금과 비단)을 후하게 내렸다. 그때까지도 춘추가 입을 열지 않자 마침내 태종이 조바심이 났는지, 먼저 춘추에게 하고 싶은 말이 있는지를 물었다. 그러자 춘추가 기다렸다는 듯 무릎을 꿇고 앉아 말했다.

"우리나라가 천조天祖를 섬긴 지 이미 오래되었거늘 아시다시피 이웃한 백제가 굳세고 교활하여 수시로 침략을 일삼았습니다. 더구나 왕년에는 대대적으로 군사를 거느리고 변방 깊숙이 쳐들어와 수십 성을 무너뜨려, 입조의 길까지 막았습니다. 이에 폐하의 천병天兵(당군)을 빌려 그 흉악무도한 백제를 없애지 않는다면 우리나라 인민은 모두 백제의 포로가 될 것입니다……"

"흐음……"

결국 당태종이 이때 춘추와 그의 나라 신라를 위해 당군의 출사出師(출병)를 허락해 주겠노라며 말했다.

"내가 신라와 함께 고구려와 백제를 정벌하려는 것은 산천과 토지를 탐내서가 아니다. 옥백玉帛(옥과 비단)과 자녀들은 나도 충분히 갖고 있다. 내가 두 나라를 평정한다면 모두 너희 신라에게 주어 영원히 평안하게 살도록 해 주겠다."

태종이 이때 춘추가 거스를 수 없는 파격적인 제안으로 자신의 제안을 단번에 성사시키고, 스스로의 관후함을 과시하려 한 듯했다. 당시 태종이 언급했던 이 말이야말로 〈당〉과 〈신라〉 사이의 군사동맹을 위한 조건인 셈이었으니, 춘추로서는 거절은커녕, 절을 하고 춤이라도 춰야 할 일이었을 것이다.

그렇더라도 한 가지 의문점은 있었다. 춘추의 바람대로 만일 고구려가 사라지고, 신라가 요동에서 唐과 국경을 접하는 날이 오게 된다면, 과연 태종의 말대로 唐이 반도의 신라를 내버려 둘 수 있었겠는가? 또 요동의 고구려야말로 반도의 신라와 백제 두 나라에게는 대륙의 바람을 막아 주는 입술과 같은 순망치한의 존재였음을 고구려까지 다녀왔다는 춘추가 과연 계산하지 못했던 것일까?

아마도 당시의 춘추는 당장 급한 불부터 꺼야 할 입장이었으니, 우선 고구려와 백제 두 나라의 밀약을 깨뜨리고 백제를 굴복시키는 것이 급선무였을 것이다. 나머지는 누구도 알 수 없는 미래의 일인 데다 그다음에 생각할 수도 있는 일이었기에, 태종의 말에 크게 감동하고 적극 순응했던 것이다. 백제와 고구려가 南北으로 밀약을 맺고 신라를 핍박하니, 신라로서는 唐과 東西로 동맹을 맺어 대응하는 것을 유일한 돌파구로 여길 수밖에 없기 때문이었다.

더구나 당태종을 찾기 이전에 춘추는 백제와의 밀약이 의심되는 친백제 세력인 고구려에 이어 바다 건너 야마토까지 신변의 위험을 무릅쓰고 달려갔다. 백제와 두 나라 사이의 관계에 균열을 일으키려 했으나, 양국은 요지부동이었고 오히려 춘추를 가두고 핍박하기 바빴던 것이다. 춘추가 이들의 강고한 관계를 확인하고 마지막으로 〈당〉나라를 찾기까지 그 배경에는 지푸라기라도 잡겠다는 절박한 심정이 깔려 있었을 것이다. 당시 춘추가 당태종의 야욕을 모를 리가 없었으나, 그럼에도 당장 신라가 생사의 기로에 있었고 唐의 지원이 절실했기에 모든 것을 감수하기로 했던 것이다.

오히려 춘추는 만의 하나 당태종이 지원 약속을 철회하지 않도록 끊임없이 그의 비위를 맞추느라 머리를 쓰기 바빴다. 춘추가 이때 당태종의 체면을 올려줄 무언가를 생각해 내고 이세민에게 말했다.

"이참에 장차 우리나라의 예복을 고쳐 大唐의 관제官制를 따라 할 것입니다."

"우리의 관제를 따라 하겠다고? 그것 참 좋은 생각이오. 껄껄껄!"

태종이 파안대소하며 기뻐하더니 즉석에서 진귀한 의복을 가져오게 하여 춘추와 그의 수하에게 선물했다. 이어 조정에 명을 내려 춘추 일행에게 벼슬을 내려 주었는데, 춘추를 특진特進으로, 아들인 김문왕金文王을 좌무위장군으로 삼았다. 뿐만 아니라 춘추 일행이 귀국할 때가 되자, 태종이 송별의 잔치를 열어 주었는데 3품 이상의 관리들 모두를 참가하게 하는 등 그 우대가 참으로 극진한 것이었다.

〈요동 원정〉에 참패하면서 뜨거운 맛을 본 태종으로서는 고구려를 唐나라 혼자서 상대하기 어렵다고 포기하려던 때였다. 바로 그 순간 춘추가 나타나 신라와의 군사동맹을 제안하고 고구려에 대한 〈東西협공〉이라는 절묘한 방안을 가져왔으니, 춘추야말로 하늘에서 내린 선물이 아니고 무엇이었을까? 금백金帛이나 벼슬이 아니라 나라를 떼어 줘도 아깝지 않았을 것이다.

일설에는 그때 당태종이 춘추를 신성한 사람이라고 칭찬하면서 자신의 곁에서 시위侍衛를 하라고 했으나, 김춘추가 극구 귀국을 청해 돌아올 수 있었다고 한다. 태종은 속으로 이참에 춘추를 볼모로 삼아 신라와의 군사동맹을 더욱 옥죄고 싶었을 것이다. 대신 춘추는 다른 제안으로 이 위기를 모면하고자 했다.

"신에게 일곱 아들이 있으니, 성상聖上의 곁에서 숙위케 해 주소서."

이에 동행했던 춘추의 아들 문왕과 신하 한 명을 잔류시켜 長安에 머물게 했다. 이처럼 춘추와 당태종은 겉으로는 마치 형제라도 되는 양 죽이 척척 맞는 모습이었으나, 속으로는 치열한 수싸움을 지속한 끝에 어렵사리 〈신라〉와 〈당〉 사이의 군사동맹을 성사시켰던 것이다. 당시 당태종이 춘추에게 장차 20만의 唐군을 지원하기로 약속했으니, 춘추는 기대 이상의 목적을 달성함은 물론, 그동안의 노고를 모두 보상받는 듯한 희열을 느꼈을 것이다. 그러나 김춘추와 당태종 이세민의 이 역사적 만남이야말로, 향후 三韓은 물론 한반도의 역사 전체를 뒤바꾸는 결정적 계기가 되고 말았다.

김춘추는 예상 밖의 성과를 내고 귀로를 위한 배에 서둘러 몸을 실었다. 진덕여왕은 물론, 김유신과 칠성우 등 자신을 믿고 따르는 이들에게 하루라도 빨리 이 기쁜 소식을 알리고 싶었을 것이다. 그런데 호사다마라 했던가? 좋은 일이 많다 보니 춘추 일행이 돌아오는 뱃길에 엄청난 위기를 맞이하고 말았다. 해상에서 느닷없이 해안가를 순찰하던 고구려 순라선과 마주치게 된 것이었다. 필시 고구려 측에서 춘추가 唐과 맺은 동맹의 조서를 가지고 돌아간다는 첩보를 입수하고, 처음부터 일행을 추격한 것으로 보였다. 고구려의 해상 순라병들이 마침내 춘추 일행이 탄 배를 멈추게 하더니, 배로 넘어와 즉시 삼엄한 검색에 나섰다.

긴박한 순간에 춘추를 수행하던 온군해溫君解가 귀한 신분임을 나타내는 높은 관을 쓰고 큰 옷을 갈아입은 채, 배 위에 태연하게 앉아 있었다.

"흐음, 이자가 틀림없으렷다……. 베어 버려라!"

순라병들이 온군해를 춘추로 여기고 즉석에서 그를 참해 버렸다. 그리고는 이들이 타고 온 배를 빼앗는 대신 작은 배를 하나 내주고 일행들을 모두 그 배에 옮기게 한 다음 해상에서 추방해 버렸다. 온군해의 기지와 희생 덕분에 춘추 일행은 극적으로 살아서 신라 땅에 당도할 수 있었다. 대체 하늘의 뜻이 아니라면 어찌 그가 이토록 극적으로 매번 생환할 수 있었겠는가?

곧바로 경도로 들어간 춘추가 진덕여왕과 군신들에게 唐에서의 외교적 성과를 보고하고, 장차 군사 지원을 약속하는 당태종의 조서를 바치자 모두 환호성을 지르고 기뻐했다.

"와아! 마침내 춘추공이 해내셨군요. 하하하!"

그러나 이어서 온군해의 죽음을 알리자 모두들 이내 숙연해졌고, 깊은 슬픔에 빠졌다. 진덕여왕은 온군해를 대아찬에 추증하고, 그의 유족들에게 후한 상을 내려 주었다.

당태종은 이때 춘추에게 군사 20만 명을 지원해 주겠노라고 약속했다. 춘추가 귀국했을 즈음에는 김유신도 백제 원정에서 20개의 성을 빼앗고 3만여 수급을 베는 등 커다란 성과를 올린 뒤였다. 춘추가 유신을 따로 만나 말했다.

"참으로 살고 죽는 것이 하늘의 명에 달린 것인가 보오. 덕분에 이렇게 살아 돌아와 공과 다시 만나게 되었으니 얼마나 다행한지 모르겠소이다."

그때 유신도 그간의 전과를 설명하고, 조심스레 고타소낭의 이야기를 꺼냈다.

"이번에 사위이신 품석공과 그 부인의 유골을 향리로 가져올 수 있었습니다. 모두 하늘이 도와주신 덕분입니다."

"오오, 어찌 이럴 수가……"

자신을 향한 배려와 변함없는 의리에 춘추는 유신의 손을 잡고 눈물을 흘려야 했을 것이다. 게다가 나라 안팎으로 자신은 이역 땅에서, 유신은 국내의 전쟁터에서 목숨을 걸고 분투한 끝에 저마다 눈부신 성과를 올린 것이었으니, 그날 두 사람은 다시 한번 〈삼한일통三韓一統〉의 꿈을 기필코 이뤄 내기로 굳은 다짐을 했을 것이다.

3부

최후의 승자

9. 사비성의 통곡

진덕 3년 되던 649년 정월부터 신라는 춘추가 당태종에게 약속한 대로 唐나라의 의관을 입기 시작했다. 그러던 그해 4월, 당태종이 그토록 염원하던 〈요동 원정〉을 포기하라는 유언을 남긴 채 파란만장한 일생을 마감했다. 신라의 김춘추로서는 당태종의 사망 소식이 참으로 실망스러운 것이었겠으나, 그는 어쩌면 당태종을 만났을 때 이세민이 소위 요동에서 얻은 병으로 고생하고 있다는 사실을 알고 있었을 것이다. 그랬기에 굳이 태종의 조서를 받아 내고자 노력했고, 이를 위해 당나라 관복을 따르겠다거나 아들을 볼모로 남기고 왔던 것이다. 그러던 9월이 되자 신라 조정에 급보가 전해졌다.

"아뢰오, 백제 좌장군 은상殷相이 군사를 몰고 기습을 가해 와서 석토石吐 등 우리의 7개 성이 한꺼번에 적의 수중에 떨어졌다 합니다."

당시 백제의 의자왕은 전년도에 김춘추가 당태종을 찾아 군사동맹을 맺고, 신라의 백제 공략을 위해 唐나라가 20만 군대를 지원키로 약속했다는 정보에 크게 긴장했을 것이다. 그러나 당태종의 사망과 함께 신라나 唐에서 아무런 조짐도 보이지 않자, 내친김에 전년도에 김유신에 패해 20여 성을 잃은 데 대해 보복하기로 하고 1만 이상의 정병을 동원해 선제공격을 감행해 온 것이었다.

신라 조정에서도 급하게 김유신을 대장군으로 삼고, 장군 진춘陳春과 죽지竹旨 등에게 군사를 이끌고 나가 백제군을 상대하게 했다. 김유신이 이때 신라군을 3軍으로 나누고 총 5道로 백제군을 공략해 들어가게 했다. 그 후 양측이 맞붙어 열흘이 넘도록 치열하게 전투를 벌였음에도 백제군 또한 강성한 정예병들이라 절대 물러서질 않았다. 김유신이 이때 도살성道薩城(충남천안) 아래에 병사들을 집결시켜 진영을 꾸리고는, 주위에 명을 내렸다.

"지금 적의 첩자들이 사방에서 돌아다닐 것이다. 병졸들을 시켜 성이 견고해 좀처럼 흔들리지 않으니 내일쯤 지원군이 오기를 기다려 결전이 있을 것이라는 소문을 퍼뜨리도록 하라."

과연 백제군의 첩자들이 신라 진영에서 떠도는 첩보를 들은 대로 보고하니, 은상을 비롯한 백제의 장수들이 이를 걱정했다. 다음 날, 김유신이 총공격 명령을 내려 백제군에 공세를 가하기 시작하자, 백제군들은 신라의 지원군이 가세한 것으로 여겨 지레 겁을 먹었는지 밀리기 시작했고, 결국 신라군이 완승을 거두었다. 유신은 때로는 이런 반간계反間計에도 능한 장수였으니, 삶과 죽음이 한순간에 갈리는 전장에서는 반간계든 이간계든 어떻게든 이기는 것이 능사였던 것이다.

〈도살성전투〉에서 신라군은 총사령관 격인 좌평 은상殷相과 달솔 자견自堅을 포함해 대략 9천여 백제군의 수급을 베었고, 달솔인 장군 정중正仲 외 백 명에 이르는 장사들을 생포했으며, 전마 1만 필과 함께 셀 수 없이 많은 병장기를 노획했다. 그야말로 백제는 이 전투에서 병력의 대부분을 잃는 미증유의 대참패를 당했고, 이후 5년간 전쟁에 나서지 못했을 정도로 치명적인 타격을 입었다. 김유신이 펼친 고도의 심리전이 이토록 무서운 힘을 발휘했던 것이다. 유신이 경성으로 개선하니, 진덕여왕이 친히 성문까지 나와 대장군과 그 군사들을 뜨겁게 맞이하며, 후하게 포상했다.

이듬해 650년이 되자, 진덕여왕이 조정에 명을 내렸다.

"진골로서 작위를 가진 자는 아홀牙笏을 갖도록 하라."

신라는 이미 그 전년도에 당의 관복을 입게 한 데 이어, 고관대작에게 상아홀을 들게 했으니, 대놓고 친당 정책을 표방하기 시작한 셈이었다. 뿐만 아니라 종전 여왕의 즉위와 함께 쓰던 태화太和란 연호를 버리고, 唐고종의 연호인 영휘永徽를 쓰기 시작했다. 후대에 이를 두고 지나친 사대事大였다며 두고두고 욕을 먹게 되었으나, 필시 당나라의 지원을 이끌어 내기 위한 고육지책임이 틀림없었다.

그해 6월 진덕여왕은 춘추의 장남인 김법민金法敏을 사자로 삼아 당고종에게 사신으로 보내고, 그 전년도에 백제군에 대승을 거둔 사실을 알렸다. 이때 여왕이 고종의 즉위와 선정을 축원하기 위해 손수 지은 오언시五言詩 〈태평송〉을 비단에 짜서 고종에게 바치니, 고종이 크게 기뻐하여 법민에게 대부경大府卿의 벼슬을 주어 귀국케 했다. 신라는 그야말로 새로운 황제 당고종의 신뢰를 얻기 위해 최선을 다하는 모습이었고, 이는 여전히 백제가 멸망하지 않았기에 장차 당태종이 약속했던 그대로를 고종이 이행해 주기를 바랐기 때문이었다.

의자 11년인 651년, 백제의 의자왕이 사신을 唐에 보내 조공을 했다. 그때 당고종이 새서를 내려 의자왕을 달래기를 해동삼국海東三國이 오래된 만큼 원한을 풀고 서로 간에 화친하며 살 것을 간곡하게 권유했다. 이를 위해 백제가 빼앗은 성을 신라에 모두 돌려주라며, 신라 또한 백제의 포로를 전원 송환케 할 것이라고 했다. 그리고는 말미에 엄중한 경고와 협박의 문구를 적어 놓았다.

"……(중략)……. 만일 왕이 짐의 말에 따르지 않는다면, (신라) 법민의 소청대로 왕과의 결전을 맡길 것이고, 고구려로 하여금 멀리서 구원에 나서지 못하게 할 것이오. 고구려가 이를 따르지 않는다면, 거란과 여러 번국을 시켜 요수를 건너 구략寇掠(노략질)케 할 것이니 왕은 짐의 말을 잘 생각해서 후회함이 없도록 하시오."

당고종의 섬뜩한 경고에 의자왕은 크게 기분이 상했을 테지만, 그럼에도 분노를 누른 채 변함없이 이듬해에도 당에 조공을 보냈다. 의자왕은 653년에는 야마토에도 사자를 보내 화친의 관계를 강화하려 했는데, 신라 또한 똑같이 사신을 야마토로 보내왔다.

그해 5월, 야마토가 특별히 당나라에 대규모의 〈견당사遣唐使〉를 파견했는데, 배 한 척에 약 120명씩을 태워 2개 조에 240여 명을 보냈을 정도였다. 7월에도 추가로 보냈으나, 사쓰마薩摩(가고시마) 근처에서 배가 충돌하는 사고로 많은 유학생들이 물귀신이 되기도 했다. 효덕천왕의 다이카大化정권은 대륙의 선진문물을 받아들이는 데 있어, 더 이상 한반도의 三韓을 거치지 않고 황해의 직항로를 이용해 당과 직접 교류하고자 애쓰고 있었던 것이다.

해가 바뀌어 654년이 되자, 나카노오에中大兄태자가 미야코京로 천도할 것을 주청했다. 그런데 웬일인지 효덕천왕이 이를 허락하지 않았고, 그러자 태자가 상왕上王(황극) 및 왕후, 오아마大海人왕자 등을 이끌고 아스카의 행궁으로 들어가 버렸다. 고토쿠孝德천왕과 조카인 중대형태자 사이에 커다란 균열이 생긴 것이었다. 어느 날 궁인들이 달려와 천왕에게 놀라운 보고를 했다.

"폐하, 송구하오나 조정의 공경대부 및 백관들 모두가 태자를 따라 아스카로 떠났다 하옵니다!"

"……."

서러움과 분노로 가득한 천왕이 천왕의 자리를 떠날 생각으로 야마자키山碕(교토)에 궁을 지으라는 명을 내렸다. 야마토 왕실이 이렇게 내분으로 분열된 사이에 효덕천왕이 병을 앓다가 그해 10월 정전正殿에서 세상을 떠나고 말았다. 나카노오에中大兄태자와 공경들이 달려와 천왕을 오사카기장릉大坂磯長陵에 장사 지내고, 황극皇極 상왕上王을 받들어 아스카의 행궁으로 돌아갔다. 655년 정월, 이미 한 차례 천왕을 지낸 바 있던 고쿄쿠皇極 상왕이 다시 여왕의 자리로 돌아와 천왕에 즉위하니, 사이메이齊明여왕이었다. 조메이舒明천왕의 왕후였고, 중대형태자의 생모였다.

그해 2월경, 백제에서 조문 사절이 야마토로 들어왔는데, 의자왕의 뜻이라며 다소 엉뚱한 이야기를 전해 왔다.

"우리 국왕께서 새상이 늘 나쁜 짓을 꾸미려 하니, 행여 돌아오는 사신에 딸려 보내 줄 것을 요청하더라도 천왕께서 허락하지 마시라는 말을 전하라 하셨습니다."

새상塞上이란, 변방에 나가 있는 왕이란 뜻이니 진작부터 야마토에 볼모로 와 있던 백제왕자 부여풍扶餘豐을 일컫는 말이었고, 이는 곧 의자왕이 풍장豐章의 귀국을 꺼린다는 뜻이었다. 그런데 그때 백제 사신을 따라온 종자從者들이 더욱 놀라운 소식을 전했다.

"우리나라에 대란이 일어나 지난해 11월에 大좌평 지적智積이 죽었습니다. 올해 정월에도 국왕(풍장)의 어머니가 돌아가셨고, 국왕의 동생 아들 교기翹岐와 누이동생 4명, 내좌평 기미岐味, 그리고 이름 있는 40여 명이 섬으로 추방되었습니다."

이 말은 의자왕이 부친 무왕의 처가였던 사택沙宅씨 일가를 대대적으로 제거했다는 의미였다. 즉 조정의 원로인 대좌평 사택지적에 이어 무왕의 왕후로 왕실의 최고 어른인 사택태후마저 죽였고, 이에 강력하게 저항하던 조정 대신들을 전격적으로 숙청했다는 뜻이었다. 그 사이 사비성에서도 엄청난 정변이 일어났던 것이다. 당시 정변의 원인이 구체적으로 알려지지는 않았지만, 사택씨 일가는 처음부터 정변을 일으켜 무왕의 권력을 찬탈했던 의자왕을 견제할 수 있는 유일한 세력이었을 것이다.

그렇게 양측의 대립이 지속되어 오다 이 시기에 이르러 크게 충돌한 듯했고, 그러자 의자왕이 전격적으로 친위혁명(쿠데타)을 일으켜 반대파인 사택 일가를 내쳤던 것이다. 이때 왕을 도운 친위세력은 그에게 충성하던 신진 세력으로, 좌평 성충成忠과 장군 윤충允忠 등이 대표적인 인물이었다. 필시 잦은 전쟁으로 국력이 지나치게 소진된 데다, 〈도살성전투〉의 참패, 唐과 신라의 군사동맹 체결과 唐고종의 협박 새서, 신라와 야마토의 수상한 접촉 등으로 의자왕의 외교능력은 물론 지도력이 크게 흔들렸을 것이다.

내부적으로 정치적 돌파구가 필요했던 의자왕은 당시 여러 나라에서 유행처럼 번지던 정변, 특히 〈연개소문의 난〉과 중대형의 〈다이카大化 정변〉 등을 떠올렸을 것이다. 이에 자신의 추종 세력을 동원한 친위쿠데타로 문제를 일거에 해결하려 했던 것이지만, 이것은 달콤한 독배를 드는 것과 같아서 이후 엄청난 부작용을 초래하게 되었다.

즉 반대파인 최대 정적을 제거하고 조정의 대신들을 대거 숙청해 버림으로써 의자왕 자신의 독재체제를 굳건히 하는 데는 성공했겠지만, 이제 조정에는 왕을 견제할 고언(쓴소리)과 문제해결에 도움이 되는 조언을 해 줄 인물들이 대거 사라져 버리고 만 것이었다. 이때부터 의자왕이 더욱 독단으로 치달아 마치 고삐 풀린 마차에 올라탄 것처럼 폭주하기 시작했다.

그리고 그것은 고구려의 연개소문 또한 마찬가지였다. 개소문 역시 눈앞의 권력을 장악하는 데만 눈이 멀어 수많은 정적을 한꺼번에 제거했고, 스스로 독재의 길로 들어섰기 때문이다. 조정에서 늘 부딪히는 신료들은 정적이라 할지라도 시대를 대표하는 지식인들로서 무엇과도 바꿀 수 없는 나라의 소중한 지적 자산임이 틀림없었다. 게다가 함께 나라를 경영한다는 점에서 동전의 앞뒷면과 같은 '공동운명체'임에도 불구하고, 이를 자각하지 못한 채 적으로만 대하는 우를 범했으니, 장차 혹독한 대가가 이들을 기다리고 있었던 것이다.

의자왕에게 피살된 사택태후는 무왕을 도와 왕위에 올린 사택적덕積德의 딸이자 〈야마토〉에 볼모로 있던 부여풍의 모후였다. 바로 이런 이유로 인해 의자왕은 부여풍의 귀국을 더더욱 차단하려 했던 것이다. 그해 2월 의자왕이 분위기 일신을 위해서였는지, 태자궁을 지극히 화려하게 개수하라 일렀고, 사비성 왕궁의 남쪽에 망해정望海亭을 세웠다.

그보다 십 년 전인 645년경 당태종 이세민은 〈여당전쟁〉에 참패하고 돌아와서도, 고구려 정복에 대한 미련을 버리지 못했다. 646년 〈당〉이 북쪽의 〈설연타〉를 멸망시키고 나자, 이듬해인 647년부터 또다시 〈요동 원정〉에 나서려고 했다. 그러나 이때 조정 대신들이 대략 이러한 의견을 제시했다.

"구려는 산에 의거해 성을 만들기에 갑자기 함락시킬 수 없습니다. 그러나 지난번 친정親征 때 구려인들이 농사를 짓지 못한 데다, 그때 우리가 함락시켰던 성들은 곡식을 거두긴 했어도 한재旱災(가뭄)가 이어져 태반의 백성들은 식량 결핍이었습니다. 이제부터 그 지역에 규모가 작은 부대를 보내 수시로 공격을 가한다면, 그곳 백성들은 잦은 출동으로 피로를 느끼게 될 테고, 그렇게 쟁기를 놓고 몇 년씩이나 보루에서 지내다 보면 천 리가 황폐해지고 인심이 저절로 떠나 압록강(난하) 북쪽은 싸우지 않고도 취할 수 있을 것입니다."

즉 이제까지 일거에 수십만 大軍을 동원해 치렀던 단기전의 방식을 버리고, 앞으로는 시간을 끌면서 상대를 지속적으로 괴롭혀 지치

게 하자는 것이었다. 이는 소위 살라미식 전술Salami tactics을 택하자
는 것으로, 고구려에 대한 전술 전략의 중대한 변화를 의미하는 것이
었다. 그도 그럴 것이 隋의 4차례에 걸친 대공세와 唐태종의 친정에도
불구하고 고구려는 무려 5회나 반복된 중원의 침공을 거뜬히 막아 냈
던 것이다. 황제인 당태종은 시간에 승부를 걸자는 전략의 변화에 대
해 그리 마뜩하지는 않았을 테지만, 이를 받아들이기로 했다.

그리하여 당장 그해부터 좌무위대장군 우진달牛進達을 청구도靑丘道
행군도총관으로, 우무위장군 이해안李海岸을 부총관으로 삼고 1만여
군사를 내어, 내주萊州에서 떠나 발해를 거쳐 고구려로 향하게 했다.
이어 이(세世)적을 요동도遼東道행군도총관으로 삼아 군사 3천을 주되,
영주營州도독부의 군사를 동원해 신성도新城道로 들어가게 했다. 이때
우진달의 청구군은 요하를 건너 조하 중류의 남소성과 기타 여러 성
을 공략했고, 이적이 이끄는 요동군은 북쪽 신성의 외곽을 불태우고
돌아왔다.

그해 7월, 청구군은 압록(난하) 쪽으로 동진하면서 고구려군과 무
려 1백여 차례의 크고 작은 전투를 치렀고, 그 결과 압록 서쪽의 석성
石城을 함락시켰다. 이어 적리성積利城까지 진격해 성 아래에 진을 치려
하자, 1만에 이르는 고구려군이 출동해 한바탕 전투를 치렀다. 이때의
〈적리성전투〉에서 고구려군이 패퇴하고 말았는데, 3천 명이나 되는
병사들이 전사했다. 그 무렵 당태종은 송주宋州자사 등에 명을 내려 강
남 소재 12州의 기술자들을 징발해 큰 배 수백 척을 건조하게 했다.

그해 12월, 당나라의 심상치 않은 공격에 놀란 고구려 조정에서도
대책을 논의했는데 누군가가 외교적 해법을 제안했다.

"갑작스러운 당의 침공에 여기저기서 심각한 타격을 입었습니다.
당나라 조정의 분위기도 파악할 겸, 이참에 고위직을 장안으로 보내

당태종에게 사과의 뜻을 전하고 화친의 가능성을 타진해 봄이 어떻겠는지요?"

그리하여 보장대제의 둘째 아들이자 막리지인 고임무高任武가 장안으로 들어가 당태종을 알현하고 사과의 뜻을 전하자, 이세민이 이를 받아들였다.

이듬해 648년 정월에도, 고구려는 당에 조공을 바쳤다. 그러나 당태종은 언제 그랬냐는 듯 우무위대장군 설만철薛萬徹을 청구도행군대총관으로 삼고, 3만여 군사를 각종 누선과 전함에 실어 또다시 내주를 출발해 고구려를 침공해 왔다. 4월이 되자 당의 오호진장烏胡鎭將 고신감古神感이 뭍에서 내려 역산易山으로 진격해 왔는데, 고구려의 보기병 5천 명이 나서서 이들을 격퇴했다. 그날 밤 고구려군 만여 명이 唐의 선박들을 기습했는데, 고신감의 복병들이 기다리고 있다가 이들을 덮치는 바람에 오히려 고구려군이 대패하고 말았다.

그렇게 모처럼 당군의 승전보가 속속 장안으로 들어갔으나, 당태종은 그다지 기쁜 내색을 보이지 않은 채 말했다.

"작은 전쟁을 지속하는 일은 피곤한 일이 아닐 수 없다. 차라리 내년쯤에 30만을 동원해 요동 원정에 다시금 나서야겠다."

이를 위해서는 한 해 분량의 양곡이 필요하고 이를 선박으로 수송해야 한다며, 그동안 징발과 노역에서 자유로웠던 서남부 검남劍南 일대에서 선박을 건조케 했다. 주함舟艦의 경우 큰 것은 길이가 백 자에, 너비가 그 반이나 될 정도로 큰 규모였다.

그해 9월, 설만철이 다시 발해를 건너 압록강으로 들어와 박작성泊灼城 남쪽 40리 아래에 진을 쳤다. 이에 박작성주 소부손所夫孫이 1만 보기병을 이끌고 나가 대적했으나, 설만철이 지원군을 보내는 바람에 고구려군의 진영이 무너지면서 또다시 밀리고 말았다. 결국 박작성이 함락되고 성주 소부손이 참수당하는 굴욕을 겪어야 했다. 그러나 고구려의 잔여 군인들이 성 사람들과 힘을 합해 산마루에 요새를 쌓고 굳세게 버티니, 唐軍들도 이를 깨뜨리지는 못했다.

마침 그때 고구려 장수 고문高文이 오골성과 안시성, 기타 인근의 여러 성에서 2개 부대에 3만 군사를 이끌고 나타나 박작성 구원에 나섰다. 그러자 설만철도 즉시 당군을 내보내 이에 맞서게 하니 한바탕 큰 전투가 벌어졌다. 그러나 이때의 〈박작성전투〉에서도 결국은 고구려군이 패하고 말았다. 당태종이 그때 내주자사에게 명하여 양곡과 기계 등을 오호도烏胡島로 가져다 놓게 하고, 대규모 원정에 대비케 했다. 그렇게 한창 고구려 원정에 대한 분위기가 고조되고 있었으나, 이듬해인 649년 4월 당태종이 숨을 거두면서 유지로써 〈요동 원정〉을 파하게 했다. 덕분에 고구려는 위기의 순간에서 벗어날 수 있었고, 몇 년 동안 한시름을 놓게 되었다.

651년 정월 초하루, 신라 조정에서는 진덕여왕이 조원전朝元殿에 나가 백관들로부터 처음으로 신년 하례를 받았다. 이러한 〈하정賀正의 예〉 또한 당의 문물을 받아들인 결과로, 당시 신라 조정이 한창 추진했던 중원화(국제화)의 일환이었다. 2월에는 품주제稟主制를 개선해 〈집사부執事部〉와 〈창부倉部〉로 나누고, 파진찬 죽지竹旨를 집사부의 중시中侍로 임명해 임금의 기밀사무를 담당케 했다. 집사부는 왕명의 출납과 함께 모든 관부를 통제하는 핵심부서로서 사실상 왕의 권한을 더욱 강화하려는 것이었다.

〈칠성우〉의 일원인 술종공述宗公의 아들 죽지를 새로운 집사부의 장長으로 삼은 것은, 조정의 모든 관부를 칠성우 즉, 춘추가 들여다보게 되었음을 의미하는 것이었다. 그때 영객부迎客部, 공장부工匠部, 예부禮部 등의 수장을 한 명씩 더 늘려 복수로 했는데, 이 또한 춘추의 사람을 추가로 임명하기 위한 조치였다. 특히 예부의 대사大使는 장차 唐의 〈국학國學〉을 도입하기 위한 사전적 조치였다.

또 左이방부와 시위부를 설치했는데, 특히 〈시위부〉에는 감監이라는 무관직을 두어 여왕의 경호와 함께 나라의 중추적 인물인 춘추까지도 경호한 것으로 보였다. 나아가 시위부가 군부 전체를 총괄하게 함으로써 군부 조직에 대한 통제력을 강화했다. 이렇게 행정 및 군사 조직에 대한 개편을 두루 단행함으로써 왕을 중심으로 하는 중앙의 통제력을 강화했는데, 그 배경의 중심에는 춘추가 자리하고 있었으므로 장차 권력을 승계할 준비가 착실히 진행되고 있었던 것이다.

뿐만 아니라 김춘추는 그해 차남인 파진찬 김인문金仁問에게 특별한 명을 내렸다.

"잘 들어라. 너는 즉시 唐에 들어가 고종에게 조공하되, 이후로는 황제의 숙위宿衛가 되어 장안에 머물도록 하라!"

이로써 춘추는 자신의 세 아들로 하여금 당의 황제를 알현하거나 가까이서 숙위케 한 셈이었는데, 이는 황제의 측근에서 당의 고급정보를 수집하고, 신라에 우호적인 인사들을 확보하려는 속내가 깔린 것이었다.

그러던 중 654년 3월이 되자, 신라의 진덕여왕이 재위 8년 만에 세상을 뜨고 말았다. 사량부沙梁部에 장사 지냈는데, 唐고종이 영광문永光門에서 따로 추도식을 올리고, 조문 사절로 태상승太常丞 장문수張文收를 신라 경도까지 보내왔다. 아울러 이때 〈개부의동삼사開府儀同三司〉를 추증하고, 채단 3백 필까지 내려 주었다. 일찍이 여왕이 〈태평송〉

을 비단에 수놓아 보내 준 공덕이 있었으니, 망자에 대한 예우가 지극했던 것이다.

진덕여왕의 죽음은 사실상 마지막 성골왕이 사라짐으로써, 이제 진골 출신이 임금에 오르는 새로운 시대의 도래를 알리는 것이었다. 조정의 신료들은 일단 원로이자 상대등을 지낸 알천에게 섭정을 요청했으나, 이는 형식적 행위로 유신과 알천이 이미 이찬인 김춘추를 추대하기로 약속이 되어 있었다. 과연 알천이 섭정을 사양하며 말했다.

"나는 이미 늙은 데다 이렇다 할 덕행도 쌓지 못했습니다. 지금 춘추공만큼 덕망 높은 이가 누구겠습니까? 공이야말로 실로 제세영걸濟世英傑이라 이를 만합니다."

그렇게 해서 춘추가 3번을 사양한 끝에 마침내 신라의 대왕에 오르니, 그가 바로 세상을 구제할 영걸인 태종무열왕太宗武烈王이었다. 부친은 진지대왕의 아들인 용수龍樹요, 어머니는 진평대왕의 딸인 천명天明부인이었고, 비는 가야 출신 각간 김서현金舒玄의 딸 문명文明부인 (문희)으로 김유신의 누이동생이었다. 이로써 선덕여왕 이래 두 여왕이 연달아 나라를 다스린 끝에 23년 만에 다시금 남성이자 진골 출신인 춘추에게 대왕의 제위가 넘어가게 된 것이었다.

태종무열왕은 백옥 같은 피부와 잘생긴 용모에 탁월하고 온화한 말솜씨를 지녔으면서도 말을 아꼈으며, 행동이 치밀하고 법도가 있었다고 했다. 그의 기품이 넘치는 외모와 지성미는 당태종을 비롯한 여러 사람들의 마음을 움직였고, 곳곳에 그런 흔적을 남겼다. 사실 김춘추는 612년 부모와 함께 궁을 나오게 되면서 제위와는 멀어지는 듯했으나, 공교롭게도 두 성골 여왕 모두가 후사가 없다 보니 일찍부터 제왕의 후보로 주목을 받을 수밖에 없었다.

오히려 그의 출궁은 어린 나이에 화랑도에 들어가 낭도들과 어울리고 심신을 갈고 닦으면서 지도자로서의 역량을 꾸준히 키울 수 있는 기회를 제공해 주었다. 나라가 위기에 처하자 외교적 해법을 찾아 고구려는 물론, 야마토와 당나라까지 목숨을 건 원행을 마다하지 않았고, 두 여왕을 끝까지 보필하면서 오랜 시간을 기다리며 인내할 줄 알았으니, 출궁 후 43년 만의 일이었고 51세의 나이였다.

즉위 원년에는 부친 용수공을 문흥文興대왕으로 추봉했고, 즉시 율령을 심사케 하여 60여 조에 이르는 이방부理方府의 격格을 수정했는데, 자신의 정치에 맞춰 율령의 하위 조칙을 보정한 것이었다. 당고종은 즉시 축하 사절을 보내와 〈개부의동삼사신라왕〉의 관작을 내려 주었다. 이듬해인 655년, 무열왕은 김유신이 아닌 문노의 아들 김강金剛을 상대등으로 삼았다. 칠성우를 비롯해 자신에게 충성해 온 화랑도의 단합을 위해 그 원로를 우대하는 모습을 취한 것이었다.

처남인 유신을 곧바로 상대등으로 올리고 싶었겠지만, 명분을 중시함으로써 불필요한 질시와 분열을 막고자 했으니, 이것이 바로 노련한 무열왕의 용인술이었다. 대신 김유신을 대각간으로 삼고, 이미 환갑의 나이인 유신에게 굳이 자신의 딸인 지조智照공주를 시집보내 위로했다. 아울러 장남인 법민法敏을 태자로 삼고, 여러 아들에게도 이찬 등의 관직을 내려 국정에 참여토록 하면서 조정 안팎을 튼튼하게 했다. 무열왕은 문명비(문희)에게서만 7명의 아들을 얻었고, 그 언니인 보희 및 아우인 정희까지 첩으로 거두었는데 그 사이에서도 여러 아들을 두었다. 이처럼 후사가 넘쳐나게 되니, 신라 왕실 자체가 과연 두 여왕의 시대와는 확연히 달라진 모습이었다.

그 무렵인 654년 10월, 요동의 고구려에서는 말갈군대를 동원해 장수 안고安固로 하여금 오랜만에 〈거란〉을 치게 했다. 거란에서도 송막 松漠도독 이굴가李窟哥가 출전해 신성新城에서 전투를 벌였는데, 공교롭 게 이때 고구려가 대패하고 말았다. 그사이 신라에서는 춘추가 진덕 여왕의 뒤를 이어 대왕에 즉위했다.

그러던 655년 8월이 되자, 갑자기 백제와 고구려 외에 말갈까지 가 세해 신라의 성들을 무차별적으로 공격해 오기 시작했다. 고구려나 백제는 모두 649년 이래로 6년 만의 전쟁이었고, 특히 고구려가 직접 신라를 친 것은 알천에게 〈칠중성전투〉에서 패한 이래 20년 만의 일 이었다. 필시 신라의 왕위교체기를 노린 대공세였고, 내치에 주력하 던 신라는 〈백제-고구려〉 연합군의 기습적인 공격에 속수무책으로 당 하고 말았다. 신라는 이때 북경(강원원주) 일원의 33개 城을 순식간에 잃고 말았다.

다급해진 무열왕은 즉시 〈당〉으로 사신을 보내 구원을 요청했다. 당고종이 마침내 영주도독 정명진과 좌위중랑장 소정방蘇定方을 보내 고구려를 치게 했다. 그해 5월경 당군이 요수를 건너오자, 고구려군은 적의 병력이 적다고 여겨 성문을 열고 나가 귀단수貴湍水를 건너 당군 을 맞아 대적했다. 그러나 이때도 당군에게 패해 1천여 고구려군이 전 사했는데, 당군은 성 외곽과 촌락에 불을 지르고 돌아갔다. 당태종 사 후 6년 만에 재개된 唐軍의 침공으로 고구려가 이때 비로소 신라에 대 한 공세를 멈춘 것으로 보였다.

당시 고구려는 거란과의 〈신성전투〉에서 패한 직후라 신라와 전쟁 에 돌입하는 것이 간단치는 않은 일이었을 것이다. 이에 비해 백제의 의자왕은 654년 말에 친위쿠데타를 일으켜 사택씨 일가 등 반대 세력 을 일거에 제거한 상태였다. 그해 진덕여왕이 죽자 의자왕이 신라를 공격하려 했고 이에 대해 사택씨들이 반대하자 거사를 일으켰을 가능성이 다분했다. 내부의 반대 세력을 제거한 의자왕은 즉시 고구려로 사자를 보내 신라에 대한 연합공격을 제시했고, 초기 기습으로 커다란 성과를 낼 수 있었던 것이다.

그러나 이때 〈백제-고구려〉 연합의 신라 침공은 기어코 잠자던 〈당〉나라를 흔들어 깨운 셈이 되었고, 이후 혹독한 대가를 초래하는 빌미가 되고 말았다. 당고종은 그해에 정궁황후인 王황후를 물리치고 32세의 무소의武昭儀(무조武照, 미랑媚娘)를 황후에 올려 주었다. 전년도인 654년, 무소의는 자신이 낳은 갓난쟁이 딸을 스스로 죽인 후, 황후가 다녀간 뒤 그 딸이 죽었다고 왕황후를 무고한 끝에 황후의 폐위를 이끌어 냈었다.

무소의가 바로 저 유명한 세기의 여걸 측천무후則天武后였다. 무황후는 이후 병약한 고종을 대신해 권력을 주무르기 시작했고, 끝내는 환관들을 시켜 폐위된 왕황후마저 죽게 했다. 그러나 갑작스러운 무황후의 등장을 唐의 원로대신들이 반가워할 리가 없었고, 이들은 한결같이 그녀의 즉위를 반대했다. 무황후는 이내 반격에 나섰고, 결국 자신의 즉위를 반대하던 원로 공신들을 숙청하기 시작했다. 그 결과 659년에는 당태종의 처남이자 최고의 공신이었던 장손무기까지 귀양지에서 자결케 하는 데 성공했다.

이로써 무후武后는 隋와 唐의 건국에 결정적 영향을 끼쳤던 선비 최고의 호족그룹인 〈관롱關隴집단〉을 제거하면서, 자신의 권력을 더욱 공고히 할 수 있었다. 대체적으로 고구려와의 전쟁에 소극적 입장을 취했던 〈관롱집단〉의 퇴출은 이적 외에 소정방이나 설인귀와 같은 신진 무인 세력의 등장을 의미하는 것이었고, 공명심에 사로잡힌 이들이 三韓과의 전쟁을 주도하기 시작한 것으로 보였다.

또 하나 측천무후가 이처럼 권력에 집착하기까지는, 어쩌면 당시 야마토와 신라에서 女王이 거듭 배출되던 주변 상황이 직간접으로 영향을 주었을 수도 있었다. 그녀 또한 언제부터인가 女人천하를 꿈꾸었을지도 모를 일이었고, 실제로 후일 스스로 황제의 자리에 올랐던 유일무이한 여인이기도 했던 것이다. 이처럼 唐나라 조정이 여권에 휘둘리기 시작하면서 격동기의 한복판에 있던 三韓의 나라들 역시 전혀 새로운 국면을 맞이하게 되었다.

655년 이전에, 신라의 급찬級湌 조미곤租未坤은 부산夫山(경남진해)의 현령으로 있었는데, 종군 중에 백제에 포로로 잡혀가서 좌평 임자任子의 집에 들어가 종이 되었다. 조미곤이 부지런히 일하고 주인을 잘 섬기니 임자가 그를 신뢰해 마음대로 드나들게 했다. 그러던 어느 날 기회를 틈타 조미곤이 줄행랑을 쳐서 신라로 돌아와 김유신을 찾았고, 백제의 사정을 소상히 설명해 주었다. 그러자 유신이 신중하게 말했다.

"임자가 백제의 일을 좌우한다고 들어서 내가 그와 함께 일을 도모하려 했으나 기회가 없었다. 이참에 그대는 나라를 위해 다시 임자에게 돌아가 이런 내 뜻을 전해라."

유신은 조미곤에게 백제로 다시 돌아가 첩자 활동을 하고, 임자를 포섭해 달라는 어려운 부탁을 한 것이었다. 조미곤이 이를 수락하며 비장하게 답했다.

"공께서 저를 불초하다 여기지 않고 중요한 일을 주시니 비록 죽더라도 후회하지 않겠습니다."

다시 백제로 돌아온 조미곤이 기회를 살피다가 어느 날 임자에게 사실을 말했다.

"일전에 사실 신라에 다녀왔는데, 김유신공이 좌평께 이런 말을 전하라 했습니다. 장차 나라가 어찌 될지 알 수 없으나, 만일 백제가 망한다면 좌평께서 신라에 와서 의탁하고, 신라가 망한다면 유신공이 백제에 와서 의탁하도록 하자고 하셨습니다."

임자가 묵묵히 듣고는 답을 주지 않자, 조미곤이 두려워하며 물러나 죄를 묻기를 기다렸다. 그러나 이후로 몇 달이 지나도록 아무 말이 없더니, 어느 날, 임자가 은밀하게 조미곤을 불러내 답을 주었다.

"유신공의 제안을 수락할 것이다……"

"휴우, 참으로 다행입니다. 즉시 유신공께 이 사실을 전하겠습니다."

그제야 겨우 안도하게 된 조미곤이 그 즉시 신라로 돌아와 유신에게 임자의 뜻을 전하고, 백제 안팎에서 일어나는 일들을 소상하게 전했다. 이때부터 신라는 백제의 고위직인 좌평 임자任子로부터 최고급 정보를 빼낼 수 있었으니, 전쟁의 양상을 좌우하는 첩보전에서도 적국을 훨씬 능가하고 있었던 셈이다.

그런데 그 무렵인 656년 봄부터 백제의 의자왕이 궁녀들과 부쩍 어울리기를 즐겨 하더니 이내 향락에 빠져 술을 그치지 않았다. 의자왕은 654년 연말부터 이듬해인 655년 사이에 친위쿠데타를 일으켜 반대파인 사택씨 일가를 제거했다. 그렇게 반대파 숙청이 마무리되자 655년 2월에 태자궁을 화려하게 다시 짓게 하고 망해정望海亭을 세웠다. 바로 이때의 태자는 644년에 태자에 올랐던 부여융隆이 아니라, 또 다른 아들 부여효孝가 틀림없었다.

자세히는 알 수 없지만, 그 전부터 의자왕이 은고恩古라는 여인을 총애하여 아들을 낳았다. 이후 의자왕이 은고를 왕후로 앉히고 부여융을 태자에서 끌어내리는 대신 그녀의 아들을 태자로 삼고, 호화롭게 태자궁을 다시 꾸며 주었던 것이다. 이것이 대략 사택태후의 사망을 전후해 일어난 일이었는데, 왕후가 된 은고는 조용히 내궁에 머문 것이 아니라, 호화로운 궁을 짓게 하고 의자왕이 향락에 빠지도록 부추겼다.

결국 의자왕이 국정을 소홀히 하게 된 반면 은고왕비가 조정의 정치에 개입하기 시작했는데, 자신에게 충성하는 간신배들을 가까이 두었고 그 중심에 임자任子가 자리하고 있었다. 이들이 의자왕의 충성스러운 신하들을 이간질하기 시작했고, 그 여파로 변방에서 병사들의 훈련에 열중해 있던 윤충允忠마저 무고를 당해 파면되었다. 〈대야성전투〉의 맹장 윤충은 울분을 참지 못해 그만 세상을 뜨고 말았다. 보다 못한 성충成忠이 충언을 했다.

"신라가 지난해 우리와 고구려의 연합공격에 빼앗긴 성들을 되찾고자 唐을 설득하고 있는 엄중한 시기입니다. 황공하오나 부디 성총聖聰을 회복하시어 국정에 전념해 주실 것을 바라옵니다."

그러나 의자왕은 감히 자신을 비난한다고 대노하면서 성충을 옥에 가두고 말았다. 성충이 이때 감옥에서 고생하다가 죽었는데, 죽기 직전에 상서上書 하나를 올렸다.

"신이 보건대 반드시 전쟁이 있을 것입니다. 무릇 용병 시에는 그 지리를 잘 살펴야 하는데, 강의 상류에서 적을 맞이하는 것이 좋습니다. 만일 다른 나라의 군사가 쳐들어오면 육로에서는 탄현炭峴(대전 식장산)을 넘지 못하게 하시고, 수군은 기벌포伎伐浦(충남장항)를 넘어오지 못하게 하소서."

그러나 의자왕은 성충의 귀중한 충고를 귀담아듣지 않았다. 일설에는 이때 김유신이 미인계를 쓰기 위해 금화錦花라는 무녀를 백제로 보냈고, 임자가 그녀를 의자왕에게 천거해 정사를 어지럽혔다고도 했

다. 어쨌든 660년을 전후로 백제에서 유난히 별의별 좋지 않은 일들
이 일어나면서 민심이 흉흉해졌다. 궁중으로 들어간 여우가 백호가
되어 상좌평의 의자에 앉아 있었다는 둥, 사비하에 길이가 석 자나 되
는 큰 물고기가 죽어 나왔다는 둥, 왕도의 우물물이 핏빛으로 물들었
다는 식의 각종 유언비어들이 난무했다. 이 역시 백제에서 활동하던
신라의 첩자들이 민심을 교란시키고자, 고도의 심리전을 펼치면서 유
포시킨 이야기였을 것이다.

656년, 무열왕은 당에서 활동하던 차남 김인문을 신라로 들어오게
해 軍主로 임명하고, 장산성獐山城 축조를 감독하게 했다. 대신 우무위
장군으로 있던 3남 김문왕을 다시 唐으로 보내 당고종을 모시게 했는
데, 그는 2년 뒤에 다시 귀국했다. 그 시기에 한반도 북쪽으로 송화강
에 이르는 고구려의 너른 강역에는 말갈족이 곳곳에 분포해 살고 있
었는데, 이들을 〈속말粟末말갈〉이라 불렀다. 고구려 조정에서는 말갈
의 자치를 인정해 주는 대신, 당이나 거란, 신라 등과의 전쟁에 이들을
자주 동원했다.

658년경, 무열왕은 북으로 이들 〈말갈〉과 인접한 아슬라(강원강
릉) 땅의 백성들이 불안해하자 小京을 없애 州로 돌리고, 중앙에서 지
역 사령관 격인 도독을 파견해 아슬라의 수비를 강화시켰다. 아울러
그 아래쪽의 실직(강원삼척)을 아슬라 군영인 북진北陣으로 편입시켜
말갈의 침략에 대비케 했다. 그러던 중 이듬해 659년 4월이 되자, 백
제의 의자왕이 장수를 보내 신라 땅 깊숙이 독산성獨山城과 동잠성桐岑
城 2성을 공격하게 했다.

당시 당나라의 군사 지원을 이끌어 내려 고심하던 무열왕에게는
그야말로 울고 싶은 때에 백제로부터 제대로 뺨을 맞은 격이었다. 그

는 재빨리 파진찬 김인문을 唐으로 보내 또다시 지원군을 요청했는데, 필시 〈나당羅唐연합〉으로 백제와 고구려를 멸망시킬 것을 강조했을 것이다. 다만 그 방식은 처음 무열왕이 당태종에게 제안한 대로 '선제후려先濟後麗', 즉 먼저 반도에서 백제를 없앤 다음에 요동의 고구려를 차례대로 멸망시키자는 것이었다. 그러나 10월이 되도록 唐에서 이렇다 할 연락이 없자 무열왕은 꽤나 초조해했다.

해가 바뀌어 660년 정월이 되자, 조정의 원로인 상대등 김강金剛이 사망했다. 그러자 무열왕이 비로소 명을 내렸다.

"이찬 김유신金庾信으로 하여금 상대등으로 삼을 것이다."

이때는 두 사람이 만난 지 어언 반백 년의 세월이 흘러 버린 뒤라서, 유신은 60대 중반이 넘은 노인이 되어서야 뒤늦게 조정의 최고 관직에 오른 셈이었다. 두 사람이 지켜 온 서로에 대한 신뢰와 의리, 인내심이 이처럼 각별한 것이었다.

그런데 그해 3월이 되자, 마침내 唐고종이 조서를 내려 〈백제 원정〉을 명하였다. 김인문이 장안으로 들어간 지 10개월이 지난 뒤의 일이었다. 소정방을 〈신구도神丘道행군대총관〉으로 삼고, 군사 13만을 내주어 뱃길을 통해 직접 백제로 향하게 하는 동시에, 신라의 무열왕을 〈우이도嵎夷道행군총관〉으로 삼아 신라의 군사를 동원해 唐軍과 합세할 것을 요구해 왔다. 원래 〈우이嵎夷〉는 고대 산동 서북쪽의 동이東夷를 대표하던 나라였으니, 그 무렵 중원에서는 신라를 우이의 후예로 인식하고 있었던 것이다. 〈포구진한〉에서 6부를 일으킨 사람들이 원래 〈연燕〉의 도성 역현易縣(초기 계성薊城) 출신들이었으나, 그보다 훨씬 이전부터 그들의 조상은 옛 우이의 강역에서 시작했던 것이다.

아무튼 당고종이 백제 원정을 결정하기까지는 장안에 남아서 황제는 물론, 唐의 군신들을 끈기 있게 설득한 김인문의 공이 컸을 것이다.

"당황제 이치李治가 원정을 결정하는 데 참으로 많은 시간이 걸렸구나. 어쨌든 참으로 다행이로다. 하하하!"

당군의 출정 소식에 크게 기뻐하던 무열대왕은 즉시 군사를 동원해 김유신, 병부령 진주眞珠 등과 함께 5월 말 경도를 출발했고, 20여일이 지나 금돌성今突城(경북상주)에 도착해 어가를 머물게 했다.

그때 소정방은 산동의 내주萊州를 출발해 唐의 水軍을 거느리고, 황해바다를 건너 동쪽으로 향했다. 488년경 동성대왕이 북위 원정을 위해 직항로로 황해바다를 건넌 이래 대략 2백 년 만에, 이번에는 반대로 중원의 나라 당군이 황해를 건너온 셈이었다. 이때 동원된 병선이 무려 1,900척에 달했는데, 앞뒤로 천 리에 달할 정도였다니 마지막 배가 출발할 때는 처음 출발한 배가 반도에 이미 도착했을 것이다. 드넓은 황해바다가 唐軍의 깃발이 나부끼는 병선들로 가득하니, 한동안 엄청난 장관이 연출되었을 것이다.

무열왕이 태자 법민에게 별도의 명을 내렸다.

"태자는 병선 일백 척을 이끌고 나가 덕물도에서 소정방과 당군을 맞이하라!"

법민이 덕물도德物道(인천덕적도)로 나가 소정방을 맞이하자 정방이 말했다.

"내가 7월 10일에 백제 남쪽에 닿아 대왕의 군사와 회합하여 의자의 도성을 무찔러 부수려 한다."

이에 법민이 다시 돌아와 무열왕에게 소정방의 말과 함께 당군의 군세가 엄청나다는 사실을 전하니 무열왕이 기쁨을 감추지 못하면서, 추가로 명을 내렸다.

"태자는 대장군 김유신과 장군 김품일金品日, 김흠순金欽純 등과 함께 정병 5만 명을 거느리고 가서 당군을 응원하라."

　그 시간 사비성의 백제 조정에서는 초비상이 걸렸고, 의자왕이 군신들을 모아 방책을 논의하기 바빴다. 좌평 의직義直은 당병이 멀리 바다를 건너오느라 피곤할 테니 먼저 당군과 결전을 벌이자 했고, 이에 반해 달솔 상영常永은 당군이 속전의 기세로 달려들 테니, 오히려 먼저 신라군을 쳐서 예봉을 꺾고, 당군이 지치기를 기다리자는 주장을 폈다. 군신들의 상반된 주장에 의자왕이 결정을 내리지 못하다가, 마침 고마미지현古馬彌知縣(전남 장흥)에 유배 나가 있던 좌평 흥수興首에게 사람을 보내 뜻을 물었다.

　흥수는 당병의 수가 많으니 평원전투를 피하라면서, 백강白江(기벌포)과 탄현을 막을 것을 권고하니 죽은 성충의 말 그대로였다. 바로 이때 임자任子가 나서서 이에 반대하는 간언을 했다.

　"흥수가 오랜 유배 생활로 임금을 원망할 테니, 그 말을 따라선 아니 될 것입니다."

　결국 격론 끝에 당병은 백강으로 들어오게 하되 물때에 맞춰 너른 갯벌 위에 배를 오도 가도 못하게 하고, 신라군은 탄현으로 들어오는 것을 허용하되 좁은 길로 유도해 공격을 가하기로 했다.

　얼마 후 소정방의 당나라 함선들이 백강(금강) 하구의 기벌포에 닻을 내렸는데, 썰물이 빠져나가자 과연 너른 갯벌에 갇히게 되니 임자의 말대로 '독 안에 든 쥐 꼴'이나 다름없었다. 위태로운 상황이 지속되자 당의 장수들이 병사들의 하선을 재촉했다.

　"어서어서 하선해 뭍으로 나가라. 하선을 서둘러라!"

　그러나 진흙 갯벌이 끝도 없이 펼쳐져 있어, 배에서 내려도 펄 속 깊이 발이 빠져 행군조차 힘들 지경이었다. 이들이 근처의 갈대와 나무를 베어다 진흙탕 위에 깔기를 반복하면서 가까스로 헤쳐 나오는 동안, 백제의 水軍은 멀리서 백강을 지킬 뿐이었고, 육군 또한 강기슭에 진을 친 채 구경만 일삼았다. 불행히도 상황을 빠르게 판단하고 용맹하게 전투를 감행할 만한 장수가 현장에 없었던 것이다. 그사이 먼저 뭍으로 올라온 당군들이 강기슭으로 쇄도했고, 백제의 수비대와 맞붙어 일전을 벌였다. 그때 어느 순간부터 다시 밀물이 들어오면서 갯벌에 묶여 있던 당나라 함선들이 물 위로 떠올랐다. 얼마 후 唐의 함선들이 꼬리에 꼬리를 물고 강 하구로 밀려들어 오니, 백제군이 중과부적이 되어 당군에 일방적으로 밀리면서 참패하고 말았다.

백제 조정에서 여전히 갑론을박만을 일삼는 사이 〈나당연합군〉이 제각각 백강과 탄현을 지났다는 급보가 날아들었다. 그러자 초조해진 의자왕이 다급히 명을 내렸다.

"장군 계백은 결사대 5천을 이끌고 나가 황산벌에 나가 신라군을 저지토록 하라!"

이때 계백階伯은 의자왕이 천혜의 험로인 탄현을 지키지 않더니, 이제 와서 겨우 5천의 결사대로 그 열 배인 신라군을 막아 낼 것을 요구하는 것을 한심하게 여겼다. 그는 결국 이 전쟁에서 백제가 패할 것이라 단정 짓고, 집으로 돌아가 부인을 찾아 말했다.

"이 전쟁은 우리가 이길 수 없을 것이니, 필시 노비가 되어 적들에게 욕을 보고 살아야 할 것이오. 그렇게 사느니 차라리 죽는 것만 못할 것이오."

계백이 즉석에서 처자식을 죽인 다음, 자신도 곧 따라 죽겠다는 결연한 각오로 출정에 임했다.

7월 초, 신라군이 황산벌(충남연산)에 이르니 백제군이 험한 지형을 차지한 채, 진영을 셋으로 나누어 신라군을 기다리고 있었다. 대장군 유신이 병력을 三軍으로 나누게 한 다음, 곧바로 명을 내려 백제 진영을 공격하게 했다. 그러나 뜻밖에도 계백이 이끄는 백제군의 결사항전에 무려 네 번을 출정했음에도 번번이 싸움에 밀려 되돌아오길 반복했다. 그사이 사상자가 빠르게 늘어나 무려 1만에 가까울 정도였고, 한여름 전투에 지친 병사들이 기진맥진하는 모습을 보이기 시작했다. 유신을 포함한 지휘부의 장수들이 난감해하던 그때, 장군 김흠순이 아들 반굴盤屈을 불러 말했다.

"신하에게는 충성만 한 것이 없고, 자식에게 효도만 한 것이 없다. 위급함에 처해 기꺼이 목숨을 바친다면 충忠과 효孝 두 가지를 모두 갖출 수 있다!"

반굴이 의연한 표정으로 명을 받들겠노라며, 즉시 말을 타고 적진으로 들어가 힘껏 싸우다 전사했다. 그러자 좌장군 김품일도 아들 관창官昌을 불러 여러 장수들을 가리키며 말했다.

"네 나이 아직 열여섯이지만 뜻과 기개가 남다르니 오늘 전투에서 능히 三軍의 표적이 되도록 해라."

"예, 장군!"

부친의 터무니없는 명령에 야무지게 답을 한 관창이 갑옷을 입힌 말에 창 한 자루만을 든 채로, 곧장 적진을 향해 달려 들어갔다. 그러나 이내 백제군에 생포되어 계백에게 끌려갔다. 계백은 어리지만 당돌한 관창의 모습에 차마 그를 베지 못하고 탄식하며 말했다.

"소년이 이와 같은데 하물며 장사들은 어떻겠는가, 신라를 대적하기 어렵겠구나……"

얼마 후 피땀으로 범벅이 된 관창이 신라 진영으로 돌아와 부친 품일에게 말했다.

"제가 적진까지 들어가 장수를 베지 못하고 깃발을 뽑아 오지 못한 것은 죽음이 두려워서가 아닙니다!"

그리고는 이내 손으로 급히 우물물을 떠서 마시고는 다시금 적진을 향해 내달렸다. 그렇게 용맹하게 싸웠지만, 끝내 또다시 생포되고 말았다. 관창의 모습을 본 계백이 이번에는 가차 없이 그의 머리를 베게 하고는, 시신을 말안장에 매달아 신라 진영으로 보냈다. 품일이 자식의 머리를 받쳐 들고 흐르는 피에 옷소매를 적시며 목이 메어 말했다.

"우리 아이의 얼굴이 마치 살아 있는 것 같구나……. 나랏일에 목숨을 바쳤으니 실로 다행이다……"

반굴에 이어 어린 관창의 죽음을 목격한 신라의 三軍이 마침내 분연히 일어섰다. 신라군이 북을 치고 함성을 지르며 백제 진영으로 돌진해 죽을 각오로 싸우니, 마침내 용맹스러운 계백의 5천 결사대도 무너지고 말았다. 맹장 계백은 전쟁터에서 싸우다 장렬히 전사했고, 좌평 충상忠常과 상영 등 20여 명은 끝내 포로로 잡히고 말았다. 이것이 처절하기로 이름났던 〈황산벌전투〉였다.

이튿날인 7월 11일, 김유신과 그 수하 장졸들이 소정방과 만나기로 약속한 기일보다 하루 늦게 당군이 진을 치고 있던 백촌강(백마강) 강가에 도착했다. 그러자 소정방이 기일에 도착하지 못했다며 트집을 잡더니 신라독군新羅督軍 김문영金文永을 군문軍門에서 참하려 들었다. 이에 김유신이 대노하여 주변에 말했다.

"대장군이 황산의 전투를 보지 못해 단지 기일에 늦은 것을 죄로 삼으려 하니, 죄도 없이 욕을 먹을 수는 없다. 그러니 기필코 먼저 당군과 싸운 다음에 백제를 칠 것이다!"

그리고는 이내 부월斧鉞(도끼)을 짚고 군문을 나서려 했다. 갑작스레 험악한 분위기가 연출되자, 소정방의 우장右將 동보량董寶亮이 얼른 소정방의 발을 밟으면서 귀띔을 해 주었다.

"신라군이 자칫 변고라도 일으키면 어쩌려고 이러십니까?"

노련한 소정방이 뜨끔해서 못 이기는 척 김문영을 풀어 주었는데, 백전노장 김유신의 기세를 초장에 누르려 했으나 전혀 먹혀들지 않았던 것이다. 이틀이 지난 7월 12일, 마침내 〈나당연합군〉이 4갈래 길로 소부리(사비泗沘)들로 향했다.

의자왕은 태자인 효孝 외에도 여러 명의 왕자와 40여 명의 서자를 두었는데, 평소에 이들 모두를 좌평으로 삼아 국정에 참여하게 했었다. 얼마 후 나당연합군이 사비성을 에워싸자, 그 방어 전략을 놓고 각자 말들이 많았다. 먼저 왕자 태泰는 성을 사수하면서 왕과 군신들이 하나가 되어 적과 맞선 채로 장차 의병을 기다리자고 했다. 부여융隆은 적들에게 고기와 술, 폐백을 바쳐 달래되, 엊그제까지 唐과의 동맹이었음을 들어 강화를 제안하고 군사를 물려 주기를 요청하면서 시간을 벌자고 했다. 태자 효孝는 군신들이 성을 사수하는 동안 사비성을 빠져나가 웅진성으로 몸을 피하고, 그곳에서 농성하면서 의병을 불러 모으자고 했다.

뜻밖에도 그때 의자왕이 평소답지 않게 우유부단하게 굴면서 결론을 내리지 못한 채 갈팡질팡하는 모습으로 일관하니, 왕자들도 저마다의 의견대로 각자 행동하기로 했다. 그리하여 강화를 주장한 왕자 융隆이 먼저 나섰는데 소정방에게 편지를 보내 퇴병을 애걸했다. 또 상좌평을 시켜 많은 음식을 내오게도 했고, 6명의 좌평이 한꺼번에 城 밖으로 나가 죄를 비는 시늉까지 했다. 그러나 소정방은 의자왕의 정식항복을 요구하면서, 이 모두를 일거에 거절해 버리고 말았다.

소정방을 달래 시간을 끌고 강화를 유도하려 했으나 도무지 하나도 먹혀들지 않은 데다, 적군이 도성 30리 밖까지 와 있다는 보고에, 의자왕은 더없이 초조해지고 말았다. 결국 의자왕이 다급하게 명을 내렸다.

"적군이 지척에 와 있다. 성안에 있는 모든 병력을 내보내 적들을 막아 내야 한다."

이에 백제군이 성문을 열고 나가 당군의 진영을 향하게 했으나, 성급하고 무모한 일이었다. 곧바로 성 밖에서 대규모의 일전이 벌어졌지만, 백제군은 병력에서 월등히 앞서는 나당연합군을 당해 낼 도리가 없었다. 백제군이 이내 대패해 물러났으나, 순식간에 1만의 군사를 잃고 말았다. 엄청난 병력 손실에 사비성 안이 공포와 혼란에 휩싸이고 말았으나, 누구 하나 상황을 수습할 인물이 없었다. 의자왕이 탄식을 하며 후회했다.

"성충의 말을 듣지 않아 이 지경에 이르렀구나……"

7월 13일 밤, 의자왕이 둘째 아들인 부여태泰에게 군사를 지휘할 수 있는 전권을 넘기면서 사비성을 사수하라 명하고, 자신은 태자 효孝와 가족들, 일부 측근만을 거느린 채로 야밤을 틈타 은밀히 성을 나왔다. 그리고는 이내 사비성의 동북 방면에 있는 옛 도성인 웅진성(충남공주)으로 피했다. 후일을 도모하기 위한 행위라 치더라도 자신의 군사들과 백성들을 남겨 둔 채, 홀로 탈출을 감행했다는 점에서 변명의 여지 없는 무책임한 행위였다.

이후로 당군이 사비성을 포위한 채 압박해 들어가니, 부여태가 스스로 임금임을 자처하면서 성을 굳건히 지켰다. 그러나 당초 태자였던 부여융은 다른 생각을 하고 있었다. 이미 사비성 자체가 무너지기 직전인 데다, 부여태가 스스로 왕을 자처했으니 태泰를 도운 죄를 면하기도 어렵다고 판단했던 것이다. 그날 왕자 융隆이 측근들과 함께 성 위에서 밧줄을 타고 내려가자, 이를 목격한 백성들이 일제히 그를 따르기 시작했는데, 순식간에 벌어진 일이라 태泰도 이들을 말릴 방도가 없었다.

그 틈을 타 소정방이 병사들을 시켜 성루에 올라 〈唐〉의 깃발을 꽂게 했다. 이를 지켜보던 상좌평 사택천복沙宅千福이 부여태泰를 설득하고 나섰다.

"당의 깃발입니다……. 아무래도 더 이상의 저항은 아니 되겠습니다. 이렇게 모두가 개죽음을 당하느니, 다 함께 성문을 열고 나가 항복을 받아 달라 요청해야 합니다."

"아아, 정녕 이 방법밖엔 없단 말이오?"

태가 비통해하는 가운데서도 결국 모두가 성문을 열고 나가, 항복하고 말았다. 나당연합군은 이렇다 할 전투도 해 보지 못한 채, 손쉽게 백제의 도성인 사비성을 접수할 수 있었다.

그 시간에 의자왕의 많은 희첩들과 비빈들, 궁녀들이 적병들에게 욕을 당하지 않으려고 사비성 안의 부소산 꼭대기로 향하고 있었다. 그들 중 많은 이들이 절벽 위에서 백마강으로 몸을 던져 마치 꽃잎이 떨어지듯 했으니, 후일 그녀들의 숭고한 죽음과 충절을 기려 그 절벽을 〈낙화암落花岩〉이라 불렀다.

얼마 후 신라의 태자 김법민이 무릎을 꿇은 채 머리를 조아리고 있는 백제 포로들 앞에 위풍당당한 모습으로 나타났다. 그리고는 가장 먼저 투항해 온 부여융을 찾아내 그의 얼굴에 가혹하게 침을 뱉고는 한바탕 꾸짖었다.

"에잇, 퉤엣! 전에 네 아비가 내 누이를 억울하게 죽여 옥중에 묻었기에, 나는 20년간이나 가슴을 졸이고 마음이 아팠다. 오늘 네 목숨이 이제 내 손안에 있는 걸 너는 알겠느냐?"

부여융이 엎드려 머리를 땅에 처박은 채로 아무 대답도 하지 못했다. 그렇다. 법민과 그의 부친 무열왕 김춘추는 정확히 20년 전 〈대야성전투〉에서 윤충에게 패하면서 일생일대에 씻을 수 없는 가족의 화를 당했다. 대체 얼마나 피맺힌 원한이 있기에 사람을 죽여 그 머리를 옥중의 땅속에 묻을 수 있었단 말인가? 백 년 전 신라인들은 또 어떠했던가? 왕은 왕을 죽이지 말라 했거늘, 〈관산성전투〉에서 피살된 성왕의 뼈를 월성 궁궐의 계단에 묻었다. 이러한 무도한 행위들이 끝내 代를 이은 서로의 복수로 이어졌던 것이고, 한때 〈나제동맹〉의 혈맹관계였던 백제와 신라 두 나라를 영원히 갈라놓았던 것이다.

그렇게 간단히 사비성을 함락시킨 〈나당엽합군〉은 이어서 곧장 웅진성으로 향했다. 보고를 받은 의자왕은 군사를 모아 웅진구熊津口를 막게 하고, 강변에 군사를 주둔시켜 방어에 나서게 했다. 이에 대해 소정방의 당군은 강의 왼쪽 언덕에 있는 산에 올라 진을 치려 들었고, 이에 백제군이 달려들어 한판 전투가 벌어졌으나 이내 당군에 대패해 물러났다. 그사이 당군을 실은 선박들이 조수를 타고 속속 들어와 강변에 대규모 병력을 쏟아 놓기 시작했는데, 북을 치고 야단법석을 떨며 기세를 올리기 바빴다.

금강을 끼고 있는 웅진성 역시 사비성과 너무도 흡사한 모습이었는데, 얼마 지나지 않아 나당연합군이 성을 포위한 채 의자왕을 압박했다. 웅진방령方領인 예식진禰寔進은 임자任子를 따르던 무리로 처음부터 싸울 의욕이 없었다. 틈을 노리던 예식진이 이때 의자왕을 배신하고 자신의 군사를 시켜 왕을 체포하려 드니, 이를 눈치챈 의자왕이 칼을 빼 들어 자신의 목에 대고 소릴 질렀다.

"이런 반역자들 같으니라구. 다가오지 마라. 한 발자국이라도 움직이면 자진할 테다!"

그러나 병사들이 우르르 왕에게 달려들었고, 의자왕이 이내 스스로 목을 찔렀으나, 다행히 동맥이 끊어지지는 않아 부상을 입은 채로 체포되고 말았다. 예식진이 이내 성문을 열고 의자왕과 그 왕실 가족들을 포박해 앞세운 채, 자신의 군대를 거느리고 나와 항복을 선언하고 말았다. 사비성이 떨어진 후 닷새만인 660년 7월 18일의 일이었다. 이로써 7백 년 장구한 세월을 이어 오던 한반도의 강호 〈백제〉가 멸망하게 되었고, 끝내 역사 속으로 사라지고 말았다.

10. 백제 부흥운동

얼마 후, 금돌성(경북상주)에서 초조하게 사비성의 소식을 기다리던 무열대왕에게 낭보가 날아들었다.

"대왕폐하, 승전보가 도착했습니다. 마침내 우리 신라와 당의 연합군이 웅진성에서 부여왕 의자의 항복을 받아 냈다고 합니다. 경하드립니다!"

"오오, 그것이 진정 사실이더냐? 부여 의자가 정녕 항복을 했단 말이지?"

"와아, 와! 드디어 이겼다! 우리가 이겼다! 대왕폐하 만세, 신라 만세!"

신하들이 서로를 얼싸안고 환희에 들떠 만세를 외쳐 댔고, 병사들 또한 마찬가지였다. 엄청난 환호와 소란 속에서도 무열왕 김춘추는 마침내 숙적 백제와의 질기고도 오랜 악연의 고리를 끊어 냈다는 생각에 깊은 안도와 함께 만감이 교차했다. 그토록 지독스럽게 자신과 신라를 괴롭히던 의자義慈를 꺾고 최후의 승리를 쟁취했다는 소식에, 오히려 맥이 빠지고 다리가 풀리는 느낌까지 들 정도였다.

무열대왕은 즉시 소부리성(사비)으로 향했고, 웅진성에서의 항복 이후 열흘 뒤인 7월 29일경, 성에 도착했다. 소정방이 이미 당고종에게 승전보를 알렸겠지만, 무열왕 또한 제감弟監 천복天福을 당나라로 보내 따로 승전보를 알렸다. 소정방이야 일개 장수였지만, 무열왕은 엄연한 신라의 왕으로서 당고종과 따로 주고받을 전언은 물론, 승리를 재확인시켜 주는 의미도 있었을 것이다.

8월 2일에는 무열왕이 크게 주연을 열고 장사들을 위로했는데, 대왕과 소정방 및 여러 장군들은 당상에 앉았고, 의자와 아들 융은 당하에 앉게 했다. 그때 이따금씩 의자義慈로 하여금 술잔을 따르게 하니, 이를 바라보던 백제의 좌평 등 여러 신하들이 오열했다.

그날 무열대왕은 나라를 배신한 반역자들에 대해서도 철저한 응징에 나섰다. 우선 모척毛尺이란 자를 잡아들여 그의 목을 베게 했다. 원래 신라인이었으나 백제로 달아났고, 문제의 〈대야성전투〉 때 검일黔日과 공모한 죄 때문이었다. 당연히 검일을 잡아 백제군을 끌어들이고 성안에 불을 놓은 죄를 추궁한 다음, 사지를 찢고 그 시신을 강물에 던져 버렸다.

그렇게 〈나당연합〉이 백제를 성공적으로 멸망시키기는 했지만, 이 때부터 포로 등 전후 처리 등의 문제를 놓고 〈당〉과 〈신라〉 사이에 새로운 갈등이 고조되기 시작했다. 사비성 언덕에 진을 친 당군이 여차하면 신라를 공격할 기세였으나, 이를 눈치챈 신라군 또한 전쟁도 불사하겠다는 자세로 단호하게 맞서니 소정방이 차마 일을 벌이지는 못했다. 처음 당군의 원정 계획에는 백제를 멸한 후에 여차하면 이어서 신라를 정벌하는 후속 계획Plan B까지 마련되었으나, 신라도 그 정보를 입수하고 단단히 대비한 것으로 보였다.

후일 소정방이 당고종에게 백제의 포로들을 바쳤을 때 어째서 신라까지 정벌하지 않았는지를 물었는데, 정방이 이렇게 변명했다고 한다.

"신라는 그 임금이 어질어 백성을 사랑하고 신하들은 충성으로 나라를 섬기며, 아랫사람은 윗사람을 친부모나 형제처럼 대하니 비록 나라는 작지만 도모할 수 없었습니다."

비록 나라가 하루아침에 망하기는 했어도, 7백 년 왕조를 이어 온 백제의 유민들 또한 그렇게 허술하지는 않았다. 물론 조정의 중책을 맡은 고위 관료 중에는 임자任子와 같은 배신자 무리가 성읍을 바치고 투항하는 이들이 많았지만, 이들의 모함으로 쫓겨난 구신舊臣들과 뜻을 가진 재야의 의사義士들이 망한 나라를 구해 보겠다며 도처에서 일어났다. 백제인들은 수많은 전쟁을 통해 싸움에 익숙하고 용맹한 편이었기에, 곳곳에서 이들을 중심으로 모여들어 저항하기 시작했다.

그들 중 서부 달솔 부여복신扶餘福信은 무왕의 조카로 병사兵事에 밝고 용맹한 데다 일찍이 고구려와 唐에 사신으로 다녀온 외교통이었다. 임존성任存城(충남예산)을 맡아서는 성을 견고하게 수리했고, 성안의 창고에 곡물과 사료를 비축하게 하는 등 앞일에 대비하는 데도 앞장섰다. 그러나 조정의 무고로 그도 관직에서 쫓겨나 있었다. 그 무렵 당병이 들어와 웅진성을 함락시키고 의자왕이 포로가 되었다는 소식에, 임존성의 병사들이 복신을 달솔로 추대하고 성을 장악했다.

또 좌평을 지낸 승려 도침道琛(자진自進)은 주류성(전북부안)을, 마찬가지로 좌평이었던 정무正武는 두시이豆尸伊(전북무주)를 제각각 기습해 점거했다. 그 외에도 남잠南岑과 정현貞峴, 결자缺字 등의 여러 성에서도 백제의 저항군들이 속속 모여들었다. 이때 정무 등이 복신에게 사람을 보내 군사를 합쳐 곧장 웅진성 수복에 나서자고 했으나, 복신은 차분하게 굴 필요가 있다며 말했다.

"지금 10여 만에 이르는 당병이 두 도성과 각지의 요새를 차지하고 있고 병장기와 각종 물자도 빼앗긴 상태요. 그러니 차라리 성읍을 잘 지키고 있다가 이들이 물러가길 기다리는 것이 나을 것이오."

그러나 정무 등은 의자왕을 비롯해 포로로 잡혀 있는 군신들을 구하려면 시간이 없다며, 곳곳에서 나당군에 공격을 가하기 시작했다. 결국 그해 8월 하순경, 임존성의 저항군들이 가장 큰 무리를 만들어 농성하고 있다는 소식에, 신라군이 성 외곽의 대책大柵을 공격했다. 그러나 저항군이 많이 모인 데다 지형이 험해, 소책小柵만을 부순 채로 물러나야 했다. 이후로 복신의 명성이 퍼지면서 더욱 많은 백제인들이 몰려들더니, 그 규모가 무려 3만여 명에 달할 정도였다. 이로써 임존성은 이제 〈백제 부흥운동〉의 중심으로 부상하게 되었고, 사실상 의병에 가까운 저항군들은 새로이 부흥군의 조직을 갖추면서 변모하기 시작했다.

백제 부흥군의 사비성 공격과 임존성의 존재는 唐군의 완벽한 승리에 흠집을 낼 수도 있었기에, 소정방을 초조하게 만들었다. 소정방은 하루라도 빨리 귀국해 고종에게 원정 결과를 보고하고, 자신의 승리를 확정시키고 싶은 생각뿐이었을 것이다.

'분명히 백제의 도성은 무너졌고 백제왕을 생포해 두었으니, 뒷일은 부하들과 신라에게 맡기면 될 일이다……'

이런 조급한 마음이 소정방으로 하여금 唐군의 철수를 서두르게 했다. 그해 9월 3일, 소정방은 낭장郎將 유인원劉仁願에게 군사 1만을 남겨 주고, 사비성에 잔류해 성을 지키게 했다. 이에 무열대왕도 왕자 김인태金仁泰와 사찬 일원日原 등에게 7천의 군사를 주고 유인원을 보좌케 했으니, 실상은 당군을 견제하려는 속뜻도 있었을 것이다.

그날 소정방이 의자왕과 은고왕비, 태자 효, 왕자 융과 태 등을 비롯한 왕실 가족과 신료 93명 외에, 백성 1만 2천 명을 타고 왔던 병선에 실어 〈당〉나라로 돌아갔다. 당군이 백강에 도착한 지 겨우 두 달만의 일이었다. 소정방은 장구한 韓민족의 역사 속에서 중원의 장수로서 〈한반도〉를 직접 침공해 들어온 최초의 인물이 되었다.

그때 신라 측에서도 당군의 부총관 자격으로 참전했던 김인문과 사찬 유돈儒敦 등이 정방을 따라 다시 당으로 들어갔다. 무열왕은 필시 이때 의자왕을 없애고 피맺힌 원한을 풀려 했겠지만, 전쟁의 주역이 唐이다 보니, 전리품을 내주듯 마지못해 의자왕의 목숨을 살려 보내야 했을 것이다. 당시 〈백제〉는 5部, 37郡에 2백여 개의 성과 76만 호의 규모였다고 하니, 작지만 대략 4, 5백 만의 조밀한 인구를 지닌 강소국임이 틀림없었다.

그런데 唐에서는 이때 백제의 강역에 웅진, 마한, 동명東明, 금련金連, 덕안德安의 〈5도독부〉를 서둘러 설치하고, 수장들을 선발해 각각 도독과 자사, 현령을 두고 다스리게 했다. 이로써 신라로서는 그토록 갈망했던 백제 멸망의 꿈을 이루었음에도, 그 포로들을 당에 내주고 그 강역 또한 唐의 점령군에게 빼앗긴 꼴이 되고 말았으니, 그야말로

'죽 쒀서 개 주는 격'이 되고 말았다.

돌아보니 그해 5월경, 무열대왕이 아들을 당고종에게 보내 지원병을 요청했을 때, 당나라 조정은 반년이 다 지나도록 속 시원하게 답을 주지 않은 채로 무열왕의 애를 먹였었다. 필시 그 기간 동안 唐나라 조정은 백제 원정은 물론, 정복 이후 그 강역을 어떻게 다스리고, 동맹인 신라를 어찌 대할지 종합적인 계획Master plan을 짜느라 시간이 걸렸을 것이다. 장안의 김인문이 이런 움직임을 모를 리 없었고, 무열왕으로서도 당연히 이런 상황을 예견했을 것이다. 그러나 막상 당나라가 자기들 중심으로 백제 강역의 문제를 일방적으로 처리해 버리고, 그것도 미리 짜둔 계획에 의해 속전속결로 다루는 것을 목도하고는 속이 뒤집힐 지경이었을 것이다.

그 무렵 소정방은 낙양으로 들어가서 당고종 앞에 의자왕을 대령시키니, 황제가 한바탕 의자왕과 그 신하들을 준엄하게 꾸짖었다. 그러나 뜻밖에도 이내 의자왕과 포로들을 관대하게 용서해 주었다. 사실 얼마 전까지만 해도 백제는 隋와 唐의 오래된 동맹으로서 해마다 조공을 해 왔고, 함께 고구려를 견제해 온 나라였다. 삼한의 나라 중에서 가장 대표적인 親중원 국가로서, 그 연원도 신라보다 훨씬 오래된 것이었다. 그처럼 오랜 화친의 역사가 있었기에 唐에서는 망국의 군주 신분으로 전락해 버린 의자왕을 굳이 죽이지 않는 대신, 그를 볼모 삼아 唐에서 여생을 살게 해 준 것이었다.

뿐만 아니라 당고종은 이때 의자왕의 아들 융隆을 사가경司稼卿에 제수해 주었다. 특히 웅진성에서 의자왕을 붙잡아 항복을 시켰던 예식진은 그 공을 인정받아 후일 당에서 좌위위대장군에까지 오르는 복을 누렸다.

그렇게 9월 중순에 소정방과 당의 주력부대 상당수가 철군하고 나자, 백제 부흥군의 활동이 더욱 노골화되기 시작했다. 9월 하순에는 부흥군들이 과감하게 사비성까지 들어와 노략질을 했고, 이에 유인원이 羅唐군을 출동시켜 추격하게 했다. 그러자 부흥군은 사비의 남령南嶺으로 피해 4, 5개의 진지를 구축하고 수시로 인근의 성읍들을 공략했다. 이에 백제인들의 호응이 더욱 거세지면서 羅唐에 반기를 든 城들이 순식간에 20여 개로 늘어났다. 소식을 들은 당고종이 이를 수습할 인물을 급히 파견했다.

"좌위낭장 왕문도王文度를 웅진도독으로 삼을 것이니 즉시 웅진으로 들어가 백성들을 달래도록 하라!"

이에 왕문도가 도독의 신분으로 웅진성으로 입성했는데, 신라의 무열대왕에게 당고종의 조서를 받드는 의식에 참가해 달라며 부산을 떨어 댔다. 결국은 무열왕이 참가한 가운데 삼년산성에 올라 의식이 진행되었는데, 공교롭게도 왕문도가 조서를 전하고 무열왕에게 황제의 선물을 전달하던 중에 의식을 잃고 쓰러져 급사하고 말았다. 그 바람에 유인궤劉仁軌가 죽은 문도의 일을 대신하게 되었다.

청주자사 출신인 유인궤는 그해 水군을 감독하고 통솔하는 일을 맡았으나, 배가 뒤집히고 기일에 늦는 바람에 면관되어 백의종군하던 자였다. 그러나 이때 왕문도가 급사하는 바람에 졸지에 대방주자사 겸 웅진도행군장사가 되는 행운을 누리게 되었다. 그가 당군과 신라군을 통솔하면서 여기저기 백제 진영을 넘나들며 부흥군에 타격을 주니 당고종의 신뢰가 커졌고, 후일 〈백촌강전투〉에서도 맹활약을 하게 되었다.

그런 와중에도 10월이 넘도록 백제인들의 저항은 전혀 수그러들지 않았다. 마침내 신라 측에서도 이들 백제 부흥군들의 진압을 위해 무열왕까지 나서야 했는데, 대왕이 친히 법민 태자와 함께 이례성爾禮城 (충남연산) 쪽으로 출정했으나 성을 빼앗기까지 열흘이나 걸렸다. 이후 성에 관官을 두어 사수케 하자, 주변의 20여 성들이 항복했다. 그달 말에는 사비 남령군의 책柵을 공격해서 1,500여 명의 목을 베었다.

그런데 그 무렵에 느닷없이 고구려군이 임진강을 건너와 신라의 칠중성七重城(파주적성)을 공격해 왔다. 그때는 이미 백제의 의자왕이 생포되어 낙양으로 끌려간 뒤였음에도, 고구려가 뒤늦게 신라에 공세를 펼친 것이었다. 그간 당나라는 2년 연속으로 요동의 고구려를 공격해 왔고, 직전년도 연말까지도 설인귀의 당군에 맞서 장군 온사문이 〈횡산橫山전투〉를 치러야 했다. 이처럼 거듭된 唐의 도발로 사실상 고구려는 동쪽 반도에 신경 쓸 겨를이 없었을 것이다.

그런 이유로 이듬해인 660년에 羅唐연합군이 백제를 공격할 때도 선뜻 백제 지원에 나서질 못했던 것이다. 문제는 연개소문이 그렇게 망설이는 사이 소정방은 백촌강에 당도한 지 단 열흘 만에 전광석화같이 백제군을 밀어붙였고, 손쉽게 의자왕의 항복을 받아 내는 데 성공했다는 점이었다. 결과적으로 고구려가 실기한 셈이었으니, 뒤늦은 고구려의 신라 공격은 '닭 쫓던 개 지붕 쳐다보는 식이었고, 소 잃고 외양간 고치는 격' 그 자체인 셈이었다.

그럼에도 굳이 고구려가 칠중성을 공격한 것은 다분히 신라에 대해 강력한 경고를 날리는 외에, 가능한 신라의 변경을 남쪽으로 밀어내려는 의도로 보였다. 그때 성주인 필부匹夫가 적은 병력으로 사력을 다해 고구려군의 공격을 20여 일간이나 막아 냈다. 그러나 언제 어디서나 배신자는 나오게 마련이었다. 신라의 대나마 비삽比歃이 몰래 고구려 진영으로 사람을 보내 귀중한 정보를 흘리고 말았다.

"지금 성안에 식량이 떨어져 버틸 힘이 다했소. 그러니 성을 계속해서 공격한다면 반드시 항복할 것이오!"

결국 고구려군의 공세가 다시 이어졌고, 이 사실을 알게 된 필부는 단호하게 비삽의 머리를 베어 성 밖으로 던져 버렸다. 그리고는 군사들에게 결연하게 말했다.

"충신이나 의사는 설령 죽는다 할지라도 굽히지 않고 끝까지 애쓸 뿐이다. 우리 성의 존망이 마지막 이 싸움에 달려 있다!"

필부의 독려에 부상당한 병사들까지 일어나 다시 무기를 들고 나가 싸우니, 죽거나 다친 군사들이 반이 넘었고, 기력이 다한 병사들이 쓰러질 지경이었다. 그때 고구려군이 성 쪽으로 부는 바람을 이용해 불을 놓고 성벽을 넘어오니 필부는 마지막 순간까지 백병전을 펼쳤고, 발꿈치까지 피를 흘리며 장렬하게 전사했다. 그의 시신은 온몸에 적이 쏜 화살투성이라 마치 고슴도치 같은 형상이었다. 나중에 필부의 소식을 들은 무열대왕이 소리 내어 울며 비통해하는 바람에, 주변이 모두 숙연해졌다. 조정에서는 필부를 급찬에 추증해 주었다.

그럼에도 그 무렵 무열왕은 북쪽의 전투보다는 서쪽 백제 부흥군 토벌에 집중할 수밖에 없었다. 신라군이 이때 계탄鷄灘(부여강)을 건너 왕흥사잠성王興寺岑城에 공격을 가했고, 맹렬히 저항하던 부흥군 7백여 명의 수급을 베었다. 이처럼 백제 유민들의 저항이 날로 거세지고 있었으나 경도京都를 오래도록 비워 둘 수만도 없었기에, 무열왕은 10월경에 서둘러 백제에서 돌아와 귀경했다. 그때 각종 전투에서 용맹하게 싸우다 전사한 장수들에게 직위를 높여 주는 한편, 살아 돌아온 자들에게는 그 공을 따져 일일이 포상했다. 뿐만 아니라 좌평 충상忠常과 상영常永 등 백제의 군신 중 재능이 있는 자에게도 벼슬을 내리고 정무에 참석시키는 포용책을 펼쳤다. 그러나 실상 이들은 누구보다 빨리 변절하여 신라에 부역한 이들이었을 것이다.

그런데 마침 11월이 되자, 당고종이 전격적으로 〈요동 원정〉을 명했으니, 3년 연속으로 고구려를 침공한 셈이었다. 소정방이 백제 원정에 대한 승전 보고를 한 뒤 고작 한 달밖에 지나지 않은 시점이었으니, 필시 고구려의 신라 칠중성 공격이 唐의 고구려 원정을 앞당긴 모양새였다. 고종이 이때 계필하력을 패강도에, 소정방을 요동도행군도총관으로 삼는 등 모두 4로군을 편성해서 침공을 개시했다고 했으나, 고구려군을 이기지 못해 물러나고 말았다. 아마도 고구려의 신라 침공을 견제하기 위한 출정이었고, 이듬해 본격적으로 전개될 요동 원정에 앞서 탐색을 위한 소규모의 전초전으로 보였다.

그런 와중에 같은 달, 오래도록 몸져누워 있던 의자왕이 끝내 세상을 떠나고 말았다. 7월 웅진성에서 스스로 자해를 가해 생긴 상처가 쉽게 아물지 않은 듯했으나, 그보다는 망국의 회한이 너무 커 큰 병이 되었을 것이다. 무왕의 원자元子(맏아들)였지만, 모친인 선화공주가 일찍 사망하는 바람에 태자의 자리에 오르지도 못했다. 그러나 성격은 부친을 닮았는지 용감하고 담력이 큰 데다 결단력이 넘쳤다. 끝내 기회를 엿보다가 632년 전격적인 정변을 일으켜 부친을 권좌에서 끌어내리고, 사실상 임금으로서의 역할을 수행했으니 30년 가까이 나라를 다스린 셈이었다.

의자왕은 이때부터 모친과 외조부 진평대왕의 나라인 신라에 무차별 공격을 가하면서 대결 국면을 오래도록 유지했고, 요동 고구려와의 밀약을 유지함으로써 선왕의 외교 노선을 더욱 강화시켰다. 그러나 그 10년 후, 〈대야성전투〉에서 춘추의 딸인 고타소낭 부부의 목을 베고, 그 머리를 사비성 안의 옥중에 묻게 하는 무도한 행위를 저지르고 말았다. 증조부 성왕의 피살에 대한 보복이었다고는 해도, 이것이 오히려 무열왕 김춘추와 신라인 모두를 복수심에 불타게 했고, 대오각성하게 했을 뿐이니 실속 없는 행위였다.

이때부터 의자왕과 무열왕의 숙명적인 대결이 시작되었고, 집요하고 전략적인 사고를 지닌 데다 화랑이라는 강력한 지지 세력을 등에 업은 춘추에게 밀리기 시작했다. 특히 653년 무열왕의 즉위를 전후해 백제가 唐과의 교류를 아예 끊어 버리는 대신, 그간 소원하게 굴었던 야마토와의 관계를 개선하려 했던 것은 의자왕의 외교적 고립을 자초한 결정적 자충수가 되고 말았다.

무엇보다 의자왕 말년인 655년경, 친위쿠데타를 통해 사택 일가를 제거하고, 독단에 치우치기 시작한 것이야말로 백제의 몰락을 알리는 신호탄이었다. 더구나 의자왕이 은고왕비와 함께 향락에 기대 정무를 소홀히 하는 동안, 그의 숙적 무열왕은 끈질긴 외교전을 통해 〈나당연합〉을 성사시킴으로써 상황을 역전시켰다. 부지런한 데다 인내심을 다해 집요하게 唐과의 외교에 매달릴 줄 알았고, 죽음도 마다 않는 용기와 지도력으로 주변의 지지를 이끌어 낸 김춘추의 승리는 당연한 귀결이었을 것이다.

당고종은 사망한 의자왕에게 〈금자金紫광록대부위위경衛尉卿〉을 추증하고 옛 백제 신하들의 조상弔喪을 허락해 주었다. 의자왕은 낙양의 북망산北邙山에 묻혔는데, 남조 최후의 왕조인 〈진陳〉의 마지막 황제 진숙보의 무덤 곁이었다.

그 무렵에 요동의 고구려는 백제가 멸망하기 이전부터 唐과의 크고 작은 전쟁에 지속적으로 시달리고 있었다. 655년 무열왕의 왕위교체기를 노려 백제와 연합해 신라에 기습공격을 가했고, 말갈까지 동원된 고구려의 공세로 신라는 한꺼번에 33개나 되는 성을 잃고 말았다. 무열왕이 다급하게 당에 지원을 요청했고, 이에 당고종이 정명진과 소정방을 시켜 반대쪽인 요동을 치게 함으로써 고구려의 공세를 그치게 할 수 있었다. 이후 3년 뒤인 658년에도 정명진과 설인귀를 보내 고구려를 침공해 왔고, 〈적봉진赤烽鎭전투〉에서 고구려군이 패하고 말았다.

이듬해인 659년 11월에도 설인귀를 보내 침공해 왔으나, 〈횡산전투〉에서 고구려 장수 온사문이 당군을 격퇴시켰었다. 이처럼 唐나라는 648년 〈나당연합〉이 결성된 이래로 10년 동안 무려 5차례나 고구려를 공격해 왔던 것이다. 가랑비에 옷이 젖는다더니, 고구려는 당나라의 간헐적이지만 지속적인 공세에 점점 지쳐만 갔고, 그 와중에, 660년 3월이 되자 마침내 당고종이 13만 대군을 동원해 소정방에게 〈백제 원정〉을 명했던 것이다.

당시 〈나당연합군〉이 사비성 공격 기일을 7월 10일로 잡고 있었으므로, 백제와의 동맹국인 고구려는 그사이 唐의 출정에 맞춰 백제를 직접 지원하거나, 최소한 요수를 건너 唐을 공격함으로써 백제 원정을 방해했어야 했다. 백제의 의자왕이 당고종의 전쟁 선포 사실을 고구려에 알리고 지원을 요청하지 않았을 리가 없었건만, 웬일인지 고구려는 그사이 충분한 시간이 있었음에도 불구하고, 아무런 군사행동을 취하지 않았다. 고구려의 움직임을 예의주시하던 소정방이 그 틈을 이용해 황해의 바닷길을 이용해 전격적으로 원정을 개시했던 것이다.

이후 〈나당연합군〉의 백제 공격은 7월 9일의 〈황산벌전투〉와 〈기벌포전투〉를 시작으로, 일사천리로 진행되었고, 7월 18일 의자왕이 소정방 앞에 무릎을 꿇고 항복함으로써, 단 열흘 동안 치러진 〈백제원정〉이 속절없이 끝나 버리고 말았던 것이다. 고구려의 연개소문은 이때 백제를 지원할 기회를 실기하는 바람에 강력한 군사동맹인 백제를 잃고, 요동에서 스스로 고립되는 위기를 초래하고 말았다. 뒤늦게 그해 10월 신라의 칠중성을 공격했으나, 그마저도 그 익월에 도총관 계필하력이 이끄는 당군이 패강으로 들이닥치는 바람에 이를 막기에 급급했던 것이다.

사실 의자왕은 651년에 당고종으로부터 신라의 성을 돌려주라며 협박에 가까운 새서를 전달받았다. 의자왕이 이후 653년부터 사실상 唐에 대한 조공외교를 끊고 그간 소원했던 야마토로 눈을 돌렸으나, 결과적으로 이는 중대한 실책이었다. 오래도록 조공외교를 이어 왔던 백제와 당의 관계 악화는 물론 자신들과 밀월 동맹의 관계인 고구려에까지 악영향을 주어, 이듬해부터 唐이 고구려에 대해 무려 4차례의 침공을 감행하게 했던 것이다.

무엇보다 唐과의 외교단절은 백제로 하여금 이제 당나라 조정의 움직임과 고급정보에 어두워지게 했고, 백제의 전략적 판단에 커다란 오류를 야기했을 수 있었다. 즉 병약한 당고종이 백제 원정을 감행하지 못할 것으로 보았다든가, 새롭게 떠오르는 측천무후의 존재와 그녀의 영향력을 무시했을 수도 있었다. 그러나 당고종은 이후 고구려를 수시로 공격했고, 직전 년도인 659년 11월에 일으킨 〈횡산전투〉는 백제로 하여금 唐이 결코 자국 원정에 나서지 않을 것이라는 오판을 유도하기에 충분했던 것이다.

이에 대해 고구려는 결과적으로 백제가 야기한 唐의 잦은 침입으로 국력이 크게 소진되면서, 오히려 더 큰 피해자가 되는 신세가 되고 말았다. 655년 신라의 왕위교체기에 고구려가 백제, 말갈과 함께 신라에 대대적인 공세를 펼친 것도 무열왕을 필요 이상으로 자극하고, 위기를 느낀 신라로 하여금 오히려 唐에 대해 적극 외교를 서두르게 유도한 꼴이 되었다.

게다가 여제麗濟 두 나라는 다 같이 공통된 치명적 문제점을 지니고 있었다. 즉, 정변을 통해 일거에 정적을 내쳐 버림으로써 나라를 다스릴 수 있는 역량을 갖춘 지식인들과 소중한 인적자산을 내팽개치는 우를 범했다는 점이었다. 이로써 최고 권력자가 독단에 빠지고 이것이 정책오류로 이어지는 악순환으로 연결되었을 가능성이 컸던 것이다. 또한 양국 모두가 동시에 唐에 대한 외교의 끈을 놓아 버림으로써 전쟁을 방지할 최후의 수단마저 포기한 셈이 되었으니, 그 자체로 이미 정치적 한계를 드러내고 말았던 것이다.

당시 언제든지 전쟁이 발발할 수 있는 위기 상황에서 정적들을 제거하는 정변을 일으킨 것도, 나라의 분열과 혼란을 가중시켜 민심을 떠나게 하는 최악의 결과를 초래했을 뿐이었다. 특히 의자왕의 경우는 바른 소리를 하는 충신을 멀리하고 향락에 빠지기까지 했으니, 스스로 자멸의 길을 재촉한 것이나 다름없었다. 그렇더라도 고구려의 연개소문이 백제 원정에 나선 唐을 견제하지 않았다는 것은 결과적으로 고구려의 치명적인 실책에 다름 아니었다.

그러한 상황에서 백제가 이미 항복해 버리고, 그 유민들이 한창 저항에 나섰던 660년 11월경, 뜻밖에도 당나라가 요동의 〈고구려 원정〉에 나설 것을 선포했다. 이것은 소정방이 낙양에서 승전을 보고한 이후 단 한 달 만에 다급하게 이루어진 결정으로, 누군가 요동 원정을 강력하게 밀어붙인 세력이 있었음을 시사하는 것이었다. 반도의 백제가 사라진 이상, 나당연합군이 東西에서 앞뒤로 고구려를 협공할 수 있게 되었으니, 이때의 선전포고는 3년째 연속으로 이어진 요동 원정이면서도 이전과는 사뭇 차원이 다른 것이었다.

당고종은 이때 계필하력契苾何力을 〈패강도浿江道행군대총관〉으로 삼고, 소정방의 〈요동도행군〉, 유백영劉伯英의 〈평양도행군〉 외에 정명진을 〈누방도鏤方道총관〉으로 삼아 모두 4로군으로 나누어 각각 고구려를 공략해 들어갈 계획을 수립했다. 645년 당태종이 1차 〈여당전쟁〉에 참패하고 나서, 요동 원정을 파하라는 유언을 남겼음에도, 규모 면에서 볼 때 15년 만에 사실상 최대 규모의 2차 〈여당麗唐전쟁〉이 발발한 셈이었다.

그사이 해가 바뀌어 이듬해인 661년 정월이 되었음에도 당고종은 지속적으로 병력을 모집했으니, 결코 신라 공격을 방해하는 수준에 머문 것이 아니었던 것이다. 이를 위해 하남과 하북, 회남에 속한 67 개 州에서 군사를 동원해, 평양도군과 누방도군의 군영으로 보냈다. 또 추가로 소사업蕭嗣業을 〈부여도扶餘道행군〉으로 삼아, 회흘부回紇部 (위구르) 등 여러 部의 병사들을 거느리게 했는데, 이들은 곧장 평양으로 들어가기로 했다. 이로 미루어 당시 당고종이 이번에야말로 대군을 동원해 고구려의 도성인 (창려)평양을 직접 겨냥했음이 틀림없었다.

아울러 그해 4월이 되자 임아상任雅相에게 〈패강도행군〉을, 계필하력이 〈요동도행군〉을, 소정방이 〈평양도행군〉을 맡도록 일부 인사를 단행했다. 이들이 소사업을 비롯한 호병胡兵 35軍을 이끌고 수륙으로 나누어 진군하기로 했는데, 여기에 이듬해 662년 정월, 방효태龐孝泰의 〈옥저도沃沮道총관〉이 가세하니 총 6개 군단에 대략 40만이 넘는 大軍이 동원되는 셈이었다.

대체로 패강도와 평양도, 옥저도 3군은 水軍이었는데, 수군의 전력을 크게 증강시켜 주력부대로 삼은 것이 전과 다른 특징이었다. 항해술의 발달로 발해만을 빠르게 관통하게 된 데다, 백제 원정에 성공한 소정방이 전면에 나섰기 때문으로 보였다. 그러자 한반도에서 백제 부흥군의 저항운동이 더욱 거세졌는데, 요동 원정으로 당나라가 그만큼 한반도에 신경 쓸 여유가 줄어들기 때문이었다. 결국 신라가 이를 진압하느라 발이 묶이게 되었고, 그런저런 이유로 唐의 고구려 원정도 지지부진해지고 말았다. 마침 唐의 울주蔚州자사 이군구李君球란 자가 황제에게 간언했다.

"나라가 크다 할지라도 전쟁을 좋아하면 반드시 망하고, 천하가 평화롭다 하더라도 전쟁을 잊고 살면 반드시 위태롭다고 했습니다. ……(중략)……. 고구려는 산과 바다 사이에 기대 숨어 사는 작은 나라인데, 어찌 중국인들을 피곤하게 하겠습니까? 신은 그들을 정벌하거나, 멸망시키는 것이 그리하지 않는 것만 못하다고 여기고 있습니다."

그럼에도 불구하고 당고종이 친히 대군을 이끌고 원정에 나서려 했으나, 무후武后까지 나서서 극구 말리는 바람에 황제만은 출정을 포기해야 했다. 벌써부터 무후는 반복되는 三韓과의 전쟁을 마뜩치 않게 여기고 있었던 것이고, 이군구의 간언과도 무관치 않아 보였다.

실제로 2차 〈여당전쟁〉이 시작될 무렵이던 661년 2월이 되자, 반도에서는 이제 폐허가 되다시피 한 사비성을 백제인들이 수시로 공략할 정도였다. 무열왕이 김품일을 대당大幢장군에 임명해 사비성을 구원하게 했으나, 오히려 두량윤성豆良尹城(충남금산) 등지에서 부흥군에 기습을 당해 크게 낭패를 당하고 말았다. 이렇게 신라가 백제 부흥군에 고전하는 사이, 그해 5월경 고구려의 장군 뇌음신惱音信이 말갈 장수 생해生偕와 연합으로 남침을 개시했다는 급보가 경도京都로 날아들었다.

"아뢰오, 구려군이 말갈과 연합해 우리 쪽 술천성을 공격해 왔다고 합니다."

당시 요동에서 〈여당전쟁〉이 개시되었음에도, 신라의 정예군이 백제부흥군과 싸우느라 서쪽으로 가 버려 동쪽이 비었다는 정보가 고구려를 움직인 듯했다. 전년도의 칠중성 침공과 마찬가지로 반도의 신라를 공격함으로써 당군과의 東西협공을 사전에 차단하고, 한편으로 백제 부흥군을 돕기 위한 조치였던 것이다.

이들이 수륙 양면으로 깊숙이 내려와 술천성逝川城(경기이천)을 공략했으나, 성을 함락시키지는 못했다. 그러자 이내 방향을 되돌려 북한산성을 포위했는데, 고구려군은 서쪽에 말갈군은 동쪽으로 나누어 각각 진을 치고 열흘이 넘도록 공세를 퍼부었다. 고구려군이 이때 포차抛車를 늘어놓고 돌을 날리자, 여기저기 비옥陣屋(성가퀴)들이 무너졌다. 이에 성주城主인 대사大舍 동타천冬陁川이 급히 명을 내렸다.

"성 아래로 마름쇠를 던져라!"

그렇게 고구려군의 접근을 방해하는 한편, 사찰의 창고를 헐어 목재를 빼내다 무너진 곳을 보수하고, 노포弩砲를 쏘며 대치했다. 당시 성안에는 고작 남녀 2,800여 명뿐이었는데 동타천이 어린이와 노약자까지 격려해 가면서 20여 일을 버텨 냈으나, 마침내 양식은 떨어지고 힘에 부쳐 크게 동요하던 때였다. 마침 큰 별이 고구려 진영으로 떨어지더니 천둥, 번개와 함께 큰비가 퍼부었다. 고구려군이 이를 불길하게 여겼는지, 포위를 풀고 철군하면서 위기를 넘길 수 있었다.

그러던 중 6월이 되니, 마침내 중원의 당나라에서는 소정방의 요동도군을 시작으로 고구려 진공이 개시되었다. 그 직전에 당나라 조정에서 숙위하던 김인문이 황제의 명으로 신라로 돌아와 당군의 출병기일을 알리는 한편, 신라에서도 군사를 일으켜 고구려에 대한 협공을 개시할 것을 주문했다. 그런데 그 와중에 공교롭게도 태종무열왕 김춘추金春秋가 재위 8년 만에 59세의 나이로 붕하고 말았다. 영경사永敬寺 북쪽에 장사 지내고, 장안에도 기별을 하니, 당고종이 낙성문洛城門에서 애도식을 거행하며, 대왕을 추모했다.

무열대왕은 신라가 가장 어려울 때 나라를 물려받았지만, 실상은 진덕여왕 때부터 이미 조정의 대사를 움직였다. 그럼에도 자신의 권력을 챙기기보다는 위기의 조국을 구하기 위해 목숨을 건 외유를 감행하는 등 솔선수범했고, 끝내 오매불망 그리던 唐과의 군사동맹을 이끌어 내는 데 성공했다. 이로써 고구려와 백제, 야마토 간의 밀약으로 야기된 외교적, 군사적 고립으로부터 벗어날 수 있었고, 상황을 반전시킬 대역전의 기회를 노릴 수 있었다.

이처럼 무열대왕은 멀리 앞을 내다보는 정치적 혜안과 주변에 대한 의리, 강인한 인내력으로 부지런히 정사에 매달린 결과, 끝내 숙적인 백제를 멸망시키고 평생의 소원인 〈三韓일통〉의 절반을 달성할 수 있었다. 비록 무열왕의 삶은 여기서 그쳤으나, 대왕의 원대한 꿈vision은 후대로 이어져, 가장 미약한 나라가 최후의 승자가 되는 대역사를 지속하게 되었다.

혹자는 그가 사대주의자로 중원을 끌어들여, 결과적으로 韓민족의 역사를 크게 위축시켰다고 하지만, 그러한 시도는 일찍이 진흥대왕부터 시작된 일이었다. 게다가 고구려와 백제, 야마토가 〈三國밀약〉으로 강고하게 이어져 있음을 확인한 이상, 唐과의 동서 동맹으로 맞서는 것이야말로 필생必生을 위한 유일한 전략이었을 것이다. 게다가 대왕의 고단하고도 숭고한 삶을 들여다본다면 누구든지 그런 비난이 결코 어울리지 않는다 했을 것이다. 역대 韓민족의 역사에서 어느 군주가 이토록 성실하고, 부하들 앞에 솔선했으며 전략적 외교에 능통했던가? 무열대왕은 신라는 물론 韓민족의 역사에서 가장 훌륭한 지도자의 표상임은 물론 후대에 귀중한 교훈을 남겨 준 군주였고, 불리한 상황을 승리로 역전시킬 줄 알았던 진정한 승자였던 것이다.

다만 아쉬운 것은 무열왕은 어째서 백제 의자왕과의 화친을 시도하지 않았을까 하는 점이었다. 6세기 중반까지 약 120년간 공고하게 유지되던 〈나제동맹〉의 복원이 그 시기 두 나라에 가장 절실했을 법했고, 나아가 세 발 달린 솥과 같은 〈정족지세鼎足之勢〉 즉, 〈三韓의 병존〉이야말로 중원이나 야마토 등 외세의 위협을 막아 낼 수 있는 해결방안일 수도 있었기 때문이었다.

사실 요동의 고구려는 거대 중원의 나라로부터 반도의 나라들을 지켜 주던 순망치한의 관계임이 틀림없었다. 설령 고구려를 붕괴시키고 삼한일통을 이룬다 한들, 그다음의 순서는 필연적으로 중원과의 충돌일 수밖에 없음을 무열왕은 과연 읽어 내지 못했을까? 三韓의 화친과 병존이야말로 중원으로부터 반도의 안녕을 지켜 낼 최선의 전략일 수 있음을 생각지 못했을까? 그러나 그것은 실로 불가능한 일이었을 것이다.

신라가 먼저 성왕의 머리를 월성의 계단에 묻었고, 백제는 무열왕의 딸인 고타소낭 부부의 머리를 사비성의 옥중에 묻었기 때문이었다. 양국 왕실의 씻을 수 없는 원한과 타오르는 복수심이 이성적인 판단을 덮어 버렸기에, 어느 한쪽이 소멸될 때까지 싸울 수밖에 없었던 것이다. 그럼에도 무열왕은 고구려에 이어 야마토를 사전에 방문해 화친을 시도했던 것이나, 3국밀약의 강고한 관계만을 재확인했을 뿐이었다. 결국에는 최종적으로 唐을 선택할 수밖에 없었던 것이고, 그 것은 나라의 존망이 달린 문제였던 것이다.

그해 태종무열왕이 전쟁 중에 서거해 태자인 법민法敏이 서둘러 왕 위에 올랐으니, 문무대왕文武大王이었다. 모후는 김유신의 여동생인 문 명태후(문희)였고, 왕비는 파진찬 선품善品의 딸인 자의慈儀왕후였다. 훌륭한 외모에 총명하고 지략이 많아 무열왕 2년에 일찍 태자에 올랐 으면서도, 병부령이 되어 소정방과 함께 백제 원정에 종군하면서 신 라군을 지휘한 공이 있었다.

문무대왕은 비록 상중임에도 〈여당전쟁〉이 이미 개시되었고, 당으 로부터 신라의 협공을 주문받은 상태였기에 출정을 서두르지 않을 수 없었다. 따라서 다음 달인 7월 중에 김유신을 대장군으로, 김인문과 진주眞珠, 흠돌欽突을 대당大幢장군으로 삼고, 기타 여러 제장들을 각 州의 총관摠管에 임명했다. 8월에는 대왕이 친히 군사를 거느리고 〈고 구려 원정〉에 나섰는데, 시이곡정始飴谷停에 도착했을 때였다. 때마침 사비성을 지키던 당장 유인원이 파발을 보내 소식을 전했다.

"아뢰오, 지금 백제의 잔적들이 옹산성을 점령한 채 길을 막고 있으 니, 더 이상의 진군을 멈추라는 전언입니다."

이에 진격로를 옹산성甕山城(대전계족산성)으로 돌려 9월에 성을 포위하고 항복을 종용했다. 그러나 부흥군의 수장이 항복을 거부하며 의연하게 답했다.

"비록 작은 성이지만 병기와 식량이 넉넉한 데다 군사들은 의롭고 용감하다. 죽기를 각오하고 싸울지언정 살아서 항복하는 일은 맹세코 없을 것이다!"

이에 끝내 북을 치며 저항군과 전투가 벌어졌고, 수천 명의 수급을 벤 후에야 비로소 항복을 받아낼 수 있었다. 이때 상주上(尙)州총관 김품일도 인근의 일모산군一牟山郡(충북청원)과 사시산군沙尸山郡의 병사를 동원해 우술성雨述城(대전회덕)을 공략해 일천여 부흥군의 목을 베니, 달솔 조복助服 등이 무리를 이끌고 항복해 왔다. 문무대왕이 포용책을 써서 그에게 고타야군古陁耶郡(경북안동)의 태수로 삼았다.

11. 불타는 평양성

이처럼 반도 안에서 일어났던 백제 부흥군의 계속된 저항운동과 신라의 국상國喪이 신라군의 고구려 원정을 지연시키고 있었다. 그러나 唐에서는 소정방과 임아상이 당나라 수군으로 구성된 평양군과 패강도군을 이끌고 산동을 떠났다. 이들은 함선을 타고 발해를 경유해 조선하(패강) 하구로 들어온 다음, 육로로 동진해 (창려)평양으로 진격하는 모양새를 취했다. 나머지 육군의 경우에는 전과 비슷하게 제각각 맡은 육로를 이용했다.

선봉격인 唐의 수군이 뱃길로 신속하게 조선하의 하구를 통해 전격적으로 뭍에 상륙했으니, 1년 전 소정방이 펼쳤던 기벌포 상륙작전과 다를 바 없었을 것이다. 워낙 많은 당군의 기세에 해안을 지키던 고구려 수군은 물론 육지의 수비대까지 모두가 일거에 무너져 버린 듯했다. 이때 소정방의 군대는 북쪽의 요동성이 아니라, 동쪽으로 진격을 서둘러 마읍산馬邑山(마성馬城)을 빼앗고, 거침없이 압록(난하)을 건넜다.

그 무렵 육로를 통해 북진해 온 소사업과 정명진의 2개 군단도 서쪽에서 요수(영정하)를 건넜다. 그중 정명진程名振의 누방도군은 고구려군의 수비를 뚫고 북쪽으로 고북구 동쪽 아래의 요새인 국북신성을 공략했다. 그는 655년의 〈귀단수전투〉와 658년 〈적봉진전투〉에서 고구려군을 격파한 맹장으로, 이번 〈신성전투〉에서도 초기에 승기를 잡고 유리한 국면을 확보했다.

9월경에는 계필하력의 〈요동도군〉도 압록하에 도달했다. 요동성을 지키던 고구려군이 성안에서 농성에 들어가자, 계필하력이 요동을 뒤로한 채 평양을 향해 동진한 것으로 보였다. 이로 미루어 고구려는 당군의 초기 공세에 東西로 요동과 압록 양쪽 모두의 수비가 뚫리면서 시작부터 고전을 면치 못한 것이 틀림없었다. 서쪽의 요동성(계주)쪽에서 정예부대를 거느리고 있던 연개소문은 소정방의 水軍이 오히려 주력이 되어, 패강과 압록을 넘어 빠르게 도성으로 파고드니 허를 찔린 듯 크게 당황했을 것이다.

그 무렵 도성인 (창려)평양성에서도 고구려군이 성문을 굳게 닫고 농성에 돌입해 있었다. 평양성(장안성)은 586년 평원제가 천도하기까지 25년의 오랜 공사 끝에, 외곽의 성안에 다시 외성과 내성으로 구성된 3중 구조의 성벽을 갖춘 철옹성 같은 요새였다. 그때 멀리서 북과 종소리를 요란하게 울리면서 당군이 모습을 드러냈는데, 높은 운거雲車와 충차衝車를 앞세우고 다가와 이내 성을 포위하고 말았다.

소정방의 군대가 평양성을 공격할 무렵, 고구려의 연개소문은 성 외곽에 대기해 있던 아들 연남생淵男生에게 수만 명의 군사를 내주고 평양성 서쪽의 압록을 방어하게 했다. 계필하력의 군대를 차단해 소정방의 군대를 고립시키려는 의도로 보였다. 이에 계필하력의 군대가 압록하를 넘지 못하던 중, 갑자기 날씨가 추워지면서 혹한이 엄습하더니 강이 얼어붙기 시작했다. 계필하력이 속히 명을 내렸다.

"됐다, 하늘이 돕는구나. 이제 압록이 얼어붙었으니 즉시 얼음을 타고 도강을 시작하라. 전군은 북을 치고 진군하라!"

당군이 강을 건너 쇄도해 오자, 남생이 이끄는 고구려군이 이를 저지하려 했으나 오래가지 못한 채 이내 쫓기기 시작했다. 필시 중과부적이었을 것이다. 이후 고구려군이 계필하력의 요동도군에게 수십 리를 쫓기면서 대패했고, 순식간에 3만의 군사를 잃어버렸는데 남생조차 달아나기 바빴다. 전쟁 초기에는 이처럼 唐의 대군이 기세를 올리면서, 곳곳에서 고구려가 수세에 몰리는 상황에 직면하게 되었다.

그렇게 소정방과 계필하력의 부대가 모두 압록으로 진입하는 데 성공하자, 지척의 거리에 있는 (창려)평양성이 커다란 위기에 빠지고 말았다. 그런데 그때 갑자기 뜻하지 않은 변수가 발생하면서, 이후 전쟁의 양상이 크게 바뀌게 되었다. 그해 10월경, 당군이 〈고구려 원정〉에 대거 동원된 틈을 노려 서쪽 〈철륵鐵勒〉의 회흘(위구르) 부족들이 대규모 반란을 일으켰던 것이다.

"속보요, 철륵의 반란군이 지금 국도國都를 향해 다가오는 중이라고 합니다!"

감숙 서쪽의 철륵이 배후에서 唐의 장안을 위협하는 비상사태가 발생한 것인데, 필시 고구려가 철륵을 움직인 것이 틀림없었다. 후방의 당고종이 서둘러 〈철륵도행군〉이라는 군단을 꾸려 대응했으나, 크게 패하면서 위기에 봉착했다. 다급해진 당고종이 마지못해 요동 원정에 동원된 소사업의 〈부여도군〉과 압록에 진입했던 계필하력의

〈요동도군〉에 회군 명령을 내렸다. 고구려 원정군 중 부여도군은 가장 서쪽에 있었고, 계필하력은 철륵 출신의 장수였던 것이다.

당군의 일부 군단이 철수하는 동안 동쪽의 소정방과 임아상 2군은 평양성을 포위하고 있었고, 정명진의 누방도군은 신성을 공략하고 있었지만 분위기는 이미 어수선해져 있었다. 평양성에서는 〈철륵〉의 소식을 들은 고구려군이 용맹하게 맞서 굳세게 성을 지키니, 장거리 원정에 지친 데다 추위와 싸우던 당군이 오히려 초조해졌고 그사이에 해가 바뀌어 662년이 되었다.

철륵을 상대하기 위해 唐나라 2軍의 철군이 완료되자, 연개소문의 정예부대가 즉시 신성으로 향해 정명진의 〈누방도군〉에 맹공격을 퍼붓기 시작했다. 이때 정명진의 부대는 평양성 인근에 머물던 또 다른 당나라 주력 2軍의 철군을 돕고자, 고구려군의 공세에 끝까지 버티며 저항했다. 그러나 중과부적으로 끝내 참패했고, 정명진 자신도 전사하고 말았다. 그렇게 서북쪽에서 누방도군이 궤멸되자, 동쪽의 평양 외곽에 있던 소정방과 임아상의 2군이 압록과 평양 사이에서 갇힌 채, 고립되는 상황이 연출되고 말았다. 당나라 조정이 크게 당황했고, 결국 당고종이 추가로 방효태를 〈옥저도총관〉으로 삼아 급히 압록(난하)으로 진입시켜 평양의 2軍을 지원하게 했다.

고구려의 연개소문이 가만히 있을 리가 없었다. 그해 정월, 연개소문이 직접 나서서 압록으로 진입하려는 방효태의 〈옥저도군〉에 대한 저지에 나섰다. 그때 〈신성전투〉에서 누방도군을 궤멸시킨 고구려군이 남진하는 동시에, 요동 인근을 지키던 부대들도 동진해 압록으로 모여들었을 것이다. 결국 양측이 사수蛇水에서 맞붙어 크게 일전을 벌였는데, 중과부적에다 개소문의 작전으로 방효태의 군대가 대패해 거의 전멸하다시피 했다. 방효태 자신도 13명이나 되던 그의 자식들 모두와 함께 〈사수전투〉에서 덧없이 전사하고 말았다. 동쪽에서 평양성을 포위하고 있던 소정방과 임아상의 군대는 추위와 대설은 물론, 보급로가 끊겨 식량난까지 가중되면서 절체절명의 위기와 맞닥뜨리고 말았다.

그 와중에 반도에서는 661년 10월경, 신라의 문무대왕이 고구려 원정을 위해 북진하던 중, 당고종의 조문 사절이 경도에 도착했다는 소식을 들었다. 이에 문무대왕이 도중에 경도로 되돌아갔는데, 김유신 등은 진격을 멈추고 대왕의 명을 기다렸다. 그 무렵 문무대왕의 서신을 갖고 소정방에게 갔던 태감 문천文泉이 돌아와 정방의 뜻을 전했다.

"내가 만 리 먼 곳에 명을 받들어 창해를 건너 적을 토벌하고자 배를 해안에 댄 지 벌써 한 달이 지났습니다. 그런데 대왕의 군대는 이르지 않고 군량 수송이 이어지지 않아 심히 위태롭게 되었으니 대왕께서 잘 도모해 주시기 바랍니다."

마침 당의 함자도含資道총관 유덕민劉德敏까지 찾아와 급하게 당고종의 칙지勅旨를 전했다.

"평양(창려)으로 군량을 수송해 달라는 것이 황제의 뜻입니다."

문무왕이 대신들에게 뜻을 물으니, 모두들 멀고 먼 요동의 적지까지 깊숙이 들어가 군량을 수송하는 일이 불가하다며 부정적으로 답했고, 이에 난감해진 대왕이 탄식을 했다. 그러나 당고종의 요청을 마냥 거절할 수도 없었기에, 그해 12월에 김유신과 인문, 양도良圖 등 9명의 장군에게 추가로 명을 전했다.

"쌀 4천 석과 벼 2만 2천여 석을 싣고 평양으로 가서 당군에 전하시오."

그사이 해가 바뀌어 662년 정월이 되자, 객사에 머물던 당고종의 사신이 뒤늦게 대왕에게 〈개부의동삼사상주국낙랑군왕樂浪郡王신라왕〉이라는 책봉을 전했다. 신라의 반응을 확인한 다음 관작을 주려던 속셈인 듯했다. 그 무렵 唐의 총관 유덕민과 함께 식량 운송을 담당하게 된 김유신에게는 〈양하도총관兩河道摠管〉이라는 새로운 직위가 주어졌다. 양하兩河는 난하 하류의 최남단 삼각주에 좌우로 나뉘어 발해로 들어가던 정류하定流河와 호로하瓠蘆河 두 강을 이르는 말이었으니, 그 동쪽 인근이 바로 (창려)평양성이었다.

1월 18일경, 김유신 일행이 풍수촌風樹村이란 곳에 도착했는데, 얼어붙은 길이 미끄럽고 험해 수레를 이용할 수 없었다. 유신이 별수 없이 군량을 모두 수레에서 내리게 한 뒤 우마牛馬의 등에 옮겨 싣게 했다. 1월 23일경 마침내 임진강으로 추정되는 칠중하七重河에 도착해 수송선에 오르고자 했는데, 병사들이 먼 뱃길을 두려워한 나머지 승선을 꺼리는 분위기였다. 이에 대장군 유신이 먼저 배에 오르며 말했다.

"제군들이 죽는 것을 두려워한다면 어찌 여기까지 올 수 있었겠는가?"

백전노장이 흰 수염을 날리며 앞장서는 모습에 나머지 장졸들도 배에 오르지 않을 수 없었다. 신라군을 태운 병선들은 임진강과 한강 하구를 미끄러지듯 빠져나와 이내 황해로 들어섰고, 이후로 바닷길을 이용해 고구려의 강역으로 진입하면서 식량 수송을 위한 항해가 시작되었다.

며칠 후 요동에 도착한 신라군이 산양蒜壤이란 곳에 이르러 다시금 뭍에서의 식량 수송을 시작했는데, 고구려군의 요격을 피하기 위해 좁고 험한 길을 택했다. 그랬음에도 도중에 이현梨峴 인근에서 그에 고구려 수비대와 마주쳤는데, 성천星川 등이 이끄는 전초前哨 부대가 이들과 전투를 벌인 끝에 격퇴시키기도 했다.

2월 초하루 신라군이 장새獐塞라는 험지에 도착했을 때는 날씨가 몹시 추워 병사들과 말이 쓰러질 지경이었다. 이때도 노장 유신이 어깨를 벗어 붙이고 말에 채찍질을 가해 앞으로 나아가니, 장졸들이 감히 춥다는 소리를 내지 못하고 따랐다. 이윽고 평양까지 약 36,000여 보(40km)의 거리를 두고, 먼저 소정방에게 사람을 보내 소식을 전하니 정방이 크게 기뻐했다.

엿새가 지나 양오楊隩에 이르렀을 때, 김유신이 먼저 이찬 김양도 등을 시켜 군량을 전달케 하고, 소정방에게는 은銀 5,700푼과 세포 30필 등 별도의 사은품을 챙겨 주었다. 그러나 이때 소정방의 병사들은 굶주림과 추위에 얼어붙어 밤마다 무릎을 끌어안고 울며 지새울 정도였고, 기력을 잃은 지 오래였다. 패강도총관 임아상任雅相은 전투 중에 전사해 이미 저세상 사람이 되어 있었다. 소정방은 김유신으로부터 군량을 인수받았음에도 곧바로 원정을 파하고, 철군을 서두르기 시작했다. 소정방의 군대가 부랴부랴 평양을 떠나자, 식량을 실어다 주었던 김양도는 8백 명의 수송병을 거느린 채 그 길로 해상을 통해 곧장 귀국에 나섰다.

결국 남은 것은 적지 한복판에 버려지다시피 한 김유신의 군대였는데, 고구려군이 복병을 준비하고 철수하려는 신라군을 겨냥하고 있었다. 이는 마치 소정방군의 철수를 돕기 위해 신라군이 미끼가 된 것이나 다름없는 긴박한 형국이었다. 대장군은 군사들이 많은 것처럼 위장하기 위해 소꼬리에 북과 북채를 매달아 요란한 소리를 내게 하고, 수시로 시초柴草(땔감)를 쌓아 놓고 태우면서 연기를 피우게 했다. 이동은 야밤을 이용해 은밀하게 행군하게 했다. 그렇게 어렵게 압록하구 삼각주의 우측 호로하까지 도착했으나, 그때 고구려의 대군이 바짝 추격해 왔다.

대장군이 이때 병사들을 엄정하게 세우게 하고 명을 내렸다.

"이제부터 적들에게 쇠뇌 맛을 보여 줄 때다. 적이 충분히 가까이 올 때까지 침착하게 기다리도록 하라."

그리고는 신호와 함께 1만 개의 쇠뇌를 날리게 했다.

"쏴라, 슈슈슉!"

신라의 쇠뇌는 1천 보를 날아갈 정도로 당대 최고의 성능을 자랑했다. 시커멓게 하늘을 뒤덮은 엄청난 쇠뇌 공격에 고구려의 추격군은 신라군에게 다가가지도 못한 채 크게 타격을 입고 퇴각해야 했다. 신라의 장졸들이 분격하여 오히려 고구려군에 반격을 가하고 대승을 거두었던 것이다. 신라군은 이때의 〈호로하전투〉에서 고구려군 1만여 명의 목을 베고, 고구려 장수 소형 아달혜阿達兮를 사로잡기까지 했으니, 결코 작은 승리가 아니었다. 김유신의 신라군은 서둘러 뱃길을 이용해 귀국길에 나설 수 있었다.

〈당〉나라는 2차 〈여당전쟁〉에서 소득은커녕, 엄청난 병력과 장비 등의 손실만을 본 채, 이번에도 빈손으로 달아나기 바빴다. 전체 6개 군단 중 정명진의 〈누방도군〉과 나중에 추가지원에 나섰던 방효태의 〈옥저도군〉은 전멸하다시피 했고, 정명진과 방효태, 임아상 3軍의 도총관이 전사했다. 그 패배가 얼마나 큰 것이었는지, 2차 고구려 원정의 기록은 부실하기 그지없었다. 출정한 병력이나 전투개요, 손실의 규모 등에 대해 소상히 전해지지 않았음은 물론, 〈철륵〉의 장안 협공과 연개소문을 비롯한 고구려군의 승전에 대한 기록도 거의 남기지 않았다.

50년 전 수양제의 〈여수隋전쟁〉에 대한 기록이 차고 넘치던 것에 비하면, 후일 唐의 사가들이 1, 2차 〈여당전쟁〉의 흔적을 지우기 위해 얼마나 애를 썼는지 가늠할 만했다. 그러나 연개소문은 이 2차 〈여당전쟁〉을 승리로 이끈 주역으로 중국 전역에 공포의 화신禍神이라는 악명을 떨쳤으며, 곳곳에 여러 전설과도 같은 이야기들을 남겨 놓았다.

애당초 소정방이 이끄는 당나라 水軍이 7월 초순에 〈백제 원정〉을 개시한 지 단 열흘 만에 백제 의자왕의 항복을 받아 내고, 그 후 2달 만인 9월 말에 본대가 개선할 수 있었으니, 당시 낙양은 소정방의 놀라운 전과에 그야말로 온통 감동과 축제분위기 일색이었을 것이다. 그런 상황에서 승리에 대한 자신감이 넘쳤던지, 이후 2달도 지나지 않은 11월에 대군을 동원해 〈고구려 원정〉에 나설 것을 선언했으니, 다분히 무모한 시도임이 틀림없었다.

이후 40여 만의 대군을 동원해 6개 군단, 총 35軍의 편제를 완성한 다음, 이듬해인 661년 4월 수륙 양군으로 이동을 개시했고, 소정방이 패강으로 진입하면서 전투를 개시한 것이 6월경이었다. 당시 고구려는 당군이 종전방식대로 육군을 주력으로 삼아 요수를 넘어 요동으로 진격해 올 것으로 보고, 정예부대를 대거 요동쪽에 배치하는 실책을 범한 것이 틀림없었다. 소정방이 이를 노리고 빠른 뱃길을 이용해, 패강(조선하) 하구로 파고들었고 이후 요동성을 뒤로한 채 곧바로 동진해 8월경에 평양성을 포위할 수 있었으니 절반은 성공한 셈이었던 것이다.

그러나 이후 〈철륵〉이 장안을 위협하면서 전세가 요동치기 시작했고, 끝내 상황이 역전되면서 고구려군의 대승으로 전쟁이 마무리되었던 것이다. 당나라 조정은 2차 〈여당전쟁〉의 참패에 그야말로 초상집 분위기가 되었을 것이다. 갑자기 〈철륵〉이 등장해 배후를 노릴 줄 몰랐고, 무시무시한 요동의 한겨울 추위는 물론, 평양성을 비롯해 견고하기 그지없는 고구려 성들이 지닌 방어력을 충분히 감안하지 못했던 것이다.

7백 년 역사의 백제 원정이 너무 수월하게 이루어진 탓이었는지, 누군가가 속전속결로 평양성을 무너뜨릴 수 있다고 성급한 제안을 했고, 당고종이 이를 허용한 듯했으니 누굴 탓할 수도 없었을 것이다. 〈돌궐전쟁〉의 영웅 소정방은 무후武后에 의해 원로 〈관롱집단〉이 제거된 상황에서 백제 원정의 성공으로 최고의 무장으로 부상했을 것이다. 이렇게 조정에서 소정방을 위시한 신흥 무인 세력의 목소리가 올라가면서 2차 〈여당전쟁〉을 주도했을 가능성이 매우 커 보였는데, 실제로 원정에 나섰던 도총관 대다수도 그의 부장 출신들이었다. 당고종은 고구려 원정에 실패하고 돌아온 소정방과 그 무리들을 크게 징계하지 않았는데, 철륵의 기습을 패배의 주된 원인으로 본 것이었다.

이와는 별도로 백제가 〈羅唐연합군〉에 의해 멸망했다는 소식이 바다 건너 멀리 야마토 조정에도 빠르게 퍼져 나갔다. 660년 9월 초, 백제로부터 달솔 각종覺從 등이 야마토로 와서 사이메이齊明여왕에게 그 소식을 전했다.

"신라가 힘을 믿고 과시하며 이웃을 가까이하지 않는 대신 당인들을 끌어들여 백제를 전복시켰습니다. 군신들은 모두 포로가 되었고, 남은 자가 거의 없을 지경입니다……"

그런데 그 1년 전인 659년 11월경, 장안에서는 당고종으로부터 느닷없이 야마토의 사신들을 억류하라는 칙령이 떨어졌다.

"우리는 내년에 반드시 해동을 정벌하려 한다. 그러니 너희 왜의 사신들도 동쪽으로 돌아가는 것을 허락할 수 없다."

결국 정보 유출을 우려한 당나라 조정에서 야마토의 사신들을 다른 곳에 유폐시켜 두었다가, 이듬해 백제가 평정된 직후 660년 9월이 되어서야 이들의 귀국을 허락했다. 왜의 사신들은 그제야 겨우 장안을 떠나 낙양을 경유해 귀국할 수 있었는데, 唐나라가 진작부터 야마토와 백제의 동맹관계를 각별하게 신경 썼던 것이다.

그해 10월, 백제의 좌평 복신福信이 귀지貴智 등을 통해 당나라 포로 100여 명을 야마토에 바쳐 왔다. 복신이 이때 원군援軍의 파견과 함께 야마토에서 오랜 볼모 생활을 해 오던 부여풍扶餘豊을 보내 줄 것을 간청했다.

"우리 백제국이 멀리 천왕의 가호에 의지해 다시 사람들을 모아 나라를 일으켰습니다. 바라옵건대 백제국이 천조天朝에 보냈던 왕자 풍장豊璋을 맞이하여 국왕으로 세우고 싶습니다."

놀랍게도 이때 제명여왕이 백제 구원을 결심한 끝에, 여러 장수들이 사방에서 함께 백제로 군사를 보내 줄 것을 명했다. 아울러 무왕의 태자였던 부여풍을 백제왕으로 세우고 그의 처자와 숙부 충승忠勝 등을 백제로 돌려보내기로 했다. 660년 12월, 제명여왕이 복신의 청에 따라 쓰쿠시筑紫까지 행차해 각종 무기를 준비하게 하고, 연내에 신라를 치기 위해 스루가국駿河國에 칙명을 내려 선박을 건조하게 했다.

이듬해 661년 봄, 제명여왕이 친히 배를 타고 큐슈 북쪽의 하카타博多항을 거쳐 4월에 아사쿠라궁朝倉宮으로 들어갔다. 그런데 사이메이(제명)여왕이 그렇게 신라 원정을 진두지휘하던 중 그해 7월 하순경, 아사쿠라궁에서 안타깝게도 숨을 거두고 말았다. 8월 초하루, 아들인 나카노오에中大兄황태자가 달려와 여왕의 유해를 아스카노카와라飛鳥川原에 안치하고 장례식을 치렀다. 야마토의 역대 어느 천왕도 속 시원히 〈신라 원정〉에 나서지 못했건만, 조용하기만 했던 제명여왕이 적극 나서서 이를 진두지휘했으니 그 깊은 속뜻을 가늠하기 어려울 따름이었다.

그런데 이때 황태자가 천왕 즉위를 미루는 대신, 흰 상복을 입은 채로 정무를 보기 시작했다. 모친의 각별한 유지가 있었을 가능성이 높았고, 황태자가 그 뜻을 받들기로 작정한 것이 틀림없었다.

"이제부터 하카타의 나가쓰궁長津宮으로 옮겨 가서 내가 친히 군사를 지휘할 것이다!"

그해 9월에는 백제 왕자 풍豊에게 최고위직인 직관織冠을 내린 데 이어, 사이狹井노무라지 등의 장수에게 군사 5천 명을 내주고 풍장의 백제 귀국길을 호위하게 했다.

그 무렵 唐군의 반도 내 주요 거점은 〈웅진도독부〉가 있는 웅진(충남공주)이었다. 백제 부흥군은 661년 9월의 〈옹산성전투〉에서 참패를 당한 이후로 본거지인 임존성任存城에서 보다 남쪽인 주류성周留城(전북부안)으로 성도城都를 옮긴 상태였다. 662년 정월, 야마토는 복신에게 화살 10만 쌍과 볍씨 3천 석 등을 보내고, 이후 부여풍에게도 포목 3백 필을 보내 주었다. 그즈음 당의 2차 침공에 고전하던 고구려가 야마토에 구원을 요청했고, 이에 야마토에서 군대를 보내 소류성疏留城에 진을 치고 나당羅唐의 군대를 견제했다는데, 돕는 시늉에 그치는 미미한 수준으로 보였다.

662년 5월, 대장군 아즈미노히라부阿曇比邏夫 등이 군선 170척을 이끌고 부여풍을 호송해 백제 땅에 내린 뒤, 마침내 부흥군의 거점인 주류성으로 들어갔다. 복신 등이 이들을 열렬히 환영해 주었다.

"와아, 와아! 백제대왕 만세!"

이후 야마토의 칙명을 받들어 풍장豊璋이 백제의 왕위를 잇게 했다.

사촌 격인 복신에게는 금책金策을 내려 위로하고, 관위와 녹물祿物을 내렸는데, 백제가 다시 일어나는 모습을 본 사람들이 감격해 눈물을 흘리는 자들이 많았다.

그런데 승려 도침은 주류성 인근의 개암사開巖寺 출신이었기에, 이 지역에서의 기반이 복신을 압도했다. 그렇게 도침이 신정부의 주도권 장악을 놓고 복신의 세력과 갈등을 일으키기 시작하니, 복신의 수하들이 불만을 토로했다.

"도침이 지역세를 믿고 설쳐 대니 더 이상 좌시할 일이 아닙니다!"

그러던 7월, 위기감을 느낀 복신의 추종 세력이 기회를 엿보다 도침을 비롯한 그의 세력을 일거에 제거하고, 권력을 장악해 버렸다. 풍왕은 아무런 행동도 취하지 못한 채 그저 제를 올릴 뿐이었다. 30여 년이나 야마토에 나가 있었으니, 그를 지지하는 세력이 있을 리 만무했던 것이다.

그러나 그사이 백제 부흥군에 내분이 일어났다는 소식이 〈나당연합군〉에게 알려지면서 연합군 측이 즉각 부흥군에 대한 공세를 펼치기 시작했다. 결국 지라성支羅城(대전비래), 윤성尹城, 사정책沙井柵, 대산책大山柵 및 진현성眞峴城(대전흑석)의 5개 城이 당군의 수중에 떨어졌다. 이어 8월에는 신라 문무대왕도 김흠순 등 19명의 장수를 보내 부흥군이 점거하고 있던 내사지성內斯只城(대전유성)을 공략해 빼앗았다. 이로 인해 부흥군은 임존성을 제외한 충남 일대의 거점 대부분을 잃고 말았다.

그해 12월, 부흥군은 논의 끝에 주류성을 나와 인근의 제방과 너른 논들이 펼쳐져 농사에 적합한 피성避城(전북김제)으로 도읍을 옮겼다. 마침 그 무렵 탐라의 좌평 도동음률徒冬音律이 찾아와 신라에 항복했다. 탐라는 위덕왕 이래 백제에 귀속되었으나, 상국이 멸망해 버리자 야마토에 사람을 보내 탐색을 한 끝에 결국 신라의 속국이 되는 길을 택한 셈이었다.

해가 바뀌어 663년 2월이 되자, 백제의 풍왕이 달솔 금수金受 등을 야마토로 보내 조공을 했다. 그때 신라의 김흠순과 천존天存이 전년도에 이어 다시 출정해 백제 남부의 여러 성들 즉, 거열성居列城(경남거창)과 거물성居勿城(전북남원), 사평성沙平城(전남순천), 덕안성德安城(충남논산)을 쳐서 차례대로 함락시켰다. 이에 백제의 부흥운동이 크게 타격을 입고 더욱 위축되기에 이르렀다. 풍왕은 당초 우려한 대로 피성避城이 적과 너무 가까운 데다 평지성이라 공격당하기 쉽다며 다시금 주류성으로 도성을 옮겨 갔다.

그달에 좌평 복신福信이 당나라 포로 속수언續守言 등을 야마토로 보내 군사 지원을 요청했다. 그래서인지 3월이 되자, 중대형中大兄황태자가 마침내 신라 토벌에 나서기로 마음을 굳혔다. 가미쓰케노키미上毛野君를 前軍 장군으로, 고세노칸자키巨勢神前를 중군 장군에, 아베노히케타阿倍引田를 후군 장군으로 삼아 3軍에 총 2만 7천 명의 대군을 출정시켜 원정에 나서게 했던 것이다.

그렇게 야마토가 뒤늦게 백제 수복에 나선 가운데, 그해 4월이 되자 경도의 신라 조정이 발칵 뒤집히고 말았다. 당고종이 사신을 보내 모두가 경악할 만한 발표를 일방적으로 해 버렸기 때문이었다.

"신라를 계림鷄林대도독부로 삼고, 신라왕을 계림주대도독에 봉한다."

한마디로 신라 땅을 唐나라에 속한 계림州로 간주하고, 문무대왕을 그 州를 다스리는 도독으로 보겠다는 무도한 처사였다. 문무대왕은 唐이 처음 동맹을 맺었을 때의 약조를 저버린 데 대해 속이 부글부글 끓어올랐을 것이고, 김유신을 포함한 조정대신들도 크게 반발하고 나섰다.

"이거야말로 唐이 손도 안 대고 코를 풀려는 격이 아니고 무엇이겠소이까? 이치李治가 병약한 줄로만 알았더니, 당초 우려한 것보다 더 지독하게 되었소이다. 설령 전쟁을 치르는 한이 있더라도 나라를 거저 唐에 바칠 수는 없는 일이니, 이를 순순히 받아들여서는 절대 아니 됩니다."

그럼에도 문무대왕을 비롯한 신라의 군신들은 솟구치는 분노를 억누르고 일단 사태를 관망하기로 했다. 그러나 唐나라가 군사동맹인 신라를 얕보고 마침내 그 시커먼 속을 드러낸 데 대해, 이미 안으로는 전혀 다른 길을 모색하기 시작했다.

그 무렵 중대형황태자는 사신을 급히 고구려로 보내 야마토의 출병 사실을 알리게 했다. 그런데 5월에 사신이 귀국 길에 백제에 들러 풍왕을 만났더니 이때 풍왕이 말하길, 복신에게 죄가 있다는 말을 전해 왔다. 실제로 그때 복신이 백제의 병권 모두를 장악하고 있었고, 그로 인해 풍왕이 이를 시기하면서 둘의 사이가 크게 악화되어 있었던 것이다.

끝내 복신이 먼저 풍왕을 제거할 꿍꿍이를 세우고, 병을 핑계로 굴실窟室에 누워 왕이 병문안을 오기를 기다렸다. 풍왕이 들어서는 대로 왕을 덮쳐 죽이려 했다는 것이었다. 그러나 부여풍이 먼저 이런 낌새를 알아차리고는 심복들을 거느리고 복신을 찾아 누워 있던 그를 체포해 버렸고, 그의 손바닥에 구멍을 뚫어 가죽끈으로 묶어 놓았다. 그리고는 막상 결정을 못 하고 신하들에게 역모의 죄를 어찌할까를 물었다. 달솔 덕집득德執得이 복신을 용서할 수 없다고 아뢰자 복신이 집득에게 침을 뱉으며 욕을 해댔다.

"이런 개같이 어리석은 놈아!"

풍왕이 명을 내려 복신을 참형에 처한 다음, 효수를 위해 그의 시신을 식초에 절이게 했다. 그리하여 〈백제 부흥운동〉의 주역인 복신이 지도부의 내분으로 허망하게 희생되고 말았다. 비록 복신이 풍왕에게 무도하게 굴었다손 치더라도, 그는 분명 풍왕을 백제왕으로 올려 준 일등 공신이었고 백제 부흥을 주도한 인물이었다. 그런 복신을 그토록 잔인하게 처형한 것으로 미루어, 풍왕이 나라의 실권을 되찾으려는 욕심에서 기회를 보아 복신을 제거한 것이 틀림없었다. 그러나 당시 부흥군의 정신적 지주나 다름없던 복신을 살해한 것은 백제인들의 마음에 커다란 충격과 상처를 안겨 주었고, 풍왕 자신의 지도력을 크게 떨어뜨리는 계기가 되고 말았다. 이 일로 복신을 따르던 무리들이 대거 죽임을 당했거나, 신라 또는 唐으로 달아나 투항하기 시작했던 것이다.

〈백제 부흥군〉의 풍왕이 용장 복신을 죽였다는 소문은 삽시간에 퍼져 나갔다. 그 무렵 유인궤가 유인원과 군사를 합친 다음, 당고종에게 증원군 파병을 요청했다. 고종이 이때 장군 손인사孫仁師를 〈웅진도행군총관〉으로 삼아 유주幽州, 청주青州 등지에서 징발한 7천의 군사를 거느리고 웅진으로 향하게 했다. 그런데 이때 의자왕의 장남이었던 부여융을 〈웅진도독대방군王〉으로 삼고 함께 보냈다. 〈백제부흥〉을 주도하던 풍왕에 맞서 의자왕의 태자였던 부여융을 내세워 맞불을 놓겠다는 심산이었던 것이다.

그해 8월 신라에서도 당에서 증원군이 온다는 소식을 들은 문무대왕이 친히 김유신 등 28명의 장군을 포함한 대군을 거느리고 출정에 나섰다. 얼마 후 신라의 토벌군이 당군의 본진인 웅진성의 유인원과 합류하니 군사들의 사기가 크게 올라갔다. 그때부터 〈나당연합군〉이 두릉豆陵과 윤성尹城, 주류성周留城을 공격하기 시작했다. 연합군의 공세에 백제의 부흥군들이 불안해하는 기색을 보이자 풍왕이 장졸들에게 말했다.

"왜국의 이오하라蘆原君臣 장군이 1만여 지원군을 이끌고 지금 바다를 건너오고 있으니, 장군들은 지나친 염려 대신 이에 대비토록 하라. 나도 백촌강까지 친히 나가 그들을 맞이할 것이다."

그러자 장졸들이 환호성을 지르며 기뻐했다.

"와아, 살았다. 왜에서 지원군이 온다!"

사실 그해 야마토는 신라 토벌을 위해 3차례에 걸쳐 대군을 파병한 셈이었다. 1차로 풍왕이 귀국할 때 호송군으로 5천여 병사들이 들어왔고, 2차로 본진 2만 7천 명을 보낸 데다, 새로이 1만여 명이 추가된 것으로 보아 대략 1천여 척의 병선을 타고 약 3, 4만 명에 달하는 야마토군이 백촌강白村江(전북김제)으로 집결한 셈이었다.

그 무렵 〈나당연합군〉 진영에서도 야마토의 지원군이 백강구白江口로 대거 몰려온다는 소식에 새로이 대응 전략을 세웠다. 먼저 唐의 손인사와 유인원, 신라의 문무대왕이 육군을 거느리고 백촌강으로 향했다. 이어 唐의 유인궤와 부여융 등은 당군을 병선에 태워 웅진의 곰나루를 떠났는데, 백강구(백촌강 어귀)로 이동해 육군과 합류하기 위해서였다.

먼저 유인궤가 이끄는 당나라 水군이 170척의 배에 나누어 타고 백촌강에 도착해 진을 쳤다. 그 열흘 뒤인 8월 27일이 되니, 바다를 감시하던 초병이 소리를 질렀다.

"적선이다. 왜군의 함선이 몰려온다!"

과연 백촌강 앞바다에 1천 척이나 되는 야마토 병선들이 새까맣게 나타나더니, 금방이라도 바다를 뒤덮을 기세였다.

"둥둥둥둥!"

이윽고 양측에서 요란하게 북소리가 울리면서 해상전투가 시작되었다. 당나라 수군이 먼저 강어귀로 진입을 시도하는 왜선에 공격을 가했다. 이날 두, 세 번의 소규모 해상전투가 벌어졌는데, 야마토 수군이 번번이 패하면서 가까운 해상에서 머물러야 했다.

이튿날이 되자 야마토의 장수들과 풍왕이 전투를 독려하며 말했다.

"우리가 선제공격을 가하면 적들은 반드시 물러날 것이다."

이에 야마토군이 전날의 패배를 설욕이라도 하듯이 모든 전선을 총동원해 맹렬한 기세로 공세를 가해 왔다. 먼저 아직 대오를 갖추지도 못한 상태에서 중군에 속한 야마토의 전선들이 강줄기를 타고 올라가 상륙을 시도하려는 듯 빠르게 강어귀로 몰려 들어와 양안에서 진을 굳건히 하고 있던 당군의 진영을 공격했다. 그러나 야마토의 장수들은 그날 바람의 방향을 제대로 읽지 못했다.

야마토군의 공격에 맞서 당군도 좌우로 협공을 펼치며 왜선들을 에워싸기 시작했는데, 어느 순간 당군이 꼬리에 꼬리를 물고 늘어서 있던 왜선들을 향해 화공을 펼쳤다. 불은 바닷바람을 타고 삽시간에 수많은 전선으로 옮겨붙기 시작했는데, 배들이 한 곳에 몰려 있다 보니 쉽게 뱃머리를 돌릴 수도 없었다. 1차 파병 때 풍왕을 호위했던 왜장 에치노타쿠쓰朴市田來津가 하늘을 우러러 결사 항전을 맹세하고는 맹렬하게 분투해 당군 수십 명을 베었으나, 끝내 배 위에서 전사하고 말았다.

순식간에 무려 4백 척에 이르는 야마토 병선이 불에 타 침몰했고, 배에 탔던 수많은 왜병들이 강과 바닷물로 떨어져 물귀신이 되고 말았다. 하늘 가득 검은 연기와 시뻘건 불꽃이 높이 피어오르고, 강어귀는 불에 탄 함선의 조각과 왜군의 시체로 가득 뒤덮였다. 이윽고 전투력을 상실한 야마토 원정군이 서둘러 배를 빼내 철수하기 시작했다. 드물게 벌어진 해상전투였던 〈백촌강전투〉는 〈나당연합군〉의 완벽한 승리로 끝나고 말았다.

나카노오에中大兄황태자가 의욕적으로 파병한 야마토의 신라 원정군이 그날 하루 동안의 〈백촌강전투〉에서 참패하면서, 절반 수준인 약 1만 5천의 병사를 잃은 것으로 보였다. 백제의 풍왕豊王은 측근들과 함께 용케 배를 타고 어디론가 몸을 피했는데, 고구려로 달아났다고 했다. 야마토의 파격적인 지원에도 불구하고 허망하게 참패를 당했으니, 백제의 왕으로서 차마 야마토로 되돌아가기도 어려웠을 것이다.

〈백제-야마토〉 연합군이 〈백촌강전투〉에서 참패를 당하고 나자, 부여풍을 따라 야마토에서 들어왔던 또 다른 백제 왕자 충승忠勝과 충지忠志 등 많은 무리들이 줄줄이 나당연합군에 투항하기 시작했다. 그러나 오직 지수신遲受信만큼은 임존성에서 웅거하며 항복을 거부했다.

그해 9월 초순이 되자, 주류성마저도 당군에 항복하고 말았다. 사람들이 좌절하여 말했다.

"주류성이 떨어졌으니, 백제의 이름은 오늘로 끊어진 셈이다. 이제 조상의 묘를 두 번 다시 찾을 수 없을 것이다……"

끝까지 羅唐에 항복을 거부하기로 한 백제인들이 가족들을 데리고 야마토軍이 주둔해 있던 남해 일원의 호례성으로 가서, 장수들과 향후 야마토행을 결행할 것을 상의하기로 했다. 9월 하순경, 좌평 여자신餘自信, 달솔 목소귀자木素貴子 등의 귀족을 비롯해 수많은 백제의 유민들이 왜선에 몸을 싣고 현해탄을 건넜다. 많은 사람들은 그리운 고

향 산천이 보이지 않을 때까지 뭍에서 눈을 떼지 못했고, 하염없이 눈
물을 흘렸다.

　　그 무렵, 진현성에서 일어나 임존성에서 복신과 함께 활동했던 흑
치상지黑齒常之와 사택상여沙宅相如 등은 풍왕이 복신을 죽인 것에 대해
크게 실망해 있었다. 〈백제 부흥군〉이 빠르게 붕괴되는 모습을 보고
고심하던 이들이 변심해 끝내 연합군에 투항해 버리고 말았다. 유인
궤가 이들을 심상치 않게 여겨 말했다.

　　"상여와 상지를 보니 남다른 충성과 지모가 있다. 그들에게 기회를
주어 공을 세울 수 있다면 더 이상 무엇을 의심하겠는가?"

　　이에 주변의 반대를 물리치고 인궤가 이들에게 무기와 군량을 내
주면서 임존성을 치게 했다. 결국 유인궤의 포섭에 넘어간 백제의 두
장수가 병사들을 이끌고 임존성으로 가서 옛 전우들에게 공격을 가했
다. 가뜩이나 사기가 떨어져 있던 저항군들은 한때 자신들을 이끌었
던 장수들로부터 공격을 받게 되자 더더욱 전의를 잃게 되었고, 결국
임존성마저도 함락되고 말았다. 인궤가 같은 동족인 저항군끼리의 싸
움을 유도한 셈이었는데, 고약스러운 이이제이以夷制夷 수법을 계속해
서 쓰고 있었던 것이다.

　　임존성 사수를 외쳤던 지수신마저 이때 처자식을 버린 채 황급하
게 고구려로 달아나고 말았다. 이로써 3년이나 끈질기게 이어지던
〈백제 부흥운동〉이 끝내 종지부를 찍고 말았다. 민간차원의 순수 의
병 활동이나 다름없던 부흥운동은 망해 버린 조국 백제를 어떻게든
되살리려는 숭고한 애국운동이었다. 불리한 여건 속에서도 살신성인
의 정신으로 목숨을 내놓고 벌인 저항운동으로, 규모에 있어서도 고
대 세계사에서 그 유례를 찾기가 쉽지 않은 것이었다. 그것이 7백 년

의 역사를 이어 온 백제(부여)인들의 강인한 기상이었던 것이다. 복신을 중심으로 불꽃처럼 일어났던 부흥운동은 그러나 내부분열에 이은 풍왕의 지도력 부재로 인해 끝내 실패로 귀결되고 말았다.

한편으로 끝까지 나당군에 항복을 거부했던 수많은 백제인들이 왜군을 따라 야마토로 향하거나, 고구려로 달아났다. 조국을 배반하고 나당군에 부역한 흑치상지와 사택상여는 둘 다 唐으로 들어가 고위직에 올랐고, 〈토번〉 및 〈돌궐〉과의 전쟁에서 혁혁한 공을 세우면서 명성을 날렸다. 그러나 이 또한 용맹한 망명 장수들을 동원해 북방민족과의 전투에 이용한 것에 지나지 않았으니, 비록 살아서 호의호식을 누렸다 한들 나라를 잃어버린다는 것이 바로 그런 것이었다.

흑치상지는 끝내 전장에서 반역의 모함을 쓰고 689년에 교수형에 처해졌으니, 어쩌면 그 끝이 예견된 것이었는지도 모를 일이었다. 전쟁이 끝나자, 손인사와 유인원 등은 서둘러 당으로 돌아가 개선했으나, 유인궤만은 여전히 백제 땅에 남아 뒷수습을 담당했다. 당고종은 〈백촌강전투〉에 참전해 공을 세운 부여융을 웅진도독으로 남게 해 백제인들을 위무하고 그 땅을 다스리게 했으니, 융으로 하여금 장차 신라를 견제하려는 속셈이었던 것이다.

이듬해 문무 4년 되던 664년 정월이 되자, 이제 칠십 나이가 된 역전의 노장 김유신이 문무대왕에게 사임을 간청했다. 그러나 대왕이 이를 허락하지 않는 대신 궤장几杖(안락의자와 지팡이)을 하사했다. 아울러 그 무렵 부인들에게도 당나라 복식인 당의唐衣를 입을 것을 하교하니, 나라가 온통 당풍唐風 일색이었다. 비록 신라가 7백 년 숙적인 백제를 멸망시키긴 했으나, 隋唐과의 연이은 전쟁을 모두 승리로 이

끈 강력한 고구려와 대치해야 하니, 오히려 唐에 의존해야 한다는 절
박감이 더욱 팽배해진 느낌이었다.

그해 2월경, 전년에 개선했던 유인원이 唐의 칙사가 되어 다시 돌
아왔는데, 웅진도독으로 있던 부여융을 만나 황제의 뜻을 전했다.

"황제께서는 백제도 사라진 마당에 도독께서 이 땅을 무난하게 다
스려야 하니, 이제부터 신라와의 구원을 버리고 화친을 도모하라 하
셨소."

이에 신라의 각간 김인문과 이찬 천존 등이 웅진으로 와서 부여융
과 함께 화친의 서맹을 갖는 의식을 가졌다. 그러나 다음 달인 3월이
되자 옛 백제의 저항군들이 다시 일어나 사비泗沘산성을 점거해 웅거
하는 사태가 벌어졌다. 부여융이 즉시 출정해 자신의 백성들이 일으
킨 사비성의 난을 진압해 버렸으니, 그는 이제 백제의 왕자가 아니라
당나라의 웅진도독임이 분명했다.

그 무렵에 신라의 문무대왕이 성천星川 등 28인을 웅진부성熊津府城
으로 보내 당악唐樂을 배우게 했다. 그해 7월에는 대왕의 명으로 왕제
王弟인 장군 김인문과 김품일 등이 일선(경북선산)과 한산(경기광주)
2州의 군사를 동원해 다시 출정했다. 이들 신라군이 웅진부성의 병마
와 연합해 고구려의 돌사성突沙城에 협공을 가했고, 결국 성을 함락시
켰다.

665년이 되자 문무대왕의 둘째 아우인 김문왕金文王이 먼저 세상을
떠나, 왕자의 예로 장사 지내 주었다. 문왕이 일찍부터 唐에 사신으로
오간 공이 있어, 당고종이 친히 사신을 보내 조상하고 자의紫衣와 요대
腰帶, 채단綵緞 1백 필 등을 부조했다. 물론, 문무대왕은 이에 대한 감사
로 사신에게 金과 비단을 더욱 후하게 내렸다.

그해 8월 햇볕이 쨍쨍 내리쬐는 어느 날, 문무대왕 김법민이 웅진 도독 부여융과 다시 만나 웅진의 취리산就利山 정상에 올랐다. 唐의 칙사 유인원의 주도 아래 두 사람이 하늘에 제를 올리고, 양측의 화친을 맹세하는 회맹會盟 의식을 갖기 위해서였다. 그날 백마의 목을 따고 그 신성한 피를 서로의 입술에 바르는 삽혈식을 갖는 순간, 이따금씩 두 사람의 눈길이 마주쳤으나 이내 서로의 시선을 피하는 분위기였다.

5년 전 태자 시절의 문무대왕이 사비성에서 항복을 하러 성 밖으로 나온 부여융의 얼굴에 침을 뱉고 모욕을 주었기 때문이었다. 아무리 화친을 위한 자리라고는 해도 두 사람 모두 탐탁할 리가 없었다. 문무왕은 우여곡절 끝에 목숨을 부지한 채 당나라 관리인 웅진도독이 되어 눈앞에 나타난 부여융을 대하기가 짜증스러웠을 것이다. 부여융은 융隆대로 그날의 뼈저린 모욕이 생각나 참기가 더없이 어려웠을 것이다. 유인궤가 사뭇 장엄한 목소리로 자신이 쓴 맹문盟文을 읽어 내려갔는데, 그 내용이 가관이었다.

"지난날 백제의 선왕이 순역의 길에 어두워 선린을 두텁게 하지 않고 인친과 화목하지 않는 대신, 고구려와 결탁하고 왜국과 교통하여, 잔포한 행동을 일삼는 동시에 신라를 침해하여 성읍을 노략하고 무찔러 편안할 때가 없었다. ……(중략)……. 정성껏 천자의 말을 받들어 헛되이 돌리지 말고, 맹약 후에는 세한歲寒(절개)을 지켜야 할 것이다. 만일 맹약을 위배하고 군사를 일으켜 변경을 침범하는 일이 있으면, 신명이 지켜보고 백 가지 재앙을 내려 그 자손과 사직을 지키지 못하게 하여 제사가 끊어지게 할 것이다. 이에 금서철권金書鐵券을 만들어 종묘에 장치하니, 자손들은 만대토록 위범치 말라."

문무대왕이 이마에 연신 흐르는 땀을 훔치며 더 이상 들어 주기 힘들다는 표정이 되어 나직하게 목소리를 냈다.

"어휴, 나 참. 오늘따라 왜 이리 더운지 모르겠다……"

이것이 이른바 〈취리산의 회맹〉이라 불리는 것이었다. 말로는 화친을 앞세웠지만, 이는 웅진도독부에 속한 구백제의 강역, 즉 동명주東明州 등 7개의 속주를 唐이 다스리겠다는 선언인 셈이었다. 이에 대해 신라왕을 불러 그 사실을 인정하겠다는 것을 억지로 맹세케 하고, 이를 어길 시 전쟁을 각오해야 할 것이라는 엄포를 놓은 것이나 다름없었다. 그날 문무대왕은 취리산을 내려오는 길에 치솟아 오르는 분노를 삭이면서, 조만간 이 모욕을 반드시 되갚아 주겠노라고 이를 악물며 다짐했을 것이다.

그러나 이후 유인원 등이 귀국해 버리자, 부여융은 비록 도독의 자리에 있었으면서도 자신의 장졸들이 흩어질까 봐 좌불안석이었다. 마침 문무대왕이 당나라 조정에 손을 써서 부여융의 귀국을 종용했고, 이에 융은 다시 장안으로 돌아가게 되었다. 부여융이 재차 한반도로 돌아온 것은 이후 10년이 지난 뒤의 일이었다. 그해 문무대왕은 자의慈儀왕후 소생의 장남 김정명金政明을 태자로 삼아 후사를 다지고, 大사면령을 내렸다.

이듬해인 666년경 정월, 당나라에서는 〈후한〉의 광무제 이후 사라졌던 태산에서의 〈봉선제〉를 다시 실시한다고 발표했는데, 6백 년 만의 일이었다. 신라를 포함한 주변의 여러 나라 사신들을 초청해 성대한 의식을 거행함으로써, 오직 唐고종만이 천하의 절대군주이자 황제임을 대내외에 선포하고 당나라가 3代 만에 안착했음을 과시하려는 의도였다.

그때 신라 김인문이 황제의 수레를 따라 수행했는데, 고구려에서도 보장제가 태자 복남福男을 唐에 보내 봉선제에 동행하게 했다. 공교롭게도 그 무렵에 조정의 실권자이자 大막리지로서 2차례의 〈여당전쟁〉을 승리로 이끈 고구려의 전쟁영웅 연개소문淵蓋蘇文이 더럭 사망하고 말았다. 집권 후 대략 25년째의 일이었다. 그는 3명의 아들을 두었는데 장남인 연남생淵男生을 비롯해 그 아래로 남건男建과 남산男産이 있었다. 개소문이 죽음을 앞두고 자식들에게 유언을 남겼다.

"너희 형제는 물과 물고기(어수魚水)처럼 사이좋게 지내고 작위를 다퉈서는 아니 된다. 만일 그리된다면 반드시 이웃 나라의 웃음거리가 될 것이다……"

연개소문이 세상을 뜨자, 그의 장남인 남생이 부친의 자리를 이어받아 대막리지에 올라 국정을 도맡았다. 남생은 일찍부터 지도자 수업을 거쳐 직전까지도 막리지 겸 삼군대장군의 중책을 맡고 있었다. 남생이 이후 여러 성을 돌아보기 위해 도성을 비우고 예성詣城으로 향하기 전, 두 아우들로 하여금 국정을 돌보게 했다.

그러자 누군가가 이들 형제들의 사이를 이간질했다. 즉, 두 아우에게는 형인 남생이 자신들을 두려워해 동생들을 해치려 하니 먼저 치는 게 좋겠다고 하고, 남생에게는 아우들이 형이 돌아와 자신들의 권력을 빼앗을 것을 걱정해 형을 막고 성안으로 들이지 않을 것이라고 했다.

처음에는 형제들 모두가 그 소문을 믿으려 하지 않았다. 그러나 남생이 첩자를 (창려)평양으로 들여보내 상황을 살펴보게 했더니, 과연 두 아우가 첩자를 체포한 다음 태왕의 명으로 남생에게 서둘러 환궁할 것을 요구하는 것이었다. 실제로 이때 남건이 태왕을 움직여 권력을 장악한 것으로 보이는데, 다시금 내부에서 무혈쿠데타가 일어난 것이나 다름없었다. 이후 남생의 아들인 헌충이 남건에게 피살되자, 화들짝 놀란 남생이 일단 평양 북쪽의 국내성으로 향했다. 국내성(하북관성)은 위나암이자 울암성 등으로도 불렸는데, 당시 남생이 동원할 수 있는 병력이 대략 10만 명 수준이었으므로 그는 장차 군병을 정비해 평양을 공격할 계획을 세웠다.

얼마 후 남생이 국내성을 쳐서 점령하고도 불안을 떨치지 못한 나머지, 돌연 대형 불덕弗德을 당나라 장안으로 보내 지원을 요청하려 했다. 그러나 남생에 반대하는 자의 방해로 실패했고, 그러자 이내 거점을 난하 서쪽의 현토성으로 옮겼다. 필시 남생이 그즈음 남건 등 정부군의 반격에 국내성을 내주고 크게 밀려난 것으로 보였다. 당시 남생이 대형 염유冉有를 다시금 唐으로 보냈는데, 자신의 수하에 있던 고구려, 거란, 말갈병과 함께 唐에 투항하겠노라는 뜻을 전했다. 그것으로도 부족했는지 자신의 진심을 드러내기 위해 이제 16살에 불과한 아들 헌성獻誠까지 추가로 당고종에게 보냈으니, 집요하게 당나라에 매달릴 만큼 사정이 급박했던 것으로 보였다.
그러나 이것은 참으로 성급하고 경솔한 행동이 아닐 수 없었으며, 명백한 반역행위였다. 그래도 일국의 수상을 지낸 인물이었던 만큼 비록 내란일지라도 강화를 모색하거나 자기 세력을 모으는 등 다른 해법을 찾았어야 했다. 아무리 다급하다손 치더라도 하필이면 숙적인 당나라를 끌어들일 생각을 했으니, 필시 그를 따르는 세력이 별 신통치 않았던 것이고, 평소에 이런 그의 조급한 성격과 무능을 아는 아우들이었기에 그를 막리지에서 끌어내린 것으로 보였다.

이는 마치 197년경 산상제 즉위 시에 형인 발기가 홧김에 공손도에게 달려가 난을 일으켰던 흑역사를 떠올리게 하는 사건이었다. 그나마 당시 공손씨는 나라를 이루지도 못해 고구려보다도 못한 신흥군벌 세력에 불과했고, 그 아래 중원에서는 위魏, 촉蜀, 오吳를 비롯해 군웅들이 할거하며 한창 전쟁 중이던 소위 三國의 시대였다.

그러나 남생의 시대는 중원에 가장 강력한 통일제국 唐이 고구려를 병합시키려고 수차례나 전쟁을 일으킴으로써, 나라의 위기가 최고조로 올라 있던 국난의 시대였다. 따라서 이때 남생이 저지른 반역행위는 국제정세에 어두운 것은 차치하더라도, 나라와 백성보다 자신의 권력과 영달만을 찾으려 했다는 점에서 〈발기의 난〉보다 훨씬 죄질이 나쁜 반역행위가 아닐 수 없었다.

그런 와중에 6년 전 2차 〈여당전쟁〉에서 참패한 후 요동을 쳐다보지도 않던 당나라 조정이, 연개소문이 사망했다는 소식에 다시금 술렁이기 시작했다. 마침 신라의 문무대왕도 사신을 보내 백제에 이어 고구려를 마저 정복하자며 부추기던 중이었다. 그런 상황에서 고구려의 내분과 함께 남생으로부터 투항 의사가 전해지니, 당나라 군신들이 흥분할 수밖에 없었을 것이다. 실제로 남생을 데려올 수만 있다면, 수십만 당군보다 더 큰 위력을 발휘할 수도 있는 〈이이제이以夷制夷〉가 가능해지니, 고구려 정복이 그만큼 수월해질 것이기 때문이었다. 그해 6월, 당고종이 논의 끝에 즉시 남생 구원에 나서기로 하고 서둘러 명을 내렸다.

"좌효위대장군 계필하력을 요동도안무사遼東道安撫使로 삼을 것이다. 지금 곧 군사를 이끌고 요동으로 가서, 고구려의 대막리지 연남생을 반드시 구원해 데려오라!"

이와 함께 남생의 아들 헌성을 右무위장군으로 삼고 계필하력에 딸려 보내되, 수레와 말, 보도寶刀 등을 내려 주어 남생을 돕겠노라는 황제의 뜻을 확실하게 전하게 했다. 뿐만 아니라 당고종은 계필하력의 출정과는 별개로 장군 방동선龐同善과 고간高侃 등을 고구려로 보내 북쪽의 신성新城 방면을 공격하게 했으니, 위아래로 고구려군을 분산시켜 계필하력을 도우려는 심산이었고 그만큼 남생을 구원하는 일에 진심이었다. 그해 8월, 평양에서는 보장제가 연남건을 대막리지로 삼고 동시에 내외병마사를 맡겨 군권을 총괄하게 했는데, 실상은 남건의 뜻이었을 것이다.

그 후 방동선과 고간 등이 이끄는 당군이 신성에 도착했는데 한밤중에 고구려군의 기습을 받았다. 당군이 놀라서 우왕좌왕하는 사이에 좌무위장 설인귀가 군사들을 데리고 나타나 고구려군과 혈전이 벌어졌는데, 이때 고구려군이 패해 수백 명이 전사하고 말았다. 이후 승기를 잡았다고 판단한 설인귀가 당병 2천여 명을 데리고 신성이 아니라 그 아래쪽 부여성(불이성)을 공격하려 드니, 여러 장수들이 병사들의 수가 너무 적다며 만류했다. 그러자 공명심에 들뜬 인귀가 호기롭게 답했다.

"중요한 것은 장수가 병사들을 어떻게 쓰는가에 있지, 병력의 많음에 달린 것이 아니오!"

신성의 동남쪽 아래 위치한 부여성(불이성, 욕이성)은 옛 〈북부여〉 고두막한의 도성이 있던 유서 깊은 고성으로, 처음 연남생이 머물렀던 국내성 인근에 위치한 것으로 추정되며, 후대에는 그냥 국내성으로 인식된 듯하다. 얼마 후 설인귀가 선봉이 되어 기어코 부여성 공략에 나섰으나, 과연 설인귀의 부대가 작다고 여긴 고구려군이 나와 앞을 막아서니 또다시 일대 혈전이 벌어졌다. 그때 신성 인근에 머물던 당군의 본대가 들이닥쳐 고구려군의 후미를 덮치는 바람에, 앞뒤로 협공을 당하게 된 고구려군이 대패하면서 무려 1만여 명이 살획을 당했다.

고구려의 2번째 국도라는 상징성을 지니고 있던 부여성(국내성)이 당군의 수중에 떨어지니, 부여천(난하)을 따라 빠르게 소문이 퍼지면서 인근의 40여 성이 한꺼번에 당군에 투항을 해 왔다. 당군으로서는 스스로 쟁취한 첫 승리나 다름없었기에 〈부여성전투〉는 큰 의미를 지닌 것이었다.

그즈음 현토성에 머물던 연남생은 唐軍의 빠른 출병으로 일단 화를 모면할 수 있었다. 남생이 군사를 거느리고 방동선의 부대로 들어가 당군과 합류했으나, 사실상 이는 당나라에 정식으로 투항한 것을 의미했다. 그러나 동시에 그때부터 남생에게는 唐의 지시에 일방적으로 끌려다녀야 되는 고통의 시간이 시작되었다. 그해 9월, 당고종은 남생에게 〈특진特進요동도독겸평양도안무대사按撫大使〉를 제수해 황제의 신하로 삼고, 현도군공玄菟郡公에 봉해 주면서 고구려 정복을 총괄하라는 무거운 책임을 안겨 버렸다. 아울러 남생에게 포대袍帶(도포와 허리띠)와 금구金鉤(금창) 등 황제가 친히 내리는 7가지 하사품을 보내, 살뜰히 챙겨 주는 것도 놓치지 않았다.

연남생의 투항과 부여성 함락으로 크게 고무된 唐의 조정에서는 고구려 정복을 위한 또 다른 준비에 박차를 가하고 있었다. 연말인 12월이 되자 당고종은 이李(世)적勣을 〈요동도행군대총관〉으로, 방동선과 계필하력을 부副대총관으로 삼는 등 전쟁을 지휘할 장수들의 인사를 단행했다. 또 이적의 명에 따라 하북의 여러 州에서 거두어들이는 조세를 모두 요동으로 가져다 군용으로 쓸 수 있도록 조치했다.

그 무렵 신라 조정으로 급보가 날아들었다.

"아뢰오, 구려 장수 연정토가 북쪽 변방의 12개 성을 들고 우리에게 투항해 왔다고 합니다."

연개소문의 아우 연정토淵淨土가 조카들의 내분과 권력투쟁에 환멸을 느꼈는지, 반도 고구려 남쪽의 12개 성읍과 약 3,500여 명의 백성들을 거느리고 신라로 투항해 온 것이었다. 문무대왕이 크게 반색을 했고, 정토와 그 수하의 관원 24인에게 사택 등을 주어 경도와 기타 주부州府에 배치하게 했다. 이어서 이미 백성들이 완전하게 장악하고 있던 8개 城에는 서둘러 주둔군을 보내 수비케 했다. 고구려가 서서히 무너져 가는 조짐이 더욱 짙어지고 있었다.

이듬해인 667년이 되자, 당고종이 마침내 연남생을 장안까지 불러들여 입조케 했다. 남생이 이때 당고종 앞에서 부질斧鑕(도끼) 위에 엎어져 대죄를 저질렀음을 고하고 용서를 청했다. 唐人들이 이런 남생을 칭송했다고 했지만, 원래 나라와 민족을 팔아먹은 부역자의 삶이란 것이 이토록 구질구질할 수밖에 없었을 것이다. 당고종이 그런 남생을 위로하면서 말했다.

"그대에게 거는 기대가 실로 크오, 그대를 요동대도독현도군공에 봉할 것이오."

그뿐 아니라 장안에 살 집까지 마련해 주고는, 장차 고구려 원정에 앞장서게 했다.

당고종은 이어 신라에도 출정을 요구했다. 이에 문무대왕이 다섯째 아우 김지경金智鏡을 파진찬에, 여섯째 아우인 김개원金愷元을 대아찬으로 삼고 〈요동전쟁〉에 나아가게 했다. 특이한 것은 이때 당고종이 먼저 별도의 칙명을 내려 이들에게 출정을 명했고, 대아찬 일원을 운휘雲麾장군으로 삼게 해 대왕이 궁정에서 그 칙명을 받는 의식을 따로 이행하게 했다는 점이었다.

그때쯤에는 신라가 〈계림대도독부〉가 되어 당나라 황제의 명을 받아야 하는 이중절차가 필요했던 것이니, 문무대왕과 신라 군신들의 속이 푹푹 썩어 들어갔을 것이다. 그럼에도 불구하고 문무왕은 사신을 보내 당고종에 조공하게 했다. 사소한 감정보다는 삼한일통의 대업을 위해 고구려 정복이 중요했고, 어쩔 수 없이 이는 唐과의 협공이 전제되어야 하는 문제이기 때문이었다.

마침내 당고종이 유인원과 함께 문무대왕의 네 번째 아우인 김인태金仁泰에게 비열도(발해) 방면으로 향하게 하고, 신라로 하여금 병사들을 동원해 다곡多谷과 해곡海谷 두 방면을 거쳐 평양성(창려)으로 집결하라는 명을 내렸다. 이로써 3차 〈여당전쟁〉이 또다시 본격화된 셈이었고, 신라는 이때 계림도독부로서 당연히 평양성 협공에 나서야 했던 것이다.

그해 2월, 마침내 이적이 요동도軍을 이끌고 요수를 건너면서 수하의 장수들에게 말했다.

"신성은 구려 서북변의 요새니 먼저 이를 빼앗지 못하면 나머지 성을 취할 수가 없을 것이다."

신성新城은 하북 흥륭 인근 고북구 아래의 요새로 주로 북방민족의 침입을 막기 위한 성이었다. 645년 당태종이 일으켰던 2차 〈여당전쟁〉 때도 함락되지 않았으나, 이때 이적의 요동도군에 허망하게 성을 내주고 말았다. 성안에 있던 사부구師夫仇 등이 반란을 일으켜 성주를 묶고 성문을 열어 투항해 버렸던 것이다. 너무도 쉽게 성을 차지한 뒤에도 이적이 계필하력에게 성을 지키게 했으니, 신성이 그 정도로 난공불락의 전략적 요충지였던 것이다. 전년도에 파병된 방동선과 고간도 그즈음 계필하력의 군대와 합쳐 이때 신성을 지키게 되었다.

신성을 점령한 이적의 대군이 남진을 지속하자, 과연 주위에 있던 고구려의 16개 성들이 모두 투항 또는 함락되고 말았다. 이처럼 고구려 요동의 서북변이 일거에 당군의 수중에 쉽게 떨어지기까지는 당시 이적과 함께 종군했던 연남생이 각종 정보를 제공하는 등 모종의 역할을 한 것이 크게 도움이 되었을 것이다.

이런 소식을 접한 연남건이 이 지역을 수복하고자 마침내 고구려의 주력 20만 대군을 요동으로 전격 출정시켰다.

"계필하력과 방동선, 고간 등의 군대가 아직 신성에 머물고 있을 것이다. 아래쪽 당군과 합류하기 전에 서둘러 이들부터 먼저 잡아야 할 것이다."

그렇게 연남건이 보낸 고구려군이 한밤중에 신성을 공격해 왔다. 마침 소식을 들은 좌무위장군 설인귀가 고간의 부대를 구원하러 출병했는데, 환도산으로 추정되는 금산金山에서 고구려군을 가로막고 나섰다. 이에 고구려군이 북을 치며 사납게 달려들었는데, 사기가 높고 예봉이 날카로워 설인귀의 부대도 당해 낼 수 없었다. 그즈음 고구려군과 당군이 신성 아래에서 대접전을 벌인다는 소식에, 신성을 지키던 고간이 군대를 이끌고 내려와 고구려군을 공격했다. 그러나 이번에도 고구려군이 고간의 군대를 격파했고, 그 여세를 몰아 북쪽으로 달아나는 고간을 추격하기 시작했다. 상황을 보던 설인귀가 수하 장수들에게 새로운 지시를 내렸다.

"아니 되겠다. 구려군이 고간의 부대와 싸우게 두고, 우리는 옆으로 돌아 구려의 측면을 때려야겠다. 모두들 서둘러 움직여라!"

설인귀의 부대가 옆으로 빠져나와 한창 고간의 당군과 혈전을 벌이던 구려군의 측면을 벼락같이 치고 들어왔다.

"앗, 설인귀다. 설인귀의 부대가 나타났다!"

결과적으로 고구려군이 매복에 걸린 꼴이 되어 또다시 참패하고 말았다. 〈금산전투〉에서 고구려는 무려 5만여 병력을 잃는 치명적인 타격을 입게 되었고, 유서 깊은 남소성(하북평곡)을 비롯해 목저木氐, 창암蒼巖의 3개 성마저 빼앗기고 말았다. 당군은 당초 연남생을 따르던 현토성의 고구려군과도 합류해 세력이 더욱 커지고 있었다.

그 전에 당고종은 이적이 이끄는 요동도군의 육군과는 별개로 곽대봉郭待封에게 水軍을 거느리고 곧장 평양성으로 들어갈 것을 명했다. 이에 곽대봉이 이끄는 唐의 水軍이 함선을 타고 발해를 거쳐 곧바로 압록(난하)으로 진입했고, 평양성의 외곽으로 진격하는 데 성공했다. 이때도 필시 압록을 사수하던 고구려 水군이 당나라 水군에 격파당한 것이 틀림없었다.

소식을 들은 이적이 별장 풍사본을 불러 명을 내렸다.

"곽대봉의 수군이 뭍으로 나와 평양성 앞에까지 진격했다. 그러니 장군은 배에 즉시 무기와 양곡을 싣고 가서 곽대봉의 부대에 전해 주도록 하라."

그러나 풍사본이 이끌던 수송선들이 이때 파손되는 바람에 곽대봉의 부대에 무기와 식량을 대 줄 시기를 잃고 말았다. 필시 고구려군의 또 다른 공격으로 풍사본의 水군이 궤멸된 것으로 보였다. 결국 곽대봉의 군대가 평양성 앞에서 고립되다시피 했고, 식량 보급이 끊어지니 이내 기근에 시달리게 되었다. 곽대봉이 위기 상황을 알리는 글을 적어 다시금 이적에게 알리려 했는데, 적군이 함부로 그 뜻을 해석하지 못하도록 이합시離合詩로 보냈다. 이는 자획을 떼었다가 합치면 그 뜻을 알게 한 일종의 암호문서였다. 그러나 이적이 이를 받아 보고서도 도무지 그 뜻을 알 수 없게 되자 불같이 화를 냈다.

"병무가 바야흐로 긴박한데 어찌해서 한가로이 시나 일삼고 있단 말인가? 내 반드시 이 자의 목을 베고 말 것이다."

그때 수하의 원만경元萬頃이란 기록관이 시구를 풀어내어 이를 보고하니, 그제야 이적이 비로소 양곡과 무기를 보내 주었다. 이적이 그런 원만경이 신통해 보였던지 웃으면서 제안을 하나 보탰다.

"자네가 문장력이 있어 보이니, 이참에 연남건에게 격문을 하나 써서 보내 그자의 약을 잔뜩 올려 볼 수 없겠는가?"

그리하여 만경이 이적의 이름으로 연남건에게 싸움을 격려하는 격문檄文을 하나 지어 보냈는데, 그 속에 이런 문구를 넣어 비아냥거렸다.

"……(중략)……. 그대는 압록의 험함을 지킬 줄도 모르는구나."

연남건이 이적의 격문을 받아 본 순간, 아차 하고 느끼는 바가 있어 정중히 답장을 적어 보냈다.

"삼가 명을 따르겠노라!"

그리고는 즉시 군사를 옮겨 무슨 일이 있어도 반드시 압록진鴨鹿津을 사수하라고 엄하게 명을 내렸으니, 고구려의 15만 군병들이 압록하에 모여들었다. 그렇게 고구려군의 수비가 탄탄해지자 결국 당군은 압록을 넘지 못했고, 평양성 앞에 진을 치고 있던 곽대봉의 水군은 더욱 고립되고 말았다. 뿐만 아니라 후방으로부터의 보급에 차질이 생기면서 전체 당군의 평양성 진공까지도 멈추게 할 정도로 심각한 사태를 야기했다. 후일 이 사실을 보고받은 당고종이 크게 노했다.

"대체 누가 이따위 격문을 지었더란 말이냐? 당장 그자를 영남嶺南으로 유배 보내도록 하라!"

알량한 지식으로 입방정을 떨다 혼쭐이 난 만경도 그렇지만, 대총관인 이적의 무지가 그대로 드러난 사건이었다.

그해 667년 8월경, 문무대왕이 대각간 김유신 등 30명의 장군을 거느리고, 서라벌(경도)을 출발해 〈고구려 원정〉을 위한 대장정에 나섰다. 유신이 73세의 노장이었음에도 출정케 했으니, 당시 그가 군의 사기에 미치는 영향력은 물론, 唐에서도 비슷한 연배인 노장 이적李勣이 요동도행군대총관으로 전쟁을 총지휘하고 있던 것을 감안한 것으로 보였다. 이윽고 9월에 신라군이 한성주漢城州(경기광주)에 도착했는데, 신라군이 단독으로 (창려)평양으로 진입할 수 없다는 핑계로 일단 그곳에 머물며 요동의 唐軍이 평양으로 들어가기를 기다렸다.

　그사이 한 달이 지나도록 이적에게서 아무 기별이 없었는데, 문무대왕은 3번이나 요동으로 정탐을 보내 당군의 동향을 파악하고자 애썼다. 아울러 동북쪽 인근의 칠중성(파주적성)으로 이동해 도로를 넓힌다며 부산을 떨다가는, 임진강을 넘어서도 천천히 북쪽으로 향했다. 전처럼 임진강에서 배를 타고 황해로 나가 곧장 요동으로 들어간 것이 아니라, 멀고 먼 육로를 이용하려 했다는 것인데 그만큼 이번 요동 원정에 소극적으로 대했던 것이다. 나중에 이 일로 문무대왕은 唐으로부터 크게 질타를 받아야 했는데, 이미 각오한 일이었을 것이다.

　이와 달리 요동에서는 곽대봉의 수군이 여전히 평양성에 고립되어 있었는데, 마침 그때 이적이 보낸 강심江深이 임진강을 넘은 신라 군영에 도착해 명을 전했다.

　"신라군이 직접 평양성을 공격할 필요까진 없으니, 그저 평양으로 빨리 와서 합류하되 군량을 대는 일에 주력하라는 것이 대총관의 뜻입니다."

　이는 서둘러 압록으로 들어가서 기아에 시달리는 (창려)평양의 곽대봉부대에 식량을 대 주라는 의미였다. 그러는 사이 10월이 다 되었는데, 신라군이 (황해)대방의 수곡성에 이르렀을 즈음에 속보가 날아들었다.

"아뢰오, 영공英公(이적)의 대군이 요동에서 철군해 돌아갔다는 소식입니다!"

"무엇이라, 이적이 평양 원정을 그치고 그냥 철수해 버렸다는 말이더냐?"

갑자기 승승장구하던 당군의 보급로에 차질이 생기고 추운 겨울이 닥치니, 이적이 압록을 넘지 못하고 부득이 철군을 명했던 것이다. 그렇다고 멀리 장안으로 되돌아간 것이 아니라, 고구려로부터 빼앗은 북쪽의 신성 등에서 겨울을 나기 위해 군대를 회군시킨 것으로 보였다. 문무대왕 또한 장수들과 논의한 끝에 일단 상황이 싱겁게 종료된 것을 간파하고, 군대를 되돌려 귀경을 서둘렀다. 대왕이 이때 신라에서 파견한 강심에게 급찬의 벼슬을 주고 곡식 5백 석을 내렸으니, 대총관 이적에게 말을 잘해 달라는 뜻이었을 것이다.

그런데 당시 요동도군 부총관 학처준祁處俊이 이끌던 당군이 인근의 안시성 아래쪽에 진을 치던 중이었다. 그때 3만에 이르는 고구려군이 나타나 기습을 가하는 바람에 당군이 크게 타격을 입은 것으로 보였다. 처준의 병사들이 달아나다 여기저기 흩어진 끝에 기아에 시달리면서 말린 밥으로 연명해야 했다. 그해에 당군은 곽대봉의 수군과 학처준의 부대를 구원하느라 크게 애를 먹은 것이 틀림없었다.

12월이 되자, 유진留鎭장군 유인원이 〈고구려 원정〉에 충실하게 협력하라는 당고종의 칙명과 함께, 문무대왕에게 따로 대장군의 정절旌節(의장기)을 전해 왔다. 신라군이 대방에서 서둘러 철군한 것을 질타한 셈이고, 향후 다시금 고구려 원정에 나설 것을 강요하되 대장군의 책임을 분명히 묻겠노라는 의미였을 것이다. 그 무렵에 흥미로운 소

320

식 하나가 날아들었다.

"아뢰오, 당장唐將 소정방이 76세에 노환으로 죽었다는 소식이옵니다."

소정방은 10년 전 〈서돌궐〉 토벌 전쟁에서 1만의 병사들로 그 10배나 되는 아사나하로의 10만 병마를 격파한 맹장이었다. 그 공으로 안서安西도호부에 이어 좌효위대장군, 형국공에 올랐고, 관롱집단을 대신해 신군부를 대표하는 무장이 되었다. 그 와중에 660년에는 唐의 13만 水軍을 이끌고 〈백제 원정〉에 나서 끝내 백제를 멸망시키면서 당군의 영웅으로 떠올랐다.

그는 육십 대 중반의 노장이 되어서 비로소 3개 나라를 멸망시키고, 그 왕들을 모두 생포하는 드문 전공을 지닌 맹장이었다. 663년에도 〈토욕혼〉을 도와 〈토번〉과의 전쟁을 지휘하는 노익장을 과시했다. 무엇보다도 그는 〈백제 원정〉은 물론, 이듬해 661년 당고종의 2차 〈여당전쟁〉을 주도함으로써, 그때까지 북방민족을 대표하던 예맥의 두 맹주국, 즉 7백 년 백제와 고구려의 쇠망에 결정타를 날린 인물이었다. 고종은 그런 정방의 죽음을 애도하고, 유주도독을 추증했다.

2차 고구려 토벌 전쟁이 3년째로 접어들던 보장 27년인 668년 정월, 당고종은 우상右相 유인궤를 〈요동도부副대총관〉에, 유인원을 〈패강도행군총관〉, 기타 학처준과 신라의 김인문을 부장副將으로 삼았다. 고구려군은 전년도에 신성을 내주긴 했지만, 그때까지 한겨울이 지나도록 부여성(욕이성)과 환도성 등 주요성을 지켜 내고 있었는데, 대막리지 연남건이 결코 호락호락한 장수가 아니었던 것이다.

그 무렵 시어사侍御史 가언충賈言忠이 요동도軍에 군량을 보급하는 임무를 마치고 돌아와 당고종에게 전황을 보고하니, 황제가 당군의 사기를 물어보았다. 가언충이 자신 있게 답했다.

"반드시 이길 것입니다. 지금 남생이 형제들과 다투다가 우리 향도가 되어 고구려의 정황을 우리 모두가 알게 되었습니다. 장수들은 충성되고 군사들은 힘을 다하니 이긴다고 보는 것입니다. 고구려 비기祕記에 900년에 미치지 못해 80세의 대장에게 멸망한다고 했는데, 지금 高씨가 漢代로부터 나라를 세운 지 900년이요, 이적의 나이가 80입니다. 고구려는 거듭 흉년이 들어 인심이 흉흉하니 이번 원정으로 다시는 일어나지 못할 것입니다."

이 말에 당고종은 크게 기뻐했을 것이나, 실제 이적의 나이는 당시 75세 정도였으니 당군이 펼치던 심리전의 하나였을 것이다.

그해 2월 날이 풀리기 무섭게, 이적이 당군을 출정시켜 고구려군이 지키던 부여성을 다시 빼앗았다. 부여성 일원이 재차 적의 수중에 떨어졌다는 소식에 대막리지 연남건이 성을 되찾고자, 정예 5만의 군사를 다시금 출정시켰다. 이때 대총관 이적이 신성에 머문 것으로 보였는데, 급히 명을 내렸다.

"남건의 구려군이 부여성을 되찾으려 출정했다니, 성을 지키는 설인귀의 부대를 지원해야 한다. 지금 즉시 군사들을 몰고 나가 부여성으로 나아가라!"

이적의 본대가 이에 성을 나와 동남쪽의 부여성을 향해 진격했으나, 고구려군이 이미 부여성을 되찾은 뒤였는데, 필시 눈치 빠른 설인귀가 중과부적임을 알고 서둘러 성을 나온 것으로 보였다. 그러나 얼마 지나지 않아 당군은 패수의 지류인 살수薩水(설하수薛賀水) 일대에서 남건의 고구려군과 맞닥뜨리고 말았다. 그런데 이 〈살수전투〉에서 고구려군이 대패해 5천여 명이 전사하고 3만여 명이 당군의 포로가 되었다. 중과부적인 상태에서 이적의 대군을 상대로 무모하게 전투를 서두르다가 참패한 것으로 보였다.

자세한 기록은 없지만 이때 이적李勣의 요동도군이 여러 부대로 나누어 대대적인 공세를 펼쳤는데, 이적이 휘하의 모든 부대로 하여금 살수 인근으로 총집결하라는 명을 내린 것이 틀림없었다. 계필하력의 군대도 이때 이적의 본대와 합세해 고구려군을 포위하는 데 힘을 보탠 것으로 보였다. 〈살수전투〉에서 승리한 당군이 이때 여세를 몰아 고구려의 대행성大行城까지 함락시켰다니, 이는 신성자新城子 남쪽 아래의 대성자大城子, 즉 백암성으로 추정되는 곳이었다. 다만 부여성만큼은 여전히 고구려군의 수중에 있었다.

그해 문무 8년인 668년 봄, 문무대왕이 원기元器와 더불어 고구려에서 투항해 온 연정토를 唐으로 되돌려 보냈는데, 이후 연정토는 唐에서 돌아오지 않았다. 6월 12일, 요동도행군부대총관 유인궤가 당고종의 칙지를 들고 김유신의 아들인 숙위 사찬 김삼광金三光과 함께 당항진党項津(경기화성)에 도착했다. 대왕이 각간 김인문을 시켜 대례로써 영접하게 했는데, 유인궤가 이때 김인문과 고구려 원정에 관한 약속을 마치자마자 신라의 병사들을 징발해 곧장 천강泉岡으로 향했으니, 다시금 배를 타고 요동의 전쟁터로 돌아간 것이 틀림없었다.

이에 문무대왕이 21일에 대각간 김유신을 대당大幢대총관에, 김인문, 김흠순 등 9인의 장수를 대당大幢총관으로 삼는 등 고구려 원정에 나설 장수들을 다시 임명했다. 그 이튿날 22일이 되자, 요동의 조선하(패수) 일대를 공략하던 유인원이 사람을 보내와 고구려의 대곡大谷, 한성韓城 등 2郡 12城이 항복했음을 알려왔다. 장수제의 한성평양으로 유서 깊은 아사달 험독이 이때 비로소 당군의 수중에 떨어진 것이었다. 신라 측에서도 곧바로 김인문과 천존天存 등이 일선주—善州 등 7개 郡과 한성주(경기광주)의 병마를 인솔해 요동의 唐나라 군영을 향해 먼저 떠났다.

6월 27일에는 문무대왕도 서라벌을 떠나 다시금 唐의 군영을 향해 출발했는데, 실제로 요동까지 갈 생각은 전혀 아니었을 것이다. 이틀 뒤인 29일 각 道의 총관들이 모두 길을 떠났는데, 마침 고령의 김유신이 풍병風病을 앓게 되어 서라벌에 머물도록 조치했다. 이 역시 신라군의 핵심 중추인 유신을 신라에 머물게 하려는 핑계일 수도 있었다. 왕과 유신이 험악한 요동의 전장에 갔을 경우 무례하기 짝이 없는 대총관 이적에게 무슨 일을 당할지 모르는 형국이기 때문이었다.

그렇게 문무대왕의 본대가 7월 16일경 다시 한성주漢城州(경기광주)로 들어왔는데, 일단 각 도의 총관들에게 교서를 내려 唐의 대군과 합류할 것을 명했다. 그렇게 각 道에서 출발한 군부대가 속속 한성주로 향하는 사이, 이미 요동으로 들어간 신라 원정군에서도 김인문의 선발대로 보이는 문영文穎 등이 이적의 본대와 합세했다.

대행성을 깨뜨린 이적의 당군이 마침내 난하의 압록책柵에 이르자, 강 건너편에 고구려군이 대거 집결해 이들을 기다리고 있었다. 전년도에 인근의 압록진津에서 남건이 이끄는 고구려군에 크게 패했던 장소였고, 7년 전 2차 〈여당전쟁〉 때도 연개소문에 참패했던 사천원蛇川原이 있었기에 당군의 각오가 남달랐을 것이다. 그렇게 양측의 군대가 동서로 압록을 마주한 채 한참을 대치하던 끝에 마침내 이적이 가차 없이 진격 명령을 내렸다.

"자, 구려군은 이제 얼마 남지 않았다. 제군들은 두려워 말고 일제히 강을 건너라!"

결국 강을 건너 쇄도해 들어오는 당의 주력부대와 고구려군이 대

접전을 벌였으나, 이번에는 〈羅唐연합군〉의 병력이 월등하게 우세해 고구려군이 당군에 밀리고 말았다. 특히 이 전투에서 신라 문영의 부대가 선봉이 되어 고구려군의 예봉을 꺾는데 크게 기여했다. 전의를 상실한 고구려군이 이내 사방으로 흩어져 달아나니 당군의 매서운 추격이 시작되었는데, 이때 북쪽으로 2백 리를 쫓아간 끝에, 재차 불이성(부여, 욕이성辱夷城)마저 빼앗고 말았다. 불이성이 함락되자, 인근의 여러 성에서도 성을 나와 당에 투항하는 병사들이 잇따랐다.

김인문이 이끄는 요동의 신라 원정군도 이때 비로소 이적과 합류해 영류산嬰留山 아래로 진군했다. 갈석산葛石山으로 추정되는 영류산은 (창려)평양 북쪽으로 20리 거리에 있는 작은 산으로, 영양嬰陽대제와 영류榮留대제의 시호에서 따온 이름이라고도 했다. 이로써 〈나당연합군〉의 본격적인 평양 진공이 시작된 셈이었다. 이후로 연합군이 파죽지세로 동남쪽 (창려)평양성으로 진격을 개시하니, 唐의 大軍에 밀려난 고구려군이 더 이상의 전투를 포기한 채 속속 투항해 버린 것으로 보였다. 그 와중에 패강도총관 유인원의 경우는 그의 부대가 압록에 뒤늦게 합류했다는 이유로, 전쟁이 끝난 다음에 소환되어 요주姚州로 귀양을 가기도 했다.

그때 제일 먼저 평양성 아래까지 도착한 것은 계필하력이 이끄는 부대였고, 그 뒤를 이적의 요동도군 본대가 뒤따랐다. 9월 21일쯤 나당연합군이 마침내 평양성을 포위했는데, 이후로 한 달간이나 양측의 공방이 이어졌다. 그 와중에 어느 날 평양의 성루 위로 백기가 내걸려 군사들이 모두 놀랐다.

"앗, 백기다! 구려가 항복하려나 보다! 와아, 와아!"

연합군 진영이 크게 들떠 소란스러워진 사이, 육중한 성문이 열리

더니 한 무리의 사람들이 나타났다. 고구려의 보장왕이 연남산淵男
山을 시켜 수령 98인을 거느린 채, 백기를 들고나와 대총관 이적에게
항복을 청한 것이었다. 필시 투항을 주장하던 남산 일행이 먼저 성을
나와 투항에 대한 조건 등 협상을 시도한 것으로 보였는데, 그러자 이
적은 이들에게 예의를 갖춰 대해 주었다. 그러나 남건이 곧바로 성문
을 굳게 닫고 전의를 다졌으니, 투항을 위한 협상이 결렬된 것이 틀림
없었다. 이후로 남건은 수시로 군사를 내보내 돌파구를 뚫어 보려 애
썼으나, 그때마다 매번 모두 패해 급히 성안으로 되돌아오곤 했다.

그렇게 고립무원에 처한 남건이 그때 자포자기를 했던지 승려 신
성信誠에게 군사軍事를 맡겼는데, 놀랍게도 그가 측근의 소장小將 오사
烏沙와 요묘饒苗 등을 몰래 내보내 이적에게 내응할 것을 제안했다.
　"우리의 안전을 보장해 준다면 성문을 열어 놓을 의향이 있음을 전
하라 하셨습니다."
　후일 연남생이 주장하길 이때 신성과 내통해 투항을 이끌어낸 것
이 자신이었다며 전공으로 내세웠다. 뿐만 아니라 이를 공적이랍시고
죽은 뒤에 묘비명에까지 파 놓았으니, 과연 만고의 역적이 된 남생은
물론 그의 후손들 또한 부끄러움을 모르는 일족이긴 매한가지였다.
　그 뒤로 5일이 지나서 과연 신성信誠에 의해 평양성문이 다시금 열
리게 되었는데, 때를 기다리던 이적이 미리 대기시켜 두었던 신라의
효기驍騎(날랜 기병) 5백 명에게 급히 명을 내렸다.
　"지금이닷! 출발, 어서 출발하라!"
　신라군들이 성문이 닫히기 전에 총알처럼 성으로 달려 들어간 다
음, 곧바로 성루에 올라가 크게 소리를 지르고 소란을 피우며 곳곳에
불을 놓았다. 이어 〈나당연합군〉이 함성을 지르며 일제히 성안으로

쇄도해 들어가니, 평양성 안이 순식간에 어지럽게 되었다. 그때서야 대막리지 연남건이 스스로 자결을 시도했으나, 병사들이 달려드는 바람에 죽지도 못했다. 비로소 보장왕을 비롯해 최후까지 항전을 벌여왔던 연남건 등이 체포되었고, 이로써 7백 년 〈고구려〉 왕조가 허망하게 종말을 고하고 말았다.

그 후로 이적은 이제 고구려의 마지막 태왕이 된 보장왕과 왕자 복남福男, 덕남德男 외에 고구려의 대신들은 물론, 무려 20여만 명에 달하는 장졸들과 백성들을 포로로 끌고 唐으로 향했다. 신라 측에서도 김인문과 대아찬 조주助州가 이적을 수행해 따라갔고, 문무대왕이 추가로 인태仁泰, 의복義福 등 5인의 군신들로 하여금 이적을 따라 唐으로 가게 했다.

당시 〈나당연합군〉이 평양성을 정복할 때, 이미 한성(경기광주)을 출발했던 문무대왕이 임진강을 넘어 북쪽의 평나 인근으로 추정되는 힐차양肸次壤에 이르렀다. 그때 급보가 당도했다.

"속보요, 요동의 평양성을 함락시키고, 이미 당의 여러 장군들이 철군했다는 소식입니다!"

7백 년 고구려가 망했다는 소식을 듣는 순간 문무대왕은 아득한 느낌마저 들었다.

"흐음, 마침내 구려가 망한 모양이로구나……"

그러자 곁에 있던 수하 장졸들이 기쁨에 들떠 환호하며 소리를 질렀다.

"와아, 와아! 구려가 망했다! 우리가 이겼다! 대왕 만세, 신라 만만세!"

돌아보니 이렇게 승리의 순간을 맞이하기까지 참으로 고되고 험난한 세월이었다. 선왕 태종무열왕의 얼굴을 떠올리며 감회에 젖은 문무대왕의 표정에는 승전의 기쁨보다는 만감이 교차하는 모습이었다. 더구나 이제부터 강포하기 그지없는 唐과 직접 국경을 마주할 생각을 하니, 새로운 두려움이 스멀스멀 솟아오르고 그간 순망치한의 관계가 되어 중원의 나라들을 막아 주던 고구려의 존재가치를 새삼 깨닫게 되었다. 모두가 승리의 환희에 들떠 있는 순간에도 문무대왕은 내일을 생각하느라 마냥 기뻐할 수만도 없었으니, 그것이 만백성들의 운명을 좌우하는 외로운 군주의 자리였던 것이다.

얼마 후 대왕은 병사들을 되돌려 다시금 한성漢城(광주)으로 되돌아와 상황을 관망했다. 그러나 후일 논공을 따질 때 이것이 또 다른 빌미가 되어, 唐의 조정으로부터 비난의 대상이 된 듯했다. 어쨌든 문무대왕은 고구려와의 9년에 걸친 전쟁 끝에, 끝내 북방의 맹주〈고구려〉를 정복하고 선왕 때부터 열망해 오던 〈삼한일통三韓一統〉의 꿈을 완성해 낸 셈이었다. 10월 22일, 문무대왕이 김유신에게는 태대太大각간이라는 더없이 높은 벼슬을 내리고, 인문에게 대각간을 내려 주었다. 기타 이찬 이상의 장군들에게는 모두 각간을 내려 주고, 소판蘇判 이하는 한 계급씩을 올려 주도록 했다. 그리고 수많은 공로자들에게 포상을 내렸다.

사흘 뒤인 10월 25일 문무대왕이 귀경 도중에 욕돌역褥突驛에 이르렀는데, 국원경(충북충주)의 사신仕臣 대아찬 용장龍長이 사사로이 연회를 베풀어 대왕과 여러 시종들을 대접해 주었다. 그때 풍악이 연주되자, 이제 15살의 나이인 내마 긴주緊周의 아들 능안能安이 나와 옛 〈가야加耶〉의 춤을 추었다. 대왕이 그 아름다움을 보고 탄복하며 후하게 선물을 내렸다. 11월 5일, 문무대왕이 대방(황해)에서 잡은 고구려 포로 7천 명을 이끌고 서라벌에 당당하게 개선했고, 이튿날 문무 대신들을 거느리고 선조묘에 배알하면서 승전을 고했다.

12. 羅唐전쟁과 삼한일통

668년 12월, 당고종이 함원전含元殿에서 이적이 끌고 온 고구려의 포로들을 넘겨받는 의식을 가졌다. 그때 보장왕에 대해서는 스스로 정치를 한 것이 아니라며 사면해 주고, 벼슬까지 내려 주었다. 먼저 성문을 열고 나와 투항해 고구려군의 전의를 꺾어 놓은 연남산, 성문을 열어 준 승려 신성信誠, 향도를 맡은 연남생 등 고구려 패망에 결정적 기여를 한 민족반역자들에게도 골고루 벼슬 또는 장군직을 하사했다. 다만 끝까지 저항했던 연남건에 대해서는 죄를 물었다.

"연남건은 분수도 모르고 천자에게 대든 죄가 크니 죽어 마땅하지만, 천자의 하해와 같은 아량으로 살려 주되 검주黔州로 유배를 보내라."

백제 의자왕의 경우도 그러했지만 당시 중원에서는 속국으로 병합한 나라의 왕족을 가능한 죽이지 않으려 한 듯했다. 다 쓰러진 망국의 지도자를 죽여 속민들의 자존심에 상처를 주고 필요 이상의 저항을 유발하지 않으려는 통치술의 하나였던 셈이다. 덕분에 연개소문의 아들 3형제는 조상으로부터 물려받은 나라를 잃고도, 질긴 목숨들을 연명할 수 있었다. 그러나 이들은 자신들의 성씨인 연淵을 버리고 '천泉'으로 성을 바꿔야 했는데, 당고조 이연李淵의 이름을 피해야 했기 때문이었다.

일국의 최고 권력을 다투던 연개소문의 형제들은 부친의 유언은커녕 성씨 하나도 지키지 못한 채, 적들에게 개처럼 끌려간 것도 모자라 뜻 모를 벼슬자리 하나에 적의 수장에게 머리를 조아렸다. 이는 그들을 믿고 따르던 고구려 백성들의 자존심에 소금을 뿌리는 일이었고, 7백 년을 이어 온 위대한 고구려 역사에 먹칠을 하는 파렴치한 일이었다. 더구나 스스로 군주로서의 책임을 지고 자결을 택한 동천대제나, 장졸들과 함께 전장을 누비다 화살에 맞아 장렬하게 전사한 고국원제의 숭고한 희생정신은 물론, 국조인 주몽 이래로 나라를 지키려다 산화한 수많은 호국영령을 기린다면 어찌 그런 선택을 할 수 있었을까? 이토록 부끄러움조차 모르는 못난 형제들이었으니, 하물며 그들이 나라를 지켜 내길 기대한다는 자체가 허망한 일이었을 것이다.

　연개소문은 고작 저런 아들들에게 그 알량한 대막리지의 권력을 넘겨주고자, 자신이 모시던 태왕을 비롯해, 그 많은 군신들을 배반하고 한꺼번에 도륙해 버렸단 말인가? 연개소문은 세 아들의 터무니없는 반역행위로 자신의 명성과 혁명의 명분을 송두리째 잃어버린 것은 물론, 韓민족 전체와 그 역사에 치명적 손상을 가한 죄인으로 추락해 버리고 말았으니, 무덤 속에서라도 그 사실을 알고는 있었는지 모를 일이었다.

　물론 중원의 통일제국 수당 정권과 80년간 사활을 건 전쟁을 치르는 동안, 고구려는 남은 것이 없을 정도로 모든 것이 피폐해졌고 사실상 파국 일보 직전의 상태였을 것이다. 그러나 일곱 차례나 걸쳐 반복된 隋唐의 대대적인 공세에도 불구하고, 그때마다 환도산을 뒤엎고, 창해의 바닷물을 마셔 버릴 듯한 기개를 지닌 숱한 영웅들이 나타나 용케 위기를 모면해 왔다. 그사이 隋나라는 아예 멸망해 버렸고, 唐나라 또한 지칠 대로 지친 것은 마찬가지였을 것이다. 마지막 힘을 내 조금만 버텼더라면, 唐나라 정권도 隋나라처럼 되지 말란 법도 없었던 것이다. 마지막 결정적인 순간에 무능한 지도자들이 하늘 같은 두려움을 극복해 내지 못하고 분열된 것이, 끝내 고구려의 패망을 자초했던 것이다.

그렇게 고구려가 하루아침에 사라져 버리자, 당고종은 나라를 갈기갈기 찢어 버리고 유린하기 시작했다. 우선 종전 전국의 5部 176城에 약 69만 호의 백성들이 살던 것을, 새로이 9도독부都督部, 42州 100縣으로 재편성하고, 특별히 도성이었던 (창려)평양에는 〈안동도호부安東都護部〉를 두어 강역 전체를 통치하게 했다. 이때 고구려 장수로서 唐에 공을 세운 자를 발탁해 도독, 자사, 현령으로 삼고 唐人들과 함께 행정에 참여하게 했으니, 백제 정벌 때의 사후 처리와 다를 게 없었다. 이와 함께 옛 고구려를 실질적으로 통치할 인물을 발표했는데, 의외의 인물이라 모두를 놀라게 했다.

"우위위右威衛대장군 설인귀를 검교檢校안동도호로 삼아 2만의 군사를 내주니, 백성들을 진무鎭撫(위로)하게 하라."

이로써 가난한 농사꾼의 아들이었던 설인귀가 7백 년 고구려를 사실상 다스리게 되었는데, 사실 그는 고구려의 시조 동명성제의 무덤이 있던 용문龍門 출신으로 요동의 지리와 고구려인들을 누구보다 잘 아는 인물이었을 것이다. 안평의 동쪽을 뜻하는 안동이라는 지명도 낙랑이나 요동 등 고구려의 흔적을 지우기 위해 만든 별칭으로 보였다.

한편, 663년 〈백촌강전투〉에서 〈나당연합군〉에 참패한 야마토大倭 조정은 패배의 충격이 가시기도 전에, 자칫 나당군이 왜열도까지 침공해 올지 모른다는 두려움에 휩싸이게 되었다. 막상 전쟁을 치러 보니 대륙의 군대가 야마토의 전투력을 훨씬 능가하는 데 대해서도 커다란 반성들이 뒤따랐을 것이다. 이듬해 664년 봄이 되자, 중대형(나카노오에) 황태자는 아우인 대해인大海人(오아마) 왕자에게 명을 내려 관직의 수를 늘리고 명칭을 정비토록 했다. 이에 따라 종전 26개의 관직에 10개를 더했다.

그해 3월, 중대형은 백제 의자왕의 아들로 야마토로 귀화한 부여용扶餘勇에게 오사카 근처의 난바難波에서 살도록 허용해 주었다. 그는 후일 이름을 선광善光으로 바꿨는데 오늘날 일본 3大 사찰의 하나로 유명한 나가노長野의 〈선광사善光寺〉를 조성한 인물로 알려졌다. 이 유서 깊은 백제식 고찰에서는 552년 백제의 성왕이 승려 노리사치게를 통해 흠명천왕에게 보내 준 일광日光삼존불을 지금껏 모시고 있는데, 일본 최초의 불상이라고 했다.

그런데 그해 5월이 되니, 야마토 조정에 놀라운 보고가 들어왔다.

"아뢰오, 당에서 조산대부朝散大夫 곽무종郭務悰이란 자가 도착해 입조를 청하였습니다!"

사실 그는 웅진도독부에 있던 당나라 장수 유인원이 보낸 사신으로 이때 야마토에 헌상품을 바치면서, 장차 당나라가 북큐슈 후쿠오카福岡에 〈축자筑紫도독부〉를 설치할 것을 요청한 것으로 보였다. 비록 양국이 〈백촌강전투〉를 치르긴 했지만, 이미 백제가 멸망해 당나라 웅진도독부의 관할이 되었으니, 상호 긴장을 풀고 전과 같이 교류를 늘리자며 화친을 제의한 셈이었다. 실제로 축자부는 웅진도독부의 분원 격으로 이후 672년까지 8년 동안 唐의 외교창구 역할을 하면서 양국의 긴장 완화에 나름 기여한 것으로 보였다. 아울러 한창때에는 축자부에서 활동하던 唐人들이 2천여 명에 달했을 정도였다.

그렇다 하더라도 야마토로서는 한반도로 부쩍 가까이 다가온 대륙의 통일제국 唐의 접근이 반가울 리가 없었고, 오히려 더욱 긴장했던 것으로 보였다. 그해 야마토는 쓰시마對馬(임나), 이키壹岐, 츠쿠시筑紫 등에 봉수대를 설치하고 수비대(방인防人)를 두는 등, 서해안 방어에 부쩍 주력하는 모습을 보였다. 특히 축자筑紫에는 큰 제방을 쌓고 그 안쪽으로 물을 저장해 둔 水城을 쌓았는데 외침에 대비한 방어벽이었다.

또 종전 백제의 관위를 검토하게 했는데, 당시 야마토로 속속 귀화해 오는 수많은 백제 유민들에게 관직을 주기 위해서였다. 실제로 이때 복신福信의 공적을 인정해 그 아들로 보이는 (부여)귀실집사鬼室集斯에게 12등급인 소금하小錦下라는 관위를 내렸다. 또 남녀 4백여 명을 근강국近江國에 살게 하고 밭을 나누어 주는 등 백제 유민들의 정착에도 신경을 썼다. 새로이 야마토로 편입된 이들이야말로 장차 자국을 지켜 줄 백성들이기 때문이었다.

이듬해 666년이 되자 멀리 요동의 고구려에서도 사신들이 다녀갔다. 이때 야마토의 군신들은 이들로부터 연개소문의 사망과 함께 그 아들들의 내분에 대한 소식을 전해 들었을 것이다. 이듬해 667년 3월에는 분위기를 쇄신코자 도읍을 오미近江로 옮겼는데, 천도를 반기지 않는 이들도 많았다. 그해 연말에는 대마(임나)의 가네다성金田城을 비롯해 곳곳에 3성을 쌓았다. 모두 백제식의 山城이었는데, 당시 백제에서 망명해 온 장군 억례복류憶禮福留의 지도 아래 지어졌다.

668년 정월, 마침내 나카노오에中大兄황태자가 천왕의 자리에 오르니, 그가 바로 덴지天智천왕이었고, 모친인 제명여왕 사후 7년 만의 일이었다. 〈백촌강전투〉 패배로 인해 즉위가 늦어졌고 그만큼 명분을 중요시했는데, 김춘추 무열대왕만큼이나 인내심을 갖고 때를 기다려

온 것이었다. 사실 백제 멸망 이후에 결행된 야마토의 반도 출정은 당시 야마토의 상실감과 위기감이 그만큼 절실했다는 의미였다. 7백 년 백제 정권이 〈나당연합군〉에 의해 단 열흘 만에 무너져 버린 데다, 고구려가 아무런 힘을 쓰지 못했다는 믿기 어려운 상황에 대해 야마토 조정에서는 해석들이 분분했을 것이다.

강력한 〈나당연합군〉이 다음으로 겨냥할 곳은 고구려였겠지만, 언젠가는 그 화살이 야마토로 향할지도 모른다는 두려움까지 일기 시작했으니, 한반도 백제의 부재가 바다 건너 야마토까지 잔뜩 긴장하게 만들었던 것이다. 마침 복신과 부여풍을 중심으로 한 〈백제 부흥운동〉이 크게 일어나자, 제명여왕은 이 기회를 이용해 〈백제수복〉에 나설 때라고 판단했고, 이에 주변의 반대를 무릅쓰고 원정 준비에 나선 것이었다.

당시 중대형황태자는 원정 준비를 주도하다 죽음에 이른 제명여왕에 대해 아들로서 커다란 죄책감을 느꼈고, 이후로 모친의 유지를 받들어 신라 원정(백제 지원)을 성사시킨 다음 천왕에 즉위하려 한 것으로 보였다. 그러나 전쟁에서의 참패와 함께 그에 대한 책임을 진다는 의미에서 또 다른 근신의 시간을 필요로 했고, 그렇게 즉위가 7년이나 미루어졌던 것이다. 이처럼 7세기 중엽에도 이미 고대 한반도와 일본 열도의 정치 상황이 상호 긴밀하게 연결되어 있었다.

그러던 그해 9월, 신라의 문무대왕이 급찬級湌 김동엄金東嚴 등을 야마토로 보내 조공을 해 왔다. 오랜 적대관계인 야마토에 대해 천지천왕의 즉위를 축하하고, 화해의 신호를 보내려는 몸짓이었다. 그해 6월경 문무대왕은 3차 〈여당전쟁〉을 위해 서라벌을 떠나 한성(경기광주)에 머무르고 있었으니, 필시 출정 이전에 사신 파견이 예정되어 있던 것으로 보였다. 놀랍게도 이때 나카토미노카타마리中臣鎌足가 동엄에게 사람을 보내와 청을 하나 넣었다.

"신라의 태대각간 김유신공께 배를 한 척 보내고자 하니, 사신께서 이를 주선해 주셨으면 합니다."

당시 고령의 김유신은 풍병을 이유로 출정에서 빠져 있었음에도 그를 각별히 예우한 것이었으니, 장군의 영향력을 고려한 것으로 보였다. 이로써 야마토 조정에서도 신라와 화친의 뜻이 있음을 적극 밝힌 셈이었다. 백제는 완전히 멸망해 버렸고, 고구려 또한 멸망 직전의 위태로운 상황이다 보니 반도에 대한 정책에 새로운 변화를 모색하려 했던 것이다. 얼마 후 10월이 되니 급보가 날아들었다.

"아뢰오, 唐의 대장군 영공英公(이적)이 구려를 쳐서 멸했다고 합니다."

"허어, 그예 이런 일이⋯⋯"

고구려의 멸망은 전에 없던 지도부의 내분 때문에 다분히 예견된 일이었겠으나, 그래도 야마토 군신들에게 상당한 충격을 주었을 것이다. 그때 야마토 조정에서는 이런 말이 떠돌았다.

"고구려 중모왕仲牟王(주몽)이 나라를 처음 세울 때 왕국이 천 년 동안 이어지기를 기원했으나, 그 모친(유화부인)은 나라를 아주 잘 다스린다 해도 아마 7백 년 정도일 것이라고 했다더니 과연 꼭 7백 년 뒤의 일이 되고 말았다."

11월에 김동엄이 신라로 귀국하는 길에 천지천왕은 별도로 배를 내주면서 비단 50필, 솜 5백 근, 가죽 1백 장을 문무대왕에게 보내왔는데, 과연 얼마 지나지 않아서 천왕의 공식 사신이 추가로 서라벌에 당도했다.

669년, 신라와의 관계 개선을 주도했던 카타마리鎌足가 병사하자 천왕이 아우 오아마태제太弟를 보내 조문하고, 후지와라藤原라는 성씨를 내려 주었다. 그해 겨울 천왕은 아스카 서쪽에 다카야스성高安城을 쌓고 기나이畿內 지역의 전세田稅를 수납하게 했다. 이듬해 670년 4월 30일 새벽에 호류지法隆寺에 큰 화재가 일어났는데, 한 채도 남김없이 불에 타 버리고 말았다. 담징의 그림도 그때 모두 타 버렸을 것이다. 그 후 이상한 동요가 나돈 것으로 보아, 누군가 불교 혹은 천왕의 뜻에 반하는 세력들이 불을 낸 것으로 보였다.

그런데 이 무렵인 670경부터 〈야마토大倭〉가 나라 이름을 〈일본日本〉이라 부르기 시작했다. 해 뜨는 곳에서 가장 가까운 나라라는 의미라 했으니, 과연 잘 어울리는 국호였다. 그러던 671년 봄, 천지천왕이 아들 오토모大友왕자를 태정太政대신으로 삼았다. 아우인 오아마大海人태제가 아니면 진즉에 태자에 올랐을 인물이었다. 그런데 그해 9월, 천왕이 중병에 걸려 위중해지자 오아마태제를 침소로 불렀다. 그때 천왕의 측근에 있던 소가노미야스蘇我臣安가 대해인(오아마)에게 남몰래 귀띔을 했다.

"신중하게 대답하십시오……"

이윽고 천지천왕이 태자에게 힘없이 말했다.

"내 병이 위중하구나. 네게 후사를 맡기겠다……"

그러자 대해인태제가 병을 핑계로 고사하고 이를 받들지 않으며 말했다.

"부디 대업大業은 왕후에게 맡겨 주시고, 정사政事는 오토모大友왕자에게 이양하십시오. 저는 천왕을 위해 출가한 다음 불도를 수행할 것입니다……"

천지천왕이 이를 수락하자, 대해인은 궁전의 불전 남쪽에 가서 머리를 삭발하고 법복으로 갈아입었다. 이어 자신의 집에 있던 무기류를 모두 관官에 맡겼다.

그해 11월, 태자에 오른 오토모가 좌대신 소가노아카에蘇我赤兄 등 6인의 중신들로부터 서전西殿의 직불상織佛像 앞에서 손에 향로를 흔들며 충성의 맹세를 받았다. 12월에 마침내 천지天智천왕이 오미궁近江宮에서 사망했다. 645년의 정변으로 소가蘇我씨를 제압하고, 이듬해 〈다이카개신〉을 통해 야마토국의 전반에 걸친 사회개혁과 천왕 중심의 중앙집권을 주도했던 영웅이었다. 아울러 반도의 〈백제 수복〉을 위해 실제로 반도출정을 감행했던 야마토의 처음이자 마지막 천왕이었다. 〈백촌강전투〉 패배와 천지천왕의 죽음은 이후 야마토 정세에 극적인 변화의 바람을 불러일으켰다.

이듬해 672년 3월에, 누군가가 대해인(오아마)에게 찾아와 소식을 전하길, 조정의 움직임이 예사롭지 않다며 서둘러 몸을 피하는 것이 좋겠다고 권했다. 대해인이 사람을 보내 확인해 보니 과연 모두가 사실이었다. 그가 측근에 말했다.

"내가 왕위를 사양하고 물러난 것은 홀로 요양에 힘써 천명을 다하고자 함이었다. 지금 피할 수 없는 화가 미치려 하니 어찌 이대로 가만히 있을 수 있겠느냐?"

결국 대해인왕자가 아즈마노쿠니東國로 들어가 군병을 모집하기 시작했고, 그렇게 오토모태자 즉, 숙부와 조카 간에 권력 다툼이 시작되었다. 오미近江의 조정에서는 대해인이 동국으로 들어가 거병擧兵했다는 소식에 군신들이 두려움에 떨기 시작했고 혼란에 빠졌다. 처음 대해인이 머리를 깎고 요시노궁吉野宮으로 들어갔을 때도 사람들이 이렇게 말했다.

"호랑이에게 날개를 달아 주고 들판에 풀어놓는 격이다."

그만큼 주변 사람들에 대한 대해인왕자의 신망이 두텁고 위력적인 존재였던 것이다. 그해 7월, 마침내 양측에서 수만 명씩을 동원해 나라야마奈良山에서 전투가 개시되었는데, 초창기 이 싸움에서는 정부군인 오미近江세력이 우세를 보였다. 그러나 이후 반전이 일어나 점차 대해인의 요시노 세력이 곳곳에서 대승을 거두기 시작했다.

7월 17일, 오토모태자와 그의 군신들이 세타바시瀨田橋 서쪽에 크게 진을 쳤는데, 그 뒤가 어디까지인지 보이지 않을 정도로 깃발이 들판을 가득 덮고 있었다. 오미 측에서 장수 지존智尊이 정병을 이끌고 다리 위를 지키고 있었는데, 다리 중간을 3장丈 정도 폭으로 잘라낸 다음 판자를 얹어 놓았다. 누구든 다리 위로 발을 들이는 순간 판자를 당기면, 아래로 떨어지게 해 놓으니 아무도 다리를 넘어올 엄두를 내지 못했다.

그때 요시노 측의 오키다大分라는 용사가 창을 버리고 갑옷을 겹쳐 있더니 칼을 뽑아 들고 단숨에 판자를 밟고 건너갔다. 이어 판자를 당기려고 매어 놓은 밧줄을 끊어 버리고는 화살을 뚫고 적진으로 뛰어들었다. 이를 본 대해인의 병사들이 함성을 지르며 한꺼번에 다리를 넘어 쇄도해 들어갔다.

"공격하라! 와아, 와아!"

방심하고 있던 오미 측 진영이 순식간에 난장판이 되어 버렸고, 달아나는 병사들을 저지하려던 지존智尊은 다리 옆에서 참살되고 말았다.

오토모태자와 군신들도 덩달아 달아나야 했으나, 끝내 대해인의 군대를 막지 못했다. 오토모大友태자는 야마자키山前에 몸을 숨기고 있다가 좌절한 나머지 스스로 목을 맨 채로 죽었다. 이로써 마침내 반란군인 대해인 측이 권력을 장악하고 다시 나라를 회복시킬 수 있었다. 그해 672년 임신년壬申年에 일어난 이 내란은 야마토 개국 이래 역대 최대 규모의 내란이었고, 반란을 일으킨 측이 승리한 전쟁이었다. 사람들이 이를 〈임신의 난〉이라 불렀다.

이듬해인 673년 정월, 대해인大海人이 아스카의 궁에서 천왕 즉위식을 가졌으니, 그가 바로 덴무天武천왕이었다. 아스카飛鳥 근처에 새로이 궁을 짓고 오미近江에서 도성을 다시 옮겼던 것이다. 천무天武천왕의 시대는 바야흐로 새로운 〈일본〉의 시대였다. 일본 정권이 비로소 한반도에서 눈을 돌리고, 본격적으로 일본열도의 내치에 집중하기 시작했던 것이다. 특히 그 전년도인 672년 3월에는 일본(야마토) 조정에서 〈축자도독부〉에 사람을 보내 천지천왕의 붕어 사실을 알렸다. 곽무종 등이 모두 상복을 입은 채로 조례의식을 가졌고, 당고종으로부터의 국서도 전달되었다.

그런데 5월이 되자, 일본日本 조정에서 곽무종郭務悰 일행에게 갑옷과 투구, 궁시弓矢를 내리고, 비단 약 1,700필과 베, 솜 등 전에 없이 푸짐한 선물을 하사했다. 그간 곽무종이 唐과 야마토 사이에서 가교 역할을 수행한 데 대한 노고를 위로하는 포상의 성격으로 보였다. 그러더니 그달 말일이 되자 곽무종 등이 마침내 귀로에 오르게 되었는데, 이때 〈축자도독부〉가 8년 만에 최종 철수한 것으로 보였다.

이후로 일본에서는 신라가 중심이 된 한반도와의 교류가 부쩍 활발해진 반면, 당과의 교류는 한동안 뜸해졌다. 필시 그 무렵에 일어난 〈고구려 부흥운동〉과 함께 본격화되기 시작한 〈羅唐전쟁〉과 밀접한 관계가 있어 보였다. 그때 일본이 신라 측의 입장을 지지하면서, 唐의 〈축자도독부〉 철수가 시작된 것이 틀림없었던 것이다.

그 후 천무천왕은 681년경, 쿠사카베草壁왕자를 태자로 책봉하고 모든 정사를 맡겼다. 그해 3월, 천왕이 대극전大極殿에 행차해 여러 군신들에게 조칙으로 명을 내렸다.

"이제부터 제기帝紀 및 상고시대의 역사를 기록하고 교정하도록 하라."

이에 오시마中臣連大嶋와 고비토平群臣子首가 직접 붓을 들어 역사기록에 나섰다. 바로 《고사기古事記》와 《일본서기日本書紀》의 집필이 시작된 것이었다.

뿐만 아니라 새로이 율령을 반포하고 호적들을 정리하는 한편, 중앙집권을 가속화시키고, 불교문화도 독자적으로 발전시켜 나갔다. 천무천왕은 재위 14년이던 686년 9월 아스카飛鳥의 정궁正宮에서 죽음을 맞이했다. 천무天武천왕의 뒤는 그의 왕후이자 천지天智천왕의 둘째 딸이었던 우노菟野왕후가 이어받아 천왕에 즉위했으니, 지통持統여왕이었고 다시금 여왕의 시대가 되었다. 710년경 원명元明천왕 시대에 일본은 나라奈良로의 천도를 단행했다. 이후로 〈나라시대〉가 본격적으로 열리게 되면서, 불교문화의 정수라는 〈아스카문화〉가 꽃을 피우기 시작했다.

669년 2월, 신라의 문무대왕은 〈백제〉에 이어 〈고구려〉마저 멸망시키고 선왕의 유지를 받들게 된 것을 기념하고자, 국내의 죄수들에 대해 大사면령을 내렸다.

"군주와 부모, 조부모를 살해한 오역五逆과 사죄死罪(사형) 아래의 죄를 지은 자들은 그 대소를 막론하고 모두 풀어 주도록 하라!"

그뿐이 아니었다. 남의 곡식을 빌린 사람에게도 흉년이 든 지역은 원리금 모두를 탕감해 주고, 풍년이 든 지역은 이자를 면해 주도록 하는 등, 함께 오랜 전쟁을 치르느라 고생한 백성들의 노고를 위무했다.

그러나 사실 문무대왕을 비롯한 신라의 군신들은 승리를 오롯하게 누릴 수 있는 형편이 아니었다. 한때 唐과는 분명한 군사동맹의 관계로 시작했으나, 전쟁을 치르는 동안 어느 순간부터 唐에 예속된 채, 신라 임금이 당나라 황제의 신하인 계림대도독의 신세로 추락해 버리고 말았던 것이다. 이후로는 걸핏하면 당의 과도한 지시와 간섭이 이어졌고, 특히 〈여당전쟁〉의 논공을 놓고 신라군의 참전 자체를 무시하는 것은 물론, 전쟁 종료 후의 모욕적인 홀대에 크게 분노했던 것이다.

그때 대총관 이적은 노골적으로 문무대왕을 마치 자기 밑의 일개 대장군인 양 오라 가라는 지시를 내려 압박했고, 전쟁이 끝난 후에도 신라 측과 한마디 상의도 없이 고구려의 20만 포로를 일방적으로 끌고 장안으로 가 버렸다. 당나라가 7백 년 뿌리 깊은 전통의 강호 백제와 고구려를 연달아 정복한 것은, 그야말로 중원은 물론 아시아 전체의 역사에 있어서 가장 획기적인 사건이었다. 반도는 물론 기왕에 요동까지 참전했던 신라의 군신들은 장안으로 초대받아 唐의 황제와 함께 승전의 기쁨을 누리고, 일부라도 포상을 나누는 것이 정상이었을 것이다.

그러나 당나라 조정은 털끝만큼의 성의도 보이지 않았고, 얼음처럼 냉정하게 무시로 일관했다. 백제 및 고구려 원정을 사실상 唐이 주도한 데다, 특히 고구려 정복은 隋와 唐이라는 양대 통일왕조에서 수많은 원정과 실패 끝에 80년 만에 얻어 낸 극적인 승리였다. 그사이 인구의 1/3이 줄어들 만큼 엄청난 병력의 희생과 자원을 쏟아부었으니, 신라의 그것과는 비교조차 할 수 없었을 것이다. 하물며 그깟 규모의 협공에 논공을 운운하지 말라는 뜻이었으며, 슬그머니 끼어들 생각조차 말라는 의미였다. 唐의 군신들은 신라의 대당정책에 대해, 그간 얄팍한 외교술로 실리만을 챙기려 들었다며 지극히 부정적이었던 것이다.

그런 상황 때문인지 唐의 신라 홀대는 전쟁 직후에 더욱 노골화되었다. 이후의 논공을 가리기 위해 문무대왕이 몇몇 군신들로 하여금 개선하는 이적을 따르게 해 장안으로 들여보냈다. 그런데 뜻밖에도 이적은 오히려 신라 장수들을 힐난하면서, 죄인처럼 몰아붙이고 겁박을 서슴지 않았다.

"신라는 앞서 군기를 위반했으니, 내가 반드시 이를 따질 것이다."

공치사를 받으려고 장안으로 향하던 신라 장수들이 영문도 모른 채 이 말에 놀라고 두려워했다. 더구나 공을 세운 군장軍將들의 이름이 모두 등록되었기에, 당연히 자신들의 이름도 등록되어 장안으로 들어가는 줄 알았는데, 정작 장안에 도착해서는 더더욱 경천동지할 말만을 들어야 했다.

"지금 신라에는 공功이 있는 사람이 없소이다."

요동 원정에 참전했던 신라의 군신들이 분개하면서도, 장안에 머물다가 자칫 해를 당할지도 모른다는 두려움에 오히려 귀국을 서둘러야 했다. 이후로 목숨을 걸고 싸워 얻은 승전의 기쁨은 고사하고, 오히려 당과의 관계 악화에 대한 불안과 새로운 공포가 일반 백성들에게까지 널리 퍼질 정도였다. 그 무렵에 唐나라는 이반하는 백성들이 많다는 핑계를 들어 4월에 38,300호를, 5월에도 28,200호의 고구려인들을 장강 및 회수 남쪽 등지의 빈 땅으로 강제 이주시켰다.

그해 5월이 되자, 문무대왕이 갑자기 각간 김흠순과 파진찬 김양도를 당나라로 보내 사죄하게 했다. 신라가 웅진부에 속한 구舊백제의 땅과 그 유민들을 일방적으로 차지한 데 대해 唐으로부터 거친 문책을 당했기 때문이었다. 그해 겨울, 唐으로부터 사신이 도착해 황제의 조서를 전했다.

"황제의 명이오. 신라의 유능한 노사 한 명을 천거해 달라고 하십니다."

노사弩師란 쇠뇌의 명수를 말하는 것으로, 신라 조정에서는 사찬沙飡 구진천仇珍川을 천거해 당으로 보내 주었다. 얼마 후 당고종이 보는 앞에서 구진천이 만든 목노木弩를 쏘게 했더니, 날아간 거리가 고작 30보밖에 되지 않았다. 당고종이 물었다.

"너희 나라 쇠뇌는 1,000보를 난다고 들었는데, 지금 겨우 30보 밖에 나가지 못하니 어이 된 일이냐?"

구진천이 재료가 좋지 못해 그렇다면서 본국(신라)의 목재라면 그렇게 쏠 수 있다고 답했다. 이에 신라에서 나무를 구해 와 다시 만들어 쏘게 했으나 이번에도 겨우 60보밖에 나가지 않았다. 황제가 다시 그 까닭을 추궁하자, 구진천이 답하기를 아마도 바다를 건너오는 동안 목재가 습기를 머금어 그런 것 같다고 군색한 변명을 늘어놓았다. 당고종이 노하여 그를 중죄로 다스리겠노라며 위협했으나, 끝내 그 효험을 보지 못했다. 당시 신라의 쇠뇌가 제일로 탁월한 성능을 지녔다는 의미였으며, 구진천은 신무기 제작 기술이 유출되지 않기 위해 목숨을 걸고 버텨 냈던 것이다.

이듬해 문무 10년째 되던 670년 정월, 당고종이 김유신의 아우인 흠순에게는 귀국을 허락했으면서도, 김양도金良圖만큼은 둥그런 원옥圓獄에 가두게 했는데 공교롭게도 옥에서 사망하고 말았다. 문무대왕이 사죄사謝罪使를 보내 놓고도, 또다시 백제의 토지와 유민들을 탈취했다며 양도를 투옥했던 것이다. 그 무렵에 요동에서도 唐의 지배를 거부하는 고구려인들이 저항군을 결성해 곳곳에서 일어나고 있었다.

이에 설인귀는 〈안동도호부〉에 소속되었던 주둔군을 1년 전인 669년에 요동성(하북계주)으로 옮겨 놓은 상태였다. 사실 안동부가 있던 평양성(창려)은 668년 〈나당연합군〉의 공격에 함락되면서, 성 전체가 철저하게 파괴된 것으로 보였다. 645년 당태종과 함께 2차 〈여당전쟁〉을 주도했다가 참패를 당했던 이적이었으니, 그 한풀이를 위해서라도 7백 년 〈고구려〉가 다시는 일어나지 못하도록 평양성 전역을 불사르고 초토화시켰던 것이다.

일설에는 이때 이적李(世)勣이 일백 권에 달하던 고구려의 역사서 《유기留記》를 비롯해 수많은 고대사, 고기古記 등의 사서史書와 서적류를 모두 불살라 버렸고, 일부는 장안으로 실어 갔다고 했다. 일찍이 동천대제 시절 관구검이 환도성을 불태우고 역사서들을 훔쳐 간 것과 판박이였던 셈이다. 물론 그에 앞서 8년 전인 660년에 소정방 또한 백제의 사비성을 불사르고 초토화시키면서 〈백제〉의 역사서 및 古서적류 모두를 불태워 버리는 만행을 저질렀다. 무지몽매한 당장唐將들이 찬란한 인류 문화유산을 남김없이 소각해 버림으로써, 인류사에 영원히 씻을 수 없는 패악을 저지르고 말았던 것이다.

그러니 사비성 역시도 남은 전각 하나 변변한 것이 없었기에, 이래저래 웅진을 도독부로 삼아야 했던 것이다. (창려)평양성 또한 비슷하게 초토화되었으니, 말이 도호부지 상황은 사비성과 다를 바 없었을 것이고, 따라서 설인귀는 주둔군을 서둘러 요동성으로 옮겨야 했던 것이다. 게다가 그 무렵 당나라는 강력해진 서역의 〈토번吐蕃〉에게 시달리고 있어서, 토번에 멸망당했던 〈토욕혼〉을 부활시키고자 했다. 이를 위해 670년 4월 설인귀를 소환해 〈나사도邏娑道행군대총관〉에 임명하고, 토번 원정에 나서게 했다.

그런 상황에서 결국 당나라는 설인귀 대신 장수 이근행李謹行을 내세웠고, 그가 말갈병을 이끌고 한창 고구려 저항군 토벌에 열중하고 있었다. 그해 3월 신라의 사찬 설오유薛烏儒가 고구려의 태대형太大兄 고연무高延武와 함께 정병 1만여 명을 거느리고 압록하(난하)를 건너 옥골屋骨(오리골)에 이르렀다. 그때 말갈의 군사들이 개돈양皆敦壤이란 곳에 먼저 도착해 신라가 가세한 고구려 저항군을 기다리고 있었다. 고연무가 비장한 각오로 결전을 외쳤다.

"엊그제까지만 해도 우리한테 굽실거리던 놈들이 이제는 당나라의 앞잡이가 되었구나. 저 배은망덕한 말갈 놈들에게 본때를 보여 조상님들과 먼저 죽은 전우들의 원혼을 달래야 할 것이다. 지금 우리를 도우러 막강한 신라의 전사들이 함께했으니, 두려워 말고 모두 전진하라! 돌격!"

"와아, 와아!"

저항군연합이 말갈군과 뒤엉켜 한바탕 전투가 벌어졌는데, 저항군이 크게 이겨 수많은 말갈병들의 수급을 베어 버리니 그 수를 셀 수 없을 정도였다. 다음 달인 4월이 되니 그제야 말갈을 지원하고자 唐군이 속속 들이닥쳤고 이에 저항군이 군사를 물려 퇴각했는데, 백성白城(백암성 추정)으로 들어가 농성에 들어갔다. 놀랍게도 이 무렵에 이미 〈신라〉가 고구려의 저항군을 도와 당나라 세력을 옛 고구려 강역에서 축출하려 들었던 것이다. 요동에서 벌어졌던 〈개돈양전투〉가 바로 〈신라〉와 〈고구려저항군〉 연합에 의한 첫 승리였던 것이다.

그해 6월이 되자, 고구려 수림성水臨城 출신인 대형 검모잠劍牟岑이 구려의 유민들을 수습해 궁모성窮牟城(개모성 추정)을 출발했는데, 패강浿江(조선하) 남쪽까지 이르러 당나라 관리들을 살해했다. 이후 연정토의 아들 안승安勝을 요동의 험독 한성韓城으로 맞아들여 임금으로 추대했는데, 일설에는 보장제의 외손이라고도 했다. 검모잠이 이때 소형 다식多式을 서라벌(경주)로 보내 간절한 뜻을 전했다.

"망국을 일으켜 끊어진 세대를 잇게 하는 것은 천하의 공의公義이니 오직 대국大國(신라)을 바랄 뿐입니다. 우리나라의 선왕이 道를 잃고 망해 버려 지금 臣 등이 본국 귀족 안승을 얻어 받들고 임금으로 삼았으니, 번병藩屏이 되어 영세토록 충성을 다할 것입니다."

이로써 고구려에서도 안승을 왕으로 받들면서 부흥운동이 본격화되었는데, 다만 신라를 끌어들여 그 속국임을 자임하면서 唐과의 투쟁을 전개해 나가기로 했던 것이다. 그런데 〈고구려 부흥운동〉은 나라가 망한 뒤 3년이나 지나서 뒤늦게 시작된 운동이었기에, 〈백제 부흥운동〉의 저력을 알고 있던 신라가 오히려 이를 주도했을 가능성이 커 보였다. 이로써 한때 군사동맹이었던 반도의 신라와 대륙의 당나라가 서로를 의심하면서 치열한 대결 국면으로 접어든 끝에, 670년부터는 三韓의 패권을 놓고 사실상 〈羅唐전쟁〉이 시작되고 말았다.

그해 7월, 문무대왕이 웅진도독부로 연락해 사람을 하나 보내 달라고 했다.

"지난 6월에 구려가 모반을 일으켜 唐의 관리들을 모두 죽였소. 그러니 우리라도 일어나 저들을 쳐야겠지만, 이곳 웅진과 계림도독부 모두가 피차 황제의 신하니 함께 구려의 흉적들을 치는 것이 도리에 맞고, 그래서 군사를 일으키는 것을 상의해야 될 것 같소이다. 청컨대 관리들을 서라벌로 보내 이 문제를 서로 논했으면 하오."

그 결과 웅진부의 사마司馬예군이 서라벌로 와서 고구려 토벌 문제를 논의했는데, 오히려 신라의 허실을 정탐하기 바빴다. 문무대왕이 재빨리 그를 억류해 놓고 웅진으로 보내지 않는 대신, 군사를 일으키는 일에 대해 서로 의심할 수도 있으니 양쪽에서 동시에 볼모를 교환하자고 제안했다. 이어 대아찬 김유돈金儒敦 등을 웅진도독부로 보냈는데, 이때 웅진 쪽에서도 이미 성안에 병마를 잔뜩 모아 놓은 채 만일의 사태에 대비하고 있었다.

문무대왕이 이때 고구려 토벌을 위해 군사들을 웅진으로 보내 합류시키겠다는 명분으로, 김품일, 문충文忠 등 장수들에게 병사들을 거느리고 웅진으로 향하게 했다. 신라군은 막상 웅진에 도착하자마자 웅진부(백제) 측이 먼저 신라군을 도발했다며, 다짜고짜로 전면 공격을 가했다. 신라군이 이때 〈웅진도독부〉에 속한 63개 城을 공격해 일거에 모두 빼앗아 버렸으니, 실상은 사전에 철저히 계획한 것이 틀림없었다.

신라의 과감한 웅진도독부 공략으로 대략 1만에 가까운 웅진부府 군사들이 목숨을 잃었다. 뿐만 아니라 신라군이 이때 수많은 전마와 병장기를 노획했음은 물론, 웅진부의 백성들을 대거 신라 땅으로 이주시켰다. 문무대왕이 대범한 전략으로 전광석화처럼 唐군을 궤멸시켜 버리고, 사실상 唐의 〈웅진도독부〉를 초토화시켜 버렸던 것이다.

그 무렵에 문무대왕이 사찬 김수미산金須彌山을 요동의 한성韓城으로 보내 안승을 고구려왕에 봉했는데, 그 책명문冊命文 말미에 이렇게 적었다.

"……(중략)……. 공을 고구려왕으로 삼으니, 마땅히 유민들을 무집撫集하여 옛 나라를 다시 일으키고 길이 가까운 나라가 되어 형제와 같이 밀접히 할지어다. 공경하고, 공경하라!"

이어 갱미粳米(멥쌀) 2천 석과 철갑을 입힌 갑구마甲具馬 한 필, 능직綾織(비단) 등등을 하사했다.

이듬해 671년 7월 중순, 대당총관大唐摠管 설인귀가 신라승僧 임윤琳

潤법사를 서라벌(경도)로 보내 문무대왕에게 장문의 편지를 전했다. 사실 설인귀는 전년도에 청해靑海 남쪽의 〈대비천大非川전투〉에서 가르친링論欽陵의 40만 토번군에 참패해 관직을 잃고 서인으로 물러나 있었다. 그러다가 요동의 옛 고구려 강역을 놓고 〈나당전쟁〉이 개시되자, 당나라 조정에서 특히 〈여당전투〉 때 이름을 떨친 설인귀를 서둘러 복귀시켰던 것이다.

명예회복을 위해 절치부심하던 설인귀였기에 득의만만해서 사뭇 장엄하게 편지를 시작했다. 그러나 그 내용은 고구려를 통치하는 자신을 문무대왕과 같은 제왕의 반열에 올려놓고 거드름을 피우면서, 소국의 왕이 분수도 모른 채 대국의 의리를 저버리고 전쟁을 획책한다며 조롱하고 나무라는 내용으로 가득했다.

"행군총관 설인귀는 신라왕에게 글월을 올립니다. 청풍만리淸風萬里 대해 3천 리에 황제의 명을 받고 이 지역에 왔거늘, 왕이 사심을 움직여 변방 성들을 상대로 싸움을 일으켰다 하니, ……(중략)……. 오호라, 전일에는 충의의 人이더니, 지금엔 역신이 되었군요. ……(중략)……"

문무대왕은 설인귀의 모욕적인 편지에 화가 머리끝까지 치밀어 올랐을 것이다. 대왕은 즉시 당대 최고의 문장으로 이름을 떨친 강수強首를 불러 그 2배나 되는 많은 내용의 답서를 설인귀에게 보냈다. 그리고는 그간에 당나라가 신라와의 약속을 깬 것은 물론, 선왕과 자신의 성의와 노고, 신라군의 전공을 무시하고 모욕과 무례로 일관한 데 대해 조목조목 따지고 통렬하게 비판했다. 무엇보다 당태종이 무열대왕에게 약속했던 다음의 내용을 다시 한번 환기시키면서 결코 배반이 아님을 강조했다.

"내가 양국을 평정하면, 평양平壤과 백제의 토지는 다 그대 신라에게 주어 길이 편안하게 하려 한다."

이는 곧 고구려와 백제의 땅을 모두 신라가 다스릴 수 있도록 하겠다는 당태종 이세민과 무열왕 김춘추의 맹약에 다름 아니었으나, 백제에는 〈웅진도독부〉를 (창려)평양에는 〈안동도호부〉를 두었고, 심지어 신라조차 〈계림대도독부〉라고 칭하면서, 唐의 속국 취급을 했던 것이다. 특히 이번 양국 갈등의 원인이 된 신라의 웅진부 공격에 대해서도 다음과 같이 항변했다.

"(670년)7월에 입조사入朝使 김흠순 등이 들어와 장차 경계를 정하려는데, 백제의 옛 땅을 모두 나누어 되돌려주라 하였소. 황하가 아직 띠처럼 되지 않았고, 태산이 아직 숫돌이 되지 않았음에도 3, 4년마다 한 번은 주고 한 번은 다시 뺏으니, 신라의 백성들은 원래의 기대(본망本望)를 포기하고 말하기를 신라와 백제는 누대의 큰 원수인데 이제 백제가 따로 자립할 모양이니 후환이 없도록 해 달라고 하였소."

그리고는 이런 내용을 수차례 장안에 전하고자 했으나, 그때마다 파도가 거칠어 배가 표류해 오는 바람에 전하지 못했을 뿐이라고 해명했다. 그러나 그 내용은 결국 이제부터는 신라의 뜻대로 하겠다는 통보였으며, 사실상 唐에 대한 선전포고나 다름없었다.

문무대왕은 곧바로 백제의 옛 도성이었던 사비성(부여)에 소부리주所夫里州를 두고 아찬 진왕眞王을 도독으로 임명해 직접 다스리게 했다. 사실상 〈웅진도독부〉를 대신해 백제의 강역을 다스리겠다는 문무대왕의 강력한 의지였으며, 그나마 당과의 관계를 고려해 명목상이나마 웅진부 그 자체만은 유지시켜 준 것일 뿐이었다.

그런데 그 와중에 그토록 떵떵거리던 설인귀가 모종의 사건에 연루되어 장안으로 소환당한 뒤 유배를 당하고 말았다. 결국 그해 671년 9월이 되자, 당장 고간高侃이 말갈병사 4만을 거느리고 (창려)평양으로 들어와, 성 외곽에 구거溝渠(해자)를 깊이 파고 성루를 높게 쌓았다. 이어 요동의 대방(천진) 일대에 산재해 있던 고구려 저항군에 대한 토벌에 나섰다.

이에 대해 신라군도 가만히 있지 않았는데, 신라의 水軍을 동원해 (창려)평양 근해의 발해 앞바다에서 수시로 唐의 수송선을 공격했다. 그 결과 10월에는 당나라 운송선 70여 척을 습격해 낭장 겸이대후鋪耳大侯와 사졸 백여 명을 생포했고, 물에 빠져 익사한 당병이 셀 수 없을 정도였다. 문무대왕은 공이 제일 컸던 급찬 당천當千을 사찬으로 올려주고 치하했다.

이듬해인 672년 정월, 문무대왕이 장수를 보내 백제의 고성古城 사비성을 공격해 무찔렀다. 2월에는 가림성加林城을 공격했으나 이기지 못했는데, 여전히 백제 땅 내에도 신라에 반하는 저항군의 활동이 지속되고 있었던 것이다. 그해 7월에는 고구려부흥군 토벌에 나섰던 당장 고간이 1만 명을, 이근행이 3만 명을 이끌고 일시에 (창려)평양성으로 들어와서는 8개의 진영을 꾸리고 주둔에 들어갔다.

이에 다음 달인 8월에 신라군이 출병해 요동의 한성韓城과 난하 서쪽의 마성馬城을 공격해 이기고, 백암성白岩城의 5백 보쯤 되는 곳에 진을 쳤다. 곧이어 당주幢主 장창長槍이 이끄는 신라군이 唐군과 대방(천진)의 들에서 일전을 벌여 수천 명의 수급을 베니, 당병이 퇴각하고 말았다. 그런데 장창의 승리에 고무된 신라의 장수들이 당군을 가벼이 여겼는지, 저마다 공을 세우려는 욕심에 각자 당군을 찾아 나섰다. 그렇게 작은 무리로 흩어진 신라군이 여기저기 나타나자, 이번에는 반대로 唐과 말갈의 복병이 들이닥쳐 곳곳에서 신라군을 격파했다. 대아찬 효천曉川을 비롯해 의문義文, 능신能申, 양신良臣 등 여러 장수가 전사했고, 2천여 군사들이 포로가 되고 말았다.

더구나 이때 요동에서의 패배를 전후해 고구려 부흥군에도 커다란 불상사가 일어나고 말았다. 당시 당장 고간의 고구려 진공이 개시되면서 〈나당전쟁〉이 본격적으로 불붙게 되자, 이에 대한 반격과 대응 방안을 놓고 고구려왕 안승과 검모잠이 불화를 일으키고 말았던 것이다. 자세한 이유와 경위는 알 수 없지만, 불행히도 이때 안승이 자신을 왕으로 추대했던 검모잠을 살해하면서, 부흥군이 분열되고 말았던 것이다.

이는 마치 백제 부흥군의 풍왕이 그를 추대했던 복신을 제거한 것과 판에 박은 듯 유사한 상황이었다. 부흥군에 커다란 위기가 닥치면서 틀림없이 두 사람 간에 신라와 唐을 놓고, 노선투쟁이 벌어진 것으로 보였다. 다만, 이후 신라의 문무대왕이 안승을 끝까지 우대한 것으로 미루어, 검모잠을 제거한 안승에게 좀 더 명분이 있었던 것으로 보였다. 그러나 〈고구려 부흥운동〉의 상징인 검모잠이 사라지면서, 고구려인에 의한 부흥운동 또한 1년 만에 힘을 잃고 말았다.

그 무렵 반도 안에서는 문무대왕이 한산주(경기광주)에 주장성晝長城을 쌓게 했는데, 주위가 4,360보나 되었으니 남한산성이었다. 뜻밖에도 그해 문무대왕이 급찬 원천原川 등을 사죄사로 삼아 장안으로 보내, 지난번 웅진부를 토벌한 사안에 대해 당고종에게 글월을 올려 속죄했다.

"신臣은 삼가 사죄 말씀드립니다. 전에 위급함이 거꾸로 매달린 것과 같았을 때 멀리 구원救援을 입어 도멸屠滅을 면하게 되었으니, 분골

쇄신으로도 큰 은혜를 갚기에 부족하고 머리를 부순다 한들 어찌 어진 은혜를 갚을 수 있으랴. ……(중략)……"

문무대왕은 그야말로 머리말부터 체면이고 뭐고 포기한 채 싹싹 비는 듯한 저자세로 사죄의 글을 시작하면서도, 백제가 천병天兵(당군)을 이끌어 신라를 멸하려 했기에 흉역의 이름을 무릅쓰고 생존을 구하려 했다며, 거듭 불가피한 싸움이었음을 강조했다. 그러면서도 대국에 대한 죄를 인정하고 비굴하다 싶을 정도로 극구 사죄하면서 용서를 구했다.

이어 신라에 억류하고 있던 겸이대후鉗耳大侯, 사마司馬예군 등 군사軍士 170명을 당나라에 표를 올려 송환해 주었다. 또 전쟁배상 명목으로 金 120푼, 銀 33,500푼, 동銅 33,000푼 등등을 진상했다. 唐의 입장에서는 그야말로 병 주고 약 주는 식이었으나 실익이 크다고 판단했던지, 이 사안에 대해 더 이상 문제 삼지 않았다. 황제의 측근까지 파고든 문무대왕의 정보력과 때를 놓치지 않은 결단 외에도, 굴종 외교라 할 만큼 크게 용서를 청한 것이 힘을 발휘했을 것이다. 신라로서는 대국인 唐과 전쟁을 치르기보다는 어떻게든 당고종의 비위를 맞춰 주고 침공을 막아 내는 것이 가장 비용이 적게 드는 일이었던 것이다.

문무 13년 되던 이듬해 673년 정월, 큰 별이 황룡사와 월성의 중간에 떨어졌다. 그 무렵 문무대왕이 당고종에게 보낸 사죄문을 포함, 여러 외교문서를 작성함에 있어 현란한 문장력을 떨친 강수强首의 공을 치하했다.

"구려와 백제 평정이 군사적 공로라고 하나, 문장으로 도운 강수의 공을 어찌 소홀히 하겠느냐? 강수를 8품 사찬沙飡으로 삼고, 해마다 벼 2백 석을 내려 주도록 하라!"

원래 가야 출신인 강수는 국원경으로 강제 이주된 신분이었으나, 해박한 역사 지식과 빼어난 문장으로 위기의 신라 왕실을 도왔던 것이다. 2월에 서라벌에 서형西兄산성을 쌓았는데 7월이 되니, 만고의 충신 김유신金庾信이 79세의 나이로 세상을 떠나고 말았다. 무열왕 김춘추와 더불어 가장 미약했던 신라의 위기 상황을 역전시키면서 〈삼한일통〉의 대업을 실현하고, 끝까지 신라 金씨 왕가에 충성을 다한 위대한 영웅이었다.

망국 금관가야 구해왕의 증손으로 일찍부터 화랑의 풍월주가 되어 호국화랑의 기풍을 정립했고, 춘추와 더불어 통일 대업을 꿈꾼 이래로 죽을 때까지 굳은 의리를 지켰다. 전쟁에 임해서는 수단과 방법을 가리지 않고 승리를 쟁취할 줄 아는 명장이었고, 70대가 넘도록 솔선해 전장을 누볐다. 태산처럼 든든한 유신의 뒷받침이 있었기에 춘추와 법민 부자가 마음껏 정사를 펼칠 수 있었고, 마침내 대업을 완성할 수 있었던 것이다. 삼한일통의 주역인 장군의 빛나는 공적을 기려 문무왕이 비단 1천 필 등의 부의를 내렸고, 백인의 군악대가 장송 행렬을 이끄는 가운데 서라벌 금산원金山原에 장사 지냈다. 신라를 대표하는 최고의 무장으로 흥무興武대왕으로 추봉되니 사후에 비로소 제왕의 반열에 오를 수 있었다.

그달에 아찬 대토大吐가 모반을 꾀해 당나라에 붙으려다가 발각되어 사형에 처해졌으니, 여전히 정정은 불안하고 조정 안팎의 도전이 그치질 않았다. 그 무렵 문무대왕은 사열沙熱산성(충북청풍), 국원성(충북충주), 북형北兄산성 등 곳곳에 무려 9城을 내리 쌓게 했다. 백제와 고구려, 唐과의 전쟁에서 생포한 수많은 포로들이 양산되면서 가능한 일이었을 것이다.

아울러 당나라의 해상침투를 막기 위해 또 다른 명을 내렸다.

"대아찬 철천徹川은 병선 1백 척을 거느리고 황해로 들어오는 당군의 침공을 철통같이 방어하도록 하라."

그해도 변함없이 唐軍이 말갈, 거란병들과 함께 요동의 평양성 근처를 침범해 왔는데, 무려 아홉 번의 전투 끝에 신라군이 승리해 2천여 명의 목을 베었다. 압록(난하) 하류의 삼각주에 좌우로 나뉘어 있던 두 강 정류하와 호로하에는 강에 빠져 익사한 자들이 셀 수 없을 정도였다.

그러나 唐나라도 그해 겨울, 우잠성牛岑城 등 북경 인근과 조선하의 동쪽 주요 성들을 공격해 함락시켰다. 반도 동단에 치우쳐 있던 신라로서도 멀고 먼 요동을 사수하기가 결코 쉽지는 않았을 것이다. 그해 신라는 최초로 외사정外司正을 두었는데, 州에 2인, 郡에 1인의 관료들을 배치해 외사外事업무를 담당하게 했다. 백제의 강역 등 새로 신라에 편입되는 주군州郡의 유민 관리와 대외 창구업무를 전담하는 외에, 변방의 수령들을 감시하기 위한 조치로 보였다. 이와 함께 무열왕 시절에 백제를 멸망시키면서 없앴던 수병戍兵(주둔군)을 부활시켜, 변방은 물론 멀리 대륙의 강역까지 지키고자 했다.

이듬해 674년 정월, 입당숙위入唐宿衛 대내마 덕복전德福傳이 역술을 배워 와 당나라식의 새 역법을 제정했다. 그 무렵 문무대왕이 고구려 반군의 무리들을 받아들이고, 백제의 옛 땅을 차지해 관리들로 지키게 하니, 당고종이 크게 화를 냈다.

"신라 법민에게 내린 관작을 거두게 하라!"

그리고는 장안에 머물던 문무대왕의 아우 김인문을 새로이 신라왕에 봉해 귀국시켰다. 이어서 유인궤를 〈계림대총관〉으로 삼고, 이필李

弼과 이근행李謹行을 부관으로 삼아 군사를 일으켜 신라 토벌에 나서게 했다. 唐에서도 비로소 본격적으로 〈나당전쟁〉을 선포한 셈이었다.

결국 그해 2월, 유인궤가 지름길인 호로하를 넘어 칠중성七重城(당산 추정)에서 신라군과 일전을 벌여 승리했다. 이후 유인궤는 군사를 이끌고 돌아갔는데, 이듬해인 675년에 당고종이 조서를 내렸다.

"이근행을 안동진무대사安東鎭撫大使로 삼으니, 매초성買肖城에 주둔해 신라를 경략토록 하라!"

북경 북쪽의 연산燕山 아래에 위치한 매초성은 신라의 전신인 초기 서나벌, 즉 〈포구진한〉의 금성金城으로 보이는데, 사로가 한반도로 떠난 이후로는 한때 〈서부여〉의 도성이기도 했다. 그 인근에는 광개토대왕과 장수제를 포함해 역대 고구려 태왕들의 능이 즐비하던 고구려의 성지 황산黃山(천수산天壽山)이 있었다. 원래 쇠(肖)성(金城)이라 불렀지만 신라(서나벌)가 떠난 이후 후대에 도성의 기능을 잃은 뒤로는, 단지 철이 많이 거래된다는 뜻만 남아 매초성이라 부른 듯했다. 공교롭게도 신라의 기원이 된 유서 깊은 매초성에서, 이제 이근행이 이끄는 당군과 신라군의 격돌이 시작되었던 것이다.

그러자 문무대왕이 또다시 외교적 해법을 꺼내 들어 사죄사를 장안으로 보냈다. 어찌 보면 뻔뻔한 처사 같지만, 그것이 대량의 살상을 수반하는 전쟁을 피하는 방법이었고, 외교의 힘이었던 것이다. 결국 당고종이 다시금 문무왕의 죄를 사해 주고 관작을 되돌려주었으니, 이번에도 그에 상응하는 상당한 진상이 뒤따랐을 것이다.

사실 그 무렵엔 고종의 병이 심해 武황후가 정사를 일임하다시피 했는데, 1년 전인 674년부터 고종을 천왕으로, 자신을 천후天后로 부르게 함으로써 스스로 황제를 대행하고 있음을 드러냈다. 따라서 문무대왕이 이때 필시 전쟁을 탐탁지 않게 여기던 무황후를 움직였을 가능성이 농후해 보였다.

김인문은 서라벌로 오던 도중에 소식을 듣고 다시금 장안으로 돌아갔는데, 당나라 조정에서는 인문을 임해군공臨海君公으로 봉해 주고 그를 위로했다. 그러나 신라는 여전히 백제의 옛 강역 대부분을 차지했고, 옛 고구려의 남쪽 경계까지 州郡으로 편입하는 등 과감한 행동을 지속했다. 그 무렵 당군이 거란, 말갈병과 함께 내침한다는 소문이 파다했지만, 신라는 9軍을 동원하면서 사생결단의 각오로 당당하게 이들을 기다리기까지 했다.

연거푸 사죄사를 보내 唐과의 전면 충돌을 피한 문무대왕은, 그러나 사실상 이때부터 본격적으로 대당전쟁을 준비하고 있었다. 그해 8월, 문무대왕은 서형산에서 군병의 대사열을 받는 등 군기를 점검했다. 또 9월에는 고구려왕인 안승安勝을 재차 보덕왕에 봉해 줌으로써, 그에 대한 변함없는 신뢰를 확인시켜 주었다. 그 외에도 대왕이 영묘사靈廟寺 앞길에서 대규모 열병식을 거행하고, 아찬 설수진薛秀眞이 펼치는〈육진병법六陣兵法〉을 친히 관람했다. 이로써 새로이〈나당전쟁〉에 대비한 준비를 단단히 마친 셈이었다.

그 와중에 그해 9월, 유배당했던 노장 설인귀가 또다시 복귀해, 요동의 천성泉城(백암성 추정)을 공격해 왔다. 신라에서도 장군 김문훈金文訓 등이 이들을 맞아 일전을 벌인 끝에 승리해, 1,400여 명의 수급을 베고 병선 40척을 빼앗았다. 노장 설인귀는 포위망을 뚫고 겨우 달아나기 바빴고, 신라군은 전마 천여 필을 얻는 전과를 거두었다. 그러나 전쟁은 결코 여기서 그친 것이 아니었다. 오히려〈나당전쟁〉의 한복판에 들어선 채, 신라는 이제 중원의 통일제국 唐을 상대로 곳곳에서 동시다발적인 전쟁을 치러야 했다.

그 무렵 唐의 이근행이 20만 명의 대군을 거느린 채 북경 북쪽의 매초성에 진을 치고 있었다. 9월 29일, 신라군이 매초성으로 진격하면서 대혈전이 벌어졌는데, 다행히 이 〈매초성전투〉에서 대승을 거두면서 무려 3만 필이나 되는 전마를 얻는 외에 수많은 병장기 등을 노획했다. 그런데 이때도 문무대왕은 당나라에 사신을 보내 방물을 바쳤다. 〈당〉이라는 최강의 대국을 상대로 하는 만큼, 피할 수 없는 전쟁은 당당하게 맞서되 끝까지 외교의 끈을 놓지 않으려 애썼던 것이다.

반면 이 무렵에 신라도 패하 동쪽의 고도古都 한성韓城(아달성)을 상실한 듯했는데, 장수대제의 평양성이요, 요동의 (중)마한성이자 고조선의 도성 험독이었다. 한때 고구려 부흥운동을 이끌던 안승이 머물기도 했으나, 이 시기에 말갈의 공세에 고군분투하던 성주 소나素那가 장렬히 전사한 끝에, 성을 내준 것이었다.

연이어 당군이 거란, 말갈병과 함께 칠중성을 포위했으나, 성을 함락시키지는 못하고 돌아갔다. 이 칠중성은 한성 바로 아래로 난하 하류 서쪽의 당산唐山 인근으로 추정되는 곳이었다. 그러나 말갈이 이때 적성(赤木城)을, 당군이 석성(石峴城)을 포위해 함락시켰고, 신라의 여러 장수들이 전사했다. 당시 요동 일대에서 신라군은 당군과 크고 작은 18번의 전투를 치렀는데, 대부분 승리해 6천여 명의 수급을 베고, 전마 2백여 필을 얻었다고 했다. 그러던 와중에도 이 무렵엔 당군이 난하(압록) 서쪽 인근까지 바짝 압박해 온 것이 틀림없었다.

문무 16년째인 676년 2월이 되자, 고승高僧 의상義相이 대왕의 뜻으로 영주 인근에 순수 목조건물인 〈부석사浮石寺〉를 창건했다. 그 무렵 당나라는 마침내 형식적으로 평양성에 남아 있던 〈안동도호부〉를 난하 서쪽의 요동성(계주)으로 이전시켜야 했는데, 고구려 부흥군의 공격 때문이었다. 반도에 있던 〈웅진도독부〉 또한 신라에 내쫓긴 끝에, 이 무렵 요동 근처의 건안建安 고성으로 옮겨와 있었는데, 그저 껍데기에 지나지 않아 별 무의미한 일이었다.

그런 와중에 11월이 되니 唐의 노장 설인귀가 이번에는 한반도 서해안의 기벌포로 침공해 들어왔다. 사찬 시득施得이 水軍을 이끌고 일전을 벌였는데, 처음에는 패하는 듯했으나 다시 맞붙어 무려 22전을 반복한 끝에 끝내 승리를 쟁취했고, 당병唐兵 4천여 명의 수급을 베었다. 그렇게 〈여당전쟁〉의 영웅 설인귀가 마지막 〈기벌포전투〉에서 패하면서, 요동에서 드날렸던 그의 명성도 빛을 잃고 말았다. 그는 이후 당으로 돌아가 682년 운주雲州의 마지막 전투에서 〈철륵〉을 격퇴하면서 노익장을 과시했으나, 이듬해 70세로 죽었다.

그렇게 요동의 〈매초성전투〉와 반도 〈기벌포전투〉에서 唐의 참패가 이어진 데다, 웅진도독부 및 안동도호부가 밀려나면서 이후로는 요동과 반도 양쪽에서 唐과의 전투도 뜸해지게 되었다. 〈토번〉이나 〈철륵〉이 唐의 서변을 노리고 있었고, 무황후가 요동전쟁에 소극적으로 대응한 듯했다.

이로써 한반도의 작은 나라 신라가 중원의 통일제국 唐을 상대로 무려 6년 이상 지루하게 끌어 오던 〈나당羅唐전쟁〉이 〈신라〉의 위대한 승리로 끝나게 되었다. 당시 그 누구도 신라가 당나라를 꺾을 것으로 예상한 사람은 없었을 테니, 문무대왕과 신라인들은 세계사에 길이 남을 위대한 역사를 일구어 낸 것이었다.

안평의 동쪽이자 옛 부여성 인근의 명칭으로 사용되던 안동安東은, 당나라가 7백 년 고구려의 냄새가 짙은 평양平壤이라는 용어를 피해 사용한 것으로 보였다. 唐의 〈안동도호부〉는 2년 뒤인 677년경 재차 북경 아래 또 다른 신성新城으로 옮겨졌고, 그 후 명목만 유지하다가 옛 〈고구려〉 땅에 새로이 〈발해渤海〉가 건국되던 698년 무렵에 완전히 소멸되었다. 후대에 韓민족의 역사가 축소되고 날조된 탓에, 〈안동도호부〉가 마치 반도의 평양에 설치된 것으로 많이 알려졌으나, 낯선 명칭에서 알 수 있듯이 전혀 사실이 아니었다.

문무 18년 되던 678년 정월, 문무대왕은 선박의 사무를 관장하는 〈선부령船府令〉을 두고, 좌우이방부理方府에 경卿 1명씩을 더했다. 머나먼 요동의 옛 고구려 강역을 다스리자니 해상교통과 방어가 일상이 되었고, 옛 백제의 강역과 임진강 북쪽으로 반도의 고구려 땅을 다스리자니 관리들의 증원이 불가피했던 것이다. 이 밖에도 추가로 북원北原(강원원주)에 소경을 두어 대아찬 오기吳起에게 지키도록 했으며, 679년에는 제주도의 〈탐라국〉을 경략했다.

이어 궁궐을 중수케 하여 수려함을 더하게 하고, 궐 안에 있는 여러 문들의 현판을 다는 한편, 동궁(태자궁)을 다시 세워 신라 왕실의 권위를 높이려 들었다. 또 왕실의 호국사찰인 〈사천왕사四天王寺〉를 완성했고, 남산성을 증축했다. 모든 것이 한반도 유일의 나라 〈통일신라〉의 명성과 위상에 어울리는 사업을 위한 것들이었다.

이듬해 680년 2월에는 이찬 김군관金軍官을 상대등으로 삼아 국정을 총괄하게 했다. 3월에는 보덕왕報德王 안승에게 금은기金銀器와 비단 백 필을 내리고, 대왕의 외조카를 시집보냈다. 그해 가야군加耶郡(경남김해)에 금관소경金官小京을 추가했다. 문무 21년째인 681년, 문무대왕이 경성京城(서라벌)을 새롭게 건설하고자 의상義相에게 뜻을 물었더니, 그가 답했다.

"비록 들판의 거친 집이라도(초야모옥草野茅屋) 정도正道만 행한다면 복업福業이 장구할 것입니다. 만일 그렇지 못하다면 사람들을 수고롭게 해 성을 쌓을지언정 아무런 이익도 없을 것입니다."

문무대왕이 의상의 뜻을 받아들여 역사를 그치게 했다. 그러던 7월 초하루에 마침내 대왕이 세상을 떠났다. 향년 56세의 나이였으니 다소 이른 편이었지만, 평생 동안 전장을 누비고 다니며 극도의 긴장 속에서 고단한 삶을 살았기에 정신적, 육체적으로 기력이 완전히 소진되었을 법했다. 대왕이 이런 유조遺詔를 남겼다.

"내가 어지러운 때에 전쟁의 시대를 당했으나 서정북토西征北討하여 강토를 정하였다. 배반하는 자를 치고 협조하는 자를 불러들여 원근遠近의 땅을 안정케 하고, 위로 조종祖宗의 유고遺顧를 위로하며 아래로 부자父子의 숙원을 갚았다. ……(중략)……. 변방의 성(邊城)과 새塞 및 州縣의 과세課稅는 필요한 게 아니라면 모두 헤아려 폐하고, 율령과 격식도 불편함이 있는 것은 곧바로 고치도록 하라. 원근에 포고하여 이 뜻을 알리고자 하니 소속 관원은 시행토록 하라."

이처럼 대왕은 결코 자신의 위대한 업적을 과시하려 들지 않았을 뿐 아니라, 오히려 임종 열흘 내로 화장火葬을 하고, 검약을 좇을 것을 당부했다. 그간 대업을 이루기까지 희생된 수많은 백성과 유족들에게 미안한 마음을 전하고, 마지막까지 주변을 깔끔하게 정리하고 떠나려 했던 것이다. 이것이 그의 부친 태종무열왕 김춘추가 그토록 염원하던 〈삼한일통三韓一統〉의 대업을 완성해 내고, 위대한 〈통일신라統一新羅〉를 일궈 낸 문무대왕의 마지막 모습이었다.

태자 시절부터 군권을 총괄하는 병부령을 맡아 수많은 전쟁터를 전전했고, 부친을 도와 7백 년 숙적인 〈백제〉를 끝내 멸망시켰다. 그러나 무열왕 김춘추가 이듬해 사망함으로써 격동의 시대에 나라를 도맡게 되었다. 반도에서 백제 정복에 성공한 당나라는 그 즉시 범처럼 돌변해 곧바로 마지막 〈고구려 원정〉에 나섰고, 상중인 신라에 대해 강력하게 협공을 요구했다. 이제 고구려 다음에 어디가 될 것인지를 생각할 때 자칫하면 한반도 전체와, 三韓이 唐의 손아귀로 들어가게 될 절체절명의 위기가 닥친 셈이었고, 이것은 무열왕조차도 경험해 보지 못한 극한 두려움으로 다가왔을 것이다.

결정적으로 당나라는 백제 멸망 3년 뒤에 신라를 〈계림도독부〉로 삼았고, 2년 뒤인 665년 〈취리산의 회맹〉으로 문무대왕에게 씻을 수 없는 모욕을 준 것은 물론, 장차 三韓 전체를 차지하겠다는 시커먼 속내를 드러내고 말았다. 이때부터 문무대왕은 위축되거나 뒤로 물러나지 않고 唐과 사생결단을 보겠다는 결의를 다졌다. 그것은 아버지 김춘추가 딸 고타소낭의 사망 소식을 접하고, 반드시 백제를 멸망시키기로 스스로 맹세한 것과 다를 바 없는 것이었다.

당시 중원의 통일제국 唐나라(618~907년)는 고대 중국의 역사에서도 가장 강력한 힘을 발휘했던 왕조였고, 창업의 시조였던 이연, 이세민 부자는 그중에서도 가장 빛나는 지도력을 발휘했던 시대의 영웅들이었다. 문약했다는 고종 이치마저도 三韓과의 전쟁에 더없는 열의를 보였고, 34년이라는 재위 기간 동안 측천무후와 함께 사실상 가장 넓은 강역을 건설했던 황제였다. 반도의 동단에 치우친 소국 신라의 태종무열왕과 문무대왕 부자가 강성한 이들을 상대하기 위해서는, 이제까지와는 차원이 다른 고도의 전략과 인내가 필요했을 것이다.

문무대왕의 신라는 이때부터 기본적으로 겉으로는 唐과 보조를 맞추되, 백제와 고구려 정벌에 신라의 역할이 지대하다는 장점을 최대한 살려 철저하게 실리 위주의 정책을 펼치기로 뜻을 모은 듯했다. 구체적으로는 외교에 주력해 唐황실의 동향을 항상 먼저 파악하고, 긴장을 완화시키거나 때로는 교란시키는 일까지도 마다하지 않았다. 동시에 안으로는 〈웅진도독부〉를 쳐내 먼저 반도를 확실히 장악하는 것을 제일의 목표로 삼은 듯했다.

다만, 멀리 떨어진 요동의 고구려 원정은 唐의 강요에 의해 불가피하게 이루어진 측면이 있어 보였다. 그러나 당의 고압적 태도 변화에 위기를 느낀 나머지 기왕의 원정을 계기로 일단 唐과 함께 〈고구려〉를 정복해 삼한일통을 완성한 다음, 최종적으로는 〈당〉과 사생결판을 내 唐을 몰아내고 명실공히 三韓의 주인이 되겠다는 담대한 포부로 전략을 바꾼 것이 틀림없었다.

마침 당고종이 병치레가 잦아 무황후가 실권을 행사하고 있었으므로, 문무대왕은 唐의 이런 정치적 혼란을 최대한 활용했다. 대왕은 안으로는 재빨리 〈백제〉 땅을 차지하고, 〈고구려〉 정복 이후로는 요동에서 〈당〉과의 전투를 공공연하게 치르면서도, 그때마다 사죄사를 보내 이를 무마하는 현란한 외교술을 동원했다. 장안의 황실 귀족을 상대로 하는 첩보활동과 함께, 실권자인 무황후를 움직이기 위해 막대한 자금을 동원하는 등 상당한 대가를 지불해야 했을 것이다.

그뿐 아니라, 남쪽 바다 건너 천지天智천왕에게도 손을 써서 〈일본〉과의 화친을 도모하는 한편, 唐의 〈축자도독부〉 폐지를 유도해 냈으니 대왕은 부친인 태종무열왕만큼이나 외교의 달인이 틀림없었다. 동시에 고구려 정복 이후에는 안승과 결탁해 〈고구려 부흥운동〉을 적극 지원함과 동시에, 마침내 요동에서 〈당〉을 축출하기 위해 전격적으로 〈羅唐전쟁〉을 펼쳤으니, 결정적 순간에는 사활을 걸고 唐과의 전쟁도 마다하지 않았던 용맹무쌍한 군주였다. 그만큼 멀리 앞을 내다볼 줄 알고, 지극히 전략적인 사고를 했던 군주였던 것이다.

문무대왕의 시대는 아시아 역사상 최대 규모의 국제전쟁이 여러 세대에 걸쳐 지속되던 격동의 시대였다. 대왕은 그 어려운 시기에 최강 통일제국 唐을 물리치고 승리를 쟁취한 끝에, 대략 백 년간 지속되었던 참혹한 전쟁의 시대를 종결시키는 위대한 업적을 달성해 낸 셈이었다. 이는 三韓을 통틀어서도 역대 그 어떤 군주도 해내지 못한 빛나는 위업이었으니, 대왕과 함께 동시대를 살다 간 조상들이 이룩해 낸 이 위대한 역사야말로 후손들이 가슴속 깊이 교훈으로 새기고 두고두고 기려야 할 것들이었다.

더구나 난세에는 온갖 군상들이 들끓기 마련이라 여기저기 상대방에 매수되거나 포섭되어 배신을 일삼는 자들도 많았다. 그러나 문무대왕은 그마저 잘 극복하면서 큰일을 당하지 않았으니, 공신의 예우와 함께 신상필벌에 공평했고 아랫사람들을 세심히 보살필 줄 알았다는 의미였다. 또 다스리는 강역이 커지자 부지런히 행정조직을 늘리고, 축성에 매달려 국방을 튼튼히 했으니 대왕은 분명 인사와 행정의 달인이 틀림없었다. 문무대왕이 선왕인 태종무열왕에 이어 2대에 걸쳐 혼신을 다해 나라를 다스린 결과, 가장 나약한 나라가 끝내 〈삼한일통〉의 대업을 완수하는 역사적 대반전을 일궈 낸 것이었다.

문무대왕의 뒤를 이은 신문왕神文王은 부친의 유지를 받들어 인근 동해바다의 큰 바위 위에 대왕을 장사 지냈는데, 세월이 흘러 해중릉 海中陵이 되었다. 위대한 〈통일신라〉 시대를 열고서도 마지막 숨을 거두는 순간까지 바다 멀리 일본日本을 경계하라는 호국의 유지를 후대에 남겨 주기 위함이었다. 전해 오기를 문무文武대왕이 죽어서도 스스로 나라를 지키는 용龍이 되고자 했다니, 동해안 가까이 가장 먼저 해가 뜨는 그곳에 있는 바위를 〈대왕암大王岩〉이라 했다.

끝

제9권 후기

590년 통일제국 수문제가 고구려 영양제를 협박하는 〈새서사건〉을 일으킨 끝에, 마침내 고구려와 隋의 〈麗隋전쟁〉이 시작되었다. 고구려는 단호했고 맹장 강이식 장군은 강력한 水軍으로 해상보급로를 차단한 다음, 북경 아래 〈임유관전투〉에서 隋의 30만 대군을 궤멸시켰다. 영양제의 빛나는 승리로 인해, 고구려는 이후로 80년간 隋와 唐으로 이어지는 7차례의 침공에도 당당히 맞설 수 있었다.

수양제는 강남북을 잇고 낙양에서 탁군(북경)에 이르는 영제거를 준공하는 등, 2천 km에 달하는 대운하를 뚫는다며 부산을 떨었는데, 고구려 수군을 피하기 위해서였다. 7년간의 전쟁 준비를 마친 양제는 마침내 611년부터 백만 대군으로 대대적인 침공을 재개했다. 그때까지 인류 역사상 최대 규모의 전쟁인 2차 〈여수전쟁〉에서 隋의 대군이 궤멸된 이래, 고구려 원정은 모조리 실패로 끝났고 수의 멸망으로 이어졌다.

당초 隋는 반도의 백제와 신라를 움직여 고구려에 대한 동서 협공을 노렸으나, 영양제와 왜의 성덕태자, 백제 무왕 사이의 신라 토벌을 위한 〈3국밀약〉으로 무산되었다. 618년 이연李淵이 내란을 수습하고 唐을 건국했다. 4차례의 여수전쟁을 승리로 이끌었던 영양제가 사망하자, 오랜 전쟁에 지친 고구려 조정은 더 이상 전쟁을 원하지 않았다. 628년 영류제는 당태종에게 봉역도를 바치면서 화친을 시도했다.

632년, 신라 선덕여왕이 즉위하자 백제는 신라를 매섭게 몰아붙였고, 신라는 반도에서 철저히 고립되었다. 고구려의 대막리지 연개소문은 정변을 일으켜 영류제를 포함한 온건파 조정대신들을 도륙했고, 결국 〈麗唐전쟁〉으로 이어졌다. 645년 당태종이 50만 대군으로 고구려를 침공했으나, 양만춘의 안시성에 묶이면서 참패했다. 당군은 연산산맥의 드높은 산과 조선하를 비롯한 요동의 수많은 강줄기, 견고한 고구려성에 고전했고, 끝내는 광활한 요택의 진흙 펄에 갇혀 매번 헤어나지 못했다.

이듬해 왜국에서도 중대형황자가 소아씨 세력을 제압하고 〈대화개신〉을 성사시켰다. 중원과 한반도, 일본열도에서 정변을 통한 개혁이 반복되고, 여왕이 즉위하는 등 상호간 정치적 영향이 심화되었다. 신라에서는 여왕의 조카 김춘추와 맹장 김유신이 화랑 세력들을 규합하고 있었다. 돌궐과 설연타를 누른 당태종은 수시로 고구려를 공격했으나 649년 사망했고, 정작 나약했다는 고종의 치세 내내 삼한과의 전쟁이 끊이질 않았다.

신라의 무열왕 김춘추는 唐과의 군사동맹을 돌파구 삼아 三韓전쟁을 촉발시켰다. 660년 〈나당연합군〉에 의한 협공으로 의자왕의 백제가 허망하게 무너졌다. 663년 백제수복을 선언한 왜의 중대형 황자가 1천여 척의 전선에 2만 7천여 병력을 보내왔다. 왜군과 백제부흥군이 연합해 나당군과 〈백강전투〉를 벌였으나, 참패하고 말았다. 당은 웅진에 이어 금성을 계림도독부로 삼아 삼한 병합의 속내를 드러냈다. 연개소문 사후 아들 형제들의 내분으로 만고의 역적 남생이 당에 투항하니, 668년 고구려가 끝내 羅唐의 공세에 붕괴되고 말았다. 7백 년을 이어 오던 백제와 고구려의 멸망으로 양국의 군주와 백성들이 포로로 끌려가는 등, 삼한 전체가 극심한 혼란에 빠졌다.

기회를 노리던 신라의 문무대왕은 670년 웅진도독부를 괴멸시키고 〈羅唐전쟁〉에 돌입했다. 그는 현란한 외교술로 당을 달래는 한편, 반도와 요동에서 당과의 싸움을 지속한 결과, 676년 당군을 축출하고 마침내 〈삼한일통〉의 대업을 완수해 냈다. 그사이 동북아시아의 패권을 놓고 중원의 통일제국 隋唐과 삼한을 비롯해 왜, 돌궐 등 북방의 소국에 이르기까지, 아시아 대륙 전체가 백 년을 뒤얽혀 싸웠다. 가혹한 살육의 시대를 끝낸 인물은 고종을 대신해 위민정치의 길을 택한 측천무후였다.

신라의 기적 같은 승리에도 불구하고, 고조선 이래 북방민족의 종주국이나 다름없던 고구려의 패망은 韓민족의 앞날에 어두운 그림자를 드리웠다. 반도의 동남단에 치우쳐 있던 통일신라는 4천 리 밖의 평양을 비롯해 드넓은 고구려의 강역을 통치할 역량도, 그럴 웅지도 지니지 못했다. 작은 잔이 큰 잔을 받치듯 불안해 보이더니, 698년 고구려의 후예들이 원래의 그 땅에 〈대진〉(발해)을 건국했다. 신라는 한 세대 만에 대륙의 땅을 내주고 반도 안에 고립되는 신세로 돌아가고 말았다.

발해와 신라는 서로를 외면한 채 이후 2백 년 〈남북국시대〉를 이어 가면서 평화를 유지했다. 중원은 여전히 강성한 북방민족이 할거했고, 반도에서 눈을 돌린 왜는 찬란한 아스카시대를 맞이했다. 돌아보면 고구려는 중원을 연결하던 문명의 가교이자 삼한의 서쪽을 지켜내던 방파제였다. 그런 북방의 종주국 고구려의 부재는 상고시대 아시아문명을 선도했던 韓민족 전성기의 종말을 알리는 분기점이었다. 이후로 韓민족은 중원의 왕조들에게 내내 밀리기 시작했던 것이다.

대하역사소설《古國》을 마치며

　북경 아래를 지나 발해만으로 흘러드는 영정하를 고대엔 요수遼水
라 부르고, 그 좌우를 요서와 요동으로 구분했다. 오늘날엔 엉뚱하게
도 요녕성을 관통하는 요하遼河(랴오허)로 그 기준이 바뀌었는데, 10
세기 전후 거란의 동진에서 비롯되어 우리 상고사 해석의 혼란을 야
기한 가장 큰 원인이었다. 韓민족은 이후 동으로 더욱 내몰리다가 한
반도 아래로 갇혀 버렸고, 그마저 남북분단으로 대륙과 차단되어 섬
나라 신세로 전락했다. 그사이 중국은 진시황의 장성을 산해관까지
잇고는 만리장성이라 부르고, 고대의 주요 하천이나 지명, 유적 등을
자꾸만 동쪽으로 옮겨 놓았다.《삼국사기》가 등장한 고려조 이래로는
외압에 굴해, 스스로 조상들의 강역과 역사를 반도 안으로 축소하는
과오를 반복했으니〈반도사관〉이 생겨난 배경이었다.
　그렇게 韓민족의 역사가 오래도록 훼손되다 보니, 발해만 일대에
서 조상들이 수천 년간 일궈 온 상고사가 끝내 안개처럼 사라지게 되
었다. 물리적 영토전쟁뿐 아니라, 민족혼이 담긴 역사전쟁에서조차
참패한 셈이었다. 그 결과 조선의 실학자들조차 이러한 위사僞史구도
에 속아 자기 조상들의 계통을 잊은 채 북방민족을 오랑캐라며 무시
했다. 그런데 기원 이후 중국을 지배한 민족은 대부분 韓민족에서 분
화된 북방민족들로, 순수 화하족이 다스린 시대는 漢과 明왕조 정도
였다. 즉, 흉노에 이어 선비(隋·唐)와 거란(遼), 말갈(金), 몽골(元), 여
진(淸) 등 소수 북방민족이 번갈아 가며 마지막까지 중원을 다스렸다.
이들은 소위 인심사한人心思漢을 쫓아 대륙으로 향했지만, 제각각 지배
민족의 정체성을 유지했기에 오늘날 중화의 개념에 흡수된 것이 결코

아니었다.

설령 중원의 주인이 되었다 치더라도 이들은 언제나 북방의 종주
국인 韓민족을 제일로 견제했고, 우리 민족과 경쟁상대인 또 다른 민
족의 연합을 극도로 경계했다. 특히 明淸시대에는 드넓은 만주 지역
을 아예 완충지대(DMZ) 삼아 인구 유입 자체를 차단했으니, 청 말기
까지 개발되지 못한 이유였다. 조선과 청의 국경이 분명치 않은 상황
에서 러시아의 극동 진출과 일본의 한반도 및 만주 강점이 이어지면
서 이 지역의 국경이 엉망이 되었다. 2차 대전 이후까지 조선은 협상
에서 철저히 배제되었고, 오늘날까지 만주와 연해주에 이르는 동북 3
성은 중국에서 가장 낙후된 지역 중 하나다.

이러한 역사적 배경 아래 漢족들은 1911년 〈신해혁명〉 이후로 수
천 년 동안 자신들을 지배해 온 소수 북방민족, 특히 청나라 만주족의
굴레에서 벗어나는 것을 제일의 목표로 삼았다. 국민당 정권이 민족
과 반청을 주창한 이유였고, 공산정권 수립 이후에도 중화의 이름 아
래 북방민족의 역사 지우기를 지속했다. 그러다가 사실상 만주를 지
배하는 상황에서 그럴 필요가 있냐는 자각과 함께, 이제는 반대로 북
방민족의 역사를 자기 것으로 편입하는 작업에 몰두했으니 바로 〈동
북공정〉이었다. 용케 한발 앞서 근대화에 성공한 일본이 황국 〈식민
사관〉이라는 또 다른 이름으로 반도사관을 고착시키는 한편, 三韓의
역사마저 4세기 이후의 것으로 축소, 날조시키는 데 집착한 것은 말할
필요조차 없다.

이처럼 광복 이후에도 주변에서의 역사전쟁이 그치지 않았으나 우
리 지식인 사회는 속수무책이었다. 분단에 이은 전쟁으로 온 국토가

초토화된 채 먹고살기 바쁜 데다, 반도사관에 기대니 딱히 조상들의 상고사를 되찾을 일도 없었을 것이다. 조상들은 세계 最古라는 위대한 역사 유산을 남겨 주었건만, 못난 후손들이 이를 부인하는 셈이니 불가사의한 일이다. 그렇더라도 현대의 엄연한 주권국으로서 광복 80년 가까이 조상의 역사를 제대로 복원하지 못한 것은 변명의 여지가 없다. 사학계도 반도사관만으로는 고대사 해석이 절대 불가할뿐더러, 그것이 오류임을 입증하는 증거가 넘친다는 사실을 모를 리 없다.

특히 1980년대 〈요하문명〉의 발견은 상고시대 조상들의 활동 영역이 하북과 산동 등 대륙 중원으로까지 확장된 것임을 알리고, 반도사관을 일거에 깨뜨리는 사건이었다. 9천 년 전까지 거슬러 올라가는 이 거대 문명은 황하문명에 앞선 아시아 최초의 문명으로, 언어나 유물, 유전적 특징에서 배달동이의 문화이자 한반도와 연결된 것이었다. 그 후예들이 〈고조선〉을 일으켰고, 이들로부터 파생된 북방 기마민족이 중국과 유라시아, 한반도와 일본 등 사방으로 분화했던 것이다. 이들이야말로 문명의 개척은 물론, 고대 유라시아 대륙을 잇는 문명의 전달자로서 인류 발전에 결정적 공을 세운 주역이었고, 소위 트랜스유라시아어Transeurasian languages족의 주인공일 것이다. 아시아의 상고사가 韓민족을 중심으로 하는 거대 북방민족의 이주사 코리안 디아스포라diaspora였던 것이다.

바로 이것이 천년 반도사관의 허구를 과감히 걷어 내야 하는 이유다. 따지고 보면 식민사관이니, 동북공정이니 하는 것도 남 탓이자 변명에 불과한 만큼, 스스로 제대로 된 역사를 되찾고 담대하게 역사전쟁에 맞서야 할 일이었다. 그래야만 불필요한 사대주의와 근거 없는 문화적 열등감을 떨쳐 내고, 민족적 자긍심을 높일 수 있는 것이다.

사실 韓中日 3국은 많은 곳에서 서로의 역사를 공유한 데다 문화적, 혈통적으로 매우 높은 친연성을 지닌다. 따라서 소모적인 역사 갈등보다는 미래지향적으로 서로의 역사를 인정하는 〈역사 화해〉로 나아가야겠지만, 그 이전에 역사적 팩트에 기반한 상고사 복원이 전제되어야 하니 쉽지 않은 길일 것이다. 이를 위해 역사 연구의 강역을 유라시아 전체로 넓히는 인식의 대전환과 함께, 아시아 상고사에 대한 세계적 공론화 및 동조화가 필요하다. 남들보다 더 많이 공부하고 노력해야 할 것이다.

《古國》의 9권 시리즈를 통해 들여다본 숱한 이야기는 그동안 우리가 알던 반도사관의 편협한 역사와는 큰 차이가 있다. 그 진위는 전문 역사가들이 가리겠지만, 저자는 이것이 잃어버린 우리 고대사의 참모습에 가깝다고 믿고 있다. 아울러 전편에 걸쳐 주목되는 2가지 특징, 즉 어느 나라든 예외 없이 분열과 통합을 반복했고, 거대한 대세 전환의 시기가 주기적으로 나타난다는 점을 들고 싶다. 그때마다 시야를 멀리해 부지런히 주변을 살피고 변화의 흐름을 잘 읽어 낸 지배층이 영웅적 성과를 올렸으니, 민족분단의 고통을 겪고 있는 우리 민족에게 시사하는 바가 크기 때문이다.

역사는 그 나라의 존망과 명운을 같이한다. 돌아보니 조상들이 정체성과 주체성을 굳건히 하고 외세에 당당히 맞섰을 때 나라를 지켜낼 수 있었던 반면, 자신감을 잃고 흔들렸을 때는 온갖 수난을 당했다. 마찬가지로 우리가 위대한 조상들의 역사를 외면한 채 현실에 안주한다면, 지금 우리가 누리는 풍요 또한 한때의 영광일 수도 있다. 한글을 창제한 세종대왕은 백성들 누구나 글을 깨우쳐 스스로 지식을 향유할 수 있기를 원했다. 인간이 역사를 기록하고 관리하는 이유도 이러한 위민정신에 있을 테니, 오랜 역사가 전해 주는 삶의 지혜와 교훈이 보다 공정한 사회로 이끌어 주리라는 믿음 때문일 것이다.

오늘날 기적처럼 선진국의 반열에 올라선 우리의 눈부신 성과에 온 세계가 놀라고 한류Hallyu 열풍에 휩싸여 있다. 세계인들이 지금의 왜곡된 우리 역사를 실제로 인식하기 전에, 위대한 조상들의 역사를 복원하는 일이 시급하다. 어떤 이는 지나간 일보다 현재 또는 미래에만 관심이 있다지만, 과거와 현재, 미래는 하나로 연결된 것이라고 한다. 저자는 《古國》을 통해 잃어버린 우리 상고사의 원형을 진정 그려보고 싶었다. 다행히 멀쩡하게 살아 숨 쉬는 역사를 확인할 수 있었고, 그 과정 자체가 더없는 감동과 희망의 연속이었다. 소설 《古國》이 우리로 하여금 역사를 더욱 열린 마음으로 대하고, 창대했던 조상들의 상고사를 되찾게 하는 계기가 되기를 바라는 마음이 간절하다. 무모할 정도로 방대한 양의 책을 완독하고 끝까지 상고사 여행을 같이한 독자라면, 역사를 사랑하는 이가 틀림없다. 저자로서 동류의식과 함께 그저 감사하다는 마음을 전할 뿐이다.

2024년 12월 金 夷吾 올림

북 방 에 서

백 석(1940년)

아득한 넷날에 나는 떠났다.
부여를 숙신을 발해를 여진을 요遼를 금金을
흥안령을 음산을 아무우르를 숭가리를
범과 사슴과 너구리를 배반하고
숭어와 메기와 개구리를 속이고 나는 떠났다.

나는 그때
자작나무와 이깔나무의 슬퍼하든 것을 기억한다.
갈대와 장풍의 붙드든 말도 잊지 않었다.
오로촌이 멧돌을 잡어 나를 잔치해 보내든 것도
쏠론이 십리길을 따러나와 울든 것도 잊지 않었다.

나는 그때
아모 이기지 못할 슬픔도 시름도 없이
다만 게을리 먼 앞대로 떠나 나왔다.
그리하여 따사한 햇귀에서 하이얀 옷을 입고
매끄러운 밥을 먹고 단샘을 마시고 낮잠을 잤다.
밤에는 먼 개소리에 놀라나고
아츰에는 지나가는 사람마다에게 절을 하면서도
나는 나의 부끄러움을 알지 못했다.

그 동안 돌비는 깨어지고 많은 은금보화는 땅에 묻히고
가마귀도 긴 족보를 이루었는데
이리하야 또 한 아득한 새 넷날이 비롯하는 때
이제는 참으로 이기지 못할 슬픔과 시름에 쫓겨
나는 나의 넷 한울로 땅으로-나의 태반으로 돌아왔으나
이미 해는 늙고 달은 파리하고 바람은 미치고
보래구름만 혼자 넋없이 떠도는데

아, 나의 조상은 형제는 일가친척은 정다운 이웃은
그리운 것은 사랑하는 것은 우러르는 것은,
나의 자랑은 나의 힘은 없다.
바람과 물과 세월과 같이 지나가고 없다.

목차

古國 9

초판 1쇄 발행 2024년 12월 20일

지은이   김이오
펴낸이   이기봉
편집   좋은땅 편집팀
펴낸곳   도서출판 좋은땅
주소   서울특별시 마포구 양화로12길 26 지월드빌딩 (서교동 395-7)
전화   02)374-8616~7
팩스   02)374-8614
이메일   gworldbook@naver.com
홈페이지   www.g-world.co.kr

ISBN   979-11-388-3871-9 (03810)